我只是想活得简单点
说不定可以长命百岁

灰渊の猫

他很难不误解。

从她转钱进来，消失，到重新出现……像极了欲拒还迎。

他最深刻的情绪是愤怒，对她的，当然，也有对自己的。因为那时候，他很清楚，就算她是故意吊着他，只要她开口，他根本不想拒绝。

但后来事情似乎和他想象的不一样。

承认吧，渐图南，其实从第一次见，你就没想放她走。

灰调小猫

魅丽文化　花火工作室

灰调子猫

著

孔學堂書局

图书在版编目（CIP）数据

假淡定 / 灰调子猫著 . — 贵阳：孔学堂书局，
2023.12
　ISBN 978-7-80770-467-6

　Ⅰ.①假… Ⅱ.①灰… Ⅲ.①长篇小说 – 中国 – 当代
Ⅳ.① I247.5

中国国家版本馆 CIP 数据核字 (2023) 第 162120 号

假淡定　灰调子猫　著
JIA DANDING

责任编辑：胡国浚
责任印制：张　莹　刘思妤

出　　品：贵州日报当代融媒体集团
出版发行：孔学堂书局
地　　址：贵阳市乌当区大坡路 27 号
　　　　　贵阳市花溪区孔学堂中华文化国际研修园 1 号楼
印　　刷：湖南天闻新华印务有限公司
开　　本：880mm×1230mm　1/32
印　　张：10.5
字　　数：353 千字
版　　次：2023 年 12 月第 1 版
印　　次：2023 年 12 月第 1 次印刷
书　　号：ISBN 978-7-80770-467-6
定　　价：46.80 元

目录
CONTENTS

第一章
时过境迁

农历七月初六，北城机场。

下午五点半，飞机落地。耳边陆续传来解开安全带的声音，乔暮云摩挲着文件，翻过一页纸，在广播声中缓缓地抬起头。

天色还很亮，舷窗外，草地连着树丛，更远的地方，一片绚烂的橙红色映在高楼上。北城难得有这么好的夕阳。

张怀漾一路开车到机场，手机上接二连三地收到信息和电话。他有点儿不耐烦，但还是接起了一个电话。机场广播混杂着周围嘈杂的人声，电话那头的女孩正在为他今晚的爽约不依不饶。

张怀漾一边用买包包和首饰的承诺敷衍着女孩，一边关注着航班信息。

听出他的心不在焉，女孩不满道："不就是一个表姐吗？还不知道是从哪里冒出来的穷亲戚，你至于吗？"

这话说得很难听。张怀漾蹙眉，眼神也冷了下来。他没搭腔，只翻出乔暮云的微信，打字道：姐，我到了。

电话那头的女孩还没意识到他不高兴了，又撒娇道："你答应了今晚要陪我吃饭的，我重要还是她重要？"

"当然是她。"说完这句话，张怀漾利落地挂了电话。

大屏幕上显示航班已经到达，张怀漾耐心地等了一会儿，远远地便看到乔暮云推着行李箱出来。

她穿了件蓝白渐变色的吊带裙，高跟鞋的一字带裹着纤细的脚踝，肩头的薄纱外套遮住了大半个身子，却更让人感觉到她的身材很好。视线上移，是一张精雕细琢的脸，细眉大眼，瞳孔颜色很浅，秋水含波，带着几分惹人怜爱的脆弱感。她明明是干净的气质，又因为天生微翘的嘴角自带一股风情。

清纯和性感交织在一起，像一朵无人可以接近的白玫瑰。

太久没见，张怀漾有些不敢认她。等人到了跟前，他才迟疑着喊了一声。

乔暮云也盯着张怀漾瞧。他比记忆里长高了不少，穿一身黑色西装，衬衫的扣子解了两颗，半长的刘海拨到一边，有着少年的精致帅气。

乔暮云微微歪头，道："怎么，不认识了？"

"哪能啊！"张怀漾笑起来，恭维的话像糖豆子一样往外蹦。

乔暮云摇头，上前一步，把墨镜轻轻地放进张怀漾的西装口袋，道："别拿你对付女孩的那套忽悠我。"她的嗓音清软，尾调里是吴侬软语特有的风情。

张怀漾乖乖地闭嘴了，他微微弯腰，接过行李箱，两人的手指短暂相触，他感觉到一丝冰凉，问道："冷吗？"

乔暮云摇头道："不冷。"

话虽这样说，但她也没拒绝张怀漾披过来的西装外套。

"晚上吃什么？"张怀漾边走边问。

乔暮云想了想，说："不饿。"

"不饿也得吃。"

乔暮云看了他一眼，有些奇怪："你今晚没事吗？"

"我能有什么事？"张怀漾说，"今天开了一天会，午饭都没怎么吃，你就当是陪我，不行吗？"

乔暮云笑了笑，歪了歪头，凑近他的肩头轻轻地嗅了嗅，笃定道："女士香水的味道，你在哪儿开的会？"

张怀漾的脸上浮起一抹被戳破了真相的尴尬神色，他轻咳一声，又把话题绕回去："我爸知道你过来，本来要让人准备晚餐，但在家里吃饭太没意思，所以，我骗他说你航班到达的时间过了饭点。你可得领我这个情啊。"

乔暮云听到这儿，脚下微顿，道："舅舅知道我过来？"

"知道啊。"张怀漾本来落后她一步，现在倒是顺势赶上了，"怎么了？"

"没什么。"乔暮云拢了拢身上的西装外套，两人说笑着并排往前走，夕阳把他们的背影拉得很长。

俊男靓女一向是引人注目的。

"谢总？"后头不远处，一人小心翼翼地出声提醒。

谢图南收回目光，把西装外套搭在小臂上，微微抬腕，露出半面金色的表盘。

"那好像是张家的小少爷。"那人又道。

谢图南跟没听见似的，声音轻缓低沉："走吧。"

乔暮云最终还是被张怀漾拉到了一个很有名的西餐厅。这里的服务员似乎都认识他，轻车熟路地带他们上了楼。

在二楼的窗边坐定后，张怀漾把菜单推过来，乔暮云轻轻地摇头。

她不喜欢点餐，尤其是和别人一起吃饭的时候。或许是性格的原因，她总是下意识地迁就别人，还要尽量把这件事做得不动声色。

她和谢图南在一起的那几年也是，只不过，谢图南不太吃这套。她说随便，他就大手一挥，让服务员把招牌菜都上一遍。

"乔暮云。"他说，"想要什么就说出来，为不为难是别人的事。"

谢图南这个人，连教人的话都说得格外不讲道理。

只是后来，她想要的，他没能给。至于他有没有为难过，她不知道。

应该是没有的。

乔暮云想得出神，直到张怀漾拿着筷子在她的面前晃，连喊了好几声"姐"，她才惊醒道："什么？"

"你是不是有心事？"张怀漾狐疑地问。

"不算心事。"是旧事。

乔暮云垂眸，喝了口水做掩饰，道："小孩子别管那么多。"

"姐！"他不满地指了指自己，"我都大学毕业了！"

乔暮云瞥了他一眼，敷衍地点了点头。

张怀漾还想说什么，手机却在这时响起了，来电显示是"大哥"。他做了个手势，示意乔暮云别出声，接起来道："哥，我在机场……不回来吃了……"

乔暮云用指尖轻轻地摩挲着杯沿。她已经记不清自己有多久没想起过谢图南了。这两年，她的生活和工作都忙，这种忙碌会让人短暂地忘掉很多事。

今天……或许是因为她又回到了这座熟悉的城市，所以心生感慨。

张怀漾已经挂了电话。他帮乔暮云续了柠檬汁，又道："大哥让我问你，在北城待几天？"乔暮云想了想，说看情况。

"你们医院最近不忙？"张怀漾随口问。

"挺忙的，但我辞职了。"

"辞——"张怀漾有点儿傻了，"什么时候的事？"

"大概一个月前吧。"乔暮云语调平静，"我请假去了趟西安，散心，回来后突然就觉得不想工作了。"

张怀漾听得目瞪口呆。这事也不稀奇，放在谁身上都说得过去，除了他这位表姐。轻飘飘地就辞了职，怎么也不像她的风格。

从饭店出来已经是晚上七点半，霓虹光影汇成长流，映在人们脸上，明暗交替。车里空调的温度开得低，乔暮云摇下车窗，仲夏的闷热感扑面而来。

"回家吗？"张怀漾问，"还是去玩会儿？"

"开车在高架上绕两圈吧。"乔暮云看着窗外说。

张怀漾打了方向盘，在道路的尽头转弯。

上了高架，外头的风吹进来，让人感觉舒爽了不少。汽车中控屏连着手机蓝牙，上面显示有电话进来。一个英文名，应该是个女孩。张怀漾侧眸看了一眼，抬手挂断了电话，顺便调了个电台。主持人的声音很年轻，说着一些烂俗但永不过时的心灵鸡汤。没过几秒，电话又打了进来。

"女朋友？"乔暮云突然开口。

"算是吧。"

乔暮云笑了笑，张家小少爷花天酒地、风流成性，她远在青城都略有耳闻，给出这样的答案，倒也在意料之中。她笑着说："还是接一下吧。"

张怀漾皱了皱眉，但还是接了电话。

"漾哥哥。"女孩娇俏的声音从顶配的环绕音响中传出，乔暮云刚拧开瓶盖喝了一口水，闻言差点儿呛到。

张怀漾也感到头皮发麻，问道："有什么事？"

女孩还是之前在机场给他打电话的那个。她意识到自己之前说的话有些过头了，碰到了他的底线，现在想要补救。

张怀漾是北城有名的公子哥儿，对身边的女孩一向大方，脾气好、玩得开，也不喜欢拖泥带水。虽然风流成性，但从不脚踏两只船，不管对方身份如何，都不会拿人当乐子。

女孩和他算是相处得久的，大概知道他的性格，偶尔开个玩笑，他不会介意，心情好的时候哄着，心情不好就拿钱砸。她唯一一次看他发脾气，还是之前她随口说了张家大小姐一句"矫情"。原本也是实话，但他当场就冷了脸。

从那之后，她知道了家人是他的底线，但今天，她只是说了他表姐一句，没想到后果会这么严重。此刻，听到他格外冷淡的声音，她的心已经凉了一半。

"明天是七夕。"女孩试探着，"你——"

"想要什么，自己和小张说。"张怀漾打断她，又说道，"以后，我们就不用联系了。"说完，他就挂了电话。

乔暮云拧上瓶盖，问："你平时都这样对待女孩吗？"

"这样才清净。"

"不怕剪不断、理还乱？"

"不会。"张怀漾说，"我本来也没承诺过什么，都是你情我愿的事。"

乔暮云把矿泉水瓶扔到一边，说："小心引火烧身。"

张怀漾点点头，说："所以，那些乖女孩，我从来不碰。"

好像是这么个理，乔暮云哑然。

她突然感到心口有些闷，便摇上车窗说："送我去酒店吧。"

"酒店？"张怀漾惊讶地问道，"你不住在家里？"乔暮云"嗯"了一声。

"姐。"张怀漾欲言又止，"你是不是还为当年——"

"当年怎么了？"乔暮云反问。

车里安静了几秒，张怀漾道："可是，你住在酒店，我回去不好交代。"

乔暮云把座椅往下放了放，找了个舒服的姿势靠着，道："那是你的事。"

"姐。"他想了想，道，"我觉得你和以前不一样了。"

乔暮云又"嗯"了一声，心想，大概……是拜那个人所赐。想要什么就说出来，为不为难是别人的事——说得一点儿都没错。

怎么又想起他了？乔暮云在心底叹气。大约是和他在这座城市纠缠了太久，哪怕看一眼外面的街道，都有他的影子。

半小时后，车子停在一家五星级酒店门口。入住手续很快办完，乔暮云拿了房卡，和前台轻声道了谢，一抬眼，便看到电梯口出来一行人。

为首的那个穿得最随意，纯色衬衣，没系领带，但一米八五往上的个头加上浑身上下那股冷冽的贵气，只往那儿一站，就叫人不敢轻视。

旁边有人给他递烟，他摇了摇头，那人便没敢再上前。

有多久没见他了，乔暮云记不清了。要不是人群里的那声"谢总"太清晰，她都差点儿以为是自己的错觉。

他还是这样，待人温和又淡漠，说话做事有别人看不懂的城府。

乔暮云刚想收回视线，不巧，有人喊了一声"小张总"。

谢图南跟着看了过来。

猝不及防地，乔暮云撞进他沉静的眸子里。只一秒，他便错开了视线。

或许，连那一秒都是她的错觉。

乔暮云垂眸，定了定神，开口道："走吧。"说完，她率先迈步。

张怀漾抬手，朝那些人示意了一下，便拉着行李箱跟上了。刚好有一班电梯到了，乔暮云刷了卡，静静地等着电梯关门。

"姐。"张怀漾朝外扬了扬下巴示意，"刚刚的那个，你知道是谁吗？"

乔暮云盯着电梯按键上的数字说："谢图南。"

"你认识啊？"张怀漾有些讶异。

电梯门还剩下一条缝，乔暮云终究是侧了头，又往大门的方向看了一眼。

空荡荡的，一个人都没有。

"听说过。"电梯门彻底合上了。

"也对。"张怀漾说，"他很有名，比我哥难搞多了。"

"你怕他吗？"

"那倒不至于。"张怀漾耸肩，"我这水平的，还入不了他的眼。"

乔暮云的嘴角微微扬起了一抹弧度："也是。"

张怀漾把行李送到就走了，乔暮云洗了个澡，出来看手机时，发现手机已经没电了。她也懒得管，裹了件浴袍，就着半湿的头发从包里拿出一沓文件。

上面是一个生态园的建筑设计说明，十五年前的项目，当年荣获了"金块奖"。设计人叫张显成，现任瑞华建筑集团董事长，是她的舅舅。

乔暮云坐在床头翻了一会儿文件，却觉得脑子混沌，什么都看不进去。

后来，她不知道自己是什么时候睡过去的，醒来出了一身的冷汗，睁开眼，仿佛还能看到谢图南那张淡漠的脸。乔暮云轻轻地舒了口气，掀开被子下床。

不知道几点了，但外面月色很好。她第一次遇见他，也是这样的一个夜晚。

那时候，乔暮云大四，穷学生一个，奶奶生病，她为了挣药费到处做兼职。医学专业课业繁忙，又赶上了实习的关键期，她大多是晚上才能挤出时间。

有一次经人介绍，接了单临时翻译的活，报酬很高。对方给的地址是一个俱乐部，她进去了才知道别有洞天。

包间里零零散散坐了十几个男的，旁边都有女孩作陪。女孩们穿着吊带，喝酒逗乐，甚至还有更轻佻的，乔暮云看了一眼，心就怦怦地跳。

她是循规蹈矩长大的，没见过这种场面。

乔暮云的一只脚已经踏进了包间，又当机立断地转身。因为跑得太急，她在楼梯口趔趄了一下，直直地撞上了一个坚实的胸膛。

她站不大稳，只好拽了拽对方的手臂借力，后退两步后松了手。

这里的人，多半惹不起。她低着头，连道抱歉。

对方没说话，但视线落在她身上，带着审视和若有若无的压迫感，周围的空气似乎都因此稀薄了几分，让人喘不过气来。乔暮云的手心出了汗，微微鞠躬后想从旁边绕开，却被他身后的一个人拦住了去路。

"小姑娘。"那人碰瓷的意味十足，"撞了人，想就这么走啊？"

一群公子哥儿吊儿郎当地开起玩笑，七嘴八舌，夹着浑话，乔暮云却觉得有什么把那些东西隔开了，他们的声音都变得很远。

之后，她只听见他说："好了。"声线低沉，尾调却轻，似有笑意。

公子哥儿们一下子都收敛了。他看了一眼她出来的方向，说道："女孩子，以后别来这种地方。"

乔暮云愣了一下，张了张嘴想解释，又觉得一句话都说不出来。

抬头的时候，她看清了他的相貌：眉梢微斜，鼻梁高挺。眼皮薄，眼角挑起一个好看的弧度，垂下眼的时候带着天然的漫不经心。光影从他的头顶扫过，在他的脸上由明转暗，勾出一个俊朗的轮廓，赏心悦目。

大约是她为色所迷而恍惚的那几秒太明显，他身后的人又调侃道："想留下也行。"乔暮云的脸不可控制地红了。

"我、不……"乔暮云结巴着蹦出两个字，手足无措地看向了他。

他只是偏了下头，话里有几分笑意："还不走？"乔暮云几乎是落荒而逃。

离得远了，还有笑闹声传来，乔暮云隐约听到那些人叫他"谢少"。大约是什么了不得的人物。

后来，她问他："你第一次见我，对我是什么印象？"

他说："看着就乖。"

夜逐渐深了，乔暮云眺望着远方的街道，将手覆到玻璃上，冰冰凉凉的触感足以让人清醒——早就不一样了。

后半夜，乔暮云睡得还算安稳，没做什么梦，第二天醒来，她脑中的混沌感消失了大半。拉开窗帘，又是阳光明媚的一天。

她抬手捏了捏后脖颈，缓解了因为睡姿不佳带来的酸痛感。洗漱完，又泡了一杯咖啡，就听到门铃声响起。门外是张怀漾，穿着白色 T 恤和长裤，刘海理顺后看着格外清爽，像个阳光大男孩。

乔暮云垂眸，扫过他手里 Cartier（卡地亚）的袋子，想到今天是七夕，她边往里走边问："准备去约会吗？"

"昨儿刚分，约哪门子的会？"张怀漾在沙发上坐下，把手里的袋子放到茶几上，往前推了推，献宝似的说，"看看喜不喜欢。"

乔暮云问："送我？"张怀漾点点头。乔暮云取出里面的小方盒打开，是一条单钻锁骨链，圆形明亮式切割钻石，在阳光下灵动闪耀。

乔暮云有条一模一样的，是谢图南送的。像这样的首饰，那几年，他送过她很多，她总说不需要——是真的不需要。

他眼光挑剔，随手送的东西也十分贵重，对一个普通的学生来说太扎眼。虽然每次见他，她都会戴上，但回学校前，她又会收起来，妥帖地放好。

当时，她不想让人知道自己有个多么厉害的男朋友，不肯承认自己的犹豫不决，总是用低调麻痹自己，也搪塞他，连坐他的车回学校，都要让他停得离校门远一点儿。他不太理解，有时候恼了，会直接把车门一锁，凑近了拨弄她耳上的流苏，道："这些首饰，等会儿是不是也会偷偷地摘了？"

她看着他的眼睛，坦诚地说："是。"

他倒是笑了，倾身靠近她，扯着她裙摆，道："那干脆衣服也换一套？"

不知道是不是年岁长了，现在回想起这些，她竟然一点儿也没有当初的羞耻感，甚至觉得，他那张好看的脸搭上无可挑剔的身材，她怎么就没好好享受。可惜，领悟得有点儿晚。

思绪至此，乔暮云把盒子放下，摇头道："我不喜欢。"

张怀漾蒙了一下，随即恍然道："那等会儿去商场，你随便挑。"

乔暮云被他逗笑，重新泡了杯咖啡递过去，道："我等会儿还有事。"

她给手机充上了电，随手翻了翻。有几个未接来电，都是舅舅打来的。她想了想，问张怀漾："昨晚，舅舅问起过我吗？"

"昨晚——"张怀漾挠了挠耳后根，"我也没回去。"

乔暮云点了回拨，铃声只响了三秒，电话就被接通了："喂，乔暮云？"

乔暮云"嗯"了一声，道："舅舅。"

"到北城了怎么不回家住？"张显成的声音有些无奈，"手机还关机了。你们昨晚在哪儿？"那头传来碗和勺子碰撞的声音，应该是在吃早餐。

乔暮云看了一眼张怀漾，见他一个劲儿地打手势，意会道："飞机晚点了，凌晨才到，在酒店住了一晚。"

"那就好，我还以为那浑小子去哪里疯，还把你带上了。家里的房间，我等会儿让阿姨再收拾一遍，今天，让张怀漾带你逛逛街，买两身衣服……"

"怀漾哪儿有那么多时间。你快点儿吃吧，司机等了好一会儿了。"是舅妈的声音，久违的熟悉语调，听起来有些远。

电话里安静了几秒，大概是听筒被掩住了，但仍隐隐地传来争执声。

舅妈一直是这样的，不待见她的态度都写在明面上，乔暮云不奇怪，也理解这样的人之常情。所以，不到万不得已，她不会叨扰舅舅。

舅舅最后又叮嘱了她几句，通话便结束了。

张怀漾随手从茶几上拿了个苹果，边啃边问："我爸说什么了？"

乔暮云看了他一眼，道："让你马上回公司。"

"不可能。"张怀漾笃定道，"你不说我都知道，他肯定让我好好陪你玩。"

他那表情还有些得意，道："姐，你从前不骗人的，这都是跟谁学的？"

乔暮云笑笑，指了指他手里的苹果，道："不知道有没有洗过。"

"没事。"张怀漾无所谓，"吃不死人。"

乔暮云摇头，手机又传来"叮咚"一声，舅舅在微信上转过来一笔钱。她看了一眼数额，在聊天框里输入：不用了，我……

后半句话还没打完，旁边伸过来一只手，利落地点了"确认收款"。

张怀漾把苹果咬得咔咔响，嘴里含糊道："给钱干吗不要，傻不傻？"

乔暮云抬眼瞪他，他却露出一副无辜的样子，往旁边躲了躲，像是怕挨打，道："反正收都收了。"

话是没错，总不能再转回去。乔暮云感觉头疼，只好把原来打的字删掉，重新输入："谢谢舅舅"。

"姐。"张怀漾又凑过来，笑嘻嘻地说，"你等会儿去约会？"

"……"乔暮云说，"你自己去玩吧，不用管我。"

"那不行。"张怀漾十分固执，"这样吧，我给你当司机。"

乔暮云侧头打量着他还算人畜无害的笑容，又回想起他昨天和女孩分手时候的冷漠模样，可以说是判若两人。

像他们这样的公子哥儿，在外头玩归玩，付出的财力精力都在心里衡量过，亲疏远近，不会越界，明白什么最重要，哪些可以舍弃，什么时候该抽身。

记忆里那个跟在她后头跑过江南水巷、大夏天给她送冰棍的小男孩，是什么时候长成这样的，乔暮云不知道。

但是，她没有办法指责他的薄情，甚至不会觉得他做得有什么不妥当。因为，他叫姐姐的时候，眼里的真诚和当年无二。

人都是偏心的。

车子在 A 大附院的西门口停下的时候，已经是上午九点半。日头很烈，暑气烤着路两旁的梧桐树，阳光在地上投下斑驳的光影。

张怀漾看了一圈，道："来医院干什么？"

乔暮云盯着大门的方向，迟迟没有接话。她的侧脸微微绷着，眼神空洞，像是丢了魂，弄得张怀漾紧张起来："姐，你……没生病吧？"

"没有。"乔暮云终于收回视线，一边解安全带，一边解释，"来看望一位长辈。你等会儿还有事吧？"

"我没——"

话还没说完，乔暮云又道："有事就去忙吧，我走的时候再给你打电话。"

进了住院部的电梯，电梯门马上就关上了。乔暮云盯着电梯显示屏上不断跳动的数字，把思绪放空。

电梯停了五六次后，十八楼到了。以前，科室轮转，乔暮云在这里待过一阵子，但远远地看过去，护士站的小护士都已经是生面孔了。

她整理好心绪，放轻脚步。

VIP 病区的走廊通常会格外安静。在医院，这样的安静让人压抑，仿佛能听到时间和生命静静流逝的声音。

乔暮云要看望的人住在 1809 病房，是父亲念博士时候的导师。走近了，她才发现门没关紧，里头有人在说话，似乎是在劝老人家吃药。

乔暮云抬手，轻轻地敲了敲门，没听到回应，正准备再敲，门从里面打开了。

她思索着该怎样开口，却听头顶上先传来一声："乔暮云？"

乔暮云愣了一下，抬起头，发现真的是熟人。

北城付家三少，付华初，谢图南关系最好的发小，两人一起长大，是过命的交情。此人性格不大着调，正经的时候少，是个唯恐天下不乱的主儿。她第一次在俱乐部撞到谢图南时，就是这人最先在旁边煽风点火。

在"叙两句旧"和"装作不认识"之间，乔暮云踌躇片刻，选择了后者。

她重新确认了门牌号，客气地开口："您好。"

您好？付华初抱臂靠着门框，脸上的表情带着几分玩味。

乔暮云面不改色，继续道："请问，祝教授是住在这里吗？"

付华初挑了一下眉，有点儿意外，态度倒是温和，道："进来吧。"

大约五岁的时候，乔暮云见过父亲的这位恩师。那年，父亲博士毕业，她和妈妈来到北城，参加 H 大的毕业典礼。当时，祝教授看起来也不过四十来岁，在台上做毕业致辞。她那会儿还是懵懂贪玩的年纪，穿梭在一众博士服间，只记得一句"前程似锦"。

岁月匆匆不饶人，乔暮云再看眼前这位白发苍苍的老人，不由得眼眶发酸。

她很少有这样矫情的时候，但父母去世十五年，故人早已寥寥无几。

祝教授还和印象里一样和蔼，他以为乔暮云是他哪一届的学生，于是喊付华初拿来老花镜，笑呵呵道："我年纪大了，记性不好，不大认得出你们了。"

乔暮云平复了心头的情绪，随父亲叫了一声："老师。"

"我姓乔。"她顿了一下，抬头直视着老人平静的眸子，像是下了决心，才继续道，"乔岩是我的父亲。"

祝教授愣了一下，似乎不敢相信地问："谁？"

"乔岩。"乔暮云重复了一遍，病房里安静了下来。

"都这么大了。"过了很久，祝教授才开口，"上次见你，你还是个小萝卜头，一晃二十多年了。你是怎么知道我在这里的？"

乔暮云此行除了探望，其实还有些旧事想问。但眼下付华初在，不太方便，因此她只说："我以前在这里工作过，听同事说起，过来看看您。"

祝教授问了她一些近况，学的什么专业，在哪里工作，乔暮云一一答了。

征得同意后，她又取了祝教授的病历和片子看。

脑肿瘤，良性，但是靠近视神经，位置很不好。

乔暮云微微蹙起眉尖，祝教授又问："怎么没留在北城？"

乔暮云僵了一下，慢慢地把片子装回袋子里，平静地说："奶奶年纪大了，身体一直不太好，就回去了。"祝教授点点头，轻叹了一声。

付华初一直坐在旁边没出声，这会儿忽然说："乔小姐。"

乔暮云眼皮一跳。他又说："加个微信吧。"

祝教授没感觉到空气里那股僵持的味道，乐呵呵地说："这是我老友的孙子，都是年轻人，认识一下。"

付华初已经掏出手机，把微信二维码摆到了乔暮云的面前。

从住院部出来，乔暮云盯着手机上新加的微信好友，在"加入黑名单"和"删除好友"之间犹豫了一会儿，最后还是点了"返回"。

她给张怀漾发了条消息，沿着马路慢慢地往外走，余光看到旁边咬了一辆红色跑车。车窗降下，付华初扬着笑脸套近乎："去哪儿？送你。"

烈日当空，热浪从脚底的水泥地面升上来，烤得人没有思考的力气。乔暮云慢吞吞地收回视线，懒得应付他："不用了，谢谢。"

"这个点，不好打车，顺便请你吃个饭。"

张怀漾的电话在这时候打了过来，乔暮云按了接听键，将手机放到耳边。

"姐，我在门口，看见你了，要我过——"他说到一半，顿住了，语调一扬，"你旁边那辆车是怎么回事？"

乔暮云淡淡地"嗯"了一声，然后侧头，视线轻飘飘地从付华初的脸上扫过。

"没什么，一个老流氓。"

付华初僵住了。

一是他没见过这样的乔暮云。印象里，这姑娘的脾气很好，性子内敛，不太爱说话。简而言之，有点儿没趣。不过，谢图南那时候护得紧，没人敢招惹她。

二来，流氓就算了……老是什么意思！

付少爷难以接受。但这会儿，他不生气，因为他看到乔暮云上了一辆银色的保时捷，驾驶座上似乎还是个年轻男人。

不知道谢图南见到这样的乔暮云，会是什么反应。

想到这儿，付华初拿出手机，打了个电话出去："在哪儿？攒个局。"

望江这家酒吧是谢图南和付华初一起开的。那会儿，两人都才二十岁出头，纯粹是砸钱买个场子给自己玩。到现在，酒吧规模也不大，图个清静。

付华初到望江是在三十分钟后，包间里热热闹闹，见他进来，有人叫了声"付哥"，准备让位。他摆摆手，转了半圈，找到了谢图南。

谢图南穿了件纯黑衬衫，背对着光坐在沙发上，低着眉，袖口往上卷了两折，有些漫不经心地把玩着手里的雪茄。

付华初搭上他的肩，走到旁边坐下："喝点儿什么？"

谢图南抬眸看他一眼，懒洋洋的，没搭话。

付华初打量着他的神色，组织了一下语言，悠悠然开口："我听冬子说，他昨晚在酒店见到一个女的，很像乔暮云。"

谢图南慢慢地往杯子里倒酒，往对面的黎冬身上扫了一眼，看不出情绪。

黎冬没想到自己就这么被付华初卖了。他轻咳一声，极力挽救："隔着挺远的距离，也看不太清。"说着，他还拼命地朝付华初使眼色。

付华初像没看见一样，继续道："听说，她的身边还跟了个男的。"

谢图南抬手解了两颗领扣，端过桌上的酒杯轻轻抿了一口，喉结微微滚动，在暗光下拉出好看的线条，从下颌一路延伸到胸口。

他把杯子放回茶几上，道："聊点儿别的。"

付华初点点头，顿悟般岔开话题："我刚刚去办事，经过医院，顺便去看望了你外公。老爷子这两天的状态还行，和我抱怨你这个不肖子孙连个人影都没看见。不过——"付华初顿了一下，"你猜，我在那儿见到谁了？"

"谁？"

"乔暮云！你说巧不巧，她去找你外公。她知道那是你外公吗？"

谢图南开始玩打火机。火苗"噌"地蹿起，雪茄被点燃，烟草味弥漫开来。

无视了黎冬"抹脖子"的手势，付华初继续道："她真的变了不少，两句话就把我噎得够呛。那男的我也看见了，开一辆保时捷，挺有面子的。"

这下子，彻底冷场了。

谢图南单手搭在沙发一侧，修长的手指夹着棕色雪茄。他没抽，任由猩红的火光在指间明灭交替。

黎冬放弃了劝阻，窝在角落里尽量降低自己的存在感。

在黎冬看来，谢图南当初对乔暮云是没得说。他对她不是砸钱的那种好，是真的把什么事都放在心上了，把她照顾得周全妥帖。有时候出来玩，乔暮云安安静静地坐在旁边，谢图南时不时地看她两眼，眼神里的温柔做不了假。大伙儿一开始没当回事，后来，他们渐渐醒悟过来：南哥这是栽了。

后来有一天，听说两人真分了，南哥看起来不甚在意。实际上，这两年，除了付华初会时不时在老虎头上拔根须，谁也没敢在他面前提乔暮云。

至于现在，南哥心里还有没有她，没人知道。但"前女友"这个词，前不前的不重要，只要带着"女友"两个字，男人总会有那么点儿扼杀不了的占有欲，更何况是他放在心尖上疼了那么久的女人。

这是专往他的心窝里捅刀子。

那边的桌游还在继续，吵闹声却似乎被一种无形的气压隔绝开来。黎冬灌了一口酒，觉得周边压抑得让人喘气都有点儿困难。

谢图南叠腿靠在沙发靠背上，眉眼敛着，神情淡漠，偶尔有灯光扫过，他垂着眸子，眼神落在前头折射微光的玻璃酒杯上，静默深邃，不带一点儿情绪。

付华初似乎是觉得不够刺激，干脆打开乔暮云的朋友圈，把手机摆到谢图南的面前："这两张照片不错。"

谢图南终于缓缓抬眼，拂开付华初的手，把燃了一半的雪茄摁进了酒杯。

过了中午，天气预报说有雨。车子堵在半路，走走停停。

乔暮云的视线没有什么焦距地落在窗外，看着天一点点地阴沉下来，云层聚到了一块儿，紧接着，大雨倾泻而下。

这条街，乔暮云很熟悉，再往前穿过一个十字路口，就是 A 大的小吃街。她念书的时候不太逛这条街，但经常路过，一般晚上七八点做完兼职回来，能看到一对对情侣牵着手散步。

趁着红灯，乔暮云拿了把伞，推开车门。

"我去前面买点儿东西。"乔暮云的声音混入雨幕，让人听得不太真切。

张怀漾当然不能扔下车跟上去，只能看着乔暮云的身影逐渐被雨幕模糊。

过了十字路口，乔暮云沿着绿化带慢慢地走，最后拐进了一家便利店。

老板娘还记得乔暮云，但有些不敢认："乔同学？"

乔暮云笑了笑，道："阿姨。"

"你回北城了？"

"没有。"乔暮云说，"过来办点儿事。"

她从柜台上拿了盒口香糖，掏出手机准备付钱，却被老板娘拦下："难得来一趟，不用付了。"

"不行——"

话没说完，老板娘已经把收款二维码倒扣在柜台上，道："瞎客气，你当年辅导小希的功课都没收钱。"

想起那个古灵精怪的女孩，乔暮云道："小希很聪明，我没教她什么。"

"她那点儿聪明都没用在正道上。"

"今年已经中考了吧？"

"考上了附中，快开学了。"老板娘笑得欣慰，"还有三年，就该念出头了，前两天还跟我说要学医。"

"还是别了。"乔暮云说，"挺累的，学点儿轻松的吧。"

老板娘摇头，道："倔着呢，我们说的，她一句都不听。"

话音刚落，正主拎着杯奶茶从外头进来了。

"小希，"老板娘道，"快看看谁来了。"

被叫作小希的女孩看起来十五六岁的年纪，大概是跑得急，半边肩膀被淋得湿透。她抬头认了一会儿，惊喜又迟疑地道："暮云姐姐？"

乔暮云微微俯下身，拍了拍她的头顶，问："有没有乖乖学习？"

小希点点头，又道："姐姐，我给你发过消息。"

小希在手机上鼓捣了一会儿，翻出微信给乔暮云看。

很熟悉的头像，是她的背影，还是谢图南拍的。

可惜，这个微信号她早就不用了。乔暮云有片刻出神，又侧头看到张怀漾已经把车停到路边，打上了双闪，她调出自己的微信二维码，对小希说："那个号被盗过，用不了了，你加姐姐的新微信吧。"

道过别，乔暮云回到车上。

张怀漾在打电话，那头听起来又是个女孩子的声音。

乔暮云看了一眼中控屏上显示的名字：怀玥。

张家的小女儿，和张怀漾是双胞胎，印象里被养得很娇气。

她大约是让张怀漾带什么东西，张怀漾有些不乐意："让司机去买，我又不是给你跑腿的。"

"张怀漾，我是不是你的亲妹妹？你今天带姐姐玩了一天了，我让你买个东西，你就推三阻四……"

张怀漾看了乔暮云一眼，及时切断外放，道："知道了，我的祖宗。"

乔暮云垂着眸子，打开一片口香糖，把包装纸方方正正地叠好。耳边，车窗被人轻轻地敲了两下——是小希又跑了过来。

乔暮云降下车窗，小希不由分说地把手里的奶茶连带着一大袋零食一起塞了进来。小希大约是将东西一路护在怀里，袋子上只零星落了点儿雨。像是怕乔暮云拒绝，她马上收回了手，往里看了张怀漾两眼，有些欲言又止。

乔暮云微微侧身，小姑娘偷偷道："这个哥哥没有之前的那个好看。"

她说的是谢图南。

人小鬼大。乔暮云揉了揉她的头顶，道："姐姐下次带个更好看的来。"

雨声虽大，但张怀漾还是听了个大概。车子开过两个红绿灯时，他终于忍不住问："之前那个哥哥……谁啊？你有过男朋友？"

乔暮云看了他一眼，道："我今年二十七岁了。"

"也是。"过了一会儿，张怀漾又开口，这次，他有点儿纠结，"玥玥刚才的话没其他意思，她经常念叨你。"

他指的是怀玥刚才电话里说的：你都带姐姐玩了一天了。

没想到他会特意解释，乔暮云笑了笑，道："我知道。"

她是真的不大介意。怀玥只是骄纵了些，偶尔会计较"我的爸爸和哥哥为什么要对你好"，但心眼不坏。

车里安静了下来。乔暮云把那袋零食放到后座，找了个舒服的姿势靠好。合上眼后，她有了些倦意，脑子却格外清醒。

二十分钟后，商场。怀玥说的那家网红店开在五楼，周六的商场人流如织，等了五六分钟，电梯才到。打开门，男女和小孩都往里涌，乔暮云往旁边让了让，一抬头，便看到一个熟人，四十来岁，穿着西装，气质沉稳。

目光相遇时，那人显然也愣了，但随即反应过来，微微颔首道："乔小姐。"

乔暮云迟钝地扯了扯嘴角，算是打了招呼。

被人流裹挟着擦肩而过，张怀漾回头看了一眼，道："那人有点儿眼熟。"

是眼熟。谢图南的司机，乔暮云一直叫他"老程"。老程在谢家工作了几十年，谢图南到哪儿，他都会跟着。很多人想求谢家办事，挤破了头都不如他的两句话。

想到这里，乔暮云忽然顿住脚步。

既然老程在，那谢图南……虽说商场这么大，没那么多巧合，但，万一呢？

乔暮云不想碰到这种万一。他们早就是不相干的人了，最好不见。

看乔暮云定在原地，张怀漾伸手把她拉到旁边，防止被人撞到："姐？"

像没听见一样，乔暮云抬脚就往外走。

行至门口，她又碰见了老程，他在打电话，语调恭敬，汇报着什么，道："都解决了……我马上到。"乔暮云的脚步又打了个转。看来，他不在。

"怎么了？"张怀漾亦步亦趋地跟着，实在对现在的情况摸不着头脑。

乔暮云抬眸，见老程已经走远了，才道："没什么。"

到了五楼，乔暮云才发现那家店前排了很长的队。张怀漾点了单，坐在门口等，乔暮云则拐进了旁边的星巴克。她点了杯冰美式，在靠窗的位子坐下。

店里的音乐是《Mademoiselle》，很适合午后听，也适合这样的雨天。

乔暮云回了几条消息，突然想起那个许久不用的微信。明明记性不算好，但仍旧可以不带停顿地输入账号和密码。她犹豫一秒，随即点了登录。

像是打开了一个尘封已久的老木箱，岁月的钝痛感沉沉袭来。

乔暮云滑着消息列表，发现自己的心底还是保留着一点儿可耻的期待。

"谢图南"三个字出现在她的视野里。他的微信头像已经换成了一张简单的风景图，而聊天内容停留在两年前的七月二十六日。

没有新消息，乔暮云笑了笑。她似乎还是有点儿难过的，但更多的是释怀。

他那样的性格，被告知分手，没同她计较，已经算是仁慈。

乔暮云点开自己的头像。

那次，他包了一艘游轮，只有他们两个人。她穿着一条法式露背裙站在栏杆旁，头发被风吹得轻轻扬起。他喊了她的名字，在她回头的时候按下快门。

那应该是他们最好的时光。他们牵手漫步，耳鬓厮磨，亲密拥吻。黄昏时分，他拉着她登上三层甲板眺望。四周是一望无际的大海，夕阳渐渐落下。

她不是一个放得开的人，但与他一起度过了最荒唐的日子。

他教了她很多，各个方面，或者说，现在的乔暮云出自他的手。

思绪渐渐抽离，乔暮云舒了口气，在相册里随手找了张照片，把头像替换掉了，然后，回到消息列表，她长按着和谢图南的聊天框，轻轻地点了删除。

两年前他们分开，虽然她换了手机号，不再使用这个微信，但她没有拉黑他，也没有删除他，甚至连聊天记录都没动过——因为舍不得。

如今，时过境迁，再多的不舍也早已烟消云散。

今天，就当作是一场告别。或许，他也早就把她拉黑，忘得一干二净。

同一时间，望江。

谢图南出来的时候，老程已经撑着伞等在外面了。

谢图南朝他微微颔首，然后上了后座。他接过老程递过来的毛巾，把身上的水珠擦干，又把毛巾随手扔到一旁，说：“回公司。”

车子平缓地驶上马路，外面的雨势丝毫未减。谢图南的手机“叮咚”一声响，他打开看了一眼——付华初锲而不舍地把乔暮云的微信推了过来。

谢图南气极反笑，直接点击右上角，把人拉黑了。

老程从后视镜里看了看，老板扯着嘴角，眉眼却冷漠，脸部线条绷紧，眼底情绪隐晦。想起刚才在商场见到的人，老程沉默了一会儿，还是没有多嘴。

谢图南退出聊天框，脑海里却浮现出刚才在付华初手机上匆匆扫过的那张全身照，她穿着裙子，背景是某个景点。

她以前不喜欢拍照，朋友圈里发得最多的就是学习软件的每日打卡。

天色混沌，雨点敲打着玻璃，车内静默。不知道是出于什么心理的驱使，谢图南打开了好友列表，然后不急不缓地往下划拉，指尖在熟悉的头像上顿住。

他给她的备注是“矜矜”，她的小名。

打开她的朋友圈，只有一片空白。但是，那一瞬间，她的头像被换掉了。

乔暮云上一次来张宅还是五年前，奶奶生病，急需手术，她走投无路，上门借钱。那也是个夏日，大雨倾盆。

舅舅生活讲究，乔暮云拿不出什么贵重的礼物，只挑了一篮子上好的车厘子。她一路措词，尽管忐忑，但考虑的都是怎么写欠条，怎么保证自己将来有能力还钱，又不让人家觉得她算得过于清楚，淡薄了亲情。

她怎么也没料到会被一口回绝。

当时，大哥和张怀漾都在国外求学，舅舅也不在，家里只有舅妈和表妹怀玥。她道明来意，舅妈原本淡淡的神色便添了几分不悦。

"平时有什么困难，你尽管说，虽然来往得少，毕竟是亲戚，小事我们都能帮忙。但你奶奶那病，你也说了是癌症，根治不了，动了刀，后面还不知道有多少手术等着，挺大年纪了，干吗白受罪？再说，我们家也不容易，有那么大公司要运转，你大哥和张怀漾都在国外上学，开销很大的。"

乔暮云不是个能言善辩的人，加上年少的自尊心作祟，便勉强维持着基本的礼节告辞了。别墅区不好打车，她沿着马路浑浑噩噩地走。风太大，伞被刮到半空，又落回到地面，磕碰着向前挪动。乔暮云怔在原地，没有追上去。

闪电划破天际，惊雷炸响。

乔暮云慢慢地蹲下身，抱着膝盖，想哭却哭不出来。

不知道过了多久，一辆车开过，又缓缓地倒回来。谢图南从后视镜里瞧了一眼落汤鸡似的女孩，降下了一半车窗。

乔暮云迟钝地抬头，雨水顺着她的额头滑下，模糊了她的视线。她看不清他的表情，只听见他说："上车。"

那是乔暮云第四次见到谢图南。

第一次在俱乐部，她慌乱之下撞了他，他没同她计较；

第二次在宿舍楼下，他来接表妹，这个表妹正好是她的室友；

第三次在她打工的饭店，她被几位客人为难，他路过解了围。

在她的印象里，这个传闻中手眼通天、做事果决的谢家少爷是乐于助人的。

乔暮云张了张嘴，不知道哪里来的勇气，竟对着这个仅有几面之缘的男人说："你能借我点儿钱吗？"

谢图南挑了下眉，脑袋稍侧，饶有兴致地打量过去。

女孩实在是狼狈极了，白裙子湿透了，挡不住春光，看着他的时候睫毛轻颤，浅茶色的瞳仁有几分清凌凌的脆弱感，像个一碰就碎的瓷娃娃。

好像几次见面都是这样，她总是状况百出。

其实，乔暮云说完那句话就后悔了，但话已出口，她心里存着希冀，磕磕巴巴地补充："我……我会还的。"谢图南对缘分这个词不太相信，帮她几次都是小事，大部分还是受人所托。但现在，他突然产生了一点儿非分之想。

反正"正人君子"这个词和他没什么关系，乘人之危也没什么不好意思的。

谢图南抬手，用食指敲了敲玻璃，说："上来说吧。"

乔暮云的腿有些麻，只好扶着车门站起来。她微微侧头，目光落在他似笑非笑的眼睛里。他的瞳孔很黑，仔细看的话，一片黝黑，深不可测。

她当时想，欠别人还不如欠他，不管怎么还，她都认了。

思绪被鸣笛声打断，乔暮云睁开眼睛，发现车子已经驶进了张家大门。下着雨，天色很暗。乔暮云撑着伞下车，透过层层雨幕，看向眼前灯火通明的别墅。

那次借钱之后，她再也没来过这里，也没和任何人提起过。舅舅是很久之后才从怀玥那里知道这件事的，他和舅妈大吵了一架，转了一笔钱过来，她没要。她告诉舅舅，钱的事已经解决了，至于怎么解决的，她只说是朋友帮忙。

此时，除了怀玥，一家人都在客厅。乔暮云叫了"舅舅""舅妈"，又看向迎面走过来帮她拿行李的男人，笑着说："大哥。"

张家有两个儿子、一个女儿。长子张怀宴早年在国外求学，现在基本接手了公司。印象里，这位大哥一向沉稳通透，对弟弟妹妹很包容。

大约是听到动静，怀玥从楼上飞奔下来，嘴里喊着："怎么才回来？我的东西呢？买到了吗？是不是那个口味啊？"她风风火火的，一溜烟便到了门口。

张怀宴眉梢一扬，语调有些严肃："怀玥。"

怀玥停住脚步，有些机械地转头去看大哥，然后缓缓地站直了身子，一副乖巧的样子："怎么了……吗？"

张怀宴朝乔暮云那边示意了一下，说："叫人了没？"

怀玥明显松了一口气，对着乔暮云扬起一个笑脸："姐！"

太久不见，乔暮云都快忘了，张家大哥从小就有些古板，教训起人来很有一套，像个老学究一样，怀漾和怀玥自小就怕他。她虽然不怕他，但也不是很喜欢听他讲道理。

"好了。"张显成说，"先吃饭。"

晚餐很丰盛，众人依次落座。

张怀漾藏不住话，三两句就把乔暮云辞职的事说了出来。

"怎么突然辞职了？"张显成关切地问道。

"辞职就辞职了，当医生又没几个钱。"舅妈陆媛遵循"一切向钱看齐"的原则，耸耸肩，说得无所谓。

张显成不想和她争辩，又问乔暮云："那接下来你有什么打算？"

乔暮云摇头道："还没。"

张显成思索了一下，道："要是愿意的话，我可以给你在公司安排个职位。"

一听这话，陆媛不乐意了："什么'在公司安排个职位'，她又没经验，你自己女儿——"

话没说完，张怀宴敲了敲碗，打断她："吃饭。"

饭桌上安静了。乔暮云默默地喝了口饮料，心想，看来这些年，大哥的能力越来越强，连舅舅舅妈都被震慑住了。

吃过饭，乔暮云跟着大哥上楼。木质地板上传出沉闷的踢踏声。楼下，怀玥和怀漾不知道为了什么吵起来了。

这样的争吵对乔暮云来说太陌生，她有点儿不适应。

张怀宴推开走廊尽头的房间门，开了灯，道："我知道你喜欢安静，这边采光好，有单独的小阳台，你看看有什么不喜欢的，明天再让人换。"

乔暮云笑了笑，道："喜欢。"

大哥一向细心，连窗帘和床单都是她钟爱的湖蓝色。

"隔壁是怀漾的书房，不过，他从来不去，以后就归你了。"张怀宴把行李放好，顿了下，又道，"回了家就安心住着。"

乔暮云本不打算长住，最多也就住两三天，但眼下，这样的话不好说出口。

"谢谢大哥。"

大哥下楼后，怀漾和怀玥一下子收敛了。

乔暮云把行李箱横放到地上打开——衣服、化妆包、电脑……东西不多，乔暮云一一归置好，最后从隔层里拿出一个相框。

那是一张全家福，一家五口，爷爷、奶奶、爸爸、妈妈以及一个扎着双马尾的小女孩。因为年代久远，像素不高，边角甚至有些泛黄。

乔暮云用指尖摩挲着相框玻璃，忽然听到有人敲门。

"姐！"是怀玥的声音。

乔暮云放下相框，随手拿了一件衣服盖上它，起身去开门。

怀玥拎着一个袋子站在门外，里面有一套睡衣和一些洗护用品。见乔暮云出来，她递过袋子："不知道你有没有带，大哥让我送过来的，全新的。"

大约是很少被这么使唤着做事，她似乎不大乐意。

乔暮云接过，道："谢谢。"

怀玥朝房间里打量了一眼，然后宣示主权一般地说："这是我家！"

乔暮云笑了笑，道："知道。"自从奶奶去世，她在这世上已经不剩下什么亲人了，对于家的定义，也早就被时光磨灭得不知所终。

看乔暮云一点儿都不计较的样子，怀玥又觉得自己好像说错了话，但已经来不及收回了。

"……也不是。"她跺了跺脚，有些懊恼，"哎呀，你等着！"

乔暮云看着怀玥迅速跑回房间，没一会儿又小跑着出来，走近了，她才看清怀玥手里的东西：神仙水，海蓝之谜的面霜，还有几张面膜……

"先用这些吧，都是新的。"怀玥一样样地递给乔暮云，然后拍了拍手，似乎觉得弥补了刚才的"罪恶"，哼着歌原路返回了。

乔暮云哭笑不得，摇了摇头关上门。

那晚，雨一直在下，噼里啪啦地敲打着窗户。乔暮云脑中混沌，一直到后半夜才睡着，第二天醒来时已经是上午十点半。

她洗漱完下楼，房子里静悄悄的，只有怀玥抱着电脑坐在客厅里。

怀玥专注地盯着屏幕，不时打两个字，听到动静也只是抬头看了一眼，然后道："姐，你怎么比我还能睡？"这话听起来像是在说"今天天气真好"，是在陈述一个客观事实，还带着些许疑惑。

乔暮云沉默了两秒，转移话题道："他们人呢？"

"我爸和我哥都去公司了，我妈和朋友去逛街了。"怀玥说着伸了个懒腰，语调极其轻松，"放心，我看她的指甲也该做了，不到晚上不会回来的。"

这天是聊不下去了，她干脆从桌上拿了一个苹果填肚子。看没什么事，她便准备再回房间躺一会儿，刚走到楼梯口，怀玥忽然又喊："姐。"

乔暮云疑惑地回头。

"你今天有空的吧？"

"……有。"乔暮云说得不大肯定。

"你会开车吧？"怀玥又问。

听起来没什么好事，乔暮云犹豫了两秒，道："不会。"

"胡说！"怀玥合上电脑，往门口一指，"大哥早上说车库里的那辆保时捷留给你用，你肯定会！"

"……"

怀玥扬起一个大大的笑脸，道："载我去个地方？"

乔暮云又走回来，问："你不会开车？"

　　"还……没学。"其实是没学会，她很快掩饰过去，"你就载我一下嘛。"

　　乔暮云无奈地说道："我去换件衣服。"

　　到了车库，乔暮云看到了怀玥说的那辆保时捷——红色限量款，很显眼。她想了想，问："有没有稍微低调一点儿的车？"

　　她并不是没见过好车。那时候，她跟着谢图南去地下赛车场，一群公子哥儿不差钱，不要命一样，车速飙到两百八十迈都能面不改色。

　　她坐过一次他们的车，吓得声音都发不出来，现在想想都心有余悸。

　　"这辆车挺好看的，大哥说适合女孩子。"怀玥已经拉开了车门，"而且，为什么要低调？多拉风啊！"

　　乔暮云收回思绪，系上安全带，问："去哪儿？"

　　"江云会馆。"

　　怀玥学的是新闻专业，毕业后，家里找关系把她塞进了当地电视台，成了个三天打鱼、两天晒网的小记者。但这次，她带了架相机，一路上看着电脑鼓捣资料，看起来像模像样。

　　"是去采访谁吗？"乔暮云问。

　　"不是。"怀玥摇头，"一个发布会，让我去拍点儿照片。据说参加的都是青年才俊！"很显然，重点是最后的"青年才俊"四个字。

　　"什么发布会？"

　　"好像是什么新产品。"怀玥挠了挠脖子，有点儿茫然的样子。

　　产品名称都没记全，那她刚才在忙什么？

第二章
贪恋温柔

发布会在下午一点半，时间刚刚好。

不知道是哪个公司财大气粗，只是开个发布会，却包下了整个会馆。

怀玥抱着相机就往里跑，乔暮云看着她毛躁的背影消失在旋转门后，便独自把车开到了地下停车场。她转了两圈才找到空车位，随后捏了捏脖子，把座椅放下去闭目养神。没过几分钟，手机响了，不过，不是她的。

乔暮云睁开眼，看向声源处——小兔壳手机孤零零地躺在副驾驶座上。

乔暮云拿起来，在铃声断掉前按了接听键。

"姐！"怀玥压着声音道，"我手机忘拿了，你能不能帮我送进来？我还要录音的！快点儿！拜托！"

乔暮云觉得头疼，道："我进不来，你在门口等我。"

"不行，我好不容易才占到座位！我包里还有一张工作证，是我同事的，你戴在胸前，进来的时候自然一点儿，他们不会查得那么严的！求求你了！"

乔暮云叹了口气下了车。

电梯还停在下面一层，她按了上升键，低头摆弄着工作证，把带着照片的那面朝里。三秒后，电梯到了，里面已经有不少人了，但很安静。乔暮云垂着眼，只能看到一排整齐的西装皮鞋。随后，她的目光随着鞋子上移，抬起头，便对上了一张完美无瑕的脸庞。他站在正中间，穿着一丝不苟，眼眸漆黑，唇线绷直，目光带着审视，没有一点儿温度。

见乔暮云愣在原地，旁边有人拦了一下电梯门，说："这位小姐？"

身体的反应比大脑快，等乔暮云反应过来时，她已经在电梯里面了。

五星级会馆的电梯富丽堂皇，四面都装了镜子。不管看向哪里，似乎都能准确地分辨出谢图南的身影。乔暮云的心口疼了一下，又慢慢地麻木起来。

以前她也想过，如果再见到谢图南，应该坦然一点儿，擦肩而过最好，若是避不开，就微笑着说一句"好久不见"，不动声色地把那些陈年往事都藏在成年人的面具之下。

终究只是想想而已。

毕竟，在他那里，他们大约连说一句"好久不见"的情分都没有。

他早已走远，只有她自以为已经放下了，其实还停留在原地粉饰太平。

乔暮云整理好心情，平静地看向电梯楼层显示屏，一楼，二楼，三楼……到了，电梯门缓缓地打开，乔暮云抬起脚想走，下一秒，手腕却被拽住了。

电梯里的人都吃了一惊，面面相觑。最冷静的大概只有跟了谢图南七八年的特助小陈，他朝众人做了个手势，率先走出了电梯。众人纷纷会意，只是按捺不住好奇，出电梯的时候难免多打量了乔暮云几眼。

四周渐渐空了下来，乔暮云挣扎了一下，但只是徒劳。谢图南用了些力气。

乔暮云抬头，目光停在他的喉结处。她保持理智，生硬地说："放手。"

谢图南仿佛没听见，微微侧身，抬手按了关门键。

电梯门缓缓地合上了。乔暮云动了动手腕，说："谢先生，放手。"

谢先生——刚认识的时候，她也是这么称呼他的。那时候，她连正大光明地看他一眼都不敢，现在倒是也学会这么冷漠地对待人了。

谢图南垂下眼，目光落在乔暮云的手腕上，然后松开了力道。乔暮云挣脱桎梏，往后退了两步，身体抵在冰冷的电梯壁上，手搭在扶手上。

电梯下行，她稳住心神，把头偏过去一点儿。

是他先伸手拉人的，躲也是徒劳，乔暮云索性大大方方地看过去。

这男人真的很养眼，西装笔挺、裁剪合身。肩宽腿长，比例绝佳。视线再往上是深蓝色的领带，方方正正的。

乔暮云喜欢他穿白衬衫、不打领带的样子，扣子解开三颗，干净流畅的线条从下颌延伸到喉结，再到胸骨上沿，带着攻击性。但是一打上领带，就多了分内敛，人模人样的。

逼仄的空间里，两人相对无言。

被直勾勾地盯着瞧，谢图南皱了皱眉。

这么看，是变了很多，胆子大了。以前，她不会这样直视他，哪怕是最亲密的时候，她也总爱闭着眼，温软得像一只小猫。

"乔小姐。"谢图南开口，声线清冷。

乔暮云清醒过来，又觉得有点儿好笑。

这种时候，她竟然还有心情想他的身材如何。也是奇怪，明明是他先在大庭广众之下拉拉扯扯，现在他的语调听来，又好像是自己冒犯了他。

"谢先生。"乔暮云坦然了许多，"您有什么事吗？"

她今天穿了条衬衫裙，不长，领口交叉成"V"字，胸前的沟壑若隐若现。

谢图南的目光定格在她的脖颈处。须臾，他上前一步。

头顶落下阴影，乔暮云全身都戒备起来，却又无处可逃。眼前的男人神情寡淡，眉目疏离，仿佛他们从不相干，动作却不是那么回事。

他的手停在她的胸前，指尖微挑，翻开工作证看，漫不经心的样子。扫过上面的信息，谢图南抬眸，眉梢微挑，讽刺道："乔小姐什么时候改行了？"

乔暮云扯回工作证，道："与你无关。"

谢图南收回目光，缓缓地站直了身子，道："最好是这样。"

话音刚落，电梯停在了一楼。门外的人三三两两地进来了，谢图南重新按了三层，面无表情地站到一边，一副不想再和她交谈的样子。

什么叫最好是这样？他莫名其妙地拉住她，就是为了特意提醒她离他远一点儿吗？他以为这会馆是他家开的？

乔暮云一口气噎在胸口，不上不下。她跟随指示牌一路到三楼会场。保安见一个美女面若冰霜地走过来，着实愣了一下，连证件都忘了查看。

发布会还没开始，台下的众人小声地交流着。

怀玥拿到手机直喊"阿弥陀佛"，看乔暮云脸色不好，她又有点儿心虚。

"姐？"她站起来道，"要不，你坐会儿？"

"不用了。"乔暮云说，"我先走了，你这边结束了再打电话给我。"

主席台旁边的门被打开了，穿着西装的男人相继走进来。不知道是不是乔暮云的错觉，似乎有几道目光朝她投来。她没抬头，转身走出会场。

发布会结束已经是两小时后，怀玥在车上就开始翻看照片了。

"姐，你觉得哪个最好看？"

碰上红灯，乔暮云踩了刹车，往怀玥的电脑上瞥了一眼。怀玥滑动了半天后停下，问："这个帅不帅？谢图南。谢氏集团，你知道吧？"

乔暮云抿了抿唇，收回视线。

谢家祖上是行伍出身，多年势力盘根错节，在北城要风得风。谢图南是谢家这一辈唯一的继承人，眼光独到，手段凌厉。这些年，谢氏在谢图南的手里已经壮大了不只三倍。

怀玥滔滔不绝，如数家珍，最后指着屏幕道："他这个名字也很好听，好像是哪句古诗里的。"

"……"

"想不起来。"怀玥皱眉道，"好像背过。"

车里安静了一会儿，乔暮云忽然道："《逍遥游》。"

怀玥"啊"了一声。

"他的名字，出自《逍遥游》。"乔暮云重复了一遍，语调轻缓，"背负青天，而莫之夭阏者，而后乃今将图南。"

"姐，你都毕业多少年了，居然还记得？"怀玥夸得真情实感，又道，"我们要做一期新的财经节目，要是能采访到他就好了。"

红灯转为绿灯，乔暮云没再说话，而怀玥似乎被谢图南的脸激起了很大的"工作热情"，一直到晚上吃饭时，还在念叨着要采访他。

张显成夫妇出去应酬了，家里只有兄妹四个。

"你说谁？"张怀宴洗过手刚坐下，似乎没听清，又问了一句。

"谢图南。"怀玥咬着颗虾球，含糊道，"哥，你认识吗？"

张怀宴拿筷子点了点碗，道："吃完再说话。"怀玥默默地将虾球咽下。

张怀宴这才继续道："认识是认识。"怀玥眼神一亮，就听张怀宴又说了一句，"不过，不熟。"怀玥又把目光转向张怀漾。

张怀漾两手一摊，道："我就更不熟了。"

"你就消停点儿吧。"他语重心长地说道，"正经采访都没做过几次，什么人都敢想。谢图南不爱露脸，全北城，能在他那儿讨个人情的，也没几个。"

怀玥"哦"了一声，点着头嘀咕道："有个性，还帅！"

"……"

"姐。"她冷不丁地叫乔暮云，"你说是吧？"

乔暮云愣了一瞬，将嘴里的茄子咽下去后才道："不知道。"

"就从照片上来说。"怀玥急需认同。

乔暮云看了一眼，道："还行。"

"帅有什么用？"张怀漾说，"谢图南这个人，看着挺好说话的，实际上谁的账也不买。他们这种人，家族底蕴深厚，做事狠，路子野，招惹不起。"

怀玥疑惑道："我们不是和谢家做过生意吗？"

"做点儿生意算什么？和谢家做生意的人少吗？"张怀漾说，"像咱们家这样的，半路发财，没什么根基，在他们眼里，什么都不是。"

张怀宴敲了敲碗，说："说过多少次了，不要在背后论人是非。"

吃过饭，怀玥转头就往楼上跑，却被张怀宴喊了回来："家里又不是宾馆，成天躲在房间里像什么样子？"

"你偏心！"怀玥指着已经上了一半楼梯的乔暮云，"你从来不说姐姐。"

"那是你姐姐，我说不说是我的事，但轮不到你说。"

既然这样的话，好像继续上楼也说不过去，于是乔暮云默默地回了客厅。

怀玥开了电视，里面在放一档综艺节目。很快，她就忘了刚才的插曲，倒在沙发上笑得前仰后合，全无形象。

张怀宴看了她好几眼，最后只是摇摇头，用报纸挡住了脸，眼不见为净。

乔暮云的心里装着事，因此即使是看搞笑综艺节目也觉得索然无味。

她翻了翻微信，看到好友列表里有一条好友申请，是两小时前收到的，下面的备注里写了三个字：林西湛。

林西湛是乔暮云的学长，管理学院的。乔暮云刚进大学的时候参加过一个辩论社，他是社长。印象里，他总是笑眯眯的，待人很温和，但真上了辩论台，他总能气定神闲地把人说到哑口无言，当年也是风云人物，迷妹无数。

林西湛追求过乔暮云一阵子，被拒绝后也没见他不高兴。

乔暮云那时候觉得，他是个很好的人，但乔暮云当时并不想谈恋爱。准确来说，是不想花精力去了解一个人，也没时间去投入一段感情。

而谢图南是生硬地闯进她生活里的，没给她拒绝的余地。

回过神来，乔暮云在好友申请那栏点了同意。

第二天一早，乔暮云被电话铃声吵醒。她没看来电显示，迷迷糊糊地按了挂断键，没一会儿，手机又响了。

是付华初的电话。乔暮云最后还是接了起来，被电话那头带着转音的一句"乔妹妹"弄得睡意全无。

听筒里静了几秒，付华初又问："有空吗？"

"没有。"

"是这样。"付华初跟没听到似的，自顾自地说，"你能来趟医院吗？祝教授这边在商量治疗方案，想问问你的意见。"

乔暮云把手机拿远，看了一眼时间，已经上午十点半了。

"下午吧，我两点去。"

"不行。"付华初脱口而出，"现在有个问题，挺棘手的，你最好能马上过来。"乔暮云皱眉，拿手背在额头挡了挡，最后答应了。

祝教授的脑肿瘤虽然是良性，但靠近视觉神经，位置很不好。肿瘤一旦长大，压迫到视觉神经，很有可能导致失明，对生活质量有很大影响。老人家要强了一辈子，肯定是不愿意的，但是像这样的年纪，开刀的风险同样很大，手术中如果控制不好力道，也有失明的风险。况且，肿瘤是否会复发也是未知数。

乔暮云思考了一路，不知不觉已经到了病房门口。里面有人在说话，夹杂着几声笑声。她轻轻地舒了口气，抬手敲了三下门。

"进。"是一个男人的声音。

乔暮云几乎当下就知道，谢图南在这儿。她的手僵在半空中，手指一根根地收拢到掌心。理智告诉她，她应该转身就走，但动作还是迟疑了三秒。

"吧嗒"一声，门从里面打开了。阳光穿过走廊的窗户，把菱白的瓷砖分割成块，一点儿一点儿地勾勒出他的轮廓。

谢图南站在门口，居高临下地打量着眼前的人。

他手腕处的金色袖扣闪着细碎的光，乔暮云被晃了眼，微微地偏过头。

或许是空气有些闷热，乔暮云定了定神，迟钝地恢复了思考。

既然谢图南在这儿，那付华初说的"商量治疗方案""棘手""想问问你的意见"等，当然都是骗她的。

乔暮云在心里把付华初骂了一通，抬头看向谢图南。

见到她，他似乎并不意外。

"图南。"祝教授出声问，"谁来了？"

谢图南松开门把手，转身进了病房，说："大概是您的学生。"

乔暮云扯了扯嘴角，抬脚入内，轻轻地带上门："老师。"

"是乔暮云啊。"祝教授很高兴。

乔暮云把带来的果篮放下，问："您这两天身体怎么样？"

"吃得好，睡得好。"祝教授乐呵呵地往窗边指了指，道，"坐会儿。"

乔暮云顺着那方向看过去，谢图南叠着腿歪坐在沙发上，单手搭在侧边，低眉看着手机。窗帘关着，光线有点儿暗，衬得他整个人都冷冰冰的。

乔暮云不动声色地收回视线，笑道："不坐了。我找以前的导师问点儿事，不放心您，所以过来看看您。一会儿就走。"她随便扯了个理由，解释了自己为什么大中午过来探望他。

寒暄几句后，祝教授想起什么似的，问："上次没来得及问你，来北城是有什么事要办吗？"

迟疑了两秒，乔暮云依然坦诚道："是。"

祝教授点点头，问："需要我帮忙吗？"

他问得真诚，眸子沉静，带着友好的笑意，却又似乎能一下把人看穿。

乔暮云一时语塞。

同时，身后也跟过来一道探究的视线，若有若无，却让人如芒在背。

祝教授笑笑，道："没关系，你说。"乔暮云轻轻地摇头。

祝教授又和蔼道："你的父亲是我最得意的学生，他去世得早，我也算是你的长辈，照理来说应该照顾你，不用跟老师客气。"

事隔经年，这样的关心实在难能可贵。乔暮云的嘴里微涩，垂眸压下眼底的情绪，道："我没什么要紧事，您好好养身体，积极配合治疗。"

祝教授不乐意了，道："我的身体好着呢，都是他们大惊小怪。"说着，他指了指谢图南，"瞧我，忘了介绍，这是我外孙。"

乔暮云愣了一下。

说起来，她和谢图南在一起三年，却从未听他提起过家里有哪些人。他没说，她也不会问。刚才看谢图南在这儿，她还以为他和付华初一样。

乔暮云很快镇定下来，道："我还以为是……您的学生。"

"他？"祝教授直摇头，十分嫌弃地说道，"他这样的学生，送给我我都不要。"

乔暮云深以为然。谢图南这个人对学术没有半点热爱。说起来，谢图南也曾经在A大就读。他怎么考上的，她不知道，毕竟，他看着也不像会认真读书的人。

他在A大没待多久，念完一个学期就出国了。乔暮云比他低几届，闲谈的时候听过他的大名，不是什么光荣事迹，纯粹是因为那张脸吸引了太多女生的注意。学姐们口口相传某学院有个帅得惊为天人的学长，还说他温柔风趣，有少年感。

温柔……可能是因为距离产生美吧。

毕竟，就以那门门飘红的成绩，他也能被迷妹硬传成学霸。

后来，她倒是问过他为什么出国，他答得特别随意：入学时选的专业是随便选的，后来发现不太喜欢，就没怎么去上课，期末考试，九门课缺考了七门，因为换不了专业，所以出国了。

祝教授又说："你有什么事不好意思和我这个老头子说的，就找他，虽然他不大成器，但路子多，他办不好，你再来和我讲。"

乔暮云差点儿忍不住笑出声，但还是点了点头。

看出她的拘谨，祝教授把目光转向自己的外孙。

谢图南还是以那个姿势坐在沙发上，手指规律地在手机屏幕上敲击，像是在回复谁的信息，仿佛没听到这边的对话。

难怪人家姑娘尴尬。

"图南。"祝教授喊他的名字，带着警告的意味。

谢图南这才从屏幕前抬起头，目光轻飘飘地从乔暮云身上扫过。他似乎笑了一下，然后关了手机，将手机扔到一旁，懒散地问："乔小姐需要吗？"

"图南！"祝教授有点儿生气。

乔暮云转头迎上他一片漆黑的眸子，笑得得体，道："不麻烦谢先生。"

祝教授终于发现了不对劲——他好像没说谢图南的姓氏。

"你们认识？"

"不认识。"

谢图南不置可否。

祝教授的目光在两人之间徘徊，乔暮云又补充道："电视上见过。"

谢图南拿了把水果刀在手里转，慢条斯理地开口："我从来不上电视。"

他存心拆台，乔暮云只能当作没听到，否则，尴尬的大概只有她自己。

乔暮云从前觉得自己很了解谢图南。她熟悉他的性格和脾气，深知他的冷漠和冷酷、野心和城府。她看过他最放纵的样子，知道他也有口是心非、喜形于色的时候。但时隔两年，她好像一点儿都看不懂他了。

"谢图南。"这是祝教授第三次叫他，比刚才的语气更重了。

护士突然敲门进来，说："您预约的眼底造影快到号了，我推您过去。"

祝教授横了谢图南一眼，后者笑了笑，走到病床边，弯腰说："我扶您。"

"什么态度。"祝教授拂开他的手，指着乔暮云说道，"跟人家姑娘道个歉。"

"您先去做检查，我慢慢跟她讲。"

他背对着这边，乔暮云看不清他的表情，但"慢慢讲"……还是算了，她想想那场面就觉得可怕。再看旁边的小护士，眼神几乎是黏在了谢图南身上。

他这副样貌确实很能迷惑小姑娘，还有那股散漫的痞劲。

乔暮云扪心自问，也没办法指天对地地说自己当初不是为色所迷。

谢图南不知道对祝教授说了什么，老人家终于起身，但坚持不要人扶，也不愿意坐轮椅。走到门口，他又不让谢图南跟着了，挥手说："你送送暮云吧，中午了，带她出去吃顿饭。"

乔暮云脚步一顿，说："不用的——"

祝教授摇头，说："你这孩子，跟你爸一样，瞎客气。"

乔暮云怔了一下，再抬头时，祝教授已经走出很远。

她还在病房门口，而谢图南背对她站着，就在前面三步远的地方。

她想走，得先越过他。

不知道为什么，光是他这一个背影，就让她觉得压抑。

谢图南的手机这时候响了起来，他看了一眼，没接，但似乎在发消息。

她和他应该不是需要打招呼的关系。乔暮云轻轻地舒了口气，往前走着，鞋跟踩在地砖上，发出清脆的"嗒嗒"声。她尽量地放轻了脚步，连呼吸也不知不觉地顿住了，像小羊羔路过酣睡的恶狼，生怕恶狼惊醒，小心翼翼的。

"暮云。"擦肩而过的时候，谢图南忽然开口。

她的脚步不受控制地停下，拎着包的手指微微收拢。

"乔小姐。"谢图南改了称呼，"你是初六傍晚到的北城，初七来过医院，初八出现在发布会上。"他顿了一下，饶有兴致地继续说，"今天，我们又碰到了。"

乍一听像是在聊闲话，但乔暮云懂他的潜台词。

毕竟，昨天在电梯里，他已经强调过一次了。

"当年不是走得挺决绝吗？"谢图南的语调冷了下去，"没记错的话，那条分手短信说的是，如果没有意外，你再也不回北城。"

乔暮云抿了抿唇，沉默了。

"那么现在呢？"谢图南上前一步，微微倾身，他咬字很轻，像嘲讽，又夹着轻微的试探，"发生了什么意外吗？"

压迫感袭来，乔暮云抬头与他对视。

谢图南的眼睛很好看，比起桃花眼，他的眼型更长，眼尾略向上斜，瞳仁漆黑，看人的时候永远带着距离感。

为了避免更多的麻烦，乔暮云试图与他讲道理："我不知道祝教授和你的关系，只是代我父亲来看望一下老师。"

谢图南盯着她看了两秒，道："是吗？那么，你的父亲有多少位恩师？"

很明显的讽刺。乔暮云沉默了两秒，轻轻地开口："谢图南，两年前，我走得决绝，现在也不会来纠缠。而且——"她顿了下，索性道，"我有男朋友了。只要您不再像昨天那样拉拉扯扯，我们之间跟陌生人没什么区别。"乔暮云的语调始终平静。

像是为了印证她的这番话一样，几乎同一时刻，她的手机响了起来。

是张怀漾的电话。她看了一眼，直接挂断了。

谢图南瞥到来电显示，联想起之前种种，轻哂一声，道："张家那位小少爷花天酒地、风流成性，你也看得上？"

乔暮云反应了两秒，才勉强明白他的意思。

他居然以为张怀漾是她的男朋友？这么误解，倒也……不是不可以。

"我不在乎。"她轻轻地歪头，"他对我很好，有求必应。"

谢图南的眉心皱紧了三分，视线越过乔暮云，落向窗台处。

乔暮云的笑意更甚了，目光灼灼地盯着他："至少，比你对我好。"

谢图南眸子一沉，他点点头，上前一步，食指屈着，毫无预兆地捏住了乔暮云的下巴，迫使她与自己对视。

乔暮云看着他微微弯腰，一点儿一点儿地朝自己压下来。

四周的空气似乎停止了流动，她的全身如同过电一般僵住，连反抗都忘了。

两人只余三厘米距离的时候，他停下了，黑眸覆着冷意，紧紧地锁住她，嘴角却噙了笑。

虽然是夏天，但谢图南的指尖带着些凉意，他的嘴角扯着，目光却很静很冷。乔暮云有些后悔招惹他。明明知道自己占不到什么便宜，她就不该逞强。

走廊里传来脚步声，由远及近。乔暮云终于想起来挣扎，她动了动脖子，试图偏过头，谢图南却没有松手的意思。乔暮云明显感觉他的力道加重了些，她有点儿疼痛，抬手去掰他的手腕，却触上冰凉的金属表盘。

谢图南一直有戴手表的习惯，但不是为了看时间或者凸显身份。

他的手腕内侧有一条不算浅的疤痕，需要用手表遮住。

关于那条疤，乔暮云曾经因为好奇问过，但谢图南只说是小时候的一次意外造成的，不愿意多提。

其实，他那双手生得极好，又长又直，素净有力，尤其是那一小截凸出的腕骨，有一种天然的冷感。每次被他从后面抱着睡，乔暮云都执着于抓住他的手，睡梦中都不会放开。他若是想起身，还得费点儿劲。

他曾经也问过为什么，还说她："跟个小孩一样。"

乔暮云当时想，因为安心。但她没答，只是沉默地鼓捣着他的手指。他也不介意。那种时候，他的脾气一般很好，由着她把玩他的手。

乔暮云有片刻的恍惚。不知道是距离太近还是回忆里的场景太旖旎，乔暮云的脸开始不受控制地发烫。

谢图南又靠近了些，他微微侧了头，鼻尖几乎擦过乔暮云的脸颊。

阴影落下来，两人的呼吸在刹那间交融，只差一点儿就能亲上。

乔暮云彻底回神，轻轻地咬了咬牙，漂亮的眸子染上一层恼怒的神色，为他的轻薄，也为刚才那一瞬间，她心底那点儿可耻的悸动。

谢图南的动作顿住了，与她拉开了一点儿距离，放开手，缓缓地站直了身子，然后像是什么都没发生一样，大步流星地走远。

乔暮云看着他的背影，闭上眼，深呼吸了两次。

走廊两侧都有电梯，她选择了和谢图南相反的方向离开。出了住院部的大楼，消毒水的味道一下子淡了，取而代之的是头顶火辣辣的太阳。

乔暮云从包里摸出一把折叠伞，还没完全撑开，余光便看到前方空地上停着一辆银色的保时捷。

老程站在旁边，一边抽烟，一边等人。等的是谁，不言而喻。

乔暮云移开目光，本想当作没看到，但下一秒，车窗缓缓地降下，露出了付华初那张脸，他把手伸出车窗挥了挥，道："乔小姐。"

乔暮云冷笑了一声。

她差点儿忘了今天这场"偶遇"的罪魁祸首。谢图南和祝教授的关系，他没提醒一句不说，毕竟，他也没这义务，但今天把她诓来，他也是够缺德的。

看着乔暮云往这边走，老程掐了烟，道："乔——"后半句卡在了喉咙里。

因为他眼睁睁地看着乔暮云走近，然后抬脚……朝着车门踢了过去。

老程一时间忘了反应。毕竟，在他的印象里，这位乔小姐一直是温柔安静的，并不怎么喜欢吵闹撒泼。

付华初先是愣了一下，然后笑了："您这……消消火，消消火！您这是在生我的气，还是生这车子的主人的气啊？"

车门毫发无损，在阳光下质感极佳，一点儿痕迹都没留下。

乔暮云感受着脚尖隐隐传来的疼痛感，漠然地收回视线。

她总以为这两年，自己已经变得十分有涵养了，没想到还是这么不经事。

她从包里掏出手机，当着付华初的面，把他的微信和手机号全部拉黑了。

而后，她没有再看他，踩着高跟鞋走远了。

付华初朝着她的背影喊了一声，然后抬手摸了摸下巴，看向后面缓步走过来的人，戏谑道："什么情况，你把她怎么了？"

谢图南扯了扯嘴角，蹦出两个字："下来。"

付华初有些茫然，一时间没反应过来。谢图南的语气极不友善，听着像是要打人，不过，这位哥已经多年不动手了，所以付华初想了想，又排除了这种可能性。再说，就为了自己把他前女友诓过来这事，也不至于。

付华初下车问："怎么了？"

"手机给我。"谢图南又道。

付华初实在不懂他唱的哪出，但还是照做了。

谢图南接过手机，低头调整了表盘的位置，道："也没怎么。"

他按住即将关上的车门，把手机往里面的座椅上一扔，自己也坐了进去。

"嘭"的一声，车门关上了。谢图南抬眸，嘴角缓慢地扬起一抹弧度，接上刚才的话："就是觉得你最近太闲了，还是走回去比较好。"

话说到一半，车窗关上了。

老程从后视镜里看了一眼老板的神色，沉默地锁上门，发动了车子。

"谢图南，我——"付华初的后半句话被深蓝色的车窗玻璃隔绝在外，反倒引得过路的人纷纷侧目。

出门的时候太着急，又怕堵车，乔暮云是坐地铁过来的。从附院西门到地铁站要步行十分钟，头顶的太阳很烈，乔暮云慢吞吞地撑起伞，感觉下巴还在隐隐作痛。她翻出手机，就着前置相机照了照，脸是红的。

大约是太热了吧。

乔暮云返回手机功能界面，看到微信图标上有几个小红点。

林西湛：暮云？

收到消息的时间是一小时前。

地铁到站了，乔暮云的手指在手机屏幕上划过，打了两个字又删掉了。

上了地铁，她找了个位置站稳，才重新拿起手机回：嗯，学长好。

林西湛直接问：在北城吗？

乔暮云脑海里冒出一个大大的问号，犹豫着回复：是。

林西湛：昨天见到你，还以为我眼花了。我找你室友要了你的联系方式，昨晚就想问你，后来忙忘了。

昨天……那就是在发布会上。

林西湛学的是金融，家里也是做生意的，出现在那种场合，并不稀奇。

乔暮云正准备回，忽然扫到后半句，于是问他：我……哪个室友？

林西湛：秦学妹。

乔暮云忽然觉得背后一凉。

林西湛：你回北城工作了吗？

乔暮云：不是。回来办点儿事。

又聊了几句后，乔暮云借口有事，结束了聊天。

她翻着通讯录，找到"秦九九"这个名字，打开聊天框，能看到两人上次聊天是在一天前，秦九九问她在忙什么，她随手回了一句：在旅游。

还挺巧，后脚，她就出现在了北城的发布会。

也不知道林西湛说没说他碰到她的这件事，不过，多半是说了。微信现在还没动静，秦九九多半是等着她自行招认。

乔暮云兀自出了会儿神，再抬头，地铁已经过了好几站。

她倒也不着急回去，索性直接坐到了大学城，下站后沿着马路慢慢地走。

天太热，路过奶茶店的时候，乔暮云拐了进去，随手买了杯奶茶，找了最里面的座位坐下。墙角的立式空调"呼呼呼"地吹着冷风，乔暮云终于清醒了一点儿，她戴上耳机，拨了个电话给秦九九。

铃声响了十来秒，而后被接通，那头传来一个娇俏的女声，上来就道："玩得好吗？亲爱的。"仔细听，声音里头渗着丝丝寒意。

乔暮云想了想说："还行吧。"

"乔同学。"秦九九深吸一口气，试图唤醒她的良知。

乔暮云"嗯"了一声，没了下文。

沉默两秒，秦九九决定不兜圈子了，因为和她相比，电话对面的乔暮云似乎很闲，所以，她直接问："来几天了？"

"四天。"乔暮云诚实地回答。

"哦。"四天没吱声，还骗她说在旅游——可以绝交了。

这时候，乔暮云主动说："我来办点儿事，如果顺利的话，很快就走。"

"算了。"秦九九妥协，"你现在在哪儿？"

"大学城。"

"住在哪儿？"秦九九又问。

"我舅舅家。"乔暮云转着奶茶杯，她一口都没喝。

"住在那儿干什么？"秦九九不乐意了。

乔暮云年幼的时候父母去世，曾经有一段时间借住在舅舅家。秦九九听她提过，虽然只是三言两语，但也听得出他们之间并不愉快。当然，秦九九不知道乔暮云曾经找舅妈借钱被拒之门外的事，不然，她这会儿会更生气。

"我的公寓空着，你搬到我那里住吧。"秦九九说。

乔暮云的目光落到右手边的墙壁上。这家店的生意很好，因此，墙上的便笺也格外多，花花绿绿的，一层叠着一层。

对于秦九九的提议，乔暮云没回应，反倒问："你搬到陆闲庭那儿去了？"

"没。"秦九九说，"住在家里呢。"

乔暮云敷衍地"嗯"了一声，没戳穿她。

"放心。"秦九九说，"你在北城的事，我不会和陆闲庭说，不用担心谢图南知——"说到这里，她来了个急刹车，把后半句生生卡住了。

似乎是觉得自己说错了话，她转了话锋，道："对了，你上午去哪儿了？"

"A 大——"乔暮云顿了一下，慢吞吞地继续说，"附院。"

此刻坐在附院办公室的秦九九："……"

听筒里安静了两秒，电话被挂断了。乔暮云把手机拿远，看了一眼，眉眼弯了弯，在微信聊天框里打字：我过两天来找你。

她关掉手机，将手机屏幕倒扣在桌上，单手撑着下巴，侧头看向粘在墙上的便笺。有一张便笺粘得不牢，摇摇欲坠。乔暮云伸手揭下来，上面大概是一个女孩的字迹，很清秀，但笔锋有点儿乱，写着："爱上你，看见你，如何不懂谦卑。"

是《岁月如歌》，陈奕迅为《冲上云霄》唱的主题曲。

她曾经不大喜欢这首歌，总觉得听起来有淡淡的悲伤。

初看《冲上云霄》这部电视剧的时候，她还不懂爱情，再看时却没有一次能看到最后。梦想和爱情这两样东西，都不是寻常人能拥有的，就像云志说的："抽出身来看，悲欢离合都是寻常。"

乔暮云把便笺轻轻地抚平，重新粘到了墙上，然后起身离开。

八月底，高校陆陆续续开学，大学城旁边的这条街也热闹了起来。乔暮云沿着林荫道慢慢地走，不知不觉便到了 A 大的校门口。

学校里的景色一点儿都没变，成荫的大树，三三两两的学生，连门卫大爷坐着的姿势都和记忆里一模一样，让人恍惚觉得时光的卡带倒回到了从前。

学校是永远不会变的，在这里，永远有人风华正茂。

乔暮云收回视线，在心里笑自己年岁渐长，多了伤春悲秋的毛病。

她正要走，旁边突兀地传来一声："学妹。"乔暮云愣了一下，才确认眼前这个穿着白色 T 恤的高个子少年是在叫自己。

少年剃着寸头，皮肤很白，笑起来像是从漫画里走出来的人。

但是，他刚刚叫她什么？乔暮云笑了笑，问："有什么事吗？"

少年将手搭在脖子上，声音有些磕巴，道："我……看你站在这儿挺长时间了，想问问你是不是忘带校园卡了？"

乔暮云歪着头看他，顿了一下才道："不是。"

乔暮云上学时还没有进校门要刷卡的规矩。学校秉承着有教无类的理念，对所有人开放，后来似乎是出了事，才安上了门禁系统，但也形同虚设。

这男孩子看着也就二十岁出头，搭讪的方式倒是非常老套。

路边似乎还有几个"鬼鬼祟祟"的"同伙"，手舞足蹈地在朝他暗示什么。等乔暮云看过去时，他们又极力装出一副"路人"的样子东张西望。

少年的脸已经从脖子红到了耳根，眼神四处乱飘，道："那、能不能——"

乔暮云笑得无辜，浅茶色的眸子里波光流转："能不能什么？"

少年哑了声，似乎是做了一番心理建设："学妹……能留个联系方式吗？"

话音刚落，旁边又插来一道声音："你应该叫'学姐'。"

乔暮云回头，林西湛不知道什么时候站在了后面，他穿了一件灰色的衬衫，嘴角浅笑，温文尔雅。

"学、学姐？"少年傻站了几秒，脸更红了，目光在乔暮云和林西湛之间徘徊着，忙道，"不好意思啊学姐，我不知道你有男朋友。"

乔暮云想解释些什么，但少年已经一溜烟跑远了。

她看着那背影，反思了自己刚才的行为——是有那么点儿调戏的意味。

"喜欢他？"林西湛忽然说道。

乔暮云收回视线，半真半假地说："有点儿吧。"

林西湛愣了一下，然后低低地笑了两声，摇头说："你真的变了。"

"变坏了。"他盯着乔暮云看了两秒，又补充道。

乔暮云跟着笑了笑，没有接话。

也许吧，不过不重要，反正她不会去祸害别人。

"你怎么会在这儿？"乔暮云想起来，问他。

"快校庆了。"林西湛说，"我接到了邀请，让我来讲两句，就先过来看看。下个月十五号，你来吗？"

乔暮云想了想，摇头说："我那时候应该不在北城。"

大概猜到了这个答案，林西湛一点儿都不意外。

他抬腕看了下表，说："一起吃顿饭吧。"

"我——"

"就在前面。"林西湛笑着打断她，"老朋友，叙个旧还不行？"

他的态度谦和，乔暮云最后还是答应了。

天似乎阴了一点儿，乔暮云没再撑伞。

算起来，两人已经好几年没联系过，但谁也没提，有一搭没一搭地聊着天。到街角的一家小吃店后，乔暮云停下了："就这儿吧。"

林西湛抬头看了一眼，笑了笑，没反驳，跟着她往里走。

店不大，但很干净。这会儿还没到饭点，因此人不多。他们找了个靠窗的位置坐下。林西湛的衬衣和配饰都材质不凡，坐在这儿，显得有些格格不入。不过，他倒是一点儿都不介意，还一边用热水帮乔暮云清洗杯碟，一边说："这里还是没怎么变，念书那会儿，我常来。"

乔暮云用单手撑着下巴，侧头看外面来往的车流。

"吃什么？"林西湛指了指墙上的菜单。

"乌冬面吧。"

林西湛转头对老板说："两碗乌冬面。"

老板速度很快，五分钟后就把面端了上来。

林西湛的手机突然响了，他看了一眼，随即挂断了，又发了一条消息，然后把手机屏幕倒扣在桌上。乔暮云不饿，她夹了根面，慢慢地卷到筷子上，听见林西湛问："这两年过得好吗？"

她想了想，说："不太好。"

明明只是老友重逢、例行公事般的问候，没想到，她的回答却出乎意料。林西湛有些错愕。在他的印象中，乔暮云从来都是清冷的，很少和人亲近，也从不麻烦别人，永远活在自己画的框架里。

林西湛："说说？"

乔暮云似乎回忆了一下，又改口道："其实还不错。"至少挺平静的。

接下来的话题无非是当年一起打的辩论赛和共同认识的校友。

一顿面吃得还算和谐，林西湛最后问："打算在北城待多久？"

"很快就走。"乔暮云说。

手机振动了一下，乔暮云打开一看，是秦九九发来的微信消息：乔暮云，其实我一直想问，但憋着没问。你和谢图南到底是怎么分手的？

怎么分手的？已经过去太久了，好像也没有记得的必要。

"怎么了？"林西湛问。

"没什么。"乔暮云收起了手机。

天阴得厉害，空气里连一丝风都没有，似乎憋着一场雨。拒绝了林西湛送她的提议后，乔暮云坐地铁回去，到张宅时已经是晚上七点。

雨是后半夜开始下的，乔暮云被一道雷声惊醒，窗帘没拉紧，她看到一道闪电划过，照亮了半间屋子，接着又是一道惊雷。她还记得刚才梦里的场景，是今天在医院里，谢图南捏着她的下巴，轻佻地看着她。

雨声逐渐大了，雨滴急速地拍打着窗玻璃。

乔暮云试图重新找回睡意。她闭上眼，脑子却格外清醒。

人在拉扯的情绪面前总是无能为力。她索性坐起身，下床走到桌边倒了杯水，解锁了手机，发现手机界面还停留在秦九九的那句"到底是怎么分手的"上。

乔暮云从一开始就知道，和谢图南在一起不会太轻松，但她没想到会那么累。和大学里那些为女朋友鞍前马后的模范男友不一样，谢图南这样的天之骄子，这辈子也不会有机会低下他高贵的头颅。

乔暮云从来不了解他的行踪，不知道他在哪里，在忙什么，他回消息也总是寥寥几个字，更不可能随叫随到。

她不是没尝试着问过，但他总是用一句"生意上的事"轻飘飘地带过。

所以后来，他不说的，她就不问。也不是非要知道的，她也有自己的生活，乔暮云这样告诉自己。她甚至会想，大不了就公平一点儿，她的事也不对他说。

但其实，他也想不起要问。

后来，相处久了，乔暮云大概懂了他的思维方式：她不说，就是没什么需要他帮忙的地方，所以便可以放心地不去问。

乔暮云偶尔也会陷入"难道他对我的生活一点儿都不感兴趣"的疑问里，但她不是纠缠人的性格，不喜欢刨根究底。

她总会在社交软件上看到情感类的话题，有观点是"懂事的女孩没人疼"，可他不是不疼她，毕竟，还有一个观点是"男人给你花钱，就是在乎你的"。

谢图南在金钱上从来没有吝啬过，珠宝、首饰、名牌包……都给她买。他带她见过很多人，也去过很多地方。他说："女孩就是要娇养的。"

他喜欢在黄昏或者深夜借着或明或暗的光夸她："我们家矜矜真漂亮。"

我们家——简单的三个字足以让她沉溺。"矜矜"是她的小名。他念这两个字的时候总是咬着音，音调放轻三分，暧昧又缱绻。

在她的印象里，他待人总是淡漠的，却没怎么对她冷过脸。也就是因为这点儿温柔，在后来的日子里，她怎么都忘不掉他。

乔暮云第一次和他说分手时，是某天黄昏。

她收到谢图南的微信消息，说要来学校接她。从图书馆匆匆地赶回宿舍时，她远远地就看到他的车停在楼下。当时，她素面朝天，穿的是最简单的白色 T 恤和长裤，因为跑得急，额角还出了一层薄汗。

她用湿巾擦了汗，走近了，却看到他倚在车旁，在和一个女孩说话。

女孩叫余彤，是他的表妹，也是乔暮云的室友。

乔暮云想上楼换件衣服，因此没出声。

默默往宿舍大门方向走时，他们的对话传入她的耳朵里。

"她是我室友，"余彤说，"好人家的姑娘。"

"知道。"他回答得有些散漫。

"你是认真的？"余彤问。

乔暮云顿住了脚步。她的身形被转角的大树挡住，和那边隔着几米的距离，此刻，她屏息等着他的答案。而他翻着手机，不咸不淡地道："不知道。"

"那你会娶她吗？"

"想什么呢？"他笑了一下，"小孩子家家的，管那么多。"

明明是夏天，乔暮云却感觉到一阵冷意从脚底蹿上头顶。

他用云淡风轻的语调说着最残忍的话。

其实和他在一起，乔暮云本就没想过结果。她一直很清醒，清醒地自我麻痹，就可以不去想。至少这样，她心里还能存住一星半点儿的希望。可是现在，他轻飘飘的两句话扼杀了这样的希望。

乔暮云浑浑噩噩地跑上楼，拿出裙子却没换上。好像每次见他都是悉心打扮过的，她总是琢磨他喜欢什么样的颜色和款式……他说什么，她就做什么。她忽然觉得很累，发现她一点儿都不了解他。

从一开始，这段关系就是不平等的。她总是太小心翼翼，太迁就他。他的世界，他的圈子，包括他这个人，都离她那么遥远。

乔暮云静静地想了一周，终于和谢图南说了分手。她发了一条很长的短信，将欠他的钱算得很清楚，还说以后不会打扰他，也谢谢他曾帮过自己。

感情的事，乔暮云只字未提。

她不怪他。他没承诺过什么，也没做错什么，他一直坦坦荡荡。

点发送的时候，她的手都是抖的，之后，她每隔两分钟就看一次手机。

她觉得，他总该说点儿什么。很久之后乔暮云才明白，什么有始有终，好聚好散，都是借口。真正的分手是单方面的，不需要回复。

谢图南一直没回消息。直到发完短信两小时后，乔暮云才接到他的电话。

"我在你楼下。"

几乎没有犹豫，乔暮云便匆匆地跑了下去。谢图南就靠在路口的香樟树上，路灯昏黄的光穿过树荫落下来，勾出他清隽的轮廓和深邃的眉眼。

乔暮云在离他两步远的地方停下了，那一刻，不舍、忐忑、难过……纷杂的情绪涌上心头。她攥紧了手，用指甲陷入皮肉的疼痛提醒自己冷静。

谢图南却跟个没事人似的，问："这段时间忙没陪你，生气了？"

乔暮云偏过头，说："不是。"

谢图南"嗯"了一声，带着浅浅的气音，问："那是什么？"

乔暮云意识到，他似乎并没有把那条短信当真。她张了张嘴，却发现自己已经退缩了，"分手"两个字卡在喉咙里，怎么也出不了口。

乔暮云无力地闭上眼睛，下一秒，她就被他拉了过去，撞入他宽阔的胸膛。

谢图南将下巴轻轻地放在乔暮云的头顶，道："我刚下飞机，很忙，等会儿还有饭局，不闹了行不行？"

乔暮云抬头，才发现他的衬衣难得有些皱，声音里也有不易察觉的疲惫。

她彻底投降，也真的没再"闹"，连同一周前听到的对话一同放到了心底，再也没问过——因为贪恋那一刻他的温柔。

对胆小的人来说，逃避从来都是最好的选择——直到避无可避。

后来真正分手倒也不是为这个。

她一共提过三次分手。第一次是因为伤了心，第二次是因为太累，或者说是带着小女生的赌气和试探，那也是她最任性的一回，而第三次……

"咚咚咚。"沉闷的敲门声传来，打断了乔暮云的思绪。

她放下杯子去开门，怀玥抱着被子站在外面，有点儿不好意思："姐，我能和你一起睡吗？"瞬间划过的闪电照亮了她素净的小脸。

"我、我怕打雷。"

乔暮云无奈，侧身道："进来吧。"

"姐，"怀玥却直直地盯着她看，"你是不是哭了？"

乔暮云正思考该怎么说，就见这小丫头捂着嘴，一副恍然大悟的样子，像是发现了什么了不得的大事，道："你不会也怕打雷吧？"

"不是，"乔暮云否认了，然后平静地说道，"是被你吓哭的。"

她们躺到床上，雷声还在响。怀玥睡不着，翻身往乔暮云那儿缩了缩。

"姐姐，你刚才是不是做噩梦了？"

"不是，"乔暮云说，"比噩梦可怕多了。"

"是什么？"怀玥好奇道。

乔暮云这次没回答，怀玥也安静了下来，她把脑袋凑到乔暮云的胳膊旁边，闭上眼。过了很久，乔暮云看着天花板，轻声说："是一个浑蛋。"后半夜，乔暮云又做了几个梦，梦里似乎出现了很多人，醒来后，她却记不大清了。

天色初晓，她没了睡意，把八爪鱼般扒在自己身上的怀玥挪开后，她坐起身，觉得脑袋有些昏沉，不知道是不是昨晚受了凉。她摸了摸额头，不烫。

适应了一下后，她轻手轻脚地下床，去了隔壁书房。

进门正对的是一扇落地窗，右手边有一排高高的书架，桌椅和地板一样，是深色实木材质，在这样的雨天显得有点儿沉闷。书架有五六层，上面整整齐齐地摆放着各种中外名著，但从书脊的新旧程度来看，没有几本被翻开过。

乔暮云的手指从书脊上划过，最后拿了一本《夜航船》。

小时候，父亲的书桌上总是摆着这本书。傍晚，父亲会把她抱在怀里，教她认书里的字。他说，这是本奇书，从天文地理到三教九流，应有尽有。

下楼吃早饭的时候，怀玥和张怀漾正吵得不可开交，听着似乎是为了抢一个溏心的荷包蛋。怀玥的叉子已经到了张怀漾的盘子里，"战况"激烈。

张显成听得头疼，道："让刘姨再做一个不就行了。"

"妈！"怀玥开始求助。

"妈！"怀漾懒懒地跟着喊。

但一抬头，看到楼梯上缓缓走下来的张怀宴，两人又双双收敛了。

众人都落座后，陆媛才化完妆，姗姗来迟。她显然听到了刚才的动静，并且见怪不怪，随口问了句："又怎么了？"

怀玥看了自家大哥一眼，道："没——"但没抢到蛋，她还是不甘心，于是胡诌道，"二哥抢姐姐的荷包蛋。"

陆媛"哦"了一声，道："就让给乔暮云呗。"

这句话听起来不大客气，甚至可以说有点儿阴阳怪气，似乎抢荷包蛋的人变成了乔暮云。这种明晃晃的不待见用近乎施舍、带着轻蔑的语调说出来，屋子里的亲疏远近一下子清晰分明。

乔暮云喝粥的动作顿了一下，但她没说话。

餐厅的气氛凝滞了两秒，连怀玥都安静了下来。

只有乔暮云还在静静地喝粥，似乎什么都没感觉到。

张显成道："小孩子之间开玩笑，你说话——"他似乎也不知道怎么继续说下去。陆媛的态度让人很不舒服，他怕外甥女多心，但说开了似乎更难看。

但乔暮云其实不大在意。

舅妈的态度她不是第一天知道，人的脾气不可能突然改变，况且这种时候，只要她不尴尬，尴尬的就是别人。

她又想起了谢图南。如今自己这副面对什么都坦然镇定、让人看不穿情绪的厚脸皮，有他言传身教的功劳。

言传身教，乔暮云琢磨了一下这个词，喝粥的动作终于停了。

"暮云，"张显成似乎终于找到了合适的话题，"今天有什么事吗？要不跟舅舅去趟公司？"没管陆媛反对的眼神，张显成继续道，"既然辞职了，就到公司看看有没有合适的管理岗位，舅舅帮你安排。"

陆媛坐不住了："张显成，你的亲生女儿你不让她去——"

"妈，"怀玥秀眉一皱，直愣愣地打断道，"我不要去公司。"

乔暮云放下调羹，道："不了，舅舅，我等会儿还有事。"到公司上班这话，张显成已经提了两次，不过，她的确没有留在北城的打算。

"真有事？"张显成狐疑道，"你可不要骗舅舅。"

"要去医院探望一个老师。"

"大学老师？"

"不是。"乔暮云顿了一下，慢吞吞地道，"是我爸爸的博士生导师。"

余光里，张显成擦手的动作顿了一下。

"祝教授？"他迟疑着问，"他生病了？"

"脑肿瘤。"

张显成叹了一口气，道："我不是他的直系学生，但也听过他的课，改天也该去探望一下。不过，你怎么会知道……你那时候才几岁……"

乔暮云没多解释，只道："小时候见过。"

吃过早餐，乔暮云回到房间，打开行李箱，从最里层抽出了几张纸。

这是一份复印件，她没细看纸上的内容，对折后将它放入随身的小包里。

出门的时候，天还阴着，乔暮云没坐地铁，开了那辆红色的保时捷。

半路飘起小雨，导航路线一路飘红。车里太安静，乔暮云打开音乐列表，思索数秒，最后放了首陈奕迅的《岁月如歌》。

打开和秦九九的微信聊天框，上一条消息还是秦九九发的：你和谢图南到底是怎么分手的？

乔暮云抿了抿唇，打算彻底忽视这条消息。

她在输入框慢慢地打字：在医院？

秦九九：在，你过来吗？

乔暮云：嗯，但不是去找你。

秦九九输入了一排整齐的微笑表情，后面跟着一个简单的"哦"字。

乔暮云：办完事过来找你，但你得先帮我办件事。住院部 1801 号病房，帮我看看今天有没有人过去探视。

乔暮云：最好悄悄地去。

秦九九：住的是谁？

乔暮云：……

秦九九：不说我就自己查了。

乔暮云：谢图南。

秦九九：嗯？

乔暮云慢吞吞地回了后半句：的外公。

秦九九觉得自己坐了趟过山车。她深吸一口气，一字一顿地回语音：你一句话分成几段说的破毛病能不能改改？

乔暮云：能。

在秦九九刨根问底之前，乔暮云又飞快地回复：我在开车，见面说。

第三章

雨幕里的人

　　九点半，乔暮云到达了医院。她给秦九九打了个电话，铃声只持续了三秒钟就被挂断了。过了一刻钟，她收到了秦九九的微信消息：他来过，刚走。

　　乔暮云这才把车停在住院部旁边，放心地上了电梯。

　　秦九九：但是，我和谢图南碰上了。

　　乔暮云盯着屏幕左上角的"对方正在输入"几个字，有一种不祥的预感。

　　秦九九：他问我为什么在这里，我编了个理由，听起来还算正常。

　　秦九九：但是——

　　乔暮云的心又提了起来，她不是很想知道"但是"之后的内容。

　　但是秦九九的消息还是来了：你刚刚打来电话的时候，我们正在说话，他应该看到来电显示了。

　　乔暮云冷静地回复：他走了多久？

　　秦九九：我发消息的时候他刚进电梯。

　　乔暮云默默地算了一下时间，也就是说，她进住院部大厅的时候，谢图南刚好坐电梯下来，但是她刚才一直在看手机，没注意周围。

　　他应该是没有见到她的……

　　那都不重要，现在重要的是——乔暮云把手伸进包里，摸到了那两张薄薄的复印纸。她轻轻地攥拳，感觉到了指尖的薄汗。

　　病房里，祝教授戴着老花镜在看报纸，旁边还挂着吊瓶。乔暮云进去时听到护工在苦口婆心地劝他："谢先生刚才走的时候叮嘱您不要看书。"

　　"我就看一会儿，没关系。"祝教授说完，便看到了乔暮云，他请她坐下。有人来探望，护工也没再说话，迅速地倒来一杯温水。

　　乔暮云道过谢，捧着水杯，思索着该怎么开口。

　　"邱阿姨。"祝教授叫住护工，"你先出去一下吧。"

邱阿姨点头，转身出去了，顺便关上了门。

祝教授把报纸放到床头柜上，看向乔暮云道："现在没人了。"

乔暮云眨了眨眼睛，说不出话。

她沉默了好半天才放下水杯，从包里拿出那两张纸，展平开来。

祝教授耐心地看着她的动作，没有催促："这是什么？"

"年初，奶奶去世，我整理家里的东西，翻到了我父母的遗物。"乔暮云把纸递过去，"这是我父亲在十五年前写的日记，我复印了几页。"

祝教授的表情变得凝重了一些，看过两行后，他的眉头皱了起来。

纸上的笔迹苍劲有力，内容却很平常："生态园的初稿已经画得差不多了。这几年，陪夫人和孩子的时间太少，总觉得亏欠她们。等这个项目做完，我要好好休息一段时间。"

"上周末，我答应矜矜买的糖糕又忘了买，她已经不愿意听我的解释。我只好多买了两盒冰激凌，还不能被夫人发现，唉，小儿难养。"

病房里的时间一分一秒地流逝。祝教授把两张纸上的内容反复看了几遍，上面除了日常琐事，就是生态园项目设计相关的记录。

过了很久，祝教授轻叹一声，道："生态园的设计理念在当时非常先进，尤其是主建筑，整体奇巧，我记得还获奖了，获奖人是——"

"我舅舅。"乔暮云接上话，语调异常平静。

二十多年前，乔暮云的父亲乔岩从 H 大顺利完成了博士学业，进入青城大学工作，七年后升任了正教授。其间，他负责了几个建筑项目，在业界有了一定的口碑。他着手成立事务所。

生态园项目的竞标也是那时候的事情。

正当名利双收的时候，因为一场车祸，乔岩夫妇双双去世，肇事者逃逸。

祝教授沉默良久，才开口道："那几年我被外派去了德国，你父亲的动向我不是很清楚。你有什么眉目吗？"

"我看过父亲的毕业论文，对他的研究方向和理念都有涉及，但不深入。"

祝教授："我把他博士期间的论文和作业都整理给你，还有两本他的作品集在我书房。不过，得等我夫人从外地回来，别人找不到，但是——"

但是时间过去太久了，仅凭一些琐碎的记录，什么都说明不了。

乔暮云捏着水杯的手指骨节微微泛白，她的语调却很轻："其实，我也不知道我是想查出来什么，还是不想。"

"还有，"乔暮云顿了一下，道，"没查清楚之前，这件事，我想保密。"

祝教授懂她意思，又关切道："你的脸色不太好。"

乔暮云摸了摸自己的脸，有点儿发烫，大概是低烧。

她不想让人担心，只道："应该是没睡好。"

出了病房，乔暮云感觉心头沉甸甸的，很闷，很难受。

严格来说，乔岩和张显成是师兄弟，他们同在 H 大读博，专业相同，只是跟的导师不同，因为来自同一个地方，他们便渐渐熟悉起来。

新年的时候，张显成邀请乔岩去家中做客，因此促成了一桩婚事，乔岩娶了张显成的妹妹。有了亲缘关系，两人更像是兄弟，无话不谈。

毕业后，两人又一起进入青城大学，共事多年。张显成资质不佳，不管是科研、教学还是晋升速度，都不如乔岩，但这不影响两人的交情。

在乔暮云的印象里，舅舅是个很爽朗的人，对小辈特别宽容，过年的时候也会准备丰厚的压岁钱。父母去世后，舅舅提出要抚养她，舅妈不同意，但舅舅还是把她接过去了。她也是去了之后才知道，舅妈并不欢迎她。

那段寄人篱下的日子并不好过。舅舅刚开始创业，早出晚归，虽然关心她，但顾不到那么多。她也从来不会说自己想要什么，或者受了什么委屈。怀玥任性的时候，她总是让着，难过的时候只能躲起来哭。

后来，舅舅一家搬去北城，她就回了奶奶那儿。

奶奶家不富裕，但日子平淡而温馨。

乔暮云知道舅舅凭着一个获奖的设计项目起家，加上有舅妈娘家的资金支持，生意越做越大。他们两家的联系渐渐变少。

从来没人想过那份奖项另有隐情。

其实，乔暮云并不知道当年父亲在做什么，她以为他是个教书先生。

时间过去太久了，久到最亲近的人的音容笑貌都逐渐模糊。

如果不是她偶然翻出那本日记，这段往事会被永远地尘封下去，不见天日。

乔暮云下楼后，发现雨下得比来时大了一些。乔暮云的手里握着伞，却没有撑开的力气。她抬头看了看天，木然地抬脚往前走。

不远处，谢图南坐在车里，看着乔暮云走出来，看着她反应迟缓地拿起伞又放下，然后自虐一般地走进雨幕里。

他不记得她以前有淋雨的怪癖。

乔暮云其实什么都没想，思绪完全放空了，所以，身边来车的时候，她的动作慢了好几拍，才缓缓地往旁边让开。

那车又跟了过来。乔暮云皱了皱眉，就听到一声冷峻的"上车"。

雨丝微凉，空气里弥漫着水雾。谢图南的眉梢和眼角仿佛镀了一层光，看起来没有平时那么凌厉逼人。这让乔暮云想起很多年前，她去借钱的那天，他在路边把她捡走的画面。她顿了几秒，看起来像是在犹豫。

谢图南的耐心并不是很多，这一刻，他甚至觉得自己是脑子出了问题才会出现在这里，并且把车停在她的面前。

他漠然地收回视线，收起车窗，踩下了油门。

车疾驰而过，带起一阵热风。

乔暮云觉得自己的头越来越沉，连骂人的力气都没有。她大概是真的病了。

她努力在雨幕中辨认着方向，想找到急诊大楼的位置，但是头越来越沉。

谢图南从后视镜里看过去，发现她晃了一下，而后被旁边过路的人扶住了。

那应该是个男人，并且，那个男人的手正好揽在了她的腰上。

谢图南眯了眯眼，转了个弯。车停了，谢图南撑着伞走到乔暮云跟前，垂着眸子看了她两秒，然后面无表情地把她从陌生男人的怀里拽出来："抱歉。"

那人没从谢图南的语气里听出来他哪里觉得抱歉，但看了一眼连号的车牌，又觉得眼前的男人能说出这两个字，已经算很诚恳了。

乔暮云头重脚轻，但意识还算清醒。她用仅存的力气试图把谢图南推开。

谢图南不用量都知道她现在的体温有多高，他手接触到的皮肤烫得骇人。雨还在下，他扔了伞，俯身把人抱起来。

乔暮云睁大眼睛瞪着他，小腿上下晃动挣扎着："放我下去！"

谢图南对上她的视线。可惜，她的视线没什么杀伤力。

然后，乔暮云听见他说："你可以报警，看他们会不会抓我。"

谢图南把乔暮云放到副驾驶座上，他又将车靠边，从储物格里拿出一条毛巾，慢条斯理地擦干了手上的水珠。他的头发和身上都淋到了雨，但他没管，把毛巾扔到一旁后侧头去看乔暮云。此刻的她很狼狈，裙子湿透了，贴在身上，领口低垂着，水滴顺着发丝滑进胸前。

谢图南的目光往上。乔暮云抿着唇，皮肤是病态的苍白。她没化妆，眼神落在一个虚无的点上，一言不发，看着挺倔。

换作以前，她一上车就会找他要毛巾，把头发擦干，然后去后座换上干净的衣服。衣服是车上常备的，要是没有，她就穿他的。

雨更大了，砸在挡风玻璃上，发出沉闷的声响。谢图南的目光扫过乔暮云的裙摆下沿，瞥到她纤细匀称的小腿，他忽然觉得一阵烦躁。

他收回视线，拿了条毛巾扔过去。毛巾是纯白色的，触感很柔软。乔暮云没有拒绝，但她只象征性地擦了一下脸和脖子，然后从包里摸出了手机。

湿透的衣服贴着皮肤，很难受。如果不马上换下来，会烧得更严重。

她现在挺惜命的，一个人也要好好地活着。

乔暮云翻出微信，给秦九九发消息：你那儿有备用衣服吗？借我一件。

秦九九：嗯？

乔暮云：淋到雨了。

秦九九：我记得，这雨下了挺久了，你为什么走进去？

乔暮云：发烧了。

秦九九心想，这两者有什么因果关系吗？

秦九九：在哪儿？我来接你。

乔暮云：不用，反正已经被淋湿了。

秦九九：说真的，我建议你等会儿去找精神科的赵主任看看。

看到这句话，乔暮云扯着嘴角笑了笑。

她收起手机，想打开右边的车门。

注意到乔暮云的动作，谢图南的眉心微不可察地皱了一下。

这么大的雨，她想做什么？

清脆的机械暗扣声响起，车门被锁上了。

乔暮云错愕地回头，朝谢图南投去了一个眼神。因为淋了雨，她的眼睛湿漉漉的，眼神里充满疑惑，更多的是明晃晃的戒备和警惕，像一头受惊的麋鹿。

谢图南被气笑了。他还不至于对一个病人怎么样。

乔暮云头晕，思维也迟缓了不少，她顺着他锁门的动作回想，觉得他是不满自己这种不打招呼就下车的行为。乔暮云抿了抿唇，垂眸道："谢谢。"

换作平时，她不想对他这么客气，但现在，她只想下车去换衣服，没有精力应付他，所以不介意服一下软。

谢谢？像是琢磨了一下这个词，谢图南轻声笑了一下。

刚认识那时，她也是这么乖巧，低眉顺眼地对他说谢谢。那时候的她不怎么笑，承了他的情，却总是试图和他划清界限。

他知道，这是个好人家的姑娘。可惜，他不是什么好人。

谢图南拿出打火机，轻轻地拨动开关。打火机金属盖发出"叮"的一声，紧接着，火苗蹿上来，他点上了一支烟："说来听听。"

　　乔暮云被烟味呛了一下。

　　说什么？谢谢您屈尊把发烧的我弄进车里锁起来？

　　但她知道，他问的不是这个。乔暮云的手还搭在车门上，雨声簌簌，车里的空间却仿佛被隔绝开来，十分安静。

　　谢图南夹着烟，眼皮半垂着，给人一种难以忽视的压迫感。

　　乔暮云的心渐渐地沉了下去。原来他冷漠起来是这个样子的。

　　"谢先生。"乔暮云顿了一下，她想笑，但有点儿难，便放弃了，最后，她只是歪了下头，"想听什么？"

　　"两年前的事，给我个解释。"谢图南的语调很沉，像是真的在说一件无关紧要的事。他拨开车载烟灰缸的盖子，将烟灰弹进去。

　　乔暮云盯着火星，轻轻地咬了咬牙："忘了。"

　　谢图南抬头，语气冷漠，带着讥诮："是吗？"

　　"谢先生不像是——"乔暮云顿了下，脑袋里的眩晕感让她无暇思考，但她还是尽量组织着语言，"会在乎那种事的人。"

　　这话还不如说——你这个人自私冷漠，所以，我不告而别，这件事对你应该也没什么影响，反正你没有心，也不会在乎。谢图南冷笑一声。

　　这是乔暮云第一次从他眼里看到恼怒，汹涌到像是要把人吞噬。

　　可是，难道不是吗？对他而言，她从来不是他的生活里必须存在的人。

　　她走得无声无息，是因为她的存在本来就无声无息。她只是没有大张旗鼓地告诉他："谢图南，我要离开了。"

　　那时候，他们已经冷战了很久。或许，连冷战也是她单方面挑起的。

　　他在乎吗？

　　这个问题，乔暮云曾经问过自己很多遍。到最后，她已经不在乎答案了。

　　或许他是知道的，他默认了她的离开。那么现在呢？他凭什么来质问她？

　　乔暮云想，大概是她未经允许的离开挑衅了他的自尊吧。

　　机械暗扣声再次响起，门锁开了。谢图南的表情已经恢复了平静，他把烟头摁在烟灰缸里。烟灰缸最底层放了沙石，火星很快熄灭了。

　　或许是光线的原因，他的轮廓看起来有些模糊，甚至让人觉得有几分颓然。

　　乔暮云恍惚了一秒，道："谢——"

"够了。"谢图南生硬地打断她，一句话都不想多说的样子。

果然她是烧糊涂了，都产生幻觉了。

手机"叮咚"一声响，秦九九发了条语音消息：我在门诊大厅等你。

乔暮云不想再和谢图南纠缠，收起手机，往外推门。

外头的寒气灌进来，吹动着湿透的衣服，乔暮云轻轻地打了个冷战。

就在这时，车子动了。因为惯性，乔暮云的身体往后仰了一下，门被带上了。

乔暮云有点儿蒙，她抓紧了门上的把手，对这突如其来的状况不知道该怎么反应。但她很清楚，谢图南什么都做得出来。

谢图南不用回头都知道她现在是什么表情。这几次见面，她永远是一副无辜的样子，将心思藏得很好。

车子转了个弯，最后在门诊大楼前停下。乔暮云沉默地推开车门。谢图南单手搭在方向盘上，眼神落在正前方，道："带上伞。"声音里带着克制。

乔暮云弯腰捡起脚边的伞，转过身，听见谢图南又道："我不知道你有什么想不开的，或者解决不了的事，也不想知道。"

"但是下次，再做出类似——"他顿了一下，继续道，"自虐的行为，最好不要让我撞上，否则……"

他没说完，但乔暮云猜测下半句是——否则，我有理由怀疑你蓄意接近，心怀不轨。乔暮云转头对上他的眼神，他的眼神冷得可怕，像远山深谷上的明月，让人从心底生出寒意。

她想反驳，又好像无从说起。他把话都堵死了。

乔暮云抬头往前看，有保安挥着手示意这里不能停车。她抿了抿唇，最终一句话也没说，干脆地下了车。

秦九九在门诊大厅等了一会儿，然后发消息问乔暮云到了没。

可她一连发了几条消息，都没有收到回复。

她打了电话过去，在铃声快结束的时候，她终于看到了乔暮云的身影。

秦九九把手机放回口袋里，朝乔暮云迎上去，道："从住院部到这儿才几分钟的路，你——怎么弄成这样？"注意到乔暮云苍白的脸色，她硬生生地转了话锋。乔暮云摇摇头，扶上秦九九的胳膊。

秦九九惊讶道："这么烫？"

"也就——"乔暮云认真地思考了一会儿，"三十八九摄氏度？"

"……"

去休息间冲过澡后，乔暮云换上了干净的衣服，头发吹到半干，整个人轻松了不少。敲门声响起。她一开门，只见秦九九拿了个电子体温计等在门口。

"三十八点九摄氏度。"秦九九读出上面的数字，"猜得还挺准。"

乔暮云觉得自己的眼皮很重，她撑了撑额头，道："给我弄点儿药吧。"

"想什么呢？"秦九九甩了张纸出来，"去抽血。"

二十分钟后，化验结果出来了。乔暮云扫了一眼报告单，问题不大，只是普通的受寒，外加一点儿炎症。只是她很久没生过病，病情来势汹汹。

她真的觉得不用打吊瓶，可不争气的是，她的体温还在上升。

输液的地方人太多，乔暮云跟着秦九九去了值班室。值班室里放着一张上下铺的床，现在没人，她还能躺一会儿。

乔暮云看着秦九九拿着注射器在自己的手背上比画，纠结地说道："要不……你还是叫个护士过来？"

秦九九不乐意了，问："你觉得我不行吗？"

"嗯。"乔暮云的静脉血管很细，天生的，她小时候没少因为这个受罪。

秦九九不信邪，扎了一次，没中。

气氛僵持了几秒，秦九九轻咳一声，道："我去找护士长。"

乔暮云是在这里念的研究生，护士长一进门就认出她来。

"这不是小乔大夫吗？"

"麻烦您了。"乔暮云说。

护士长走的时候把吊瓶的流速调得很慢，乔暮云盯着天花板，脑子里昏昏沉沉的，很快有了睡意。

她睡着前，脑海里的最后一幕是谢图南在车里说的那番话。

她这一觉睡到了傍晚，吊瓶早就打完了，手背上针孔的位置隐隐地疼着。

眼前已经清明了不少，昏沉的感觉也消了大半，但是她一整天没怎么吃东西，加上药水的作用，嘴里泛着淡淡的苦涩。

秦九九在这时候推门进来，手里还拿着牛奶和面包。

"醒了？"秦九九把袋子递过来，"先垫一下。"

牛奶是热过的，乔暮云拆了吸管，听见秦九九问："你今晚怎么办？还住你舅舅家？"乔暮云点点头。

秦九九坐到床边，道："去我的公寓吧。我刚搬出去没多久，每周都有人打扫，还有很多衣服，你可以挑着穿。一个人住总比在你舅舅家住舒心。不过，看你现在的病恹恹的样子，"秦九九想了想又道，"今晚我陪你。"

乔暮云小口小口地咬着面包，就着牛奶吞下，点头道："好。"

"其实你可以一开始就直说的。"

"说什么？"

"你希望我陪你。"

乔暮云又咬了一口面包，没有否认。

奶奶去世后，她一直是一个人住的。其实，她不是很喜欢那种感觉，空荡荡的房子让人不安。只不过，她没有别人可以依靠了。

入夜，望江。包间里凑了一桌人玩桌游，谢图南坐在面对门的位置，两指夹着薄薄的卡牌，然后轻飘飘地甩出去。

明眼人都看得出，这位爷心情不佳。

谢图南一句话都不说，桌上也没人敢放开了玩，气氛有点儿压抑。

付华初坐在谢图南旁边，他打量了谢图南好一会儿，明知故问道："心情不好啊？"他拖着尾调，似乎还挺高兴。

谢图南瞥了他一眼，没有应声。

"说来听听？"谢图南把他扔在医院门口的那档子缺德事，他还记着仇呢。而且，谢图南太不地道，他这受害者还没说什么，这位爷倒好，反过来把他的电话拉进了黑名单。想到这儿，付华初皮笑肉不笑地问，"不会跟那位有关吧？"

这话意有所指，偏偏有人没听明白，嘴贱地问了一句："哪位啊？"

气氛更压抑了。有人识趣地转移话题道："我最近听说了一个新闻。"他卖了个关子才继续，"张家那小少爷，前段时间甩了个女的。"

众人终于找到个轻松点儿的话题，道："这点儿破事算什么新闻？"

"闹起来了？"

"闹呗，还能翻天？"

那人等他们讨论得尽兴了，才说出后半段："闹倒是没闹，就是听说，那女的这两天——"他拿手指往下指了指，"又攀上了贺家那位。"

"贺家那位——"有人意味深长地顿了一下，"跟了他，不算什么好事。"

嬉闹声中，谢图南忽然开口问："哪个张家？"

"还能有哪个？"那人说，"张怀宴的弟弟。他也是个能人，万花丛中过，也没听说惹上过什么风流官司。"

谢图南眉心皱了皱。

包间的门被推开了，有人径直往这边走过来。

"哟。"付华初看清来人，调侃道，"稀客啊，陆总。"

众所周知，陆闲庭自从有了未婚妻，便沉溺温柔乡，已经很长时间没有出现在这种场合了。有人让了座，陆闲庭在谢图南的对面坐下。

"和女朋友吵架了？"付华初专挑损的问题问。

"纠正一点，是未婚妻，不是女朋友。"

付华初改口继续问："和未婚妻吵架了？"

"没有。"

付华初"哦"了一声，道："那就是被赶出来了。女人嘛，买两个包，哄哄就好了，多大点儿事。"

陆闲庭不咸不淡地开口说道："她今晚陪别人去了。"

付华初咳了两声，问："陪、陪谁？"

陆闲庭抬起眼，目光落在对面的谢图南身上，然后，他用所有人都能听见的音量不紧不慢地说："谢总的前女友。"此时，卡牌正好转到了谢图南这里，他没动，也没人敢催他。半晌，谢图南把手里的卡牌往桌上一扔，站起身来。

众人面面相觑，还是陆闲庭道："继续。"

付华初用胳膊肘碰了碰陆闲庭，朝沙发那边扬了扬下巴。陆闲庭顺着他示意的方向看过去，谢图南穿着深色衬衣，整个人隐在黑暗里，几乎和沙发融为一体，只有手里的酒杯折射出一点儿光亮。

"他没事吧？"付华初良心发现道。

"能有什么事？"陆闲庭说，"他又喝不醉。"

话是这么说，但陆闲庭还是起身往沙发那边走去。他坐到谢图南的旁边，拿过茶几上的酒杯，凑近了闻了闻，扬眉道："度数太高了吧？"

谢图南没什么反应。他在想，刚认识乔暮云的时候，她是什么样的？那会儿，黎冬他们说，她看着太闷，肯定没趣，劝他别招惹，但他没考虑别的，就是觉得这姑娘太干净了，干净得让人忍不住想在她身上留下点什么。

后来，他发现她是挺闷的，脸皮也薄，稍微一逗就面红耳赤，还喜欢强装镇定。但只有他知道，她也有柔情似水的一面。

"少喝点儿，"陆闲庭说，"对身体不好。何况，喝酒对你来说又没什么用。"

谢图南的酒量是天生的，不但千杯不倒，而且越喝越清醒。

对他来说，酒精麻痹不了神经，也阻止不了心脏的抽痛。

秦九九的公寓在十七楼，进门后是一个小客厅，正对着落地窗。

窗外，雨已经停了，华灯初上。水珠顺着玻璃滑落，留下蜿蜒的痕迹。远处的路灯和车灯都模糊成光点，万家灯火尽收眼底。

乔暮云站在窗边翻着微信通讯录，最后选择给张怀宴发消息：大哥，我今晚不回来，住在一个朋友这边。"

等了十来秒后，电话响了。张怀宴上来就问："什么朋友？"

乔暮云戳了戳玻璃，说："大学室友。"

挂了电话，乔暮云到沙发上坐下来。秦九九在拆外卖，考虑到乔暮云的身体，她只点了两份清粥和一些小食，她边拆边问："刚刚是谁打来的电话？"

"我大哥。"

秦九九道："你这个大哥还挺关心你。"

乔暮云"嗯"了一声。

借住在舅舅家的那段日子，舅舅忙于事业，无暇关心她，张怀漾正是最调皮的年纪，还不懂事，怀玥则样样要占先，只有大哥事无巨细地关心她。

乔暮云用勺子搅着粥，喝一口，暖了整个胃。

家里有投影仪，吃完饭，两人找了部电影。秦九九极力推荐一部她看过很多遍的电影，名叫《恋恋笔记本》。影片采用倒叙形式拍摄，开头很安静。故事始于二十世纪四十年代的美国，关于一个热情活泼的富家女和一个自由不羁的穷小子。

电影过半的时候，乔暮云问："他们最后在一起了吗？"

"皆大欢喜。"

乔暮云"嗯"了一声，仰头靠着沙发。她有点儿累了，闭上了眼睛。

知道了结局，其他就不重要了。

秦九九侧头看她，没头没脑地问了一句："你是不是还忘不了他？"

她们都知道这个"他"指的是谁。

乔暮云没有回应。她闭着眼，呼吸均匀，像是睡着了。

直到电影结束，秦九九才听见她轻声说了一句："早忘干净了。"

从望江出来，谢图南吩咐司机开着车窗在高架桥上绕了一个多小时。

夜渐深了。谢图南闭着眼，靠在座位上，眉头紧锁，额角沁出细密的汗，汗从太阳穴滑下，顺着脖颈没进衬衫领口。

司机从后视镜里看了他一眼，试探着喊他："谢总？"后座的人没有反应。

或许是酒精的作用，时隔多年，谢图南又做了那个梦。

那是一家废旧厂房，地址很偏，四周一片荒地，杂草丛生。厂房里空荡荡的，没有窗户，头顶老旧的灯泡发出"呲呲"的声音。厂房的正中央，一个小男孩被反绑着双手，固定在椅子上。他的旁边站着一个五大三粗的男人，男人的脖子上挂着一条大金链，手里拿了支录音笔，威胁他开口说话。

男孩一言不发。

男人看威胁不过，动了动手腕，后面便有人递过来一根棍子。男人一棍子挥到了男孩的肚子上，问："说不说？"男孩皱了皱眉，闷哼一声。

男人骂了句脏话，又将棍子挥过来，道："让你不说！"

"还是块硬骨头，早知道就不绑他了。"

"别弄出事，钱还没到手。"

说话的几人操着一口浓重的方言，男孩只能隐约分辨出他们话里的意思。

接着，画面一转，还是在那个厂房，这次多了一个穿白裙子的小女孩，七八岁的样子，瑟缩在地上，一动都不敢动。

前方的空地上架着一台摄像机，角度刚好能拍到男孩和女孩。挂着金链子的男人找了把椅子坐下，手里的棍子已经换成了刀。他摩挲着刀锋，阴恻恻地笑："两天了，赎金还没到。我说，少爷小姐们，怎么回事啊？"

"猜不到是吧？"男人暴戾地起身，一脚踢开了椅子，音调陡然拔高，"有人报警了！多可笑！报警？警察能顶什么用？啊？！我现在就把你们杀了放血，你们猜，警察到的时候，你们还能不能喘气？！"

"要不这样吧。"刚才还像得了狂躁症的男人忽然平静下来，冷笑着道，"我给你们一人一把刀，你们谁把对方杀了，就能活下去。不然——"男人脸上的肉耸动着，仿若来自地狱里的恶魔，道，"我就把你们一刀一刀地杀了。"

女孩终于忍不住，"哇"的一声哭出来。

"怎么样？"男人仿佛被激起了兴致，"你们可没有多少时间考虑。"

男孩缓缓地抬起头，脸上是青紫一片，他的黑眸锁住了男人，说："行。"

他拿了刀，静静地走向小女孩。

女孩已经忘了哭泣，瞳孔因为太震惊而放大，身子瑟缩着往后挪。

男孩的脸上始终没什么表情。女孩退到角落，终于避无可避，男孩也停住了脚步，他的目光掠过摄像机，最后落回到那个男人的身上。

男人的笑容阴暗诡异，声音带着诱哄："对，杀了她，我就留你一命。"

男孩抿了抿唇，重新看向女孩。

这是贺家的小女儿，好像叫贺姝。他见过她两次，印象里她有点儿吵，但贺家的人把她当宝贝。他相信这个男人的话，杀了她，他就会活下去，然后贺家和谢家从此势不两立。

男孩低着头，又问了一句："真的吗？"

"别废话！"男人又暴躁起来，"再不动手，谁都别想活！"

头顶的灯泡"呲呲"地响，昏黄的光投在斑驳的墙壁上，分辨不出外面的时间。男孩握紧了刀，定在原地，看起来在犹豫。

终于，男人等不及了，他站起身走向男孩，嘴里骂着脏话。

"看着挺有血性，原来也是个窝囊废。"

男孩一动不动，直到男人的手伸了过来。男孩突然弯腰躲开，手里的刀径直朝着男人飞过去。男人也是练家子，只不过面对着小孩放松了警惕。他堪堪侧身躲开，刀锋划过他的脸颊，留下一道深长的血痕。

"谢总？"司机靠边停了车，又喊了谢图南几声。

谢图南终于睁开眼睛，漆黑如墨的眸子里难得有几分空洞。他抬手捏了捏眉心，声音里带着疲惫，道："回去吧。"司机没敢多问。

车子一路疾驰，谢图南重新合上眼睛，右手的拇指轻轻地摩挲着手腕上的疤痕，梦里的场景在脑海里不断上演。

后来怎么样了？

警察赶到的时候，他被倒吊在半空中，嘴里塞着一堆破布，手腕滴滴答答地流着血。意识模糊时，他看着贺姝被歹徒折磨，倒在血泊里，死状凄惨。

其实，他早已不记得贺姝的相貌，但在后来漫长的时光里，他还是能梦到那条纯白色的裙子一点儿一点儿地被鲜血浸红。

那年，他十二岁。从某种意义上来说，他有一部分灵魂永远留在了十二岁。

他失去了与这个世界和解的能力。

看别人游戏人间，他觉得无聊；看有人为情所困，他也只觉得可笑；商场利益至上，但他不在意得失，觉得只是一串数字。

乔暮云是个意外——那个不识抬举的女人。

那是个寻常的雨夜，谢图南应酬完回到家，乔暮云忽然问："贺姝是谁？"

已经有十多年没有人在他面前提这个名字了，连贺家仿佛都忘了这个人。

以至于一瞬间，谢图南罕见地恍惚了一下。紧接着，关于那场绑架的画面纷至沓来。童年的后怕并没有因为心智的成熟而消散。没有人天生对鲜血和死亡无动于衷，他只是把这些情绪藏了起来，假装并不在乎。

那晚，谢图南没回答她。第二天，欧洲的一个并购案出了问题，他飞往国外。那场谈判异常凶险，但他不是输不起，只是借工作麻痹自己的神经。

其间，乔暮云发来短信，她说：谢图南，我们谈谈。

谢图南大概知道她想问什么。二十年前的那场绑架案，被击毙的歹徒没有姓名，只有"贺姝"这两个字变成了提醒他那段经历真实存在的魔咒。

告诉她也无妨，只是说来话长。他回复：很忙，回国再说。

乔暮云没有再问，但是等谢图南回到国内，只收到了一条分手短信，简单决绝的三句话：一句是说分手，一句是说她已经在青城办好了入职手续，最后，她强调，没有意外的话，她不会再回北城。

谢图南开车到机场，打电话过去却被告知是空号。性格里的傲气占了上风，谢图南在机场外站了两小时，最终看着那架航班起飞。

手机振动了两下，谢图南收回思绪，划过手机屏幕解了锁，是黎冬的消息。

他发来了一段录像。画面里，乔暮云开着一辆红色的保时捷跑车，驶进了张宅。短短几秒，信息量很大。

黎冬：我找人查了，你猜猜这辆车在谁的名下？

黎冬：张怀宴。是不是很精彩？

黎冬：你说，她和张家到底是什么关系？

谢图南轻轻地捏了一下食指关节。暗光下，他的眸色极深，偶尔有路灯的光线穿过车窗投映进去，明暗交替。

另一头，黎冬看着屏幕，都快哭了："我说，付哥，你为什么用我的微信发？"打死他，他都不敢这么和南哥说话。

付华初拍了拍黎冬的肩膀，道："放心，你南哥大度着呢，不会和你计较。"

黎冬把手机抢了回来，连忙补救道："哥，刚刚不是我！"

屏幕上显示"发送失败"字样，黎冬哀怨地看向付华初。

后者一脸坦然，两手一摊道："我说他大度，没说他讲道理啊。"

黎冬瘫到沙发上，过了一会儿，他不解道："付哥，你这么折腾干吗？就南哥那性格，还能吃回头草？"

付华初点点头，道："理是这么个理，但这事吧——"他意味深长地顿了一下，似乎在回忆些什么，"还真不一定。"

至少，只有乔暮云能让谢图南活得像个人。

乔暮云在秦九九的公寓里住了两天，烧彻底退了，精神也好了，只是有些乏力，不时出些虚汗。大部分时间，她都在睡觉或者看电影，饿了就点外卖。傍晚，她会出去倒垃圾，顺便散会儿步，在小区门口的花店逛一逛，随缘买上几朵花。店里有一只猫，很像她小时候养的一只小狸花猫。

但日子不会一直这样平静下去。第三天中午，张怀宴打来电话，关心过乔暮云的身体后，他话锋一转，问："还准备在外面住几天？"

乔暮云看了看窗外的蓝天白云，道："不知道。"

张怀宴极轻地叹了一口气，无奈道："晚上回来吃饭吧，正好见见你大嫂。"

张怀宴有个即将订婚的女友，对方是海归名媛，两家门当户对，已经在商量订婚事宜。乔暮云只简略地听怀玥唠叨过几句，似乎是个温柔正派的女孩子，但怀玥的评价是：有点儿没趣。不过，这话怀玥是绝对不敢对大哥说的，每次吐槽完，她都会偷偷地看看周围，反复叮嘱道："我只是和你讲讲，不能告诉大哥的！"

挂了电话，乔暮云把公寓简单地打扫了一遍，便开车去了张宅。

一进门，她就听到几声笑声。

陆媛拉着一个年轻的女孩坐在沙发上，这女孩应该就是张怀宴的女友。

她们在聊订婚的流程。怀玥陪坐在旁边，觉得枯燥，有点儿昏昏欲睡，直到余光瞥到乔暮云，她一下子精神了："姐！"沙发上的其他两人也齐齐看过来。

陆媛嘴角的弧度明显拉了下去，她身边的女孩则是有点儿好奇。

气氛一时间有点儿尴尬。乔暮云并不想被拉过去聊天，但怀玥已经挽住了她的胳膊，拖着她走到沙发边，对着女孩介绍道："大嫂，这是我表姐。"

乔暮云跟着叫了一声"大嫂"。

女孩穿了一件条纹样式的连衣裙，乍一看长得不怎么惊艳，但气质很好，属于耐看型。她朝乔暮云笑笑，道："你好，我是陈妍。"

沙发是"L"型的，乔暮云选择坐在了侧边。

陆媛和陈妍继续刚才的话题，怀玥则凑到乔暮云那儿，悄悄地问："姐，这两天你住在哪儿？大哥说你住在同学家。"

乔暮云还没来得及回应，怀玥已经继续道："但是跟我你就别不好意思说了。你是不是去找男朋友了？"她自以为说得很小声，但大家都听得到。

乔暮云不知道她为什么会有这种天马行空的猜测，冷静地道："不是。"

怀玥又皱起眉头，不解地问："那你那天晚上为什么哭？还说梦到一个浑蛋，而且后来你睡着了，嘴里还喊着'分手'。"

张怀宴和张怀漾两兄弟从楼上下来，正好听到这句话。张怀漾露出一脸疑惑的表情，张怀宴则若有所思地盯着乔暮云。

乔暮云的表情险些没能保持住，她扯了扯嘴角，挤出一句："你听错了。"

"不可能！"

拯救乔暮云的是一通电话，电话是祝教授打来的。乔暮云走到楼上的房间去接。

"听说你生病了？"祝教授先关心了她的身体。

听说？乔暮云愣了一下，说："只是感冒。"

祝教授叮嘱了几句让她注意身体之类的话，然后说到正题："你要的东西找到了，我拷贝在了优盘里，加了密码，567483。"

乔暮云郑重地说道："谢谢您。"

在纸上写下密码的最后一个数字，她舒了一口气，才慢慢地回忆起刚才祝教授的最后一句话："明天，我让人给你送过来。"

怎么好麻烦人家？乔暮云想把电话拨回去。

这时候，怀玥在外面喊："姐？"

话音刚落，门就被推开了，乔暮云只来得及把写着密码的字条收好。

怀玥探进一个头，道："大哥让我来喊你吃饭。"

"知道了。"乔暮云收起手机，跟着怀玥下了楼。

那顿晚餐吃得异常和谐，怀玥和张怀漾难得没有拌嘴，张怀宴也不用敲着碗维持饭桌上的秩序。中途，几人又聊起订婚宴的宾客名单。

陈家是书香门第，在北城根基深厚，说起来还是张家高攀了。

"陆家、付家、季家、贺家……"陈妍大致说了一遍，宾客范围涵盖了官场、商场和文化界，最后她道，"还有谢家。"

乔暮云往嘴里塞着米饭，在听到"谢家"两个字的时候顿了一下。

在北城找不出第二个谢家。

"谢家？"怀玥咬着片牛肉，含混地说道，"谢图南？他会来吗？"

陈妍笑了笑，点头道："应该会来的。"

"那你认识他吗？"怀玥追着问。

"小时候见过几次，不过不熟，他不爱和我们这些小女孩玩。怎么了？"

怀玥一下子觉得希望渺茫了，半晌才说："我想采访他。"

"那应该比较难。"陈妍说，"不过，我可以托人帮你问一问。"

不是比较难，是不可能。乔暮云想。

谢图南这个人对名声不怎么在意，无关利益的事，他从来懒得应付。

至于为什么，乔暮云不知道，可能是他性格如此吧。

他曾经说，他喜欢暗一点儿的地方。

陈妍走的时候约了怀玥一起逛街，又邀请了乔暮云一起。

盛情难却，乔暮云答应了下来。

吃过饭已经很晚了，乔暮云不好再打扰祝教授，便没有再打电话回去，但不知道为什么，她始终有一种隐隐的不安。

这种不安在第二天早上得到了印证。

七点半的时候，乔暮云被电话铃声吵醒了。她睡意正浓，翻了个身，没看来电显示就接通了电话，将手机放到耳边："喂？"

电话那头静了几秒，然后响起冷峻的男声："下午三点，到我办公室拿你的东西。"一瞬间的工夫，乔暮云就清醒了。紧接着，听筒里传来一阵忙音。

她把手机拿到眼前，有那么一刻，她觉得自己似乎出现了阅读障碍，什么都看不清。过了几秒，那串号码才在眼前逐渐清晰起来。

是谢图南的号码。他没换过电话号码吗？也是，在感情里，只有胆小鬼才会用拉黑、换号这种欲盖弥彰的方式强迫自己遗忘对方。对他而言，没有必要。

乔暮云盯着天花板怔了半晌，才重新把自己的脑袋埋进被子里。

下午两点五十分。烈日当空，乔暮云好不容易才找到停车位，赶到射氏大楼里。进了旋转门，冷气从头顶灌下来，消散了外面的热意。

她走到前台，道："你好，我找……谢总。"

前台小姑娘有些昏昏欲睡，职业素养让她挤出一抹标准的微笑，礼貌地问："您有预约吗？"

"算是有吧。"

小姑娘的微笑僵了一下，道："如果没有明确预约，我不能放您进去。"

按规定来说，老板要见什么人，要么会有助理下来接，要么会提前通知前台。其他情况，多半是不请自来。但是，前台小姑娘悄悄地打量起乔暮云——细眉大眼，翘鼻梁，微笑唇，干净温婉的气质里莫名带着疏离，微微一笑的时候，别说男人，女人都会稀里糊涂地自作多情起来。

小姑娘生出了恻隐之心，道："要不，我帮您打电话问问？"

小姑娘拨通了内线，大致说明了情况，最后抬头问："您贵姓？"

"乔。"

上到顶层，从电梯出去，穿过一条走廊，就是谢图南的办公室。乔暮云被带到了旁边的休息间，透过玻璃，她能看到紧闭的办公室大门。

助理倒了水过来，微笑道："谢总在开会，您稍等。"

这一等就是两个多小时。日头逐渐西斜，乔暮云起身拉开百叶窗。手机快没电了，乔暮云的耐心也告罄。她最后看了一眼时间，拎了包开门出去。"吧嗒"一声，办公室的门开了，接着响起谢图南低沉的声音，像是在和谁打电话。

原来他在里面，这是开的哪门子的会？乔暮云的身体僵了一下，却没回头。她轻舒一口气，用尽全身的涵养让自己的背影看起来更加优雅。

谢图南皱了皱眉，径直上前拽住了她的手腕。

乔暮云心里正窝着火，眼看挣扎不开，就一根根去掰他的手指。

她留了指甲，不多时，谢图南白皙的手指就被折腾到通红。尖锐的疼痛并不好受，谢图南的眉头蹙得更紧了些。他垂眸看了一眼，手微微用力，乔暮云猝不及防地转过身，整个人朝他撞去。

鼻梁被撞得生疼，乔暮云抬起头，恶狠狠地瞪过去。谢图南却恍若未觉，连眉毛都没动一下，仍旧举着手机，沉稳地分析着晦涩难懂的数据。

几缕阳光照过来，勾勒出他侧脸的轮廓。他的眉梢天生微斜，薄长的眼角透着冷淡，鼻梁高挺，唇形薄而性感，说话的时候喉结微微滚动。

乔暮云将他的手臂往外扯，声音断断续续的："你、放开我！"

谢图南无动于衷，对着电话那头道："没事，你刚刚提到——"

说到一半，他手臂上就传来一阵钝痛。

乔暮云气不过，直接咬了上去。

谢图南闭了闭眼，因为隐忍，额头青筋凸起。

"我等会儿打给你。"说完，他直接挂断了电话，脸上没有一丝表情，冷冷道，"松开！"淡淡的血腥味萦绕在唇齿间，乔暮云松了嘴，侧过头没说话。

谢图南把她拉进了办公室，抵在门上。

这个姿势，他们曾经做过无数次，亲密无间。而现在，她仰着头看他，眸子里再无半分情动，只有倔强和防备。

谢图南缓缓松开手，转身走到办公桌旁，直接退出了还没结束的视频会议。

旁边的电脑上，正对着门口休息室的监控画面被他一并关掉。

乔暮云仍旧靠着门，她无意欣赏他宽敞明亮的办公室，目光定定地落在地面的一个点上。夕阳从侧面的落地窗外照进来，把她的身影拉得很长。

谢图南在椅子上坐下，松了松领带，道："过来。"

乔暮云没动："我要的东西呢？"

谢图南从抽屉里拿出一个优盘，往桌上一扔。

乔暮云觉得脚下有千斤重，但还是挺直了背，将高跟鞋踩在地板上，发出规律的"嗒嗒"声。

谢图南身体的重心放在座椅的一侧，一只手搭在桌上，用食指轻轻地敲着桌面。等到乔暮云的手伸过来，他像是突然改了主意般，先一步扣住了优盘。

乔暮云瞪着他，忍住骂人的冲动，道："你想干什么？"

谢图南没答，半晌，他抬起头，目光里透着淡淡的嘲讽。

"乔暮云，有件事，我很好奇。我想，你还欠我一个解释。"

同样的话，他前几天似乎刚问过。

乔暮云已经忘了当时自己是怎么答的，但她并不想重新回答一遍。

"你已经问过了。"

"是吗。"谢图南的黑眸紧紧地锁住乔暮云，"我怎么不记得？"

乔暮云没接话。

很奇怪，明明她才是站着的那个人，她却无法忽视地感觉到了一种无法忽视的压迫感。

"张显成是你的舅舅。"谢图南不急不慢地说完这句话，把椅子往后一滑，他站起身，居高临下地看着她，"那么，我是不是有理由怀疑，你当年也没有表现出来的那样走投无路。"

乔暮云怔在原地。

她心里窝的那把火像是烧沸的铁被扔进了凉水里，瞬间湮灭。

查到她和张家的关系不足为奇，只要他想知道。但他的后半句……后半句明明是怀疑，她当年接近他是处心积虑、不择手段。

那一瞬间，乔暮云只觉得手脚一片冰凉。原来，在他眼里，她可以是这样的人。他们在一起三年，他对她竟然连基本的信任都没有。

乔暮云觉得可笑，一字一顿地说："如果谢先生这样认为，也不是不可以。"

谢图南怔了一瞬，狭长的眸子微微眯起，然后，他挪开目光，点点头，伸出手，猛地把乔暮云拉到身边，圈在桌前。

他的手从她的背后环过，抓住另一侧的手臂，牢牢地把她制衡住。

两人的身体紧紧地贴在一起，呼吸交缠。

"乔暮云。"谢图南的下颌绷得很紧，眸子里有令人胆战的阴霾，"你当我是什么？可以召之即来，挥之即去吗？"

乔暮云扬起唇，静静地和他对视，咬字清晰地答道："差不多。"

谢图南却好像忽然平静了下来，瞬间恢复了那副淡漠的样子。

他重新拿起优盘，问："那这个呢？"他缓缓地把优盘悬空在水杯的上方。

"你——"乔暮云终于挣扎了一下。

谢图南观察着她的表情，慢慢地开口："想要，是吗？"

谢图南的眼神很冷，像冬夜寒泊。他不是在开玩笑，也不是在吓唬人。

乔暮云知道，他是真的发了狠，他要她求他。

暮色四合，窗外的天空已经变成了墨蓝色，落地窗上映出男女暧昧的身影，空气里只剩下静默的对峙。

纷杂的画面在乔暮云脑海里闪过，那些纠缠的、挣扎的、半夜拉扯的情绪，以及无数次的期待和失望像潮水一样奔涌而来。

她一直都知道他是什么样的人。可偶尔，他也会有温柔的时候。他低声喊她的名字，很容易让人以为他情深几许。

但是此时此刻，乔暮云觉得胸腔里那种无法排遣的、像是被人掐住心口的窒息感，应该叫做恨。

乔暮云不说话，谢图南也不着急。

乔暮云绷直的背脊忽然放松下来，肩膀微微往下垮。

"谢图南。"她轻轻地开口，因为感冒未愈，嗓音微哑，"把优盘给我吧。"

乔暮云的目光落在他的手臂上，那里渗出了血迹，是她刚才咬的。

"我来看望祝教授，只是因为他是我父亲的导师，我并不知道你们的关系。我们——"她微顿，改口道，"我对你，绝对没有任何非分之想。至于那些陈年旧事，我不记得了。谢总如果有兴趣追忆，我也不是不能奉陪。但是，优盘里面的东西对我来说很重要。是我父亲当年的作业、获奖证明、邮件。他去世很多年了，毕竟——"乔暮云一口气说到这儿，"死者为大，你说是不是？"

说到最后，她的语调变得缓慢，带着一种死水般的平静。

第四章
他暗恋我

在谢氏，加班是常态，晚上八点的谢氏大楼依旧灯火通明。

从办公室出去，乔暮云被走廊的灯光晃了眼。她抬手挡了挡，没有停留。

前台小姑娘还没有下班，见乔暮云下来，她放下手里的文件夹，眨着眼睛拘谨地朝乔暮云笑。虽然不知道乔暮云的身份，但她想，长得这么漂亮，身材也无可挑剔，去顶层一待就是大半天……衣服还皱了！她吸了一口气，瞬间想出了三万字的小说，脸上的微笑也更真诚了一些。

但不知道是不是真诚过了头，小姑娘脱口而出："欢迎下次——"说到一半她才觉得不对，"光临"两个字硬生生卡住，脸憋得通红。

乔暮云笑了笑，心想，最好还是不要有下次了。

回到车内，乔暮云系上安全带又解开。

晚上八点的金融街，加班结束的白领从各个大楼里出来。有的三五成群，有的步履匆匆。乔暮云将双手搭在方向盘上，把脸埋了进去。

她很累，很想睡一会儿。

她转了下脑袋，不小心压到了手腕。被谢图南拽过的地方似乎还隐隐作痛。乔暮云开了灯看，果然，手腕上泛起了一片红。

"浑蛋。"她低声骂了一句，而后听到手机响了。

是怀玥的电话："姐，你在哪儿呢？"乔暮云随便报了个地址。

怀玥支支吾吾地和她商量："你……能不能帮我带两包泡面？"

乔暮云怀疑自己听错了："什么？"

"要韩式的那种泡面！我等会儿把包装袋的图片发给你！顺便再帮我买点儿芝士条。回来的时候一定要藏好，千万不能被大哥撞见！"

乔暮云靠在椅背上，头疼地说："大哥不让你吃泡面？"

怀玥气呼呼地"嗯"了一声。

乔暮云一时无言，忍不住吐槽道："管这么多？"

"是吧！"怀玥一下子找到了共鸣，"真是应了那句话，男人过了三十岁就越来越——"她似乎找不到合适的形容词，最后说，"反正就是很讨厌！"

乔暮云摇摇头，不置可否。

三十岁出头的男人，名利地位都有了，事业稳步上升，感情不再是必需品，反正有很多年轻的小姑娘前赴后继。

像张怀宴这样私生活干干净净，按部就班，订婚成家的并不多。这么想着，乔暮云突然有了八卦的心情："大哥和他的未婚妻，怎么认识的？"

"就是相亲啊。"

乔暮云本来以为是个轰轰烈烈的爱情故事，没想到这么俗套，她觉得有点儿幻灭："不是说他们是在国外念大学的时候认识的吗？"

"什么大学——"怀玥说到一半，恍然地"哦"了一声，"你说那个啊，那个早就分手了，她是江城人，独生女，父母不同意她远嫁，就没成。"

乔暮云有点儿后悔多问了一句。她说不清是什么感觉，这样的故事听多了，会觉得不美满的结局也没有很遗憾。

被怀玥这么一搅和，乔暮云原本沉郁的情绪明朗了不少。她发动车子，拐到旁边的商场，找到了怀玥说的泡面。

她今天背的包有点儿小，塞不下泡面。想起怀玥反复叮嘱的不能被发现，她特意去隔壁的饰品店花五块钱买了个礼盒包起来。

店主以为是贵重物品，还打了个很漂亮的蝴蝶结。

到张宅已经九点了，张怀宴果然雷打不动地在客厅看财经新闻。

"回来了。"张怀宴叠着腿靠在沙发上，说，"以后别这么晚，不安全。"

怀玥听到动静，从楼上跑下来，站在楼梯上朝乔暮云招手，脸上有一种难以掩饰的兴奋感。

张怀宴挑了一下眉，狐疑地看了看两人，最后，他的目光停留在乔暮云手里的礼盒上。他抬手指了指，问："这是什么？"

乔暮云冷静地说道："随便买的。"

怀宴若有所思地点点头，似乎终于对妹妹的喜好有了定位。正要收回视线，他忽然注意到乔暮云手腕上的红痕。她皮肤白，那道红痕显得异常狰狞。

于是，张怀宴的眉头重新皱起。

乔暮云不知道张怀宴在想什么，只觉得被盯得心里有点儿发毛。

上了楼，乔暮云把手里的东西塞给怀玥后就回了房间，并决定以后再也不陪她干这种事。但是，两小时后，敲门声突兀地响起。

乔暮云开了门，怀玥可怜巴巴地问："姐，你会煮泡面吗？"

乔暮云靠着门框，道："不会。"

怀玥张了张嘴，有些茫然，问："你也不会？"

看怀玥真信了的样子，乔暮云反倒有点儿不好意思点头。

虽然她厨艺不精，怕热油，但是倒也不至于不会煮泡面。只是，她天生对油盐酱醋的比例没有感觉，怎么放都不对，因此能避免做饭就避免做饭。

"要不，你泡着吃吧？"乔暮云认真地提议。

"不行。"怀玥苦着脸道，"这个面泡不了，只能煮。"

乔暮云沉默了几秒，问："一定要今晚吃吗？"

怀玥点点头，带着一种不达目的不罢休的决绝。

"那这样吧，家里有烧水壶吗？你把泡面掰开，扔进去，放点儿水，水开了，你的泡面也就熟了。"她说得极其随意，说完，她作势要关门。

"慢着！"怀玥抓住门框，朝张怀宴房间的方向看了一眼，"姐，你陪我！"

厨房的装修是中式的，灯光是暖色调，北侧的窗户关着，浓稠的夜色被一层玻璃隔开。方便面的香味从烧水壶里飘出来，怀玥准备把调配料加进去。

"姐，你不吃吗？"

"吃什么？"

"吃——"怀玥说了一个字便觉得不对劲，这声音……她猛地回头，张怀宴推门走了进来。

他在厨房内扫视一圈，眉头轻皱。

乔暮云撑了撑额头，打着哈欠起身，一副"我困了，先走了"的架势，准备溜出去。张怀宴抬起手，跟一尊佛一样挡在门口。

乔暮云打了一半的哈欠又收了回去，坐到椅子上。

张怀宴走到怀玥旁边，摆出了一个不可置信的表情："你用烧水壶煮面？"这件事显然超出了张大公子的认知范围。

怀玥眨着眼睛，道："怎么了，这不是——"她低头看了一眼，"熟了嘛。"

兄妹俩一高一矮，大眼瞪小眼，画面莫名和谐。

乔暮云没忍住，笑出了声，道："那个，是我教她的。"

张怀宴看向桌上乱七八糟的食材，似乎放弃了与她们交流。他拔了烧水壶的插头，一边挽起袖子，一边回头问："都饿了？"

乔暮云没有吃夜宵的习惯，但不得不说，张怀宴的厨艺很好。他穿着睡衣，头发有些乱，没有平时的严肃感。烧水煮面的同时，他还能另起油锅煎几个荷包蛋，一套动作下来，行云流水。

乔暮云吃了小半碗面便觉得饱了。随后，她听到张怀宴说："吃饱了？乔暮云，来我的书房一趟。"

张怀宴的书房在二楼，正对着花园。进门后，右手边两面墙上都是书，书籍杂多，但放得整整齐齐。吊灯亮起，透出温暖的橘光。临窗的地方摆了张中式泡茶台，成套的紫砂茶具摆在上面，看起来价值不菲。

像他们这样的人特别钟爱在办公室和书房摆一个茶台。饭局用来谈单，遇上需要耐心周旋的，茶桌比饭桌更容易拉近距离。

张怀宴在挑茶叶，大有与她好好谈谈的架势："喜欢喝茶吗？"

乔暮云想了想，道："说不好。"

她会泡茶，是跟着谢图南学的。一开始，她不喜欢喝，再好的茶叶都品不出所以然，后来时间长了，也渐渐懂了点儿门道。

有一次，乔暮云还不太懂茶，拆了谢图南书房的一块茶饼。那茶饼看着挺普通的，但他这种砸几个亿都不见眨眼的人，那天竟然破天荒地露出了一丝痛苦的表情。乔暮云咬着嘴唇，无辜道："很……贵吗？"

他没答，把那茶饼拿在手里看了看，吊着眉梢问："好喝吗？"

乔暮云回忆不起那个味道了，应该是好喝的。

水流冲过茶具，张怀宴道："有件事，一直想找机会和你说说。"

乔暮云预感到了什么，沉默着等他的下文。张怀宴沉吟片刻，继续道："五年前，你奶奶生病，在你最难的时候没有帮你，我很抱歉。"

半晌，乔暮云轻轻地舒了一口气："其实不是，那次我来借钱，你在国外，舅舅出差了，舅妈拒绝了我，我本来可以打电话给你们的，但我没有。"乔暮云的语调很平静，像在陈述一件旧事。

她想得很明白。亲戚有困难，借钱是情分，不借也情有可原。只是在贫富差距特别大的时候，这种情有可原便成了一种原罪。

上门借钱本为诚意，虽然舅妈拒绝在前，但舅舅和大哥在不知情的情况下也同样被陷入不义之地。她明知道自己打个电话，他们便不会坐视不管，但她仍旧选择赌气和沉默，以维护年少可怜的自尊，并且可耻地看着他们内疚，而不愿意出声与他们和解。

时过境迁，哪分得清对错呢？都是人性作祟。

"大哥，"乔暮云捧起前面的杯子，轻轻道，"对不起。"

张怀宴叹了一口气："所以，你能不能告诉我，当时你到底是怎么解决的？"

乔暮云侧头，对上他饱含担忧的视线："我不想说。"

"那这个呢？"张怀宴指了指乔暮云手腕上的红痕。经过一个晚上，红痕已经隐隐地泛着青紫，"也不想说？"

乔暮云的指尖轻轻地触上手腕，一时语塞。

她差点儿忘了，张怀宴从小学习优异，人品端正，但这不影响他心思缜密。舅舅早早放权，他能把公司打理得井井有条，洞察力自然也是一流。

又或许，他已经猜到了什么。这些聪明人的头脑就是这样，什么都能看透。

过了很久，手里的茶渐渐冷了。乔暮云抬起头，看着窗外浓稠的夜色。

"一个浑蛋，"说着，她顿了一下，慢吞吞地道，"干的浑蛋事。"

张怀宴重新帮她添了杯茶，道："那以后就不要理这个人了。"

乔暮云笑了笑，说："好。"

是夜，凌晨两点。付华初从望江出来，路过金融街，随随便便一抬眼，就看到中间最高的那幢楼的顶层还亮着灯。

他坐直身子，摇下车窗把头探出去，揉了揉眼睛，确定自己没看错。

那是谢图南的办公室。

顷刻间，付华初的睡意连着酒气一起散了大半。

谢图南虽然也挺喜欢赚钱，但绝对还没热爱到这地步。除了两年前欧洲的那个并购案，付华初还没见他这么……挑灯夜战过。

付华初吩咐司机停车，直接上了那幢楼的顶层。

整个走廊空荡荡的，秘书处空无一人。

总裁办公室的门没关紧，透出细微的光亮。

付华初放轻脚步，做贼似的把耳朵贴在门上。

没声音，难道是忘了关灯？付华初正准备推门，就听里头忽然传出谢图南冷淡的声音："想进就进来，别像做贼一样。"嗓音带着久未说话的暗哑。

付华初被吓了一跳，一口气闷在胸口，抬手使劲掐了一下脖子才缓过来。

他猛地推开门走进去，道："你在里面不会早点儿吱个声啊！"

谢图南阖着眼靠在椅背上，闻言，他勉强把眼睛睁开了一条缝，但似乎是实在懒得搭理付华初，又缓缓地合上了。

虽然对谢图南这副样子见怪不怪，但付华初还是觉得自己的人格受到了侮辱。但谁让他大度，他不跟这人计较。付华初给自己倒了杯水，靠到办公桌旁，问："什么情况啊？就算没有夜生活，也不至于在办公室思考人生吧？"

谢图南没反应。付华初来脾气了，他将手里的水杯猛地往桌上一放，声音在空荡荡的办公室里回响："我发现你这人——"

他说到一半，卡住了。他将头往旁边偏了偏，伸手扯了扯谢图南的衬衫。

"哟！"他语调急转，饶有兴致地凑过去细看，"怎么还被咬了呢？"

谢图南终于睁开眼，一把推开他的手。

"啧啧啧！"付华初无视着谢图南越来越黑的脸色，重新把手伸过去，把谢图南的袖子卷上去，"我再看看，欸，咬得狠了一点儿。但你别说，两排小牙印还挺秀气。是女的吧？我猜猜啊，你那位前女友？"

谢图南的眉头皱着，薄长的眼角微微下垂，维持着最初的姿势坐在那儿，一言不发。

付华初觉得不对劲，极其不对劲。按谢图南的脾气，早就该动手赶他出去了，怎么今天看着……还真有点儿颓呢？！

付华初不逗他了，换了个正经的语调："当年和人分开也没见你这样。再说，是你看着她走的，也没拦。那时候我就和你说，放了手就别后悔。"

付华初从桌上拿起一个飞镖，作势往前比了比。

"而且呢，你那个前女友看着挺乖，但其实挺有脾气的，你今天肯定是惹她生气了。不过也没关系，至少她还肯咬你一口。"付华初手里的飞镖还没扔出去，他转过身，拿飞镖点了点谢图南的心口，"就一句话，你现在——"他压低了声调，"还想不想要她？"

谢图南抿着唇，缓缓抬眸，从付华初手里拿过飞镖，扬手朝对面比了比，然后猛地发力。飞镖呈直线破空而出，正中靶心。

他说："要。"

不知道是不是张怀宴那几杯茶有安神的作用，那晚，乔暮云睡得格外安稳，醒来的时候天光乍晓，推开窗，满是清新的味道。

这样的清晨能让人短暂地忘记所有烦恼。

　　张怀宴起得更早，此刻，他正在花园里浇水。云层散开，绯色的阳光铺满了花草小径，鸟叫声不绝于耳。乔暮云探出头去，叫道："大哥，早。"

　　"早。"张怀宴抬起头，放下水壶，"下来吃早饭。"

　　乔暮云喝了半碗粥，怀玥才迷迷瞪瞪地坐上餐桌，伸手就去抓奶黄包。

　　"玥玥！"张怀宴拉长了声音警告她。

　　怀玥已经把奶黄包塞进了嘴里，闻言，她的动作顿了两秒，却还是一口将包子咬了下去，然后迅速地拿起筷子，把剩下的半个夹好。

　　"姐。"她鼓着腮帮子道，"大嫂说，她九点在商场等我们。"

　　乔暮云愣了一下才反应过来，今天是周末，陈妍约了她和怀玥一起逛街。

　　"姐。"怀玥一边喝粥，一边侧头看乔暮云，"你等会儿把头发卷一下，然后去我那儿挑两件首饰，最好再换一条性感的裙子，把你那……"她压低声音，拿手比画了一下，"那个，显示出来。"

　　"为什么？"

　　"因为大嫂还约了别人。"

　　乔暮云明白了："那个别人跟你有仇吗？"

　　"那仇深着呢！就是周家那个大小姐，她以前跟我在一个学校，成天打扮得跟个花孔雀一样，她还……反正我们一定不能输！"

　　乔暮云恍然，原来是去和大小姐比拼。

　　"但是，"怀玥又道："你要快一点儿哦，不然我们会迟到的。"说着，她又夹了一个荷包蛋，却没有喂进嘴里，只是自言自语道，"我不能再吃了，不然穿裙子不好看。"说完她便依依不舍地将荷包蛋放下。

　　一小时后，乔暮云终于明白怀玥的"要快一点儿"纯粹是说给她听的，这位大小姐光挑首饰就用了半小时。

　　在乔暮云的认知里，怀玥的性格很温和，只有别人激她一下，或者踩了她的痛处，她才会跳起来与人争个高低。

　　"那个周家小姐长得很好看吗？"

　　"当然没有！"怀玥又试了一条项链，随后扔回桌上，"她那是金玉其外，每年不知道打多少针，鼻子、下巴还有胸，都是假的，指不定哪天就歪了，还厚着脸皮说什么'女大十八变'。"

　　乔暮云了然，看来她们真的是积怨已久。

　　"姐。"怀玥凑到乔暮云那儿捏了捏她的脸，"你的脸是真的吧？"

"肯定是真的，你从小就那么漂亮。"怀玥自言自语，说着便从衣柜里翻出一堆新裙子。裙子都是性感风的，和怀玥平时的风格不搭，大多数还没剪吊牌。

"这些——"怀玥拎了好几条出来，在乔暮云的身上比画，"你看喜欢哪条就穿哪条，首饰也是，随便挑。"

"一定要把她比下去？"

乔暮云本来实在没有兴趣，但怀玥的下一句话又让人不忍心拒绝。

"对，那只花孔雀抢了我的初恋！"

的确是不共戴天之仇。

乔暮云认真地挑选一番，最后选了条黑色的 V 领吊带裙，领口开得很低，收腰的设计很显身材，长度到膝盖上面，穿在乔暮云身上正好。

她卷了头发，戴了一条黑色的蕾丝颈带，耳环是有些大胆的不规则图案，深浆果色的口红勾勒出她完美的唇形。

乔暮云的动作很快，最后，她回头问："这样可以吗？"

怀玥呆了一下，然后拼命地点头道："可以！"

时间已经晚了，见面的地方在一家西餐厅。乔暮云停了车，有服务员过来开门，接过车钥匙。陈妍她们坐在二楼靠窗的位置，一共四个人。

怀玥拎着包，站直了身子，尽量显出优雅的姿态，但乔暮云隐隐地听到了她的磨牙声。陈妍已经看见了她们，抬手挥了挥，其他几人也都看了过来。

怀玥低声道："坐在大嫂对面的那个，就是我说的那个周羽吟，她旁边的叫贺婷，是她的表姐。"

怀玥后面又说了什么，乔暮云就不知道了。

从听到"贺婷"这个名字开始，她的思绪就是飘着的。

几句话的工夫，两人已经到了餐桌旁。

桌子是六人位，陈妍坐在外侧，里面空了两个位子。对面的窗边坐着贺婷，贺婷的旁边就是怀玥说的周羽吟，再旁边是一个穿格子裙的女生。

怀玥靠着陈妍坐下，乔暮云选择了靠窗的座位，正好在贺婷的对面。两人对上视线，贺婷也愣了一瞬，目光里掺杂着很复杂的情绪，不过稍纵即逝。

她笑了笑，打招呼道："好久不见，乔小姐。"

那一瞬间，乔暮云感谢起了怀玥早上让她精心打扮的举动。

至少现在，她的气势没输。

她微微歪头，抬手拨弄了一下耳坠，回道："好久不见。"

"姐姐，"怀玥左看右看，疑惑道，"你们认识啊？"

听到这声"姐姐"，贺婷的眼里闪过一丝惊讶。乔暮云还没答，贺婷已经先一步道："当然认识，乔小姐还是这么……光彩照人。"

乔暮云扬起嘴角，不痛不痒地回："你也是。"

这几句对话乍一听是在寻常客套，但仔细一琢磨，又实在有些微妙。

气氛忽然就尴尬起来。

"怀玥，"周羽吟打量着乔暮云，"这是你姐姐？"

怀玥一听她说话就浑身不舒服，应道："是啊。"

周羽吟旁边穿格子裙的女孩一直没说话，听到这里才开口："玥玥，你姐姐真漂亮。"

"对吧！"怀玥一下子找到了话题的切入口，"我姐从小就漂亮，纯天然美女！我一直觉得她不当明星都可惜了！"

她特意加重了"天然"二字，眼神飘向周羽吟。随后，她一笑，露出两颗小虎牙，带着十足的挑衅意味道："你说是吧，羽吟？"

周羽吟的脸色当即就有些难看，不过，很快，她就挤出一个笑脸，说道："是，她一坐过来，我们几个都被比下去了。"她的话里带上了在场的所有人。

"对了，"周羽吟又想起来什么似的，继续道，"怀玥，你现在有男朋友吗？"

怀玥一时语塞。

周羽吟露出一个不可置信的表情，问道："你不会还是单身吧？"

一个"还"字，戳到了怀玥的痛处。

这段狗血三角恋剧情，格子裙女生显然是知情人士，并且是看热闹不嫌事大的那种。她轻咳一声，轻飘飘地道："陈年旧事就别提了吧。"

人家明明没提。乔暮云扶了扶太阳穴，觉得头疼。

陈妍不知道怀玥和周羽吟之间的恩怨。她今天的本意只是怕怀玥和乔暮云不自在，因此叫了贺婷，让她把她的妹妹周羽吟也带上。没想到乔暮云会和贺婷认识，而且，从之前那番对话听来，两人的关系并不友好。

旁边这个格子裙女孩是跟着周羽吟来的，也不像什么善茬。

陈妍有点儿头疼，只能打圆场道："时间差不多了，我们先点菜吧。"

几人之间的拉扯暂时告一段落，聊天话题逐渐转到了衣服和珠宝首饰。

乔暮云不怎么说话，但架不住有人好奇。

周羽吟问："怀玥，这是你哪个姐姐？"

"表姐。"

周羽吟一副恍然大悟的样子，说道："我说以前怎么没见过呢。"

怀玥不大想搭理她，只道："我姐姐在青城工作。"

青城地处江南，风景秀丽，经济发展得十分迅速，但和北城这样的国际化大都市还是没法比。

似乎是认定了乔暮云没见过什么大世面，周羽吟北城小公主的派头一下子上来了，聊起奢侈品的时候总是时不时提到乔暮云。

乔暮云倒不是不懂，和谢图南在一起之后，她见过最多的就是世面。

周羽吟说的东西里，哪些是她真的有能力消费，哪些是她一知半解，哪些是她道听途说来的，乔暮云可以很清楚地分辨出。但乔暮云今天没什么心情，因此只是随意应付了两句。

周羽吟以为乔暮云是真不知道，便更加卖力地显摆起来："那颗红钻，5.1克拉，有一枚硬币那么大，听说后来被人花六百万拍下了。"

乔暮云很想告诉她，那颗5.1克拉的红钻，这个世界上只有一枚，是二十世纪九十年代产出的，现在还在一个珠宝商的手里，早就不参与拍卖了。

至于被六百万拍下的，是一颗2.21克拉的钻石。那颗钻石被她随手放到卧室的抽屉里，不知道谢图南后来有没有处理掉。

不过，周羽吟说得起劲，却没有人搭理她，连作为她表姐的贺婷似乎也懒得戳穿。

对贺婷这个人，乔暮云还算熟悉，标准的世家名媛，处世滴水不漏，在外永远是一副温柔谦和、识大体的形象，今天这么坐视不理，大概也是受够了周羽吟。乔暮云想到这儿，抬起头，却发现贺婷也在看她。

记忆闪回到两年前，好像也是差不多的场景，在临窗的餐厅，不过，那次只有她和贺婷。现在想来，她不该赴约。

但当局者迷。

乔暮云清晰地记得，当时贺婷说："其实你也知道的，谢图南不会娶你。"

乔暮云只是笑了笑。她已经不太在乎了，不管是真的想通了，还是单纯地在逃避，这句话对她而言没有很大的杀伤力。

乔暮云气定神闲地问："还有别的事吗，贺小姐？"

贺婷却好像没听懂似的，耸了耸肩，继续道："当然了，别误会，他也不会娶我。虽然我叫他一声'图南哥'，但他对我，的确一点儿意思都没有。"

"不过，你就不好奇为什么吗？"她语调一转，"不管是生意上的竞争还是其他，谢图南遇到贺家，总是会留几分余地。"

乔暮云抿了抿唇，贺婷说的是实话。

那两秒的迟疑让贺婷确认了心中的想法——谢图南应该什么都没和乔暮云说过。贺婷道："我看得出来，你是真的喜欢他，无关他的身份地位，但是——"

乔暮云有一种不好的预感，下意识地打断她："你到底想说什么？"

"其实很简单。"贺婷始终淡笑着，说，"我有个姐姐。"

"这么说，我想，你也猜到了。你可以回去问问图南哥，还记不记得贺姝。"

她没有把话说明白，但乔暮云懂了。

她的意思是，在谢图南心里……乔暮云不敢想下去。

对于贺婷来说，这样的一个谎言，即使被戳穿了也没什么损失。当年，两家的孩子一起被绑架，谢家那边的赎金出了问题，导致她的姐姐死了。不管过了多少年，谢家永远亏欠贺家。就算谎言被戳穿，谢图南也不会找她算账。

但万一成功了，乔暮云离开了……那么，只要谢家长辈点头，两家联姻，也不是没有可能。就算只有名分，她也不在乎。

事实是，三个月后，乔暮云的确离开了。

但贺婷并不确定她的离开是不是因为那场谈话。

最初，贺婷觉得不安。她看得出谢图南是动了情的，难保他们不会藕断丝连。

但两年过去了，那种不安随着时间慢慢淡化。

感情是有保质期的，时间会让人遗忘。

可是，贺婷看着眼前的乔暮云，觉得她变了。

和两年前那种沉默的戒备不一样，现在的她整个人开朗了很多，不说话只是因为懒得敷衍，笑起来的时候，也是真假难辨。

她知道真相吗？

"乔小姐，"贺婷抿了口红酒，"怎么突然回北城了？"

一个"回"字，探究的意味太明显。

乔暮云笑了笑，道："辞职了，没什么事做，来散散心。"

周羽吟问："做什么工作啊？"

"医生。"

周羽吟觉得没什么大不了。不过，乔暮云刚才"什么都不懂"的表现，让她的虚荣心得到了很大的满足，因此，她很给面子地问了一句："什么科室？"

"神经外科。"乔暮云顿了下，轻飘飘地解释，"开脑的。"

配合着她拿刀切牛排的动作，在场几人只觉得脑海中的画面冲击力有点儿大。饭桌上安静了两秒，贺婷道："我去洗手间。"

周羽吟跟着起身，说道："我陪你。"

看着两人的身影消失在拐角，格子裙女孩笑了一声，道："周羽吟怎么一点儿长进都没有，真当自己是什么千金大小姐啊？"

"还有啊，玥玥，你和她争什么？"格子裙女孩继续道，"她爸只是给贺家开车的司机，一家人挤在几十平方米的小公寓里，靠着贺家的接济过日子。她那些首饰包包，还不是靠勾搭男人得来的。"她越说越来劲，"我看贺家也根本没把这门穷亲戚当回事。"

"就——"是字没说出口。

换作平时，怀玥肯定附和着踩周羽吟两脚，但今天，她的小脑袋瓜灵光了一回——乔暮云还在旁边，她会多想的。怀玥及时刹车道："就那样吧。"

哪知道周羽吟忘了拿手机，正好折回来，听到这两句话，她气得当即形象全无，高跟鞋踩得"噔噔"响，道："你们说什么呢！"

怀玥被她的架势镇住了，结结巴巴道："没、没什么。"

格子裙女孩却不以为意，她抬手捋了一下头发，说道："啊，你听到了吗？不好意思啊，别当真，别当真。"她嘴上说着"不好意思"，表情却根本不在意。

"你——"周羽吟指着她们，手在发抖。

眼看一场大战即将爆发，乔暮云的手机在这时候响了起来，是林西湛的来电。她借着这个机会起身，远离了这片是非之地。

"乔暮云。"林西湛的声音带着笑，"在干什么？"

"在外面吃饭。"

"身体恢复得怎么样了？"

乔暮云想了想，回道："差不多了。"

谢图南从三楼下来，在倒数第三个台阶处顿住了。五米远的地方，乔暮云侧身靠着栏杆，妆容精致，身形惹眼。她在打电话，和对面笑着说了什么，然后微微歪头，抬手去拨耳环——那是她思考或害羞时的习惯性动作。

谢图南的身边是个外国人，那外国人顺着他的视线看过去，用还算标准但略带生涩的中文赞叹道："南，那位小姐非常美丽。"

林西湛在说校庆的事："到时候要不要来看一眼？说不定还能遇到老同学。

上次聚会你没来，大家都想见见你。"

乔暮云歪头想了想，正要说话，余光瞥到怀玥那边的气氛不太对，看着有动手的趋势，于是对电话那头道："稍等。"

她走过去，正好听见周羽吟尖锐地说道："你要是有你姐姐的一半漂亮，陈思言也不至于踹了你！"

怀玥的脑子一下子炸了，胸膛上下起伏着。她瞥到桌上的红酒杯，拿起酒杯就朝着周羽吟泼过去。

暗红色的液体顺着周羽吟的发丝滴落，她愣了两秒，然后尖叫了一声："张怀玥！"她一边喊着，一边准备扑过去。

怀玥是个小怂包，自知理亏，竟然站着没动。

乔暮云正好走到那儿，便伸手拉了她一把。没想到周羽吟没刹住车，直挺挺地往这边倒过来。乔暮云只好拉着怀玥继续往后退，但她没注意到地上的红酒，踩上去后打了个滑，重心不稳，身体便不可控制地倾斜。

乔暮云认命般闭上眼，想象中的疼痛却没有到来。

腰上环过来一只手，温热的触感隔着衣料传到肌肤，须臾间，乔暮云已经站稳了。因为惯性，她撞上了那人的胸膛。

"谢——"她边说边抬头，却对上了谢图南沉静的目光。

他的手还以一种极其暧昧的姿势环着她的腰。

地上，摔了个狗啃泥的周羽吟还没缓过神。怀玥则已经艰难地爬起来，抬起头，便看到乔暮云正和一个陌生男人"深情对视"。

并且，这男人有点儿眼熟，她好像在哪里见过。

但不知道是不是摔蒙了，怀玥竟然一时想不起来。

贺婷从卫生间出来时，最先看到的不是倒在地上起不来的妹妹，而是大厅正中间那对姿态暧昧的男女。

"图南哥，"她定了定神，才让语调听起来正常了些，"这是怎么了？"

怀玥打了一个激灵。

她想起来了！谢图南——她刚才竟然没认出来，这是谢图南！

怀玥轻轻地扯了扯乔暮云的裙摆，喊道："姐！"

乔暮云感受着腰上的力道，勉强而又生硬地挤出两个字："多谢。"

手机里的通话还在继续，即使没开免提，也能听到林西湛焦急的声音："乔暮云，怎么了？"

谢图南垂眸，瞥到了屏幕上来电显示的名字。

乔暮云听到一声很浅的气音，随即，腰上的力道消失了。她往旁边让了一步，将手机放到耳边，道："没事，出了点儿状况……不用……我一会儿再打给你。"

几乎所有人的目光都聚集到了这里，服务员过来清理地上的酒渍，餐厅经理也闻讯赶来："谢总，真是不好意思，打扰到您了。"他知道边上这几位大小姐也不是好惹的，只能在心里暗暗叫苦。但其他客人还得用餐，经理只能硬着头皮赔笑道，"各位，有什么问题，我们去楼上解决，可以吗？"

几人的脸色都不好看。虽然说在这种小聚会上发生点儿口角很正常，但闹成这样，传出去就是未来半个月名媛圈里茶余饭后的笑柄。

此刻最难受的是周羽吟。她知道谢图南是谁，贺家和谢家常有往来，她也偶尔能见到他。这个男人是真正的天之骄子。

想到自己狼狈的样子，她恨不能当场晕倒。

当然，同样摔了个四面朝天的怀玥也十分丢脸，但……她暂时没觉得。

乔暮云看向怀玥，问道："没事吧？"

怀玥揉着手肘处的瘀青，轻轻地吹了吹，回道："有点儿疼。"

"图南哥。"贺婷扶着周羽吟，面带忧色地道，"羽吟的脚崴了，我没开车，司机过来也得好一会儿。"她顿了一下，迟疑着问，"你现在有空吗？"

谢图南终于往贺婷那边看了一眼，他没开口，但拒绝的意思很明显。

贺婷有点儿后悔。谢图南是不爱管这些事的，何况他有洁癖。换作平时，她不会这么冲动。今天，也许是因为乔暮云在。

谢图南看着乔暮云的时候，眼神里是有特别的情绪的。

说出去的话不好收回，贺婷正想找个借口圆过去，陈妍已经先一步道："不麻烦谢总了，我和乔暮云都开车了。"

谢图南闻言皱了皱眉，看向乔暮云。

她的车技，实在是非常差劲。于是，他问道："你开车？"

乔暮云抬头看了他一眼，语调平和又冷淡："不行吗？"

几人同时下楼，谢图南走在最后，身边的外国人打趣道："你一直在看她。"

"哪个？"话是这么问，但他的目光仍旧不加掩饰地落在乔暮云的身上，从卷发的弧度到单薄的脊背，最后停留在她的手腕处。

那里多了一块女士手表，表带不宽，边上的皮肤隐隐地露出青紫色的痕迹。

谢图南眉头微蹙。

他从小跟着老爷子按部队的习惯训练，他的手劲有多大，他自己是知道的。

外国人摇头，说道："我真的很不喜欢你们中国人这种……"他顿了一下，好一会儿才找到一个合适的词形容，"口是心非。"

"琼斯，"谢图南说，"成语不是这么用的。"

"好吧。"琼斯耸了耸肩，"我的意思是，你一定知道我说的'她'是哪个人，不是吗？"

谢图南不置可否。他的右手拇指和食指微合，轻轻地捻了一下，那里似乎还残留着刚才扶着她的腰的柔软触感。

她好像比以前更瘦了。

到了楼下，服务员已经把两辆车都开了过来。看着乔暮云接过车钥匙，琼斯忍不住问："南，你不去要个联系方式吗？"

谢图南低下头，在手机上按了两下，道："不必。"

琼斯再次耸肩，说道："我觉得你会后悔的，真的。南，你这样不对。我的意思是，如果你不介意的话，我想去要个联系方式。"

谢图南收了手机，回道："她不会给。"

"不试试怎么知道？"琼斯笑道，"我就当你是同意了。如果我追到她，她就是我的。"说完，他便抬脚往乔暮云那儿走。

乔暮云已经进了驾驶座，听见有人敲了敲车窗玻璃，她放下车窗，发现来人是刚才跟谢图南同行的外国人。他有着白色的肤色，蓝色眼睛和中短发，脸部轮廓很深邃，身高和谢图南差不多，笑起来热情又温柔。

乔暮云不知道他有什么事，也不知道自己应该用英文和他交流还是应该用中文和他交流。好在对方先开口了："你好，美丽的小姐，我叫琼斯。"

或许"颜值即正义"的道理真的存在，乔暮云也笑了笑，回道："你好。"

"可以留一个联系方式吗？"琼斯很直接，他掏出手机道："我有微信号。最近，我都在中国，交流起来很方便。"

乔暮云往后视镜看了一眼，谢图南站在五米远处的台阶上。夏末的空气燥热，阳光勾勒出他的轮廓，却掩盖不住他那冷冽的气质。

乔暮云收回视线，重新看向琼斯，回答道："好。"

贺婷扶着周羽吟上了陈妍的车，自己却没有上去。她看着谢图南身边的外国人走开了，上前说道："图南哥，后天哥哥回国，爸爸想请你来家里一起吃顿饭。"

谢图南伸手调整了腕上的手表。

"贺婷，"他说，"我不喜欢这一套。"他的语气很淡，带着轻微的警告意味。

贺婷嘴角的笑僵住了，说道："我只是……"

她下意识地想解释，又不知道从何说起。她的小心思在谢图南那里根本无处遁形，谢图南很聪明，也很会洞察人心。

男人愿不愿意装傻，归根结底取决于他想不想给别人面子。

只是，这一次，他拒绝得格外直白。

贺婷不想深思其中的原因，好在周围没有别人。她知道，这是这个男人最后的风度。她很快恢复了得体的笑容，说道："没事，我知道你忙。"

琼斯离开后，乔暮云就发动了车子。空调的冷气拂过，闷热感一扫而空。

怀玥还在看后视镜，直到车子转过弯，她才依依不舍地收回视线。她歪着头思考了一会儿，忽然说道："姐姐，谢图南是不是认识你？"

前面是红灯，乔暮云踩下了刹车，脸上的表情没有什么波动。

"为什么这么问？"

"刚才大嫂提到'我和乔暮云都开车了'，他转过头就和你说话了。他如果不认识你，怎么知道你是乔暮云？"怀玥的智商忽然上线，她一番分析下来，觉得似乎已经铁证如山。

乔暮云看着红灯上的数字，距离绿灯还剩三十秒。

"认识。"乔暮云言简意赅，承认得痛快。

怀玥观察着她的表情，试图挖掘出其他东西："他还知道你的车技不好。"

"嗯。"

怀玥觉得自己一拳头打在了棉花上，她直接问："那你们……熟吗？"

绿灯亮了，乔暮云回答："以前挺熟的。"

车子再次发动的时候，因为惯性，怀玥往后仰了一下。

"姐姐。"她捏紧安全带，迟疑着问，"你的车技……真的很差吗？"

"嗯。"

怀玥无言以对。

琼斯是谢图南在国外留学时的校友，法律专业出身，这次来中国是帮谢图南处理一起国际商务纠纷。

车上，琼斯一边看乔暮云的朋友圈，一边分析道："这个女孩真的很特别，漂亮，性感，而且非常有个性，她笑起来的时候眼睛里有光。"

"南？"许久没得到回应，琼斯拍了拍好友的肩膀。

谢图南轻蹙着眉心，抬了一下眼："什么？"

"你是不是后悔了？"琼斯戏谑道，"我从来没见过你用这种眼神看一个女人。美女那么多，但要能让你满意，似乎真的很难。要不，我把她的微信推给你？"不谈工作的时候，琼斯对酒色和情欲颇有研究。

谢图南侧眸，食指轻轻地敲着手机边缘，道："也许人家有男朋友。"

"那又怎样？"琼斯似乎无法理解，"喜欢一个女人就去追，大家各凭本事，考虑那么多就是失败的开始。南，优柔寡断可不像你。我希望你在接下来的专业判断上不会出错。"说到工作，琼斯正经了很多。

谢图南抬眸，眼神落在一个虚空的点上，不知道在想什么。他沉默了两秒，最后说："琼斯，成语用对了。"

琼斯的脸瞬间垮掉。他没听出这句话的深意，摆出了一个痛苦的表情，抱怨道："你为什么对我有没有用对成语这件事这么执着？你们中国的成语真的很难学。"谢图南没再接话，侧头看向窗外。

午后的阳光被车窗膜阻隔着，车内的光线并不亮。

谢图南的眸色平静却深邃，似乎暗藏汹涌。

怀玥摔得很重，她手肘和膝盖关节处都有瘀青。乔暮云将车停在一家药店旁，买了盒跌打损伤药，简单地帮她处理了一下。

"去医院拍个片子吧。"乔暮云说，"可能有软组织挫伤。"

怀玥哼唧了一声。

乔暮云看了她一眼，问道："很疼？"

"不是。"怀玥在座位上扯着裙摆，用纸巾擦拭着上面的红酒渍，过了两秒后又放弃了，她把纸巾揉成一团，"我今天好像有点儿丢人。"

乔暮云心想：您才发现？

"没事！"怀玥话锋一转，一下子又找到了安慰，"周羽吟更丢人！"

乔暮云失笑道："这次，你赢了？"

"算是吧。"怀玥说，"伤敌一千，自损八百。那只花孔雀最在乎的就是形象，这次的事情够她怄好几个月了。对了，我刚刚看见真真拍照了，等会儿，我问她要一张照片。"

"真真是穿格子裙的那个女孩？你们关系很好吗？"

怀玥揉着膝盖，说道："我们几个从初中开始就是同学，真真、羽吟还有我，我们在一个班，本来关系很好，后来……"

乔暮云默然。三个小姐妹，有两个因为一个男人反目成仇，不共戴天，而剩下的那个人只顾着煽风点火，唯恐天下不乱……重点是，到现在，三人竟然还没有彻底断交，还时不时要在一起暗自比拼一下。

小朋友的青春还挺精彩的。

"玥玥，"乔暮云想了想，还是提醒道，"以后还是离她们远一点儿。"

怀玥抬头，茫然地"啊"了一声。

乔暮云盯着她看了几秒，觉得她没救了，于是转了话锋道："我认识谢图南的事，回家后别提。"

"为什么？"

乔暮云想了想，说："因为我不会承认。"

怀玥眨了眨眼睛，一时间无言以对。她举起手："我能不能问一个问题？"

"不能。"

怀玥当然不会听话，她那不太灵光的小脑瓜此刻骤然开窍，一语道破二人间的往事："姐，你是不是——和谢图南有过什么？"

乔暮云将手肘搭在车窗上，撑着脑袋，答道："有啊。"

"什、什么？"怀玥激动得开始结巴。

乔暮云看了她一眼，慢吞吞地道："他暗恋我。"

怀玥整个人都傻了，她"啊"了一声，指着乔暮云道："他、他、他——"

"傻不傻。"乔暮云轻笑一声，"这都信。"

"……"

"我跟他啊——"乔暮云看向窗外，语调很轻，"什么都没有。"

车停在路边，阳光穿过高大的梧桐树斜照进来。乔暮云靠着车窗，姿态慵懒，锁骨链闪着光。怀玥忽然就一个问题都问不出来了，脑子里只蹦出一个词：风情万种。但很久以前，乔暮云似乎不是这样的。

怀玥对乔暮云的印象还停留在小时候，乔暮云借住在自己家里的日子。

那时候，怀玥觉得这个姐姐性格温柔，总是安安静静的，凡事都不会计较，总被自己缠着一起玩，也不会拒绝。

她也记得，妈妈厚此薄彼，很多事情都不会顾及姐姐。

甚至在她不懂事的时候，也会跑过去炫耀几句。妈妈说，爸爸和哥哥都应该只对她好，所以偶尔，她也会做出任性的事，让姐姐难堪。

突然想起这些，怀玥垂下脑袋，愧疚和自责齐齐涌上心头，她难过极了。

去医院折腾完已经到了傍晚。

晚上吃饭的时候，陆媛看到了怀玥身上的瘀青，连忙问道："怎么回事？"

"摔了一跤。"怀玥说，"拍过片子了，没事。"

"怎么就没事了？你多大了，还会摔跤？"

和人打架这种事既损形象，又不占理，说出来肯定会挨骂。怀玥闷声吃饭，含糊道："不小心被凳子绊倒了。"

张怀宴抬眼看她，意味深长地说道："不是吧。"他显然已经知情。

怀玥咽下嘴里的东西，试图狡辩："就是发生了一点儿争执。"

张怀宴"哦"了一声，反问道："一点儿？"

怀玥放弃挣扎，摆出一副"你能把我怎么样"的无谓姿态，快速地概括了前因后果："我和周羽吟吵了一架，我泼了她一杯红酒，她推了我一下。"

陆媛皱眉道："我早就让你离她远一点儿，一看就不是什么正经人，你非不听我的。自从你跟她一起，就三天两头地往外跑，成绩都下滑了！"

怀玥忍不住反驳："这跟她真没什么关系。"是题目越来越难了。

陆媛瞪了她一眼，吼道："你还帮她说话！"

"……"

一天下来已经很累了，乔暮云没有精力再想其他。回到房间，洗过澡，她将电脑抱到了床上。插上优盘，屏幕上跳出了密码输入框，乔暮云却迟迟没有动。

思绪回到两年前，她见过贺婷之后。

那是一个大雨倾盆的夜晚，谢图南应酬完回来，见乔暮云抱着膝盖，呆呆地坐在客厅，问道："怎么不去睡觉？"走近了，他才看到茶几上放着酒杯。

谢图南松了领带，随手脱掉西装外套，一边解衬衫纽扣，一边朝她走去。

"怎么了？"

客厅里只亮了一盏暖色的落地灯，落地窗外是如墨的夜色和倾盆的大雨。

乔暮云缓缓抬起头，和他对视着。她的眼角有些湿润，眼眶微微泛红，眸子里闪着细碎的光。谢图南挑眉道："哭了？"

"没。"身边的沙发陷下去一块，乔暮云觉得她的情绪已经积到了顶点，让她喘不过来气。

"有人欺负你？"

"没有。"

"那是我回来得太晚？"

"你每天都回来得晚。"

乔暮云的语气始终平静，听不出委屈，也听不出难过，但带着说不出的倔强。

此刻，她穿着吊带睡裙，以一种戒备的姿态缩在沙发上，眼皮半垂，有一种说不出的脆弱感，让人心猿意马。

谢图南的喉结上下滚动着。随后，他拨开她的手，低头吻了下去。乔暮云没有拒绝，身体自然地后仰，任由他带着酒气的吻落在自己的唇上。

窗外，雨点拍打着玻璃，发出沉闷的声响。

乔暮云闭上眼，轻声道："谢图南，我想问你件事。"

"以后再说。"

"就现在。"

她鲜少有这样固执的时候。谢图南的手臂撑在她的耳侧，说道："你说。"

乔暮云放在他腰侧的手轻轻地攥紧，心里还在犹豫。片刻后，谢图南等得不耐烦起来，准备重新吻下去，乔暮云闭了闭眼，终于下了决心。

"贺姝是谁？"她的声音里有微不可察的颤意。

谢图南的动作倏然顿住。他蹙起眉头，缓缓地拉开两人的距离，语气平静道："什么？"

旖旎在一瞬间烟消云散。

乔暮云的心一点儿一点儿地沉下去。

谢图南起身坐到旁边，打火机的声音响起，烟草味在客厅里弥漫开来。

乔暮云坐起身，低头把垂落的吊带重新拉回到肩头，又往沙发的另一侧挪了挪，和他拉开了距离。

谢图南点燃了烟，却没有放进嘴里。他的胸膛微微起伏，像是在克制着脾气。

"听谁说的？"

乔暮云依旧问道："她是谁？"

直到一支烟燃尽，谢图南都没有再说话。他靠着沙发，目光始终落在对面的挂钟上。

乔暮云没去看他的表情。

要再问吗？好像没有必要。

凉意从脚底蹿上来，乔暮云懒得去找拖鞋，适应一阵后起身回了房间。

过了很久，她听到大门的开关声。

那晚，谢图南没有回来。

第二天，谢图南去国外谈生意，其间发来一条很简单的短信。乔暮云没有回，之后，他们便开始冷战。

半个月后，乔暮云发现自己的生理期推迟，用验孕试纸测出两道杠——弱阳性，是早孕的意思。

那个清晨的兵荒马乱，她已经不想回忆，她只记得自己给谢图南发消息：谢图南，我们谈谈吧。

大约是因为时差，谢图南晚上才回复：很忙，回国再谈。

乔暮云看着手机屏幕，"我怀孕了"四个字，她最终还是没有发出去。

后来，她一个人去医院做了检查。

血 HCG 指数高于正常未孕水平，但只高出一点儿，B 超下未见孕囊，医生判断是假性怀孕。

一周后，她再次去做检查，血 HCG 指数已经恢复到了未孕水平。

对这种情况，医学上有两种解释。一种是误诊，一种是生化妊娠，亦称隐性流产。

乔暮云没有去细究原因，她只是觉得很累，连日的提心吊胆和失眠让她整个人的状态很差。

她睡了很长一觉，醒来后，她觉得自己的日子不该这么过。

就在那一瞬间，她想清楚了自己接下来的路。

那时候，乔暮云刚刚研究生毕业，奶奶的身体时好时差。她联系了家乡的医院，通过导师介绍，顺利地办了入职手续。

她没有再找过谢图南，后来，她才知道他已经回国了。

一切都结束了。

她换掉了所有的联系方式，离开得很干脆。最初的一段时间，她甚至没有和任何朋友联系，只为了和过去一刀两断。

不是她不给谢图南留余地，而是她不愿意再给自己任何回头的机会。

电脑屏幕已经黑了下来，映出模糊的人影，乔暮云盯着看了两秒，晃了晃脑袋，不愿意再去回忆关于谢图南的任何事情。

等办完事，她就会回青城，守着奶奶留下的老宅好好工作，认真生活。每天早晚，她会在家看朝阳和落日；天气好的时候，她就晒晒被子；下雨天时，她便坐在窗边看书……。

想到这儿，乔暮云笑了笑。

很奇怪，是因为重新见过他，所以彻底释然了吗？她竟然对生活有了不一样的期待。

至于谢图南……就当是她很久之前认识的一个故人。

乔暮云轻轻地舒了一口气，按下空格键，电脑屏幕重新亮起。

第五章
渐行渐远

那两天,乔暮云没有出门,大部分时候,她把自己关在房间看优盘里的内容。里面林林总总有上千封邮件,多数是乔岩的作业,格式工整,态度严谨。偶尔,他也会和老师讨饶,让老师宽限他几天。而且,从某一段时间开始,每隔两周,他就会请假一次。

其中一封邮件内容是:"老板,家中表姐生了孩子,可否请假三天?"

祝教授回复:"这两个月,你家已经有四个亲戚办喜酒或生孩子了,频率是不是有点儿高?不如你把你夫人接到北城,我帮你申请一间单人宿舍,这样你家的亲戚也可以歇口气。"

乔岩丝毫没有被戳穿的尴尬,回复的语气正儿八经:"非常感谢老师,但夫人还没同意嫁给我。如果可以,宿舍能否给予两间?"

简而言之,假还是要请的,并且,他还有点儿得寸进尺。

这次,祝教授只回了三个字:"否。准假。"

看到这里,乔暮云不知不觉笑了起来。学生时代的乔岩和记忆里爸爸的形象逐渐重合。他好像总能一本正经地冷幽默。

父亲学的是建筑,作业里有很多设计图。乔暮云虽然不懂,但还是想看一看。

网上说,如果制图软件第一次安装不成功,重装会很麻烦,而且,最好同时安装一个叫"天正建筑"的软件。

乔暮云研究了大半天,最后还是决定出去找个电脑维修店。

今天恰好碰上车辆限号,她没有开车,穿着简单的白色衬衫和牛仔短裤,将头发扎成马尾,素面朝天出了门。

走至地铁口,电话响了起来。乔暮云看了眼来电显示,手指在屏幕上停顿了两秒,然后重新锁屏,放回口袋里。过了一会儿,铃声停了。

地铁到站,先下后上。乔暮云往旁边让了让,手机又响了起来。她迟疑了一下，拿起来一看，竟然还是那个号码。

她不记得他有同一个电话打两次的耐心。

人潮簇拥着往前，乔暮云被挤到旁边，最终还是按下了接听键。

电话那头，谢图南的音色一如既往，带着优越者的沉着："在哪儿？"

没想到他会这么问，乔暮云用食指抵着手机，冷淡道："有事吗？"

地铁门关上了，乔暮云静静地看着地铁驶过，站台很快变得空空荡荡。

电话那头，谢图南说道："老头说，你父亲当年的两部作品集在他的书房里，让我带你过去拿。"他嘴里的"老头"指的是祝教授。

乔暮云想起上次在医院，祝教授提过一句，还说他的老伴不在北城，别人去也找不到东西，让乔暮云等一等。

祝教授的夫人姓池，是国家歌剧舞剧院一级演员，演过电影，唱昆曲和京剧也很厉害，年轻的时候出国比赛，一场舞跳完，满座俱惊。

谢图南这优越的基因，还能往上追溯好几代。但乔暮云不太想见他。好看的皮囊看多了，总能让人间接忘掉他做过的坏事。

她慢慢往出口走，准备去打车，朝电话里的人说道："不麻烦你，把地址给我就行。"静了几秒后，那头的人直接将电话挂断了。

过了一会儿，乔暮云收到了谢图南的短信，内容是街道名和门牌号，一个字都没有多，甚至没有标点符号。

谢图南的短信一直是这个风格，他不喜欢加标点，随意得很。

但乔暮云见过他挑剔助理的工作报告，他要求别人连一个空格都不能错，属于强迫症晚期患者了。

另一边，谢图南刚在机场接到祝夫人。他靠在车边打完电话，进了驾驶座。

祝夫人问："去接那个女孩子吗？"

谢图南说："不去，她自己来。"

祝夫人怀疑是他嫌麻烦，压根没跟人家说要去接她。

谢图南发完短信后把手机扔到一旁，然后启动了车子。

祝夫人又道："你再给她打个电话，我们家不太好找，何况外头这么晒。"

谢图南的语气始终淡淡的："她不愿意。"

祝夫人觉得她这外孙有些时候就像个冰疙瘩，一点儿人情味都没有。她无奈道："那你开快点儿吧，别让人家等着。"

谢图南沉默了下，说道："不会。"

　　乔暮云的方向感极差，分不清东南西北，跟着导航也能走进死胡同。

　　尽管如此，不到万不得已，她也绝对不会开口麻烦别人去接她。

　　祝夫人又道："听你外公说，那女孩长得很漂亮！我见过她爸爸，英俊爽朗，又很有才识，可惜去世得早。"谢图南静静地听着，没应声。

　　祝夫人以为他是不感兴趣，又道："那你喜欢什么样的？三十几岁的人了，一直单身算什么事？我听说前几年，你身边有个女孩子，后来呢？"

　　"分了。"

　　祝夫人没从他的语气里听出什么异常，也就没再问。她了解这个外孙，他从小就倔，不听劝，决定的事不会轻易改变。

　　七八岁的时候，谢图南和人打架，对方掉了两颗门牙，躺在医院。谢图南梗着脖子不肯道歉，爷爷拿着竹条抽他，问他错了没有，哪怕身上被打得没有一块好地，他还是说没有。

　　最后，他终于点了头，被爷爷拉去医院。当着两家大人的面，谢图南面无表情地对对方说："看在你大我几岁还输给我的分上，我给你道个歉。"

　　这话一出，气得对方当场从病床上跳起来要和他单挑。

　　事情传出去后，大家都说这孩子天生反骨，不服管教。

　　后来，谢图南在十二岁那年被人绑架。和他一起被绑架的还有贺家的一个女孩，那女孩死得凄惨，谢图南被救出来的时候也只剩下了一口气。

　　当时，所有人都说，那么血腥的场面，谢图南的心理阴影不会小。没想到，在医院躺了一周，除了手腕上留了条不深不浅的疤，他和平常人没什么两样。

　　再后来，大家对谢图南的评价就多了一个词：生性凉薄。

　　天生反骨，生性凉薄。

　　想到这里，祝夫人看向开着车的谢图南，叹了口气。

　　辗转一个半小时，乔暮云终于到了祝教授家。那是一片老旧的别墅区，树木葱郁，环境宜人，一眼望过去，有种胶片的质感。

　　乔暮云顺利找到二十四幢。她顺着台阶走上去，按响了门铃。

　　开门的是祝教授的夫人，乔暮云不清楚她的具体年纪，但看得出她保养得很好。

　　祝夫人的眼睛和谢图南的眼睛有点儿像，只不过，相比之下，祝夫人的眼尾微垂，笑起来像月牙，很有亲和力，是标准的桃花眼。

　　而谢图南的眼型更细长，眼尾略向上扬，有种与生俱来的张扬。

乔暮云一边胡思乱想，一边跟着往里走，直到听见祝夫人说："图南，泡杯茶。"乔暮云在玄关处换鞋，手一用力，凉鞋的系带便被扯断了。

她维持着之前的姿势，顿了两秒，而后若无其事地把脚抽出来，换上拖鞋。她回忆着这双鞋是在哪里买的，质量太差，下次不能再去那家店了。

至于身后的那道视线……乍然重逢总会让人手足无措，但习惯之后便有了免疫力。既然躲不开，不如坦然一点儿。

再起身的时候，乔暮云神色如常。

"图南，我去趟书房，你和乔小姐聊会儿天。"说着，祝夫人已经往楼上走了。

谢图南倒了杯水，将水杯放到茶几上，说道："坐。"

沙发是长条形的，一边蹲着一只英短银渐层品种的猫，另一边被谢图南占据了，只剩下了最中间的位置。

乔暮云对猫毛过敏。旁边还有一张单人沙发，但那沙发紧挨着谢图南。

立式空调散发着冷风，乔暮云想了想，还是坐到了单人沙发上。至少，两边的扶手形成了天然的屏障，给了她很大的安全感。

乔暮云出门的时候没带包，所以，电脑一直被她抱在怀里。茶几上有一整套茶具，她见没有空地，便把电脑放在身体右侧，身体靠着沙发内壁。

谢图南瞥了她一眼，问道："带电脑干什么？"

"坏了，修一下。"乔暮云没说实话，找了个理由。

谢图南"嗯"了一声，说道："买台新的吧。"

这话说得十分随意，就像从前，哪怕家里只是摔碎了一个茶杯，他也只是云淡风轻地回复一句："买套新的吧。"

谢大少爷含着金汤勺出生，生活习惯从来如此，在他那儿，再贵的东西都没有二次利用的机会。但现在，他的话有点儿不合时宜。

谢图南似乎也意识到了，说完那句话，他皱了皱眉，抬眼看向窗外，客厅里静默下来。乔暮云只当作没有听到他的话，她两手交握，不轻不重地捏着自己的手指打发时间。

通过余光，她看到谢图南招了招手。

"糖糖。"他的语调慵懒，带着浅浅的气音。

乔暮云想，"糖糖"应该是那只猫的名字，因为它正慢吞吞地站起身，拖着圆滚滚的肚子朝这边走过来……准确来说，是挪过来。

谢图南是不怎么喜欢猫的，曾经有人送过一只很漂亮的纯种布偶猫给他，他没要。谢图南的原话是:"这么娇气的物种,我还得帮它请个保姆。"

当时乔暮云目瞪口呆,忍不住问他:"那你有喜欢的……物种吗?"

谢图南没有犹豫便说有。

不会是鲨鱼或者美洲豹吧?鉴于他的语气实在有些严肃,乔暮云忍不住这样猜测。然而,他下一句话是:"我喜欢狗。"

乔暮云松了一口气,问道:"那怎么不养一条?"

谢图南沉默了一会儿,淡淡地说:"养过,走了。"

他没有说"死",而是用了"走"字,神色里有着乔暮云从没有见过的哀伤。

乔暮云甚至没想过,哀伤这种情绪也会出现在谢图南眼里。

后来,她在他书房里看到过一本相册,很有年代感,相册里满满地都是一只纯种德国牧羊犬的照片。牧羊犬身上穿着"POLICE(警察)"字样的衣服,脖子上挂着勋章,威风凛凛。

那应该是只退役的警犬。谢图南不太想提,乔暮云觉得大概是什么伤心事,也没有问过他。那时候,她想,这个男人似乎也有长情的一面。

客厅里的挂钟在整点时敲响,乔暮云从回忆中抽离出来,侧过头便看到糖糖眯着眼,蹲在谢图南身边。阳光穿过沙发后的窗帘缝隙,落在谢图南的额角和眉毛上,淡化了他迫人的气势。他的手指修长匀称,因为白皙,带着天然的冷感,但他撸猫的手法实在是……惨不忍睹。

乔暮云看着他毫无章法地对着猫乱摸一通,心都提了起来。好在糖糖的脾气似乎很好,被蹂躏成这样也只是晃了晃尾巴,有些不耐烦。

看来是习惯了。乔暮云轻轻地摇摇头,撇开视线。

下一秒,她听到极具威胁性的一声"喵呜",回过头,就见糖糖已经睁开眼睛,一口咬住了谢图南的手掌边缘。

"活该!"乔暮云默默地在心里吐槽。

谢图南的动作停了下来,静静地和糖糖对视着:"放开。"不知道是没听懂还是单纯地不想放开谢图南,糖糖没动,甚至又"呜"了一声。

乔暮云伸手拿过茶几上的水杯,若无其事地抿了一口,甚至有点儿想笑。

谢图南似乎没了耐心,用另一只手拎起糖糖的后脖颈。

谢图南看都没看手上被它咬破的伤口,把糖糖拎到眼前。

糖糖被压制了行动,只能虚晃着爪子,"嗷嗷"地叫着,以示抗议。

一人一猫陷入对峙中。大约十秒后,从楼梯口传来匆匆的脚步声,接着便是祝夫人的咆哮："谢图南，你在干什么！"

谢图南面无表情地放下糖糖，抽了张纸巾掩盖住溢血的伤口。

祝夫人把装着作品集的袋子递给乔暮云，随手拿了根鸡毛掸子就往谢图南那儿挥。谢图南微微侧身，祝夫人眉毛一竖，道："你敢躲？"

谢图南无奈地坐正，回道："我——"话没说完，他就被祝夫人抽了一下。

他闭了闭眼，咬牙道："您轻点儿。"

祝夫人似乎还想抽第二下，但她忽然瞥到了旁边的乔暮云，只好作罢，对乔暮云道："不好意思，让你见笑了。"

乔暮云摇头，笑得真诚，说道："没有。"祝夫人打人的时候没留情，但看到谢图南手上的伤，她还是翻出药箱来为他消毒。

伤口在手掌侧边，有几个并不算浅的出血点。

谢图南抬着那只手给祝夫人检查，用另一只手拿起手机，回复起消息。

"疼不疼？"祝夫人看伤口有点儿深，有些不忍。

谢图南"嗯"了一声，说道："没有您打的那下疼。"

祝夫人"啪"的一下打在他的手背上，说道："去卫生间用清水冲十分钟。"说完还推了他一把。谢图南笑了笑，收起手机起身。

乔暮云盯着他的背影看了两秒。原来，他在长辈面前也有这样的一面。

糖糖又躺回了原来的沙发，睡得四仰八叉。

乔暮云本想走，又觉得拿了东西就走不太礼貌，只好再等一等。

水流声大概只持续了二十秒，就在祝夫人将一个山竹递到乔暮云手里时，谢图南已经从卫生间里出来了。祝夫人刚弯起来的嘴角又拉下去，她指了指挂钟，气道："我让你冲洗十分钟，这才多久？"

谢图南皱了一下眉头，有点儿不乐意："我觉得不用。"

祝夫人瞪了他一眼，问道："你是医生吗？"

听到"医生"这两个字，谢图南的目光闪了闪。不知道是出于什么心理，他朝乔暮云那儿抬了抬下巴，说道："她是。"

乔暮云的右眼皮突然跳了两下。她抿了抿唇，压下恼意，缓缓抬头，目光在谢图南的伤口处停下，说道："伤口有点儿深，需要先把血挤出来，再在伤口处反复涂抹碱性肥皂，用清水冲洗二十到三十分钟。"

乔暮云仿佛只是在陈述自己的专业判断。说到这儿，她视线上移，和谢图南的视线对上。他靠着墙，受伤的那只手垂在身侧，衬衫袖子卷到手肘，小臂上挂着些许水珠。看着挺随意的一个姿势，但他的眼睛一眨不眨地盯着这边，一副不怎么友好的样子。

乔暮云迎着他的目光继续说："一定要反复冲洗，直到伤口发白，不要怕疼。"她特意咬重了"怕疼"这两个字，语速更慢了些，"洗得越彻底越好。"

乔暮云的话在外人听来很正常，是医生说医嘱时的正常语调。

因此，祝夫人说道："听见没有？还不快去！"

谢图南挑眉，扯了一下嘴角，转身进了卫生间。

这次，水声持续了很久，祝夫人拉着乔暮云开始聊天。

"乔小姐多大了？"

"二十七岁。"

"还回青城吗？"

"回的。"乔暮云说，"办完事就回去。"

祝夫人点点头，没有多问私事，将话题转到了祝教授的病情上。

"我本来以为他就是得了寻常的小感冒，因为有点儿严重才需要住院，可我怎么也没想到，一做检查，发现脑子里长了个瘤，他还不告诉我。"

祝夫人去外地参加巡演，本来还有半个月才结束，为了让她安心，祝教授一直隐瞒着病情，还是为了帮乔暮云拿作品集，祝夫人才起了疑心。

"七十多岁的人了，要在脑袋上开一刀，我一想到这里就睡不着。"祝夫人叹了一口气，"其实，保守治疗也挺好，就算以后真瞎了，也比……"

也比死在手术台上强——她没有说完后半句。

乔暮云沉默了下，斟酌着道："老师身体硬朗，现在做手术，风险会小一点儿。真到压迫视神经的那天，也是必须开刀的。"

长痛短痛都有风险，没有万全的选择。

乔暮云看时间差不多了，便拿了作品集，起身告辞。

走到门口，她开始犯难。她穿来的是一字带凉鞋，有三厘米的鞋跟。刚才进门换鞋的时候，右脚后跟处的系带被她扯断了，等会儿走起路来会很吃力。

要不要借双鞋？乔暮云否决了这个想法。

有借就有还，保不齐她下一次还会遇到谢图南。毕竟，这是他的外公家。

从这儿到小区门口最多一两千米，慢慢走，总会到的。

打定主意后，乔暮云轻轻地舒了口气，面色如常地换鞋。她弓着脚背，用脚踝用力，走路的时候尽量让自己表现得正常一些。

谢图南从卫生间出来的时候，正好看到乔暮云的身影消失在门口。祝夫人拿着棉签和碘伏，余光瞥见谢图南没动，催促道："愣着干什么？过来消毒。"

谢图南没应，祝夫人顺着他的目光看过去，乐了。

"人家走了，说有急事。她长得漂亮，你要是想接触接触，喏！"祝夫人朝乔暮云刚才坐的地方扬了扬下巴，"她的电脑忘拿了。"

谢图南走到窗边，拨开窗帘往外看了看。

乔暮云拖着鞋跟，一只手提着放着作品集的袋子，一只手放在额头上挡太阳。她走路深一脚、浅一脚，背影看起来有些偏。走了一段路后，似乎觉得累了，她弯腰拎起那只鞋，单脚跳了几步。因为鞋子有跟，她趔趄了一下，差点摔倒。

谢图南眉头锁起。

乔暮云晃晃悠悠地站稳了，停在原地，盯着地面，似乎在犹豫什么。过了一会儿，她缓缓放下另一只脚，用脚尖轻轻地点了点地面，一触即离。

三伏天下午的路面，温度高得骇人。

乔暮云放弃了赤脚走路的想法，重新拖着鞋跟往前走。

谢图南被气笑了，他转身坐回沙发上，用棉签沾着碘伏往伤口上涂抹。

祝夫人奇怪地问道："不给她送过去？"

"不急。"谢图南说，"她走不远。"偏成这样，是该受点儿苦。

十分钟的路程，乔暮云生生走了二十分钟还没到，打车软件上也没有司机接单。头顶阳光毒辣，乔暮云脑中混沌，没注意到身后跟过来的银色保时捷。

"你打算走到哪里？"她身后传来熟悉且淡漠的语气。

乔暮云迟钝地回过头，看到谢图南把车开到了她的身边。

冷气从车窗里溢出来，驱散了让人烦躁的暑气。

冷热交替，乔暮云觉得鼻子发痒，侧头打了个喷嚏。

看她巴掌大的小脸热得泛红，谢图南的语气软了一些："上来吧。"

乔暮云沉默地绕过车头，坐上了副驾驶座。

谢图南关了车窗，将空调的温度调高了些。乔暮云把装着作品集的袋子放在膝盖上，用纸巾擦了擦汗，说道："送我到前面的地铁站就行。"

"你能走路吗？"谢图南问这句话的时候语气冷冷的，带着嘲讽。

乔暮云想，是不太好走。那他想怎么办，去商场帮她买双鞋？

她侧过头，瞥到谢图南的脸，觉得这实在不算一个好的解决办法。

但是，她现在坐在他的车上，没什么话语权，并且，要她不计前嫌、心平气和地与他交流，好像是一件很难的事。

乔暮云沉默了，两只手的食指和拇指捏在一起，思索着怎么解决这件事。

一刻钟后，车子驶过一条老街，马路两边都是小店面，写着"文具批发""日用品批发""家具回收"等，大概是到了批发市场。

乔暮云下意识地喊道："停一下！"

谢图南踩下刹车，侧头看她。

乔暮云指了指日用品批发店，说道："我下去买双鞋。"

谢图南顺着那方向看过去，皱起了眉头。

"那要不——"乔暮云犹豫着道，"你帮我去买？"

谢图南又看了一眼那家店，随后一言不发地踩下了油门。

"哎！"乔暮云急了，下意识地去拍他的肩膀，"你怎么这样！"

她的这点儿力道还影响不到谢图南，他的手始终稳稳地控制着方向盘。

谢图南的心头闪过一些异样的情绪。她以前没有这么闹过，总是乖巧安静，甚至不曾大声说话，每次受委屈了，还试图和他讲道理。

原来她也有如此任性的一面。那以前的她呢，都是装出来的吗？

谢图南的心情莫名其妙地好了起来，继而又变得更加复杂。

乔暮云也察觉到了自己的失态，她收回手，有些懊恼，但看谢图南似乎没有计较的意思，她的脸色又缓和了些。

等乔暮云安静下来了，谢图南才解释道："那种店里的鞋子也能穿？"

乔暮云恍然，原来是他的少爷病犯了。见谢图南没有掉头回去的意思，乔暮云的耐心也没了，她懒得再和他掰扯，直接道："我要下车！"

谢图南轻飘飘地拒绝道："不行。"

乔暮云深吸一口气，两脚一蹬，踢开鞋子，直接把脚放到了座椅上。

"那你要怎么办？"

以前面对他，乔暮云总是藏着心思，拘束着言行，不会无理取闹，遇上什么矛盾都尽量站在他的角度思考，活得不像自己。

但现在，她才懒得管他高不高兴，反正她不太高兴。

谢图南看了她一眼，她抱着膝盖，脸上明明白白地写着"不高兴"几个字。

谢图南在道路尽头转弯，驶上高架桥。

乔暮云不知道他要去哪儿，盯着窗外倒退的景色一言不发。

不知道过了多久，谢图南抬手按了一下中控屏，悠扬的音乐声打破了车内的平静。扬声器里播放的是一首英文歌："I can feel you fade away……"

乔暮云想，这句话可以翻译成：我们似乎正在渐行渐远。

就像此时，她和谢图南明明坐在一辆车里，却似乎最适合无言以对的状态。

一首歌放完，谢图南忽然问："你来北城办什么事？"

乔暮云看了一眼车内的后视镜，镜子倾斜的角度刚好能够照到他的眉眼。

"很重要的事。"乔暮云说。

最终，车子在接种狂犬疫苗的定点医院门口停下。这里的位置相对较偏，四周的马路老旧，街道空旷，没有什么车。

他是什么意思？要她陪他打疫苗？凭什么？

不过，一句话不说就把她带到这里，这很像谢图南的做事风格。他永远是这样，擅长一个人做所有决定，不会过问她的意见。

"下来吧。"谢图南说。

"我没有鞋。"乔暮云平视前方，陈述着客观事实。

"车里有。"

车里有？他怎么不早说？乔暮云吸了一口气，咬牙道："我不要。"

谢图南看了她一眼，推门下车了。他从后座的储物格里拿出一双男士拖鞋，绕过去打开了副驾驶座的车门，将拖鞋放到地上。

谢图南一只手搭着车门，一只手放在车顶，垂着眸子看乔暮云。

乔暮云则盯着地上的鞋。她原来的鞋肯定走不了路了，这地方这么偏，也不容易打车，更不要说买鞋了。

算了，先蹭他一双鞋再说。

最终，乔暮云还是不情不愿地下了车。不得不说，踩在实地上的感觉太好了。刚才在小区里走完那段路，她的脚后跟到现在都疼。

头顶的阳光被谢图南挡了大半，乔暮云整个人在阴影之下，隐约能闻到他身上清洌的茶香味。乔暮云准备找公交站台，环顾一周后，她终于在林荫道边看到一块破旧的牌子。她刚踏出一步，就被谢图南抬手拦住了："往哪儿跑？"

乔暮云看着横在自己眼前的手臂，咬了咬牙。

她穿着人家的鞋，总归是没那么硬气。

"谢谢。"她有些屈辱地挤出两个字，又说，"我坐公交车就行。"

谢图南却跟没听见似的，将她往外拉了拉，关上车门，说道："等我打完疫苗，送你回去。"

"你打疫苗，又不是我打疫苗。"乔暮云挣开他的束缚，忍不住说道，"多大的人了，进医院还要陪，你怕打针吗？"谁知，谢图南轻飘飘地"嗯"了一声。

他微微倾身，紧紧地盯着她，问道："什么时候变得这么伶牙俐齿了？"

两人离得很近，乔暮云能感受到谢图南带着探究的目光，那种近在咫尺的压迫感让她并不好受。乔暮云往后退了一步，想离他远一点儿，却不小心碰到了车身，滚烫的温度让她条件反射地离车身远了些，于是，两人之间的距离便被缩短了。只要微微倾身，乔暮云的额头便能触到他的胸膛。

谢图南盯着乔暮云秀气的脖颈看了会儿，而后将她的手臂往自己身前拽。

专属于他的气息环绕而来，他的力道不算大，但她挣脱不开。

乔暮云用手肘抵在身前，无声地抗拒着。

谢图南笑了，不知道是被气的，还是单纯的心情不错："真的不进去？"

"不进去。你可以和我在这里耗上二十四小时，然后，你就不用进去了。"

"也不是不行。"他说。

"就算家里的猫打过疫苗，也不能保证百分之百安全。猫咬伤人，人被感染的概率是百分之十五。"乔暮云故意说得严重了一点儿。

但谢图南只是"嗯"了一声，听起来一点儿都不在乎。

乔暮云忽然生出一种无力感。她差点儿忘了，谢图南这个人不怎么惜命。

医生的职业本能让她多说了几句："你的伤口有点儿深，不能不打疫苗。"

谢图南侧头看了一眼被咬伤的手，极其随意地说："还没你那天咬得深。"

有举着相机的行人路过，长焦镜头拍下了这一幕——夕阳下，男女姿势暧昧，在车前相拥。男人垂眸，女人则微微侧头，阳光落在他们的身上，缱绻万分。

虽然事实并非如此。

乔暮云反应了一下，才想起"还没你那天咬得深"是什么意思。

她的脸色冷了下去，彻底不说话了。

天气太闷，连风都没有，除了偶尔路过的车辆，街道上安静到压抑。

打破僵持的是一阵手机铃声。谢图南松开手，拿出手机，看了一眼来电显示，而后眉头轻皱，按了接听键："什么事？"

在谢图南松手的那一刻，乔暮云迅速退到了旁边。车门还没锁，她从座位上拿了装作品集的袋子，"砰"的一声关上车门，转身就走。

"我知道了，就这样。"电话挂断时，乔暮云已经走出了十多米。

谢图南没拦她。他靠着车身，身影挺拔，拇指轻轻地划过打火机的齿轮后，有火苗蹿起。他点了支烟，抬眸目送那纤细的背影消失在林荫道尽头。

乔暮云已经在商场的电器区域转了半小时。

上公交车之后，她才发现自己把电脑忘在了祝教授家里。

她准备明天再给祝教授打个电话，但是想了想，她的确有必要买台新电脑，原来的那台电脑从大学用到现在，已经很旧了。

售货员一听她要用制图软件，便开始极力推荐。

事实上，此刻，乔暮云的脸上确实写着"待宰的肥羊"几个大字。她跟着售货员转了一圈，几款电脑的配置倒是没有问题，只是外观都不太合她的心意。

"我再考虑一下。"

乔暮云单独逛了一会儿，林西湛便打了电话过来："在干什么？"

"买电脑。"乔暮云猜测林西湛应该懂行，便问道，"你有推荐的款式吗？"

"是给自己用吗？"

"不是，我有个表弟，今年要上大学了，我想送他一台电脑。"乔暮云不想解释自己为什么需要制图软件，便编了个表弟的借口。现在正好是快开学的时间，这个理由很恰当。

"他学的是什么专业？"

"建筑专业。"

"那电脑的配置要高一点儿。"林西湛果然懂行，从 CPU（中央处理器）、显卡、内存到电脑屏幕都讲了一遍。

"男生不会太在意外观，你只需要看性能，好用就行。"林西湛说道。

乔暮云很后悔，她应该把"表弟"换成"表妹"。

"怎么了？"半晌没听到回应，林西湛问道。

"没有，就是——"乔暮云顿了一下，"我表弟，他……对电脑外观有要求。"

见乔暮云支支吾吾的样子，林西湛明白了，这个"表弟"十有八九是编的。

但他没有多问。女孩的心思千奇百怪，非要追根究底，就会被讨厌了。

"有具体一点儿的要求吗？"

"白色吧。"乔暮云说道，"最好是合金材质，外壳别太复杂。"

"这样。"林西湛想了想，"学建筑专业不适合用 MacBook（苹果公司出品的笔记本电脑），不如看看 MateBook（华为公司推出的一款二合一笔记本电脑）或者 MECHREVO（机械革命）品牌的电脑，你……表弟应该会喜欢。"

林西湛在"你"和"表弟"之间停顿了一下，语气里还带着淡淡的戏谑。

乔暮云假装没听出来，面不改色地回答道："好，我再看看。"

"没想到学金融专业的对建筑专业这么了解。"她适当地恭维了一句。

"乔同学。"林西湛有点儿受伤，"我修了双学位，辅修建筑学。你不知道？"

果然，电视剧里反派都死于话多！两人曾经在一个社团，这么久了，她竟然连林西湛学的是哪个专业都不知道，她实在觉得不好意思。

正在乔暮云尴尬的时候，林西湛忽然问道："晚上一起吃饭吗？"

乔暮云"啊"了一声，下意识地答应了："哦，好。"

"你在哪个商场？"林西湛说道，"我过来找你。"

买完电脑，乔暮云去了附近一家小有名气的中餐馆。

林西湛是半小时后到的。他没穿西装，只穿着一件白色圆领印花 T 恤，搭着黑色长裤，看起来竟然有点儿学生气。入座后，林西湛问道："等很久了？"

"没有。"乔暮云把菜单递过去，"我自己逛了会儿。"

林西湛看着菜单，又说道："我记得你不吃辣。"

"对。"乔暮云惊讶于他竟然记得这种小事，解释道，"我们家乡的菜口味偏甜，一般不放辣椒。"

这家店上菜很快，时不时过来的服务员缓解了两人之间的尴尬气氛。

"你还记得威哥吗？"林西湛说，"我的室友。"

威哥的本名很斯文，但他天生招蚊子，有他在的地方，别人都不用担心被蚊子咬，于是，他被大家戏称为"人肉超强灭蚊剂"。

后来叫着叫着，这个称呼便简化为了"威哥"。

"记得。"回忆起那段时光，乔暮云的脸上也不自觉地挂上了笑容。

林西湛又道："威哥和橙子结婚了，两个人去年领的证。"

"啊？"乔暮云呆了一瞬，"他俩不是……水火不容吗？"

"对啊，谁能想到，两人当初吵成那样，最后居然能结婚。威哥为了橙子回老家了，我都没能留住他。到年底，两人的孩子就要出生了。"

乔暮云想象了一下这一家三口，可爱的宝宝，吵闹但恩爱的父母，平淡温馨的日子。这应该是生活最美好的样子吧。

"乔暮云。"林西湛忽然道，"你现在有男朋友吗？"

"没有。"

"当初我追你的时候，你说暂时不想考虑感情的事，那现在呢？"乔暮云正琢磨着怎么拒绝林西湛比较合适，却又听到他问，"现在，我能追你吗？"

他问的是能不能追，而不是答不答应，乔暮云只好重新措辞："我——"

"你不用找理由，反正，追不追是我的事，你拒绝也没用。"

乔暮云放下筷子，叫道："学长。"

"别叫学长了。"林西湛道，"叫我的名字就好。"

乔暮云试了试，终归没叫出口，于是，她略过称呼道："如果我曾经有一个……"她顿了一下，语气平静而笃定，"很爱很爱的人，一段刻骨铭心、无法从记忆里抹除的过去，你不介意吗？"

林西湛也放下了筷子，侧着头笑道："乔暮云，你真的很傻。"也很纯粹。他没见过这么纯粹的姑娘，她身上有一股劲儿，有一种执着的天真。

"我不介意。"林西湛说。

晚饭后，林西湛开车送乔暮云，听到乔暮云报出的地址，他感到有点儿意外。

乔暮云解释道："是我舅舅家。"

林西湛随即了然，没有再问其他。

第二天早上，乔暮云刚起床，怀玥便问："姐，你昨晚是不是约会去了？"

乔暮云刚睡醒，来不及思考太多，一边往卫生间走，一边道："算是吧。"

怀玥赶紧跟上去，靠在洗漱台边，委婉地说："其实，晚上不回来也可以的。"

薄荷味牙膏让乔暮云清醒了不少，她嘴里含着泡沫，没听明白："什么？"

"对方帅吗？"怀玥自顾自地问，"多高？有照片吗？"

"想什么呢？就是和老同学吃个饭。"

"姐，"怀玥摇头，"你这就不诚实了，只是吃个饭，你还——"

"还什么？"乔暮云将洗面奶泡沫抹到脸上。

"还把人家的拖鞋穿回来了！"

"拖……"乔暮云彻底清醒了。她盯着镜子里的自己看了两秒后，冷静地说，"那是因为我的鞋坏了，我随便买的。"

怀玥很不服气，又说："姐，你看我像傻瓜吗？"

乔暮云看了她一眼，肯定地说："挺像的。"

怀玥气鼓鼓地跑了。

乔暮云洗干净脸上的泡沫，将脸埋在冷水里吐了会儿泡泡，然后看着水流净，才舒了口气，心想，那双拖鞋……他应该不要了，扔了吧。

乔暮云换了衣服下楼，径直走到玄关处，将拖鞋拿起悬空到垃圾桶上方。

她还没松手，身后便传来怀玥幽幽的声音："你不是说是你买的吗？"

乔暮云手一抖，方位偏移，有一只鞋没能扔进去。

她弯腰将那只鞋捡起来，重新投进垃圾桶，然后若无其事地拍拍手，说道："是我买的，但是我突然觉得这双鞋很丑，不想要了。"

怀玥："……"

昨天买电脑的时候，乔暮云让工作人员帮忙安装了制图软件，但她折腾了一上午，还是不会用，反而看教程看得头昏脑涨，她只好决定先放一放。

拿出手机后，她发现林西湛一大早就发来了微信消息：早，吃饭了吗？

收到消息的时间是七点半，但现在已经九点多了。

她往上翻了翻，昨晚9点多她就说自己困了，总不能一觉睡了十二小时吧？

所以，她诚实地说道：抱歉，一直没看手机。

林西湛很快回了消息：没事，今天校庆，有空来逛逛吗？

他说"来"，说明他已经在学校了。乔暮云犹豫地说道：现在吗？

林西湛发了条语音消息：我刚从讲座厅逃出来。

他说话依旧是温和的语气，只是背景里混着嘈杂的人声，让人一下就想起那段青春岁月。乔暮云被心底的悸动折服，答应了下来。

林西湛：我来接你。

乔暮云：不用，我坐地铁就好。

从这里去 A 大，一来一回要两小时。

没想到林西湛说：司机就在小区门口，我等会儿把车牌号发给你。

乔暮云讷了讷，这个男人体贴又周全。

去 A 大的路上，乔暮云在大学室友群发了条消息，问她们有没有空。

余彤：什么校庆？我怎么不知道？今天吗？慢着！你在北城？！

秦九九：她来了小半个月了呢。

秦九九"挑拨"完，才回答乔暮云的问题：我没空，不过陆闲庭去了。

余彤：这么说，你早就知道她来北城了？呵呵。

乔暮云光顾着看她们闹腾，没怎么注意到那句"陆闲庭去了"。

到了校门口，林西湛已经等在那儿了。两人并肩走着。周围都是年轻的学生或者年长的校友，林西湛人缘广，时不时遇到几个熟人。乔暮云免不了被调侃，但林西湛都用一句"还不是女朋友"轻巧地解释了过去。

中途路过经管院，林西湛问："要不要进去逛逛？"

大学时，他们辩论社的大本营就设在经管院，乔暮云点了点头。

刚拐过弯，迎面走过来一群人。

林西湛介绍道："中间那个是我们院的院长，那时候，我们都叫他小老的，等会儿打个招呼。"乔暮云点点头，跟着看过去，随即怔住了。

一个身材略臃肿的男士远远地迎过来，说道："西湛，你跑到哪儿去了？半天都不见人，打电话也不接，这都快饭点了。"说完，他才注意到旁边的乔暮云，语调一转，"哟，女朋友啊？"他这一嗓子十分响亮，成功地让四周的人都看了过来。

林西湛摇摇头，解释道："别瞎说，是学妹。"

那人"哎"了一声，仔细地打量了乔暮云两眼，说道："这不是乔暮云吗？医学院的，是吧？"他猛地撞了一下林西湛的胳膊，调侃道，"我记得你当年还追过人家呢！怎么，还不死心？"

林西湛笑了笑，算是默认了。

"既然来了，一起啊，我们正要去吃饭。"那人有点儿自来熟，"别不好意思，学妹，大家都认识。"

乔暮云现在笑不出来。如果她没看错，不远处，经管院院长旁边西装革履、谈笑风生的人正是谢图南。

他怎么会在这里？考试时没有一门课及格，总共待了一个学期都不到，这儿也能算他的母校吗？

就这一会儿的工夫，院长一行人已经走近了。

谢图南穿了件深蓝色衬衫，西装外套搭在手腕上，目光越过众人，径直落在乔暮云身上。谢图南盯着乔暮云看了两秒，而后挪开视线，和林西湛对视起来。

两人认识，互相点头示意了一下。

"谢总也来了。"林西湛态度谦和，是惯常的商业式社交语气。

"林总。"谢图南淡淡颔首，也是不温不火的语气，"难得碰上，中午一起吃饭吧。"

第六章
回到我的身边

　　时值正午，两人站的地方种了一排兰考梧桐树，阳光穿过头顶的青枝绿叶，投落下大片阴影。

　　听到那句"一起吃饭吧"，乔暮云心头一跳，抬眸看过去，谢图南的目光也正好扫过来。他站在那儿，没什么表情，姿态甚至有几分闲散，但眼神很沉，眸子里一片漆黑。对视持续了两秒，没有人察觉空气里短暂的僵持。

　　对于谢图南的邀请，林西湛有点儿意外，但也没多想。他带着乔暮云，本来只想打个招呼就走，因此笑了笑，推脱道："多谢谢总相邀，不过，今天就不了，我等会儿还有点儿事。"

　　"有点儿什么事，这就想走？"说话的还是之前那个大腹便便的男士。他搭着林西湛的肩膀，一副不想放人的架势。

　　林西湛朝他使眼色，后者却压根不买账。

　　林西湛无奈，转头对乔暮云道："这是仲林，还记得吗？"

　　"仲学长？"乔暮云暂时忽略了谢图南的存在，"他怎么……"胖成这样了。

　　乔暮云及时收住了后半句，再次抬头看向仲林——她是真的没认出来。

　　仲林是林西湛的室友，学生时代是个很阳光的帅小伙，一米八几的个头，喜欢健身，篮球也打得很好。总之，和眼前这个挺着啤酒肚、发际线岌岌可危的男人联系不到一块儿。

　　乔暮云觉得自己刚才的反应不太礼貌，尴尬地道歉道："不好意思，学长。"

　　"没事。"仲林不在意地摆手，"前两年，我的公司出了点儿问题，我一时没想开，抽烟、酗酒，抑郁了。后来，医生开了药，我越吃越胖。"

　　他三言两语说完，话里有淡淡的苦涩，但又很快消失了，他拍拍肚子，开玩笑道："年纪大了，迟早的，不过，我看西湛不会。"仲林话锋又一转，挤眉弄眼地暗示，"他到四五十岁也能这么风度翩翩，入股不亏。"

乔暮云哭笑不得，一时间不知道该说什么。

"好了。"林西湛及时救场，拍了拍仲林的肩膀道，"改天聚，我们先走了。"

"真走？"仲林拽住他，"院长没发话呢，你带着学妹就想跑？"

他搬出了现场资历最老的院长做救兵，林西湛一时语塞。

院长听到他们的对话，笑呵呵道："西湛啊，虽然追学妹很重要，但今天这么难得，你可不许跑。"说着，他看向乔暮云，"医学院的？"乔暮云点点头。

院长和蔼道："我们要去吃饭，一起吧，你们陈院长也在。"

"对嘛！"仲林附和着，"别不好意思，学妹，都认识的。"

乔暮云本想拒绝，但盛情难却，一直推托反而显得不近人情。

于是，四十分钟后，她跟着林西湛坐在了五星级饭店的包间里。

一落座，乔暮云就后悔了。这一桌子人，从校长到各级领导不说，其余也都是各大圈子里有头有脸的人物，要么家族底蕴深厚，要么白手起家、功成名就。

再加上谢图南这尊神，乔暮云只觉得如坐针毡。

仲林还是饭桌上最活跃的那个，还没上菜，他就张罗着敬酒。

林西湛帮乔暮云拆了碗筷的包装，放在她面前，说道："抱歉，把你拐到这里来，陪着我应付无聊的饭局。"

乔暮云摇摇头，说道："没事。"话音刚落，她感觉到对面若有若无的视线看了过来，带着探究的意味和一种无法形容的压迫感。

是谢图南。

林西湛离乔暮云最近，很细心地捕捉到了乔暮云紧绷的神态。他以为她太紧张，便找了点儿话题："想喝什么？果汁还是牛奶？或者，红酒也行。"

"温水就好。"乔暮云说。

林西湛叫来服务员，另外要了玻璃杯和温开水。

乔暮云想去接，但林西湛先一步伸手，说道："有点儿烫，我来吧。"

两人的手指不小心碰到，乔暮云迅速地收回手，客气地说道："谢谢。"

对面的那道视线还没有离开。乔暮云的耐心即将告罄，但她还是克制着瞪回去的冲动，神色如常地喝着温水。

林西湛时不时和她说两句话，乔暮云一一回应了，但她有点儿心不在焉。

"放松点儿。"林西湛低声安慰，"等会儿要是有人来敬酒，你推给我就好。"

乔暮云放下杯子，朝他笑了笑，说道："好。"

那道视线终于在几秒后消失。乔暮云轻松了很多，将心思放到了饭桌上。

在座的都是人精，在生意场上混多了，总有几套不过时的恭维话，再加上几分半真半假的同学情，场面便热火朝天。乔暮云静静地听着，但没一会儿，她发现又有一道视线落在了自己的身上，这不怎么善意的打量让她很不舒服。

这次看向她的人不是谢图南。确认了这点，乔暮云抬头找到了视线的来源。

是一位穿着紧身裙的女士，从一丝不苟的妆容里分辨不出她的具体年龄，看样子是二十来岁。乔暮云觉得这人有点儿眼熟，但想不到哪里见过。

"西湛。"那位女士忽然开口，对着林西湛说，"旁边的那位，不介绍一下？"

"这一看就是女朋友。"仲林正和人拼着酒，还不忘兼顾这边，及时搅浑水。

"别听他瞎说。"林西湛摇头，"还不是。"

"还不是。"有人重复了一遍，加重了"还"字，揶揄道，"用词讲究啊。"

众人笑了。

"有什么好笑的？"校长忽然发话，"多跟西湛学学，尤其是你们这些三十几岁了还没着落的。成家立业——不能光立业。"

"你说是不是啊，图南？"他话锋一转。

谢图南正侧头和人搭话，闻言抬眸道："是。"

"是什么是。"校长笑骂一声，不满地说道，"我还不知道你？只有嘴上说得好听。要是你爷爷还在，非得好好管管你。"

谢图南笑了笑，目光再一次瞥向乔暮云。

他看乔暮云的次数实在有点儿多，而且光明正大。

在场的还是前辈居多，有人开他的玩笑道："你老看人家姑娘干什么？"

乔暮云的脸红了。

谢图南垂下眼，盯着杯沿上的碎光，不知道在想什么，没有否认。

"谢图南。"校长被他气笑了，"你这样不对，我让你抓紧点儿，没让你盯着人家看，弄得人家姑娘多尴尬。"

谢图南轻抬了一下眼皮，笑了笑道："只是出了会儿神。"

他半真半假的解释倒也没人追根究底。话题很快换了，饭桌上的气氛依旧。

谢图南像完全忽略了乔暮云的存在，侧头和人搭着话，偶尔和对方碰个杯，行云流水地应付着酒局。

林西湛若有所思地看了看乔暮云。他把一盘虾转到乔暮云面前，说道："鲜虾卷是这儿的招牌菜，试试看喜不喜欢。"乔暮云夹起一块，却没尝出味道。

"西湛，你们公司新开的那个楼盘，我能拿到内部价吗？"说话的还是之前那位女士。

林西湛有点儿意外，问道："你要买？"

这次，仲林没插话，他凑到乔暮云耳边，小声道："这是尤舒宁，你可能不认识，她和我们同届，但大二的时候出国了。她追过西湛。"

重点在最后，乔暮云了然，怪不得她对自己有那么大的敌意。

"不过，你放心，西湛不喜欢她，不然她早追上了。"仲林补充道。

乔暮云默默地低头吃菜。

谢图南还在和校长说话，声音不大，但每句话都精准地落进了她耳朵里。

"准备手术，可能月底，不会拖太久。"

他们应该是在聊祝教授的病情。乔暮云觉得压抑，好在手机这时候响了，是秦九九打来的电话。她和林西湛示意了一下，便走出了包间。

"你在哪儿呢？"秦九九问。

乔暮云戴上耳机便往卫生间走："饭店。"

"一个人？"

乔暮云沉默了下，道："不是。"

秦九九以为乔暮云是遇到了熟悉的同学，问道："都有谁啊，我认识吗？"

乔暮云想了想，有些惆怅道："大概吧。"

"什么叫大概？"那头又传来余彤的声音。

乔暮云"嗯"了一声，问道："你们在一块儿？"

"对啊，我和余彤请了半天假，现在快到学校了。你都遇到谁了？"

乔暮云沉默了两秒，说："林西湛。"

"你们两个不会一起吃饭吧？"秦九九有些兴奋，并且很讲义气地说道，"那我和余彤自己逛逛，你别来了。"

乔暮云叹了一口气，把手伸到洗手池的感应区域。凉水很快冲了上来，她慢悠悠地补充道："还有谢图南。"

电话那头诡异地安静了数秒，秦九九和余彤同时不可置信地说道："什么？你、你们三个……一起吃饭？"

"当然不是。"乔暮云无力地回答，一副没什么精神的样子。她机械地叙述了一遍今天的事情。

电话里安静了几秒，秦九九和余彤实在忍不住，笑出声来。

就在这时，卫生间里又进来了一个人。

乔暮云没怎么在意，但那人叫了她的名字："乔暮云，我见过你。"

乔暮云侧头，有些疑惑地看向她。

尤舒宁把包放在洗手台上，拿出粉饼补妆，说道："大概三年前的一个晚宴，在伦敦。"她轻轻一按，磁吸的粉饼盒发出清脆的开合声，"你当时跟着谢图南。"

原来是这样。乔暮云收回了视线，不打算回应她。

尤舒宁把粉饼扔回包里，带着一种高高在上的语气说道："我不想评价你的这种行为，各人有各人的选择，毕竟，你长得确实漂亮，能掐尖也是你的本事。"

掐尖是指傍大款。

尤舒宁俨然已经把乔暮云看成了一个没有底线、靠骗男人钱生活的女人。

乔暮云抿着唇，依旧没有说话，只是从兜里摸出一支唇釉，圣罗兰的105号。

她今天几乎没化妆，只涂了防晒，因此选的是稍显气色的淡粉色口红。

尤舒宁还在说："但是西湛真的很好。"

乔暮云细细地涂好唇釉，唇部一下子变得饱满水润。

此刻，镜子里有两个人，一个妆容精致，但粉底太厚，妆感很不自然；一个几乎素颜，细眉大眼，皮肤白皙。尤舒宁察觉到了赤裸裸的挑衅。

但乔暮云把口红装好，便径直往外走了。尤舒宁是个顺风顺水长大的富家小姐，从没被这样无视过，于是，她抬脚跟上去，问："喂，你有没有听到我说话？"

尤舒宁一直跟着乔暮云到走廊，乔暮云的耐心告罄，回头问："所以呢？"

尤舒宁没懂，反问道："什么？"

"林西湛是很好，可是——"乔暮云歪了歪头，"他不喜欢你啊。"

尤婉宁顿时怒气冲天。

乔暮云弯了弯唇，露出"友好"的笑容，然后转过身——

猝不及防地，她的视线和谢图南对上了。

"友好"的笑容慢慢地僵在嘴角，乔暮云眨了眨眼睛，耳麦里传来秦九九和余彤的叫好声："干得漂亮！教科书级别的对话！"

走廊里突然变得很安静。

看到谢图南的一瞬间，乔暮云感到慌乱，连她自己都不明白为什么，但她掩饰得很好。

谢图南的目光在乔暮云的身上停了一秒，然后侧身走过。

也不知道刚才的话，他听到了多少。

尤舒宁冷笑一声，说道："你瞧，人家都不用正眼看你。"

乔暮云懒得理会她，只松了一口气，往反方向走。

偏偏尤舒宁很固执，还是不依不饶地拉着乔暮云。

"尤小姐。"乔暮云甩开她，不轻不重地提醒道，"适可而止。"

尤舒宁被乔暮云刚才的"挑衅"气得不轻，存心要让乔暮云不痛快。她哼了一声，阴阳怪气地说："你也跟了谢图南好几年吧，到头来得到了什么呢？"

乔暮云用看傻瓜似的目光看了她两秒，问道："不然呢？分手那么久了，他应该拉着我叙个旧吗？"

电话那头的秦九九和余彤一头雾水，听到这里才明白了状况。

"什么情况？遇到谢图南了？刚才的对话，他听到了？"

"刺激啊！"

所谓闺密，在关键时刻毫无人性。

"叙个旧？"尤舒宁讥讽道，"话别说得太好听，什么分不分手，不就是被玩弄了几年，你还真把自己当回事了？人家现在未必记得你是谁。"

"我知道你有手段，但像你这样的，我见多了。"尤舒宁越说越难听，"想飞上枝头，麻雀变凤凰，光靠一张脸蛋勾引男人可没什么用。"

乔暮云面无表情地听着，但电话那头的秦九九和余彤已经忍不住了。

"她是个什么东西！"余彤难得骂脏话，她气势汹汹地问，"你们在哪儿？"

秦九九比余彤冷静一些："你开免提，我要骂她！"

乔暮云了解她们，两个都是软心肠，哪里会骂人？

况且，真吵起来没有赢家，谁也占不到什么便宜。看尤舒宁头脑简单的样子，估计没什么逻辑，要是真急眼了，什么话都说得出来，万一再动起手……

对乔暮云来说，她还不至于被尤舒宁激怒。

那时候，她每次跟着谢图南出去，总有人在背后议论："看她那样，好像多清高似的，也就仗着谢图南现在宠她。你们说谢图南看上她什么了？漂亮的那么多，他要什么样的没有？总对着一个，不会腻吗？"

当然，还有更难听的，听多了也就那样。

乔暮云摘了耳机，不想让秦九九和余彤再听这些。

"尤小姐。"她心平气和地开口，似乎真的只是好奇，"你谈过恋爱吗？"

尤舒宁奇怪地看了她一眼，微微地一扬脖子，神态高傲道："没有。"

乔暮云"哦"了一声，道："所以，你大概不懂什么叫——"她抬手拨了一下耳边的流苏，弯唇一笑，"见面三分情。"

那一笑风情万种，尤舒宁好不容易顺过来的气又噎在了胸口。她说了这么多，人家却压根不在乎。尤舒宁一想到林西湛刚才在饭桌上殷勤的样子，气得心口直跳。男人都喜欢这样的吗？为什么？

她张了张嘴，一时语塞，最后骂了一句"狐狸精"。

"我要去告诉西湛！他不会喜欢你的！"

狐狸精？乔暮云笑了，这位尤小姐的词汇也不怎么丰富。她用食指顶了一下额角，似乎是思考了一下，而后诚恳地问："我有录音，你要吗？"

乔暮云说完，不想逗她了，便拨了一下头发，准备离开，然而一抬眼，谢图南不知道什么时候去而复返，此刻就站在左前方。

灯光不算亮，但也能分辨出他的脸色很难看。乔暮云觉得脑袋有点儿蒙，脱口而出道："你怎么又回来了？"语气带着些许不满。

谢图南的眉头蹙得更紧了，他的黑眸死死地盯着乔暮云。

她们的对话，他听了个八九不离十。什么"玩弄""勾引"……那么难听的话，她都不知道反驳一下吗？还有，见面三分情？他可是一点儿都没看出来。

"乔暮云。"谢图南开口，喊了她的名字。

尤舒宁的表情从震惊到幸灾乐祸，眼神里带着挑衅，心想：你接着装！

乔暮云当然不能再装了，她看了谢图南一眼，冷淡道："干什么？"

谢图南的太阳穴跳了两下，神色复杂地看着乔暮云，没有接下文。

半晌，他的心情渐渐平静下来，叹了一口气，说："你的电脑在我的车上。"说完，谢图南淡淡地扫了尤舒宁一眼，抬脚往前走，没一会儿就拐进了包间。

乔暮云还愣在原地。

电脑在他那儿？什么时候？昨天？那他昨天怎么不说？

没等乔暮云想明白，尤舒宁已经反应了过来，她指着乔暮云"你"了两声，不可置信地说出了自己的判断："你脚踏两条船啊？"她越想越觉得是。

乔暮云一条船也没准备踏。但不管她说什么，这位尤小姐显然已经沉浸在自己的想象里，无法自拔。乔暮云摇了摇头，快步离开了。

她没回包间，直接进了电梯。电话已经被挂断了，秦九九又发了几条微信消息过来，问她在哪个饭店，要过来帮她助阵。

乔暮云的手机一直是静音模式。此刻，她回复道：你们在哪儿？

秦九九：结束了？你别告诉我你不痛不痒地回了她几句就转身走了！

在她的印象里，乔暮云就是这种不太懂得反击的人。

乔暮云只是表面看着有点儿冷，接触久了就会发现，她的性子其实是很柔和的，心也软，只是很难对人敞开心扉。

乔暮云想了想，回道：我打了她一顿。

到了大厅，乔暮云给林西湛发了条微信消息，说她的两个室友来学校了，她先去找她们。林西湛回道：已经到了吗？那你们好好玩，晚上请你们吃饭。

乔暮云盯着屏幕看了几秒，慢吞吞地打字：不用，我们不一定待到晚上。

将消息发送过去后，乔暮云就把手机放回口袋里。

校门外的车早已排成长龙，秦九九和余彤把车停在附近的收费停车场，步行二十分钟才到学校门口。乔暮云看见人，远远地便朝她们招手。

她们宿舍一共有四个人，除了秦九九和余彤，还有沐暖，但沐暖是江城人，不在北城。大学毕业后，大家各自忙于工作或生活，难得有聚到一起的机会。

时值正午，太阳灼烧着地面，人再多走几步就要原地冒烟。几人干脆没进校门，在马路旁找了家奶茶店，一人买了一支甜筒后坐下了。

"你真和她打了一架？"秦九九迫不及待地问。

"假的。"

秦九九恨铁不成钢地瞪着她道："那就这么过了？"

"也不是。"乔暮云回忆着刚才的场景，"我好像也没吃亏。"

谢图南是什么意思？他听了多少？明明脸色那么差，说出来的话又像是在帮她反驳尤舒宁说的"人家现在未必记得你是谁"。

"乔暮云，"余彤打断道，"所以，刚才那个女的是谁？"

"我们之前一届的。"

"喜欢林西湛啊？"

"好像追过他。"

秦九九按着太阳穴思索了一会儿，忽然道："慢着，她是不是叫尤什么宁？"

"尤舒宁。"乔暮云有点儿意外，"你知道她？"

"知道。"秦九九的表情变得有些微妙，"系主任的侄女，有名的小公主。"

乔暮云和余彤都露出了茫然的表情。

"彤彤不知道很正常，她比我们小几届。"秦九九指着乔暮云道，"你怎么能不知道呢？我们刚开学的时候，论坛里有个匿名帖曝光她暗箱操作，挪用别人的出国名额，还说她整容了。当时闹得还挺大的，不过，后来都被压下去了。"

乔暮云回忆了一下，发现自己真的一点儿印象都没有。

刚上大学的时候，她除了学习就是到处兼职，没那么多精力关心八卦，加上她不是爱交朋友的性格，一开始在宿舍都不怎么说话。

好在，她遇到的都是很温柔的人。

秦九九和余彤从一个八卦聊到另一个八卦，又和远在江城的沐暖打了个视频通话。最后，乔暮云听着她们一起把尤舒宁骂了一顿。

一个下午在聊天中度过，不知不觉已经到了傍晚。几人从奶茶店出去，沿着校门走到宿舍楼，又从宿舍楼走到北门的小吃街。

乔暮云中午只喝了几口饮料，此时买了份烤冷面边走边吃。

没一会儿，余彤的手机响了，她接起来道："喂……在外面，不远……好，马上回来。"余彤挂了电话，无奈道，"医院的电话，我得过去一趟。"

秦九九说道："我送你。"

"不用。"余彤说，"你们继续玩。"

"那你开我的车吧。"秦九九把车钥匙塞过去，"陆闲庭在这里，我等会儿找他就行。"余彤没拒绝，小跑着走远了。

乔暮云专心吃着烤冷面，还没意识到这代表着什么。

直到一小时后，她跟着秦九九又回到了中午的那家饭店。

"来这儿干什么？"乔暮云问。

"找陆闲庭。"秦九九说道，"你不是没开车吗？我们等会儿送你回去。"

话音刚落，从饭店里面出来了一群人，大概是饭局刚结束。乔暮云一眼就看到了谢图南，他侧着头在听旁边人说话，目光随意地扫过这边，然后突然定住。

朝众人打了个手势后，谢图南缓步下了台阶，径直往这边走来。

乔暮云留下一句"我自己回去"就想溜，却被秦九九一把拉住。

"你怕什么，又不是坐谢图南的车。"秦九九一眼看穿，"这个点的地铁最挤了。不许客气，你再这样我要生气了！"

这几句话的工夫，陆闲庭已经把车开了过来，秦九九开了车门，示意乔暮云先上。同时，谢图南也已经到了跟前。他没看乔暮云，屈起手指敲了敲车门。

陆闲庭摇下车窗，看了一眼乔暮云，又看向谢图南，意味深长地说道："怎么，你也想搭个车？"

谢图南没有废话，指了指乔暮云，言简意赅地说："我送她。"

陆闲庭挑了下眉，看向秦九九，秦九九的手还搭在车门上，目光缓缓地在乔暮云和谢图南身上转了一圈，然后干笑了两声，说道："这样啊——"

乔暮云有种不好的预感。果然，秦九九爽快地答应道："可以啊。"

说完，秦九九快速地钻进车后座，带上了车门。

陆闲庭朝谢图南打了个手势，就将车开走了。

入夜的风伴随着丝丝热意，乔暮云咬了咬牙，问道："谢先生不忙吗？"

"不忙。"服务员把车开了过来，谢图南接过钥匙，开了副驾驶座的门。

乔暮云站在原地，脊背绷得很直，没有要上去的意思。

"不愿意？"谢图南的语气意外地温和。

"是。"

谢图南也不恼，他理了一下袖口，慢条斯理地开口："见面三分情？"

乔暮云无言以对。

谢图南笑了一下，说道："我们谈谈。"他的话里似乎带着商量的意味。

那一刻，看着谢图南，乔暮云感受到了一种说不清道不明的陌生感，就像时间和空间突然被割裂开，又混乱地搅在一起，让她有一瞬间的恍惚。

具体是什么感觉，她说不出来，或者说，她不想深究。

谈谈就谈谈吧，就当是搭了辆免费的车，顺便把电脑拿回来。虽然她已经买了新的，但旧电脑已经用了很多年，里面保存的很多东西弥足珍贵。

她是个念旧的人，舍不得丢掉那些东西。

系好安全带，谢图南发动了车子，路边的人和建筑物缓缓后退。

这个下午，林西湛发了好几条消息——

三点半的消息：外面太热了，我看你没带伞。

五点多的消息：吃饭了吗？

还有一条刚刚发的消息：结束了给我发消息，我送你回去。

乔暮云：手机调成了静音，我已经吃过了……室友开了车，不麻烦你了。

林西湛：没事，路上注意安全，到家了给我发条消息。

乔暮云盯着最后一句看了一会儿，才回道：好。

林西湛无疑是细心且周到的，有成熟男人的风度，也有少年人的温柔热情。

相比之下……乔暮云看了一眼身边开车的男人。

谢图南从来不懂这些。那时候，他晚上送她回学校，绝不会想起来叮嘱一句："到了宿舍给我发条消息。"

虽然从校门口到宿舍只有几分钟的路程，这样的举动本来没有必要，但对女孩来说，她们需要的从来不是这句话，而是男朋友每时每刻的关心和惦念。

　　想到这儿，乔暮云看谢图南的目光带上了怨念，这种怨念时隔多年才被激发出来，而后又转变成了嫌弃。乔暮云撇了撇嘴角，收回视线。

　　虽然谢图南在开车，但对乔暮云这一系列的情绪，他都很清楚。

　　她在和谁发消息，他也知道。

　　谢图南转过头，目光从乔暮云的侧脸上扫过，道："怎么——"他的语气淡淡的，似乎带着凉意，"和人调情还要看看我，然后比较一下？"

　　"是啊。"她那股嫌弃劲还没过，因此没否认，并且轻飘飘地加了一句，"你是输的那个，高兴吗？"

　　谢图南被气笑了。路口亮着红灯，他踩了刹车。

　　"说说看，输在哪儿了？"这倒让乔暮云有点儿意外，甚至错愕，她本以为他会冷下脸，没想到他还能心平气和地问下去，像暴风雨前的宁静。

　　乔暮云有点儿后悔，她激他干什么？但或许是谢图南温和的态度让她放松了警惕，也或许是突然记起的零星片段让多年前的情绪忽然占据了主导地位。

　　乔暮云开了车窗，看着窗外的夜景，回忆道："你以前从来不关心我几点睡，也不会问我有没有吃饭，或者心情好不好……"

　　"总之，和你在一起——"乔暮云用最直白的语言简单地说道，"很不开心。"

　　当时她还觉得是自己太贪心了，跟了谢图南，还奢望拥有和普通女孩一样的爱情。她时不时在他是本来就如此还是压根对她不够上心之间反复纠结。

　　谢图南皱了皱眉，对乔暮云说的话没什么印象。

　　绿灯亮了，他沉默地发动车子，道："以前为什么没提过？"

　　没提过吗？提过的。

　　车辆开始拥堵，有鸣笛声传来。青涩的记忆如潮水般褪去，取而代之的是那天她去谢氏大厦找他拿优盘时被质问的那些话。

　　"那么，我是不是有理由怀疑，你当年也没有你表现出来的那样走投无路。"

　　乔暮云在那一瞬间陡然清醒。

　　"现在说这些挺没意义的。"她的表情多了几分漠然，"不是吗？"

　　谢图南也不是很想在这个问题上浪费太多时间，他在道路尽头转了个弯，等四周没什么车，才开口问："今天走廊里的那些话，你为什么不反驳？"

　　哪些话？"玩弄"还是"勾引"？乔暮云有些奇怪地看着他。

　　"你说的'谈谈'，就是指这个？"

　　从她跟着谢图南出现在公共场合开始，就经常能听到这些话。时至今日，再听到类似的话，她竟然能笑着面对。不是她轻贱自己，而是真的觉得不在乎了。

闲言闲语决定不了什么，她不在乎别人说什么、怎么看，只想过自己的生活。

但她没有想到谢图南会在今天提起。

乔暮云的心情有些复杂，她侧过头盯着谢图南看了一会儿，试图从他平静的面色里分辨出一点儿什么，但是没有。

"为什么要反驳？"乔暮云问，"正反方辩论的时候，正方说'你是个浑蛋'，反方说'你不是个浑蛋'，事实上，谁也不关心你到底是不是个浑蛋。"

乔暮云的话像绕口令一样，谢图南听得眉心直跳："想骂我可以直说。"

乔暮云看了他一眼，说道："你连浑蛋都不是。"乔暮云话锋一转，说回正题，"而且，你觉得那些话很难听？但至少，她没骂我'爬床'。"

最后一个音节落下，谢图南猛地踩了一脚刹车，将车子在半路停下。乔暮云的身体骤然前倾，她下意识抓住了车门把手，惊魂未定地拍着胸口，往四周看了看，好在这段路段几乎没有车辆。

"你干什么？"事情发生得太突然，乔暮云轻喘着气，说话还带着颤音。

谢图南不说话，脸色变得很差。他沉默着重新启动了车子，但只是往前开了十来米，他就将车子再次靠边停下了。

马路两旁种着法国梧桐树，昏黄的灯光透过茂盛的枝叶，落下成片阴影。

车里安静了一会儿。谢图南轻蹙着眉心，胸膛微微起伏，像是克制着情绪。半晌，他抬手熄了火，仪表盘停止工作，中控屏一片漆黑，车内陷入死寂，只有窗外绿化带里的虫鸣声交错着传过来。

"乔暮云，"谢图南缓缓地问，"你这是干什么？"

"没什么，我只是想说，这些话很平常，我听过很多。"她的语气十分平淡，甚至可以说很轻松，仿佛真的一点儿都不在意。或者说，她现在已经不在意了。

谢图南从车门侧边拿了支烟，又摸出打火机，拇指划过齿轮，有火光蹿上来又熄灭。反复几次后，他把烟和打火机一起扔进抽屉里。

乔暮云听见他问："跟着我的那几年，你很委屈？"

委屈——这个词，乔暮云从来没想过。

如果非要去回想，那几年也很难用一个词去概括。

她期待过，失望过，挣扎过，但是不后悔。

乔暮云的目光始终落在窗外。旁边是一个老式小区，最近的居民楼离门口大概五米，有好些窗口亮着灯，有人在里面吃饭，还有些人坐在门口闲聊。

这样的日子真好。

直到林荫道上有人牵着狗走过，乔暮云才收回思绪，慢吞吞地回答了谢图南的问题："是吧。"是挺委屈的。

光线昏暗，谢图南看不清她的表情。他解开安全带，拉着乔暮云的胳膊，倾身靠近了她。两人四目相对，车内空间逼仄，安静到极致。

"为什么不告诉我？"他看着她的眼睛问。

"告诉你又能怎么样？"乔暮云和他对视着，"谢先生手眼通天，恐怕也没办法堵住悠悠众口，除非——"你娶我。

"除非什么？"

"没有除非。"乔暮云笑笑，"谢先生是不是忘了，就在前不久，你还在质问我当年是不是处心积虑接近你。"她的语气很平淡，却带着嘲讽，言外之意是：看，在你心里，我也会是那样的人，所以，我还有什么脸去要求别人呢？

谢图南的太阳穴跳了几下，他垂下眼，目光落在乔暮云开合的嘴唇上，喉结上下滚动着。顿了两秒后，他用自己的唇去够乔暮云的嘴角，乔暮云却及时偏头，躲过了这个吻。

电话铃声在同一时刻响起。

乔暮云一直把手机攥在手里，谢图南垂眸便看清了来电显示：林西湛。

铃声在车里回荡着，车内的两人还在僵持。

谢图南重新看向乔暮云，她抿着唇，一言不发。

半晌，谢图南缓缓地坐正身体，乔暮云接了电话。

"喂。"她的声音没了和他对呛的倔意，软了不少，"还没……好。"

电话那头的声音清晰地传了出来，是男人在问她明天有没有空。

乔暮云道："明天，我——"

谢图南抬手扯下领带，将领带扔到后座，收手的时候顺便轻巧地拿走了她的手机。他看都没看便直接挂断了电话，将手机扔到后座。

这一切发生得太突然，乔暮云的手还维持着原来的姿势，片刻后她才反应过来，不可置信地瞪着谢图南道："你——嗯……"

谢图南抬手覆在她的后脖颈处，侧身吻了过去，没有给她任何拒绝的机会。

乔暮云的身体被他带着往中间靠，前面路灯的一束光正好透过挡风玻璃折射进来，她下意识地闭上了眼。

似乎是带着怒气，谢图南一点点地咬着乔暮云的唇，迫使她张嘴。

乔暮云想反抗，想狠狠地咬他一口，但她挣扎了两下，便被他揽住腰。他轻轻一扯，她的外套便滑落到臂弯处，禁锢住了她的双手。最初的掠夺过后，谢图南耐心下来，极有技巧地加深了这个吻，动作也变得轻柔。

车窗还开着，从外面看来，这只不过是一对处于热恋期的男女。

被扔到后座上的手机又响了起来，应该是林西湛又打电话过来了，悠扬的铃声和男女的接吻声混杂在一起……乔暮云在那一刻陡然清醒。

她发现自己刚才竟然有一瞬间的沉溺。

感觉到乔暮云的挣扎，谢图南的动作顿了一下，又重新变得霸道。

乔暮云今天穿得随意，简单的T恤，宽松的版型，正好给了谢图南可乘之机。

她瞪着他，眸子里却盈着一层水光，眼角红了一圈，一副被欺负了的样子。

"矜矜。"谢图南的声音微哑，似乎想要妥协，"回到我的身边吧。"

乔暮云心头微颤。不是因为那句"回到我的身边吧"，而是他叫"矜矜"时，咬字里一如从前的温柔亲昵。

很久没人这么叫过她了。

但唇上隐隐的痛感让她清醒过来，她的声音微弱却坚决："我不愿意。"

话音刚落，后座的手机铃声也戛然而止。

"谢先生。"乔暮云的声音大了起来，"破镜不会重圆，失而复得的东西也不会回到最初的样子。何必因为一时的冲动，重蹈覆辙，浪费大家的时间。"

夜风从窗外吹进来，驱散了车内旖旎的气息。

谢图南眼里的情欲缓缓褪去，他坐正身子，点了支烟，看向窗外。

她的每句话里都仿佛含了尖锐的刺，不遗余力地想要把他推远。

"谢图南。"乔暮云一字一顿，像是用了很大的力气道，"我们早就结束了。"

路途的后半程，气氛降到冰点，乔暮云却觉得自在。

她太清楚谢图南是一个多么骄傲的人，有了今天这一出，从今往后，他们之间大概就真的再无交集了。乔暮云也不是完全没有感觉，她的心脏有些疼。

有那么一瞬间，她也试图深究，他说出"回到我的身边吧"时有几分真心。

但不重要了。

回到张宅，乔暮云才想起之前林西湛的那几通电话。

对于突然中断的通话，她要怎么解释？说手机没电自动关机了？

不行，之后还能打得通，只是没人接。

乔暮云盘腿坐在床上，犹豫良久，最后发了条微信消息：抱歉……

她仍旧没想好怎么说，但总不能一直沉默。

林西湛很快回了消息：发生什么事了吗？

乔暮云：嗯……发生了一点儿意外……但我不想说，可以吗？

林西湛：当然可以。

乔暮云舒了一口气。

林西湛是很好的人，但她对他似乎没有产生朋友之外的感觉。

现在没有，以后应该也不会有，还是不要耽误人家。

乔暮云组织了一会儿语言，重新点开聊天框，却在称呼上犯了难。叫"学长"太生疏，直呼其名又太亲昵，但要郑重其事地说点儿什么，没有称呼似乎也不礼貌。她纠结了一会儿，最后直接说道：我最近一段时间不想考虑感情……

不对，乔暮云删掉了之前的话，重新打字：我上次和你说……

好像更不对。反复几次后，乔暮云把手机扔到了床上。

可能是今天发生了太多事，她的头有点儿疼，影响了她的思考。她决定先去洗个澡。热水澡的确可以缓解疲惫，让人放松，但热水淋下来的那一瞬间，闭上眼，乔暮云想起的却是谢图南仿若掠夺的那个吻。

她抬起手，无意识地摸了一下自己的唇，那里似乎还残留着他的味道。

热气氤氲，乔暮云轻轻靠到墙上，冰凉的触感把她拉回了现实。

冲完澡，她推开玻璃门，裹上浴巾。

对面的镜子被水雾模糊，乔暮云抬手，轻轻地抹过。

她从抽屉里拿了一片面膜，撕开包装后，她将面膜纸展开，对着镜子往脸上贴，但随即，她的动作顿住了。镜子里，她的锁骨处有一枚红色的吻痕。

浑蛋！乔暮云生气却无可奈何，只能在心里把谢图南狠狠地骂了一通。

她没了敷面膜的心思，将面膜纸和包装径直扔进垃圾桶，开门出去了。

她的手机还孤零零地躺在床上，她绷着脸拿起手机，找到谢图南的号码，编辑了一条短信发过去："浑蛋！浑蛋！"

在她点击发送前一刻，手机响了。

是林西湛的微信消息：乔暮云，你不想说的事可以不说，我不会问，但你别急着把我推开，总要慢慢接触才能知道两个人适不适合。

乔暮云愣在原地，觉得有些无奈。

林西湛这人看着温和，但好像什么都能看透。

早知道，她就该在洗澡前把话说完，现在反倒被他堵死了后路。

果然，犹豫就会败北，商人都深谙此道。乔暮云回道：好。

退出微信后，乔暮云又点到了短信界面。此刻，她已经平静了下来。她把输入框里的字删掉，试图把今晚的记忆也一并从大脑里移除。

但很不巧，这时候，秦九九发了条微信消息过来：怎么样？

失眠好像是不可避免的事。

已经是凌晨了，乔暮云在床上翻来覆去，一点儿睡意都没有。可能是小吃街的东西太咸，她已经起身喝了三次水，这会儿，杯子早就见底了。

她拿着杯子出了房门。

张家的别墅虽然是三层的，但卧室都在二楼，因此，乔暮云放轻了脚步，生怕吵到别人。走廊正中间是张显成和陆媛的房间，印象里，他们的作息一向规律，但这会儿，门下的缝隙里透出了些许光亮。

还没睡吗？乔暮云嘀咕了一句，路过时听到里头隐隐传出争执声。

"张显成，那是你的外甥女，不是你的亲闺女，你想让她去公司上班就算了，现在还想给她买套房，你是不是疯了？"

"乔暮云已经没有爸爸妈妈了，你对她好一点儿又能怎么样？她是个好孩子，以后，她就和我们的女儿一样。"

"一样？"陆媛的声音陡然拔高，"你做什么春秋大梦呢？不是亲生的能一样吗？她和你沾着血缘，和我可没有。"

"五年前的事，始终是我们家做得不对。她当时孤身一人，能求助的也只有我们，那是救命的钱！我到现在都不敢想象她当时是怎么熬过去的。"

提到这儿，陆媛自知理亏，声音也低了下去："我怎么知道她就那么倔？我以为她会去找你，我们又不是真不借钱给她。"

"现在说这些有什么用。"

"……你想让她去公司上班，可以，但绝对不能给她买房子。照这样下去，以后你是不是还得给她公司的股份？"张显成没搭腔。

"你不会真有这打算吧？"陆媛瞬间跳脚，"张显成，你别忘了你当初做生意的本金还是我娘家给的，不然，你能有今天？反正，这家也有我的一半，我不同意的事情，你休想做！"

"你喊什么喊？"张显成压低声音道，"那就先让她去公司上班。"

听到这儿，乔暮云端着空水杯回了房间。她在床上静坐了很久，对于舅舅舅妈的争吵，她说不清自己心里是什么感觉。

舅妈一直是这样的性格，可是舅舅为什么要对她这么好？

虽然从小到大，他一直对她很好。爸爸妈妈还在的时候，妈妈不让做的事，爸爸也总是两手一摊，表示无奈，只有舅舅从来不受妈妈的约束。

那时候，舅舅每次来家里都会特意给她买一大袋零食，再抱着她走过江南的大街小巷，买糖葫芦，堆雪人……

可人心就是这么可怕，乔暮云会忍不住想，会不会是因为舅舅做了亏心事，所以现在，他想补偿她？乔暮云的鼻尖不知不觉地泛酸，她捂着脸，靠在膝盖上。

有那么一刻，她不想再查下去了，过去的就让它过去吧。

可是，心里的坎，她始终迈不过去。

第二天，乔暮云醒得很早，但因为没睡几小时，她的精神不太好。

餐桌上，张显成又提了让乔暮云去公司上班的事，这次，陆媛坐在一旁没说话，脸上也没表现出什么不痛快。

乔暮云心中了然，咽下嘴里的东西后说道："我不太熟悉公司，怕做不好。"

"没事。"张怀漾指了指自己，"姐，你看我，对公司的事情一窍不通，不也混得还行？反正，在公司，我保证没人敢欺负你！"

"你还好意思说。"张显成瞪了他一眼，又对乔暮云道，"没事，我让市场部的王总带你，他资历老，业务水平没得说。你跟着学两天，慢慢地就熟悉了。"

乔暮云面露难色道："我——"

"试试吧。"张怀宴打断她："不行也没事。"

"爸，哥。"怀玥小心翼翼地说道，"你们也不能逼姐姐吧，上班多累啊。"

"不然这样，"怀宴想了想，说，"等我的订婚宴结束再去。正好，这段时间你嫂子很忙，你和玥玥稍微帮忙准备一下请帖之类的。"

好像没有拒绝的余地了，乔暮云点了点头，应道："好。"

事情就这么定了下来。

怀宴的订婚宴在月底，说是要帮忙，但陈家底蕴深厚，请多少人、怎么个婚礼形式都已经制定好了，乔暮云和怀玥没有什么能做的。

自那天后，乔暮云就没有和谢图南有过联系。她去医院看望过祝教授，也没有遇到谢图南，反倒是怀玥天天琢磨着去哪里采访谢图南。

乔暮云没见她有什么行动，就没放在心上。

直到那天睡过午觉，怀玥敲门进来，冷不丁问："姐姐，你去过酒吧吗？"

"去过。"乔暮云刚睡醒，没怎么思考就回答了。

"那你能——"怀玥摸着门框,眼含期待。

"不能。"乔暮云没听完她的后半句话便打断了她,"那地方没什么好去的。"

"就看看……看看也不行?"怀玥和她商量着。

"就你这样的去酒吧,被卖了都不知道。"乔暮云起身倒了杯水,"而且,我也不熟,只有大学的时候去过几次清吧。"

这是乔暮云胡诌的,跟着谢图南,她什么地方没见识过。

怀玥"哦"了一声,好像放弃了。

乔暮云以为她是心血来潮,没把这件事放在心上,但是晚上吃饭的时候,餐桌上竟然只有张怀宴一个人。张怀宴解释道:"爸妈去应酬了,怀漾不知道去哪儿了,玥玥说和同学出去玩,晚点儿回来。"

乔暮云眼皮一跳,给怀玥发消息:你在哪儿?

那头没有回复。

张怀宴用餐的速度比平时快,末了道:"我有个视频会议,你慢慢吃。"

应该是很要紧的会,大概是为了陪她,他才下来吃饭。乔暮云点了点头。

张怀宴离开后,乔暮云马上打电话给怀玥。

电话接通了,但通话仅维持了一秒就被挂断了。

乔暮云听到了那头格外嘈杂的人声和刺耳的音乐声。

隔了几秒,怀玥回了消息:我和同学在外面吃饭,怎么了?

乔暮云:在酒吧吃吗?

怀玥:当然不是!

乔暮云:那拍个照片,就用比剪刀手的姿势吧。

怀玥也不挣扎了:……是在酒吧。

乔暮云:哪个?

怀玥老老实实地说了一个名字,乔暮云看了却心头一跳。那地方是出了名的乱。乔暮云:一个人?

怀玥:不是,和真真,就是上次和我们一起吃饭的那个。

乔暮云:喝酒了吗?

怀玥:一点点。

乔暮云不太放心,回复道:我来接你。

去酒吧的路程不短,乔暮云的车技不太好,又是晚上,因此,她干脆叫了辆车。路上,她收到了林西湛的微信消息,问她在干什么。

乔暮云：去接我妹妹，她在外面玩。

林西湛：来接你吧。

乔暮云：没事，不远。

林西湛：那你们注意安全。

乔暮云没说是去酒吧，主要是不想麻烦林西湛。

半小时后，乔暮云到了酒吧。她对这里还有点儿印象，于是顺利地在卡座找到了怀玥。怀玥看起来还算清醒，只是小脸红扑扑的，带着些许醉意。

乔暮云往旁边看了一圈，问道："你那个朋友呢？"

"去卫生间了。"怀玥拉着乔暮云说，"姐姐，你也坐会儿。"

来都来了，眼下看来是没发生什么意外，时间也还早，乔暮云便坐下了。

怀玥点了杯饮料给乔暮云。说是饮料，实际上还是含有酒精的。

乔暮云轻轻地抿了一口，感觉到酒精度数不高。

她穿了一条宽松的 T 恤裙，全身唯一的饰品是手腕处的女士腕表。她没化妆，睫毛自然地向上卷翘着，琥珀般的眸子清澈见底。

没一会儿便有男人过来搭讪。男人看起来人模人样，但那双混浊的眼睛出卖了他——一看就不是正经人。

乔暮云三言两语把他打发走了，不得罪人，却也没给他留余地。

怀玥听得有点儿蒙，然后说了一句："姐姐，你好熟练。"

乔暮云沉默了下，转移话题道："你朋友去卫生间多久了？"

"大概——"怀玥看了眼手机，"二十多分钟……"她的声音有点儿变了，随后，她起身道，"我去找找。"

"我陪你吧。"乔暮云说。

同一时间，二楼卡座。

付华初坐在靠栏杆的座位上，随意地往下一看，就看见了乔暮云。

"哎！"付华初坐直身子，拍了拍旁边的谢图南，"快看，那谁。"

谢图南不耐烦地往旁边让了让，才顺着他指的方向看过去。

他原本不虞的神色倏然顿住。

"是你的宝贝前女友吧。"付华初乐了，一副看热闹不嫌事大的样子，"她看着心情不太好，这是为哪个野男人到酒吧买醉来了？"

不知道谢图南听没听见这句话，他的眼神定定地落在下方的乔暮云身上。

心情不好？他可一点儿都没看出来，反而觉得她的胆子越来越大，这种地方也敢一个人过来。

唱独角戏实在没什么意思，付华初"善良"地转了话锋道："不过，这下面有点儿乱，她和对面那个小美女保不齐要吃亏。"

话音刚落，果然，一个男人走过去搭讪，没一会儿又悻悻然离开了，接着，乔暮云和她对面的女孩起身往卫生间的方向走。

紧接着……刚才那个男人又回来了，他往乔暮云那桌的饮料里加了东西。

谢图南把酒杯磕到桌上，发出"叮"的一声。

"黎冬。"他沉声开口，"带几个人过去。"

"好的，哥。"

付华初好奇地问道："这么好的英雄救美的机会你都不要？别告诉我你这两天摆着一副臭脸不是因为她。"

谢图南答非所问道："她不会喝。"

从前他带她出来时，她不大愿意跟着他进包间，只一个人在下头瞎转悠。虽然也有贪玩的时候，但她总是很谨慎。

他教她离开座位后，原来的饮料就不能再碰了，她也一直乖乖记得。

当然，她也惹上过麻烦。

有一次，谢图南从楼上下去，看着乔暮云拿酒泼了一个男人，那人摔了杯子就要发火。她有些怕，靠着吧台，没什么气势地告诉人家："我男朋友在楼上。"

谢图南当时觉得好气又好笑，他上前打发走了那些人，问她："你男朋友在楼上，你不找他，他怎么知道你在楼下出了事？"

"我没拿手机……"她讷讷地解释。

谢图南有些无奈，看她低着头一副做错了事的样子，他没忍心再说什么。后来，他再也没让她一个人瞎转悠过。

"你不是说她不喝吗？"付华初的话打断了谢图南的思绪。

谢图南抬头望下去，不知道什么时候，乔暮云已经回到了座位上，她拿起桌上的饮料就灌了一大口。

"你看到没——"

"我有眼睛。"谢图南黑着脸打断他。

付华初还想说什么，回过头，旁边已经没了谢图南的身影。

第七章
早就结束了

　　乔暮云和怀玥找到卫生间后发现真真只是拉肚子。两人松了一口气，又原路返回，前后大概才五分钟。乔暮云道："等你朋友出来，我们就走。"

　　乔暮云玩了会儿手机，其间又有几个男人过来搭讪，都被她轻巧地回绝了。

　　她是喝完饮料两分钟后察觉到的异常，突如其来的眩晕感让她当即明白：饮料有问题。她有点儿懊恼，但还算冷静，于是抬头道："玥玥，我们先走。"

　　"为什么？"怀玥不明所以，"真真还没出来。"

　　说到这儿，她的脑袋一晃，眼里露出几分茫然。

　　怀玥的饮料也有问题。

　　乔暮云心头一沉，竭力维持着平静，不想让下药的人看出她的异常。她压低声音道："饮料里有东西，你稳住，别表现出异常，我们先出去。"

　　怀玥蒙了，随后，她警惕地看了看四周。她这样子很不自然，反倒露了怯。

　　来不及多说了，乔暮云站起身，但药效太猛烈了，她不可控制地踉跄了一下。

　　旁边"适时"地走过来几位男士，其中一人道："要帮忙吗？"

　　乔暮云看了一眼，说话的那个正是之前来搭讪过的男人。

　　他们人多，怀玥到底没见过这种场面，有点儿怕。乔暮云扶着桌子，看似站得很稳，实际上内心也在打鼓。

　　男人又道："两位住在哪儿？我送你们。"说着，男人就要上手。

　　"不需要。"乔暮云耳边传来熟悉的声音，又沉又缓，带着冷意。

　　谢图南伸手拉了拉乔暮云，单手托住她的腰。

　　乔暮云没了力气，脑袋抵在他的胸口，听见他道："离开座位后，原来的饮料就不能再碰了。我教过的东西都忘了？"

　　虽然不想承认，但谢图南出现的那一刻，闻到他身上淡淡的茶香，乔暮云心里最大的感觉就是安心。她不知道饮料里混的是什么药，但除了四肢无力，脑袋晕晕的，她暂时还没有其他感觉。

之前搭讪的男人看到谢图南，气焰已经消了一大半。

他常年混在这种地方，什么人能惹，什么人不能惹，看一眼就能有数。他朝身边的狐朋狗友打了个手势，又对谢图南赔笑道："不好意思，不好意思。"

付华初从后面跟过来，吊儿郎当地接话道："哥几个是不是喝得有点儿高了，什么人都敢想？"

"不是不是。"男人笑得谄媚，"误会，都是误会，我就是看这两位小姐喝醉了，想搭把手，帮个忙。我们马上就走，马上就走……"

谢图南垂着眸子，把乔暮云散在耳边的头发别到后面，说道："我看，没那么容易就走吧。"他的语气淡淡的，却无端给人一种难言的压迫感。

随着他的话音落下，后面马上跟过来几个保镖模样的人，看身形就知道都是练家子。到这时候，男人的脸色才真的变了，他说道："有话好说，有话好说，我马上给两位小姐道歉。"

道歉？谢图南看着胸口的那颗脑袋，心想，如果自己今天不在这儿……他的黑眸里染上一层冷意。但眼下，怀里的人已经快不省人事了，那就只有……

谢图南终于抬眸扫了那几个人一眼，淡漠地说道："出去。"

"瞧，我们南哥发话了。"付华初抬了抬手，保镖上前围住了那几个人。

"我们……我们是振爷的人。"男人被保镖压住了肩膀，说话有点儿不利索，随即他报出一个名号，"各位就算看在振爷的面子上，通融一下。"

"等等。"谢图南忽然开口。

男人以为是他的话起了作用，面色缓和过来，说道："对嘛，都是小事，是误会，大家和气生财，和气……"

"先把这酒给他灌下去。"谢图南面无表情地打断他，"也别灌太多。"

什么都不记得也不太好。

"好嘞。"付华初拍了拍手，拿起杯子，把饮料里的吸管扔到一旁。

保镖很自觉地上前捏住了男人的下巴，付华初就这么把饮料朝着男人的嘴泼了过去，能喝进去多少就是他的造化了。

从酒吧后门出去是一条小巷子，打架斗殴的事常有。

保镖把那几个人"请"走后，周围又恢复了常态。

音乐声依旧，像是什么都没发生。

乔暮云暂时还有理智，只是使不上力气。因为担心怀玥，她在谢图南的怀里也不安分。反观怀玥，不知道是不是药物的作用，从谢图南搂住乔暮云开始，她就是一副呆滞的状态。虽然她上次就知道姐姐和谢图南是认识的，但是现在看来，好像……不仅仅是认识这么简单。

谢图南感觉到了乔暮云的挣扎。她的手被禁锢在他的胸前，指尖若有若无地划着他的胸膛，隔着一层薄薄的衬衫，像极了调情。

谢图南忍了忍，托在乔暮云腰处的手加重了力道。他另一只手握住她的手腕，将她往外带，嘴里问道："在闹什么？"

乔暮云觉得自己的头很晕，意识也渐渐有点儿涣散。

这药好像没那么简单，但她来不及思考了。耳边的声音忽远忽近，她渐渐忘了自己现在的处境，忘了自己是谁，也忘了面前的人是谁。她靠着那个宽阔的胸膛，下意识地蹭了蹭。她又拽了拽手下的衣料，借着力道缓缓将手上移。

肩膀、衬衣领口、喉结……是谁呢？她的指尖停在他的喉结处，轻轻地按了一下他的喉结，似乎觉得有点儿好玩，随后，她又按了一下……

上瘾了？谢图南闭了闭眼，扯下她的手。

乔暮云饮料里不是单纯的迷药，这个药比迷药的效果差一点儿，只让人四肢脱力，但不会完全不能动，第二天什么也不会记得。

真真这时候才从卫生间里出来，不知道吃了什么东西，她的肚子疼得厉害，整个人像虚脱了一样，但看到眼前的场景，她还是打了一个激灵。

真真比怀玥见的世面多，一看怀玥和乔暮云的状态，她就知道情况不对。

慌乱之下，她不敢凑过去细看，下意识地把谢图南和付华初当成了坏人，警惕地从两人旁边绕过去，拿出手机准备求助。她迅速打字，说明了时间、地点、大致情况，编辑完后发送到了接收短信报警的报警平台。

终于松了一口气后，真真一抬头，就看清了谢图南的脸。

"谢……谢总？"她有些错愕。

上次在餐厅见过谢图南，她对他的印象很深。

谢图南没什么反应，只弯腰把乔暮云抱起来，抬脚往外走。

"慢着！"付华初拦住他，指了指怀玥，"那这位怎么办？"

谢图南头也不回地往前走，甩出一句话："交给你。"

"什么叫交……"付华初喊道，"你让我把她送到哪儿去啊？回头人家姑娘一醒……那我还说得清吗？"

付华初头疼极了，一转头却注意到了真真，问道："你们认识？"

真真还不在状态，愣愣地点了点头。

"那太好了。"付华初说，"你送她回去吧。"说完，他又觉得不对劲，大半夜让两个女孩独自回去，其中一个还是这种状态，他这也实在不太道德。

"这样吧——"付华初想了想，又道，"你知道她家住在哪儿吧？我送你们。"

怀玥喝得比乔暮云少，只是腿软，脑子还没迷糊，闻言，她猛地拽住付华初的胳膊，拼命地摇头道："我不能回去！"要是被大哥知道她私自去了酒吧，还中了招，并且拉着姐姐一起……后果有点儿严重，她不敢想。

"为什么？"付华初疑惑道。

怀玥没回答，又问："我姐姐呢？"

付华初若有所思地点点头，瞬间知道了怀玥的身份。

"你姐姐……"他思索了一下，没想到合适的说法，于是道，"反正，你不用担心，她不会被人欺负。"

怀玥也开始晕了，但她脑子还算灵光。不管乔暮云和谢图南认不认识，过去有没有发生过什么，乔暮云大半夜被带走，想想都不安全。

"我要去找我姐。"

付华初"嗯"了一声，拒绝道："那不行。"

虽说谢图南干不出什么缺德事，但万一呢？坏谢图南的事……不行。

怀玥不理解地问道："为什么？"

见她还能思考，付华初忽然想逗逗她："就是不行。"

"那、那……"怀玥自知自己处于弱势，但仍旧没有退缩，"那我就报警！"说着，她真的用手撑在桌子上去摸手机。

付华初乐了。

"要不然这样吧。"他用着商量的语气，表情却带着揶揄，"我认识你哥哥，我让他来接你，行不行？"

怀玥的动作顿住了，她呆呆道："你是说我的哪个哥哥？"

"你有几个哥哥？"

怀玥艰难地伸出手指，回答道："两个。"

付华初拖腔带调地"哦"了一声，说道："应该是你的大哥哥吧。"

怀玥乖乖地放下了手机。

"对嘛。"付华初循循善诱，"不要找你姐姐了，她绝对不会有事的。"

"那我也不能回家。"怀玥有点儿委屈。

真真忽然道："要不今晚去我家吧，就是得麻烦……"她看着付华初，不知道该怎么称呼他，"送一下我们。"

付华初"哐"了一声，说道："我就不明白了。"他不甘心道，"我的知名度怎么就不如他谢图南呢？"

真真的脸瞬间红了："不是，只是上次，我见过谢总一面。"

怀玥没感觉到气氛的异样，她的意识也开始涣散。

另一边，乔暮云安安静静地坐在车上，她全身乏力，但没有睡过去。她的眼神有些迷离，还没认出谢图南。

这种状态下，别人做什么她都反抗不了，而且事后什么都想不起来。

好在这药不伤身体，只是短暂地麻痹神经，多喝水就能清醒得快一点儿。

谢图南揽过乔暮云，让她靠在自己的胸前。他打开一瓶水，送到她的嘴边。

乔暮云定定地看了会儿，像是在分辨这是什么东西，而后不情愿地撇过头。

谢图南皱了皱眉，又把水递过去了。这次，乔暮云直接抬手推开了水瓶，但她的力气不够，手臂只抬到一半，碰到了瓶底，水差点儿洒了出去。

谢图南拧上瓶盖，将水扔到了一边。

司机没敢看后面，到十字路口时才出声问："老板，我们去哪儿？"

谢图南沉吟片刻，回道："回云顶公馆吧。"

半小时后，谢图南把乔暮云从车上抱到了卧室。

乔暮云不反抗，也不挣扎，垂着眸子，卷翘的睫毛轻颤，皮肤又白又透，唇色是淡粉色，乖得像个洋娃娃。沾到床后，她很自觉地滚进了被子里。

谢图南在床边站了一会儿，和她对视着："难受吗？"

乔暮云往里缩了缩，只露出巴掌大的半张脸，她眨着眼睛，有些茫然。

半晌没有得到回应，谢图南放弃了。他转身出去倒了杯水，又走进来，将水杯放到床头柜上："喝水。"乔暮云摇了摇头。

她现在没有什么思考能力，也没有戒备心，因为闷在被子里，小脸有些发红。

谢图南微不可察地叹了口气，上前几步后，他伸手把被子里的乔暮云拉了起来。乔暮云任由他摆弄着，但是等谢图南把水杯递过来的时候，她怎么都不愿意张嘴，牙关咬得很紧。

谢图南的眉心跳了跳，问道："要我喂你？"乔暮云还是没反应。

她只是单纯地不想喝水，没理解这个男人说的"喂"是什么意思。

谢图南等了几秒，然后抿了口水，单手扶着乔暮云的后脖颈，对准她的唇吻了下去。他的唇带着凉意，乔暮云放松了一些，清水便被渡了进去。

谢图南却没有结束这个吻。

他把乔暮云放到床上，慢慢地压了上去。乔暮云完全处于被动状态，她不记得闭眼，只是茫然地看着眼前的男人，轻轻地嘤咛出声。

她的眸子渐渐蒙上了一层水雾，睫毛轻颤着，眼角周围的皮肤泛着红，像自带桃花妆。对男人来说，这是致命的诱惑。

谢图南的吻时而轻柔，时而霸道，一路肆虐。

乔暮云觉得不舒服，想抬手推开他，却没力气，手臂只轻轻地划过他胸膛。

对谢图南来说，这更像是欲迎还拒的调情。

房里温度升高，头顶的灯亮着昏黄的光，两人的身影被投映到落地窗上。

乔暮云皱着眉，喊了一句什么，声音很轻，咬字也不清晰。

但谢图南听到了，她喊的是："谢图南。"

谢图南的动作倏然顿住，看着她，一字一顿地问："我是谁？"

乔暮云并没有清醒，刚才的那一声是无意识中喊出来的。身上的压迫感一消失，她就挪了挪位置，试图滚到旁边去。但谢图南的手挡在那里，她做不到。此刻，她像只小困兽一样无助又茫然。

谢图南看着乔暮云的动作，眼里的情欲渐渐散去。

他在做什么？她根本没有力气反抗，如果不是他恰好在那儿……

谢图南闭了闭眼，缓缓地起身，把乔暮云挪到床中间，替她盖好被子，然后去卫生间冲了个澡。

回来的时候，乔暮云已经睡着了，她抱着被角，蜷缩在大床的角落里，睡姿看起来很没有安全感。

谢图南把空调的温度调高了一些，随后，他走到落地窗边，点燃了一支烟。

夜色浓稠，别墅区内依稀亮着几盏灯。谢图南的目光落在落地窗上，不知道是在看外面的景色，还是在看玻璃上乔暮云的身影。

谢图南一动不动，直到一支烟燃尽，他才把烟头扔进床头的烟灰缸里，然后，他的余光瞥到枕头上的一抹光亮。

是乔暮云的手机。她调了静音，此刻有电话打进来，屏幕无声地亮起。

来电显示"林西湛"三个字。

谢图南拿起手机，盯着屏幕看了几秒，然后缓缓地按下接听键。

"喂？"干净的男声响起，"乔暮云，睡了吗？"

谢图南侧眸，目光扫过床上的乔暮云。她换了个姿势，翻身的时候把被子卷到了身上，大概是被被子缠得有点儿紧，不太舒服，她轻轻地挣扎了一下。

谢图南弯下腰，帮她把被子拉开。

没听到回应，林西湛继续道："我给你发消息你没回，就打个电话过来。"

"找到你妹妹了吗？"还是没有回应。

谢图南拿起床头柜上的水杯走到落地窗边。

林西湛的语气变得有些迟疑："乔暮云，你在听吗？怎么不说话？"

"是不是发生什么事了？乔暮云？听得到我说话吗？"

谢图南静静地听着，始终没出声。过了一会儿，他把手机从耳边拿开，干脆地按了挂断键，然后将手机关机了。

看着手机屏幕黑下去后，他把手机放到床头柜上，接着调暗了床头的灯。

乔暮云又翻了个身，这次，她把脑袋埋进了被角里，长腿却跨了出来。

他记得她以前睡觉的时候很乖，不会乱动，一整夜都能待在他怀里。

谢图南转到床的另一侧，握上乔暮云的脚踝，手心里传来微凉的触感。

她的脚踝很瘦，他只用一只手就能圈起来。帮乔暮云摆了一个端端正正的姿势后，谢图南站在床边，盯着她看了一会儿，像是确认她能否乖乖地待着。

乔暮云很识时务地没有再动，只是睡着后还皱着眉头，大概是不怎么舒服。

谢图南拿着水杯出了卧室，轻轻地关上了门。

卧室在二楼，出门后是一个很大的开放式书房，两面都是落地窗，沙发和书柜等都是黑白灰三色的简约风格。谢图南站到窗边，拨了个电话出去。

铃声响了三秒就被接通了，付华初上来就调侃道："这个点了还有空给我打电话，看来是做了回绅士。"

谢图南无动于衷地问道："酒吧的几个人处理得怎么样了？"

"也没怎么样。"付华初说，"应该在医院躺着吧，死不了。"

谢图南盯着霓虹灯火，道："查查他们有没有犯过什么事，送进去两年。"

"行，不过——"付华初话锋一转，"你怎么不关心一下你的小姨子？"

谢图南皱了皱眉，问道："什么？"

"就是今天和乔暮云在一起的那个女孩。"付华初道，"这丫头还挺可爱，闹着要见姐姐，生怕见你对她姐姐怎么样了。妹妹说了，不让见姐姐就要报警。"

付华初嘴贱的毛病又犯了："你说，怎么办？要不，我把她带过来？"

谢图南："随你。"此刻，他的心情实在不算好，扔下这两个字便挂了电话。

夜色如墨，已经过了十二点。

谢图南在沙发上静静地坐了一会儿，起身倒了杯水，再次去了卧室。

乍一看，他没看到乔暮云。

大概是嫌枕头不太舒服，乔暮云整个人歪到了旁边，用被子蒙住了头。

谢图南放下水杯，将被角往下扯了扯。乔暮云的脸被被子蒙得发红，几缕发丝贴在脸上，额角出了薄汗。一呼吸到新鲜空气，她的眉头舒展了一些。

谢图南弯下腰，帮她把脸上的发丝拨开。

感觉到痒后，乔暮云本能地偏头，抬手挥了挥。

药效还没过，她的力道很小，手指正好落到谢图南的掌心里。

乔暮云的手指秀气，指甲修剪得干干净净，透着健康的淡粉色。

谢图南维持着弯腰的姿势，掌心微微收拢。乔暮云的手指动了动，摸索着握住了他的大拇指。

她以前是很喜欢抓着他的手睡觉的。每次他从后面抱着她，她都会固执地抓住他的手，他问她为什么，她说那样安心。

他笑她孩子气，问道："睡在一张床上，还怕我跑了？"

"那不一定。"她这么回答。

收回思绪，谢图南坐到床头。

其实她一直都是很乖的，很让人省心，虽然也有闹脾气的时候，但不多，也不会太过。只有分手的那次，她做得太绝，留下一条短信便走得干脆利落。

谢图南一贯的处事风格是，别人把事做绝了，在他那儿也就不会再有回旋的余地。所以，当时他没有拦。

他的心里也是有气的，气她为了一个不知道从哪里听来的名字一走了之。

至此，两人一别两年。后来的很多个深夜，他不是没后悔过。

谢图南垂眸看着乔暮云安恬的睡颜，抬起右手轻轻地摩挲着她的侧脸。

乔暮云似乎感觉到了什么，偏了偏头，循着那片温热，在他的掌心里蹭了蹭。

谢图南的手僵住了，他闭了闭眼，喉结上下滚动。

就这样吧，他想，这次随她怎么闹，只要她肯回来。

就在这时，乔暮云翻了个身，攥着谢图南拇指的手轻轻滑落。

乔暮云醒来时，天色蒙蒙亮，她觉得脑袋很晕，口干舌燥，抬手摸了摸，便在床头柜上摸到水杯。乔暮云把眼睛睁开，撑着手肘喝了半杯。

凉水顺着喉咙往下，她迷迷糊糊地把杯子放回床头柜，又倒回床上。可能是凉水的作用，乔暮云虽然不怎么清醒，但也睡不着了，她的脑袋里有种沉闷的涨痛感，换了几个姿势都无法缓解。最终她平躺在床上，将手背搭在额头上。

渐渐地，她感觉到了不对劲。自己身上不是熟悉的薄被，床单也不是冰丝凉席……这是一张陌生的床！乔暮云猛然清醒过来，背后出了冷汗。

她睁开眼，入目的是头顶亮着暖光的壁灯。外面天色还暗，看不太清房间的布局，但乔暮云知道这是哪儿。曾经的多少个清晨，她都是在这里醒过来的。

有一瞬间，乔暮云以为自己在做梦，但很快，昨晚仅存的记忆逐渐回笼——

酒吧，下了药的饮料……还有谢图南。

后来发生什么了？她一点儿都想不起来。

还好是谢图南，至少，他还不至于对一个意识不清醒的人做什么。

只是，他还住在这里吗？乔暮云调亮了床头的灯，环视起四周。

房间的格局一点儿都没变，但是床单和被罩都被换成了沉闷的灰色，床头柜上的小装饰也都不知所终。乔暮云掀开被子下床，走到落地窗旁拉开了窗帘。

这个小区叫云顶公馆，是北城数一数二的豪宅。之所以取这个名字，是因为别墅屋顶都是雾霭蓝色的，冬天起雾的时候，站在窗边望过去，恍如云顶仙境。

夏末，天亮得很快。乔暮云定定地站了很久，尽管不想回忆，但她的胸腔里还是生出一种难以言明的复杂情绪。

不管怎么样，昨晚的事，她还是应该谢谢他。

她回头找了找，便在床头柜上看到了自己的手机。她拿起来点了点，没动静。

没电了吗？怎么会关机？昨晚出门的时候，手机电量明明还是满格的。

谢图南放东西的习惯并没有变，乔暮云在床头柜里找到了充电器，可惜型号不同，她用不上。

他在家吗？乔暮云坐在床边，犹豫着要不要出去。抱着试一试的心态，她长按了开机键，没几秒，手机便振动了一下，开机了，还有百分之七十五的电量。

那怎么会关机？

通知栏里显示有很多未接来电，有张怀宴的，也有林西湛的。乔暮云顺着划下去，在某一个地方倏然顿住——林西湛的电话里，有一个是被接通过的。

她接的吗？她没有印象。可如果不是，那……难道是谢图南？

乔暮云被这个想法吓了一跳，手机滑了下去，她手忙脚乱地接住，又不小心撞倒了床头柜上的水杯。哐当一声，玻璃水杯和木地板来了个亲密接触，水杯往前滚了几圈，最后停在窗边，里面剩下的半杯水洒了一地。

乔暮云捡起杯子，又抽了几张纸铺平在地上，让水慢慢地被纸吸干。

谢图南听到动静过来时，看到的就是这幅场景。

"你在干什么？"他的声音不高不低，但在这样安静的清晨里显得很突兀。

乔暮云本来已经起身了，闻言，她的手一松，水杯又垂直掉了下去。

这一次，满地都是玻璃碎片。

乔暮云怔了一下，抬头去看谢图南，因为久未说话，她的声音带着软糯的暗哑："水杯掉在地上了，我擦一下地。"说到这儿，她垂眸，沉默了两秒又继续道，"现在碎了。"乍一听还有些委屈。或许是刚睡醒，她身上没有了之前那种一见他就浑身戒备的感觉。

太久没见她这么乖的样子，谢图南觉得心底最柔软的地方陷下去了一块，一夜未眠的疲惫也被轻轻地抚平了。他往前走了两步，看到乔暮云没穿鞋。

"你站在那儿，别……"

话没说完，乔暮云已经动了。她踩着安全的地方，慢慢地弯腰去碰床沿。

看起来很艰难，但她连一点儿求助的意思都没有，或者说完全地忽视了房间里另一个人的存在。

终于坐到床上后，乔暮云把两条腿都放了上去，抱着膝盖，没抬头看谢图南，只说："昨天的事，谢谢。"

那种生疏的感觉又回来了，谢图南的眉心跳了跳，回道："不必。"

沉默几秒后，乔暮云又问："我妹妹呢？"

"去她的朋友家了。"那应该也是安全的，乔暮云松了一口气。

她看了一眼时间，才刚过六点，怀玥应该还在睡。

昨晚没洗澡，乔暮云低头扯了扯衣服，觉得有点儿难受。但在谢图南看来，她更像是在检查他有没有对她做什么。他侧过头，视线落向窗外。

乔暮云不想在这里待太久，因此将不舒服忍了下来，她从另一侧下床，往卧室外走。她心想，把玻璃碴清理掉就离开。

木地板上的玻璃碴很难处理，最好是用胶布粘起来，或者用棉花蘸水收集，最后再用吸尘器吸走。乔暮云不怎么会做家务，但这会儿，她没得选。她赤着脚在二楼溜达了一圈，没有找到胶布或者吸尘器，也没有看到任何顺手的工具。

问谢图南吗？他会知道才怪。于是，乔暮云又溜达着往一楼走。

谢图南抱臂站在卧室门口，看着乔暮云满屋子转。她穿着 T 恤裙，头发自然垂落在肩头，顶着一张素净的小脸，左看看，右摸摸，像巡视领地的猫。

谢图南不知道她想做什么，但他没阻止她。

这场景像回到了以前。

谢图南心里那种久违的缺失似乎在被一点儿一点儿地填满。

这一刻，他发现自己无比怀念家的感觉。

终于，乔暮云在楼下厨房里找到了一卷胶带。

她上楼回到卧室，却见谢图南跟尊门神一样挡在门口。他穿着浅灰色的家居服，看着虚空的某处，一副若有所思的样子。

乔暮云侧身，想从他旁边走过，却被他拉住了手臂。谢图南似乎刚回神，他盯着乔暮云手里的胶带，罕见地迟疑了一下，问道："这是什么？"

乔暮云抽回手，往后退了半步，与他拉开距离："我去把玻璃碴清理掉。"

谢图南刚缓和的脸色又沉了下去，不知是为她后退半步的动作还是说的话。

那几年，她被他养得很娇气，这种活，她是不会伸手的。

乔暮云没注意到谢图南的表情。当然，即使注意到，她也懒得思考他是什么意思。乔暮云自顾自地往前走了两步，又想起什么似的，回头道："能借我双拖鞋吗？"谢图南有点儿洁癖，家里一尘不染，光着脚走一圈没什么，但光着脚去处理玻璃碴……乔暮云觉得自己没那个本事。

"我等会儿帮你洗干净。"她又补充道。

乔暮云说得很客气，态度心平气和，但更多的是明晃晃的疏离感。

天色还没完全亮，房子里没开灯，黑白灰的装修色调让整个空间都显得冷冰冰的，没有人气。空气静默着，四周的温度几乎能凝出冰碴。

谢图南的脾气不算好，也不算差，他的话不多。

乔暮云从前时常通过他细微的表情、眼角的弧度、咬字时轻微的变化来猜测他的心情如何。但时至今日，乔暮云已经懒得再费心力去琢磨他。

不说话，她就当他是不想借，也没关系，她处理的时候小心点儿就是。

乔暮云抬脚便往里走。

"不用了。"谢图南上前两步，夺过她手里的胶带，"等会儿阿姨会来。"

乔暮云其实也不是很想干活，既然他发话了，她也没坚持。

"那我——"先走了。

"去洗个澡吧。"谢图南打断了她的话。

乔暮云下意识地想拒绝，转念一想，又觉得借他的地方洗个澡也没什么。

那么热的天，一晚上没洗澡，她现在很不舒服，就这么出门也见不了人。

既然谢图南都不介意，她就更没必要为了一时的矫情委屈自己。

乔暮云去的是楼下的浴室。一来，谢图南不在一楼洗澡，二来，那里有洗衣机和烘干机，洗完澡把衣服洗了，再烘干，就应该差不多可以给怀玥打电话了。

进到卫生间后，乔暮云做的第一件事就是把门反锁。谢图南跟她到了楼下，就听到"吧嗒"一声，他的脚步顿了一下，而后若无其事地去了客厅。

和楼上的书房对应，客厅也有两面很大的落地窗，一面对着花园，一面对着泳池。谢图南一夜没睡，这时觉得头痛。他泡了杯咖啡，坐到沙发上。

清晨的别墅区一片宁静，窗外泛起曙光，映着浅蓝色的天空……

卫生间里，乔暮云锁好门，回过身，一眼就注意到了洗衣机上的男士衬衫，被很随意地扔在那里，应该是新换下来的。再往里看，花洒摆放的位置也很高。

昨晚，谢图南是在这里洗澡的。

这个认识让乔暮云怔了两秒，然后又恢复了平静。她用两根手指拎起洗衣机上的衬衫，面无表情地将衬衫扔进了旁边的脏衣篓。

虽然共用一个卫生间有点暧昧，但现在出去换一个也没有必要，反倒显得她多在意似的。乔暮云回到洗手台，用凉水冲了把脸，从储物格里拿出一把新牙刷拆开，挤上牙膏，然后抬头看向对面的镜子。

她平静的表情在那一刻终于有了裂痕。

乔暮云把灯光调亮，将身体往前靠了靠。

镜子里的人面色苍白，脖子和锁骨处的红痕异常显眼。

谢图南！亏她早起时还觉得庆幸，想着谢图南虽然不算什么正人君子，但至少不会对一个意识不清醒的人做什么，因此她对他也还算客气。

乔暮云深吸一口气，迅速地刷完牙，然后把牙刷扔进垃圾桶，猛地拉开门道："谢图南！"

"我知道了……好，你过来吧。"谢图南在打电话，又说了几句才回头。

乔暮云站在门口，抿着唇，小脸紧绷着，直直地盯着他，像一只发怒的猫。

谢图南挑眉，心情意外地愉悦起来。他挂了电话，温和地说："怎么了？"

怎么了？乔暮云咬了咬牙，冷冷地说："这话应该我问你。"

谢图南不太明白。

乔暮云一字一句地继续问："你家有很多蚊子吗？"

蚊子？这个词似乎超出了谢大少爷的认知范围，他往四周看了一圈，最后将目光落在乔暮云的脖子上。

"应该没有。"他一本正经地说，仔细听，话语里还带着笑意。

谢图南这副没事人的样子让乔暮云气不打一处来，她快步走到沙发边，拿起一个抱枕就往他身上砸。

她皮肤薄，红痕要很久才能消。上次校庆的时候，谢图南的杰作让她连续几天都只敢穿 Polo 衫。这次，穿 Polo 衫也没用了。

新账旧账一起算，乔暮云气极了，一下比一下打得狠。

谢图南倒是没躲，乔暮云这点儿力道对他来说不算什么，只不过，为了好好说句话，他还是抬手接住了抱枕。

乔暮云拽了拽，没拽动。她放开手，警惕地看着他。

这次，谢图南真的笑了，他把抱枕扔到一边，说道："放心，我没做什么。"

没做什么？乔暮云也跟着笑了——气的。

"谢先生。"她冷冷地看着谢图南，讽刺道，"你是多久没碰过女人了？"

谢图南没恼，表情甚至没有任何变化，他仍旧噙着那抹浅笑，目光落在乔暮云的身上，分辨不出具体情绪。过了良久，他说："你走后，就没碰过。"

乔暮云剩下所有想要刺他的话瞬间没了用武之地。

她不信谢图南有多长情，但对他的这句话，她没有怀疑。

谢图南这么傲气的一个人，在这种事上，他是不屑于撒谎的。

乔暮云也知道，除了脖子上的这些痕迹，昨晚，他们之间没有发生其他的事。她又不是未经人事的小姑娘，这种判断力，她还是有的。

但这并不代表她可以忍受这样的冒犯。

"我再说一遍，我们早就结束了，随着感情一起结束的，还有肉体关系，包括任何非正常接触。"她语气冷冷的，但很坚定。

谢图南今天的脾气似乎格外好，闻言，他只是敛了笑，抬眸看向窗外。

浅绯色的朝阳透过云层，穿过树梢，零星地落在泳池的水面。

谢图南摸了一下咖啡杯的温度，端起杯子问："什么是'非正常接触'？"

"哪天，你脑子里长了瘤，找我开刀，就算非正常接触。"

谢图南轻笑一声，放下杯子，道："这么盼着我出事？"

乔暮云面无表情道："我的技术虽然不好，但除个瘤子还是可以的。不过，如果不小心碰到别的神经，或者多出了个什么，导致您金贵的身体有了什么损伤，也不是不可能，所以——"

她说到这儿，阴恻恻地看了他一眼："我们最好连非正常接触都不要有。"

谢图南不甚在意地点点头。

"没事。"他说，"到时候，我不追究你的责任。"

乔暮云不明白对话是怎么发展成这样的，她觉得和他交流好像特别难，像一拳头打在了棉花上。

她不懂他到底在想什么。

谢图南永远都是这样，也许是习惯于把商场上的那一套带到生活中，也可能是他的性格本就如此，总之，他并不会轻易将喜怒表现出来。

如果遇到感情上的矛盾，他的思维模式是发现问题、解决问题，如果有一点麻烦，不好解决，就跳过问题。

乔暮云忽然觉得很无聊，她一句话都没再说，转身回到了卫生间。她把衣服放进洗衣机里，然后把水温调高。她淋浴了很长时间，试图用热水消除那些暧昧又凌乱的痕迹。

当然，这并没有什么用。

擦干身体后，她的皮肤很快恢复了白皙，但那些痕迹还是非常明显。

乔暮云在心里又把谢图南骂了一通。

衣服被烘干已经是半小时后，乔暮云穿好衣服，把自己用过的东西都扔进了垃圾桶，然后开门出去。

谢图南背对着她站在落地窗边，家居服略显宽松，阳光照进来，勾勒出他周身的轮廓，竟然也意外地温和。乔暮云看了他一眼便收回了视线。离开前，她本应该再说声谢谢，但现在，她觉得没有必要。

乔暮云一边往门口走，一边找怀玥的号码，却听到谢图南说："等等。"

随后，他似乎朝这边走来。

乔暮云已经到了大门口，她没有回头，问道："还有事吗？"

谢图南越过她，拿了车钥匙，说："我送你。"

"不用。"乔暮云毫不犹豫地拒绝道。

谢图南侧过头，认真地观察着她的表情，然后笑了笑，语调仍旧平和，问道："你到底是从哪儿学的，这么倔强？"

乔暮云抬头直视他，说："我一直都是这样。"

对视两秒后，谢图南似乎妥协了。他挪开视线，看向后面的壁画。

"两年前，你问的那个问题，我现在可以回答你。"

这个清晨，他已经一再退让。乔暮云有点儿意外，问道："什么？"

沉吟片刻，谢图南说："关于贺姝……"

听到"贺姝"两个字，乔暮云原本苍白的脸上更是血色褪尽。

她咬着唇，轻轻地攥了一下拳头又松开。

两年前不能说的，现在又能说了？这算什么？

"谢图南。"她开口打断。

同一时间，门铃声响起。

谢图南眉心轻蹙，抬手开门，乔暮云则咽下了后半句话。

来人是乔暮云上次见过的琼斯，当时，他们还加了微信，聊过几次。乔暮云回得断断续续，后来就没怎么联系了，她也没在意。

琼斯是来拿文件的，但他刚和谢图南打了个招呼，就看到了旁边的乔暮云。

"天哪！"琼斯的语气十分激动，不可置信地说道，"南，你上次那样说，我还真以为你对这位小姐没兴趣。原来，你们都已经发展到这一步了？"

"用你们中文的俗语来说就是……"他绞尽脑汁，最后一拍手，"闷声干大事！我说得对不对？"

谢图南从他说第一句话开始，脸色就不好，旁边的乔暮云更是面无表情。

琼斯两手一摊，后知后觉又意有所指地问："我是不是来得不太凑巧？"

空气陷入一片静默。乔暮云在门口找到自己的鞋，换好后准备出门。

"不用走，不用走。"琼斯拦住她，"我只是拿份文件，马上就离开，你还可以继续和南度过一个愉快的周末。"

"不用。"乔暮云看都没看谢图南，漠然道，"我和他没什么关系。"

"那你们——"琼斯指了指门内，看着乔暮云脖子上的吻痕，用眼神委婉地表示：大清早的，孤男寡女，证据确凿，怎么可能没什么关系？

乔暮云勉强挤出一个笑容，然后用英文说："只是露水情。"

琼斯只用一秒就接受了这件事。他比了个"OK"的手势，一脸了然。

谢图南被气得太阳穴直跳，不过，他没有否认，仍旧道："我送你。"

乔暮云想起刚才对话里的"贺姝"，语气更生硬了一些，说道："不必。"

说完，她绕过琼斯往前走。

谢图南想跟上去，却被琼斯拦住了。琼斯说道："南，这就是你的不对了，纠缠是很不礼貌、很没有风度的！"

乔暮云的脚步不快，但自始至终，她都没有回头，背影看起来很单薄。

片刻后，谢图南收回视线，回到了屋内。琼斯也跟了进去，自来熟地在沙发上坐下了。文件就放在茶几上，琼斯拿起来，却没有看。他摸了摸下巴，若有所思地盯着谢图南。

"南，你和乔小姐以前就认识吧。"明明是疑问句，他用的却是陈述句的语调。律师的洞察力不容小觑。

谢图南站在落地窗边，隔着花丛树影，将目光落在某一处岔路口。

乔暮云的身影正好消失在那里。

"你们是什么关系？"这位律师的八卦心也不容小觑。

谢图南回过身，目光从旁边的酒架上扫过，最后挑了一瓶啤酒。

"不止露水情。"他用英文说。

琼斯只是随口一问，没想到谢图南真的回答了。毕竟，在琼斯的印象里，谢图南是不会解释这种事的性格。

上了出租车，乔暮云紧绷的神经终于放松了一些。

当然，她现在没有心情去纠结前面的出租车司机有没有用异样的眼光看她。

她满脑子都是谢图南刚才提起的贺姝。

她揉了揉脖子，疲惫地靠到座椅后背上，把大脑放空，闭着眼睛休息了一会儿，没想到真的有了睡意，但出租车司机一个急刹车，她又被迫清醒了过来。

前面的交叉路口好像出了一场小车祸，一辆私家车和一辆电瓶车发生了摩擦，两方争执着，谁也不让谁，路口就这么被堵住了。

乔暮云看了一会儿就收回了视线。

刚才被谢图南打断，她忘了给怀玥打电话，不知道怀玥醒了没有。

铃声响了二十秒，接起电话的是叫真真的女孩。

"喂，暮云姐。"她礼貌道，"玥玥还在睡。"

"麻烦你把她叫醒。"乔暮云说。

真真迟疑了一下，说道："我尽量。"

她折腾了半晌，又是推，又是拉，怀玥从床的一边滚到另一边，终于抬起眼，迷迷糊糊地拿过电话说道："喂……姐……怎么了……"她的声音越来越小，大有下一秒就睡过去的架势。

乔暮云直接道："你再睡，大哥就来抓你回家了。"

"大哥……"怀玥跟着嘟囔了一声，然后像是被这两个字电到一样，瞬间清醒了。她猛地从床上坐起，讷讷道，"完了完了！一夜没回去，这次我死定了！"

真真适时说道："昨晚，你哥给你打过电话，我接了。"

怀玥问道："你怎么说的？"

"就说你和你姐姐住在我家了，他让你们接电话，我说你们喝醉了，接不了。"真真简要概括了通话内容。

"喝醉？"怀玥傻了，"那你……没说我们去酒吧的事吧？"

"好像……说了。你哥问你们在哪儿喝的酒，我当时没想那么多，只记得不能说被下药的事了。"

怀玥哭丧着脸，叫道："姐姐。"

"我听到了。"乔暮云也头疼，"你先起床洗漱吧，其他的，等会儿再说。"

前面路口已经来了交警，发生事故的车辆被拉走了，交通逐渐恢复。乔暮云挂了电话，调出前置相机，在轻微的美颜模式下，脖子上的痕迹仍旧异常明显。

还是去商场买身高领的衣服吧，就算是欲盖弥彰，也比这么回去好。

"师傅。"乔暮云对司机说，"麻烦转道去一趟商场。"

乔暮云又给怀玥发了微信消息，交代了自己的行程。

这实在是一个兵荒马乱的清晨，乔暮云安排好这些，终于腾出了精力去思考其他的事情。比如：林西湛的电话到底是谁接的。

她刚才忘了问谢图南，现在也不可能再去问他。

手机上方有微信通知，乔暮云打开，看到林西湛发了很多消息。

八点的时候有几条消息。

林西湛：接到你妹妹了吗？这个点不好打车，我忙完了，我来接你？

林西湛：打车的话，记得把师傅的手机号发给我，两个女生不安全。

乔暮云当时刚进酒吧，没看手机。

然后是九点多的消息。

林西湛：怎么不回消息，出什么事了吗？

林西湛：把地址发给我，我过来。

再后面就是半夜的消息了。

林西湛：乔暮云，醒了记得给我回条消息，我很担心。

乔暮云的手指悬在屏幕上方，犹豫许久，最后，她发了一个表情。

林西湛：醒了？

乔暮云：嗯，昨晚很抱歉，我一直没看手机。

林西湛：发生什么事了吗？

怎么回答？乔暮云打了一段话之后删掉，又重新输入：喝醉了。

林西湛回了条语音消息：怎么会跑去喝酒？昨晚，我给你打了电话，你一句话都不说，吓了我一跳。

乔暮云怔了一下，连忙问：是我接了电话吗？

林西湛：你看看通话记录。

乔暮云不知道该怎么回复，隔了两秒，他又问道：有什么烦心事？

乔暮云：没有，只是陪我表妹。

林西湛：头疼不疼？兑杯蜂蜜水喝。

乔暮云：好。

结束了聊天，乔暮云往上翻了翻聊天记录，又重新听了一遍那两条语音。

真的是她接的电话吗？如果不是，那就是谢图南，但这不像他的性格。乔暮云摇了摇头，关上手机，不再去想。

二十分钟后，商场。才九点半，很多店刚刚开门，乔暮云没有逛街的心思，直接拐进了一楼的一家店。

这是一个快时尚品牌，价格不贵，适合学生消费。念大学的时候，乔暮云就很喜欢这种店。店里时常做活动，东西都很划算。

后来，她认识了谢图南，便见识到了什么叫挥金如土。

其实乔暮云对奢侈品没什么感觉，也许是经历过拮据的日子，她始终认为几千甚至上万块钱的裙子太浪费。

一开始，乔暮云跟着谢图南出去时不会太在意穿着，只觉得干净得体就好，本来她就是学生，没必要遮掩。当时，她心里也有不想欠他太多的想法，所以不是很愿意花他的钱。后来，她不止一次听到别人在背后议论。

"她怎么这么寒酸，身上那条裙子也就几百块钱吧，谢图南不给她钱吗？"

"一看就是小地方出来的，没见过世面呗。"

"这应该也叫有自知之明吧，什么人配什么衣服，她配穿名牌衣服吗？"

人与人之间，原来真的会产生无缘无故的恶意。

那时，乔暮云年纪还小，很在意那些话，她时常陷入自我怀疑：她是不是真的一点儿都配不上他？毕竟，家世的悬殊会造成见识和谈吐上不可避免的差异。

她好像融入不了他的世界。

渐渐地，乔暮云就不愿意跟谢图南出去了。她躲了几次，但理由都很蹩脚。谢图南也察觉到了什么，终于有一次，他问她为什么。

"有人欺负你？"

乔暮云问他："如果有呢？"

谢图南当时靠着车，眉毛一扬，脸上有玩世不恭的笑意。他说："那我就去把他们打一顿。"这话听起来像敷衍，偏偏他说得认真。

乔暮云无言以对，半晌才憋出一句："打人犯法。"

谢图南的嗓子里溢出一声笑，微微倾身和她对视，说道："我不怕。"

五年前的谢图南比现在多了几分年少轻狂，骨子里那种张扬的血性和不可一世还没有被完全藏起来。

事隔经年，乔暮云还清晰地记得当初的悸动。

"这位姐姐，借过一下。"

乔暮云回过神，才发现自己已经在更衣室的过道站了很久。她退后一步，面带歉意地看向那个学生模样的女孩，说道："不好意思。"

"没事没事。"女孩抱着几件衣服出去了。

乔暮云晃了晃脑袋，把纷杂的思绪甩开，重新看向镜子里的自己。

她挑了一件偏职业风的衬衫，领口呈小"v"字，正好挡住了锁骨处的痕迹，随后，她又随便搭了条相同风格的半身裙，便付钱离开。

之后，她又拐去二楼买了一支遮瑕膏。在服务员友善又揶揄的目光中，她面不改色地把脖子上的红痕遮了个七七八八。

不得不说，这些年，她的脸皮是真的厚了不少。

做完这些，怀玥正好发来微信消息：姐姐，我快到了，司机说这边不好停车，让你去公交站台那边等我。

乔暮云：好。

今天是周末，乔暮云逆着人潮走出商场，暑气扑面而来。也不知道这支遮瑕膏是否防水，为避免出汗，她用手挡住头顶，加快了脚步。

上车后，乔暮云的额角已经出了一层薄汗，她抽了张纸巾压了压，便闻到车里有一阵酒味。

她抬头一看，怀玥窝在副驾驶座上，手里抱着一瓶蓝色的鸡尾酒。

乔暮云问道："你在干什么？"

怀玥理直气壮地说道："宿醉，总不能身上一点儿酒味都没有吧？"

乔暮云心想，说得也有道理。

反正这酒的度数低，不至于喝醉，乔暮云便没再说什么。

怀玥把瓶子递过来，说道："姐姐，你要喝两口吗？还挺好喝的。"

"不用。"

"姐姐。"怀玥说，"我们真的要回去吗？"

"不然呢？"

"反正都这样了，先去吃顿好的？"

最多也就是被训两句的事，她说得跟要上断头台似的，乔暮云失笑。

很多时候，乔暮云还是羡慕怀玥的，至少她有人管，最大的烦恼也不过如此。

"今天是周末，不知道大哥在不在家。"怀玥拿出手机，"我问问张怀漾。"

对这个同胞哥哥，怀玥一向直呼其名，但今天，她有求于人，于是，电话接通的时候，她甜甜地叫了一声："哥哥。"

电话那头静了两秒，之后才传出张怀漾懒洋洋的声音："张怀玥，你喝个酒，把脑子喝坏了？"

怀玥忍了忍，继续心平气和地问："大哥在家吗？"

"怎么——"张怀漾一边踩着拖鞋下楼，一边说道，"敢大半夜出去喝酒，不敢回来挨训？"

怀玥本来就不高兴，听他说着冷嘲热讽的话，她彻底发脾气了。

"你能喝酒，我就不能？小心我告诉爸爸你负责的子公司去年亏损了，还是拿了我的压岁钱去填上的！"她噼里啪啦地说完，直接挂了电话。

电话那头，张怀漾还没走下楼梯。他刚睡醒，懒得举着手机，因此开了免提。

听完怀玥的话，他清醒了一些，下意识地想反驳，但低头一看，电话已经被挂断了。

客厅的沙发上，张怀宴缓缓放下报纸，往后靠了靠，不温不火地问："什么亏损？"

张怀漾："……"

于是，乔暮云和怀玥到家的时候，客厅里一片死寂。

张怀宴神色如常，叠着腿，端坐在沙发上。张怀漾虽然坐没坐相，歪在一边，但面如土色，整个人比怀玥还萎靡不振。

"回来了。"张怀宴的目光从乔暮云和怀玥身上扫过，确认她们没有异常。

怀玥垂着脑袋，"嗯"了一声，一副乖乖认错的样子。因为喝下了刚刚那瓶鸡尾酒，她脸颊发红。

张怀宴气笑了，朝两人走去，问道："酒还没醒呢？"

"当然醒了！"怀玥底气不足，只好用音量来凑。

张怀宴又看向乔暮云。乔暮云独立惯了，发生什么事都靠自己解决，她没觉得去酒吧是什么大事，但张怀宴带着审视的目光看过来时……她下意识地抬手，不自然地掩了掩嘴，挡住了脖子。

张怀宴的视线在两人之间徘徊，问道："都没被欺负吧？"

"没。"

张怀宴点点头，说道："爸妈不知道，别说漏嘴了。我让阿姨熬了粥，还温着，厨房里兑了蜂蜜水，吃完喝完就去休息。"

"订婚宴前，你们两个不许再出门了。"张怀宴补充道。

回到房间，乔暮云反而一点儿睡意都没有了。她仰面倒在床上，睁着眼睛看天花板。不知道过了多久，手机响了。她把手机举着拿到眼前，看着来电显示，缓缓地坐起身，按下了接听键："喂，王警官。"

"乔暮云，你父母车祸的肇事者有线索了。"

乔暮云愣了一下，问道："是已经……确认了吗？"

王岳恒道："你父母出车祸的地方拆迁了，里面的住户都搬到了天水苑。也是巧了，我前两天在那边办个案子，叶萌那丫头不知道怎么开了窍，在广场舞人群里溜达了一圈，顺便提了一嘴当年车祸的事，还真有人说看到了肇事者。"

叶萌是王岳恒的徒弟。

乔暮云听完有些惊讶，问道："目击证人？"

当年那场车祸发生在半夜，现场地段偏僻，警方走访时没有找到目击证人，周围也没有能直接拍到事发场景的监控。案件追查多日无果，最终不了了之。

现在怎么会突然冒出来一个目击证人？

"我们这边还在取证。"王岳恒说，"具体的情况一句两句说不清，你看什么时候能抽空来一趟派出所。"

"谢谢。"乔暮云平复了一下心绪，"但是我在北城，要处理一些事情，这两天可能赶不回来。"

"没事，也不着急。"王岳恒的语气有些急，像是在赶时间，"我现在要出警，你什么时候回来了，给我打电话就行。"

乔暮云不敢耽误他，马上道："好。"

挂了电话，她保持着原来的姿势愣了一会儿，才缓缓地垂下手。

其实，这么多年过去，乔暮云几乎已经放弃了寻找肇事者。

奶奶说，活着的人总得先过好自己的日子，该放下的就放下。

直到乔暮云打开了爸爸的那本日记。

尽管她不愿意用最大的恶意去揣测亲人，但仍旧忍不住想：如果舅舅真的盗用过爸爸的设计，那么，那场如此巧合的车祸……会不会也不是单纯的意外？

这想法一冒出来，就迅速被乔暮云否认了——绝对不可能。

每个人都有阴暗面，但每个人也都有底线，她甚至为自己有过这么阴暗的猜测感到自责。

一个月后的傍晚，她还是无意识地走进了辖区的派出所。接待她的女警察就是叶萌，警校刚毕业的学生，她有一头利落的短发，很漂亮，人也很热情。

大概是乔暮云当时的表情有些失魂落魄，叶萌给她倒了水，小心翼翼地问："你是要报警吗？"

乔暮云道过谢，然后说："我想调查一起十几年前的车祸。"

她只是想查清楚，不为别的。

一开始，派出所里所有的民警听完她的话，都皱起了眉，劝她不要再折腾。

城市发展得太快，发生车祸的路段早就全面改建，办案的民警也早就不在原来的辖区，没有人有时间和精力去关注十几年前的一场车祸。

最后，是王岳恒叹着气，说要帮她试试。

"也别抱太大希望，日子总得往下过，你还年轻。"

很长时间里，案子都没有任何进展，她每次问起，王岳恒都这么劝她。

没想到现在有了线索。

她买好了机票，准备等张怀宴的订婚宴一结束就回青城。

第八章
希望你也是

　　订婚宴在月底。陈家和张家的结合很有影响力，晚宴在一个庄园举办，露天取景，场地布置得很豪华，来往宾客都是北城举足轻重的人物。

　　乔暮云本来以为自己没什么存在感，但架不住张显成每遇到一个熟人都要指着她介绍一遍她的身份、年龄以及毕业院校。

　　出于礼貌或者真心，大家都会再夸她一遍，譬如"外甥女都这么优秀""长得真标致"……稍微八卦些的太太们就会按照惯例再问一句"结婚了没"。

　　"没有没有。"张显成摆手，"我妹妹去世得早，暮云就跟我的女儿一样，我还准备再多留她两年。"

　　再然后，好事的太太们顺理成章地接话："还是不能拖得太晚，改天我帮她介绍一个，我认识的青年才俊很多的！"

　　乔暮云笑得有点儿累，反倒是怀玥乐得轻松。

　　张显成只挑着外甥女夸，陆媛明显不高兴了，嘴角的笑僵着，但在这种场合，她没将心里的不高兴表现得太明显，偶尔，她也会附和两句。

　　终于，张显成夫妇被司仪叫走了，乔暮云也松了一口气。她从中午开始就没怎么吃东西，这时便溜达着去了没人的角落，拿点心垫了垫肚子。

　　"姐姐。"怀玥跟过来，偷偷说，"我帮你数了一下，已经有好多个了。"

　　"什么？"

　　怀玥将一块巧克力塞进嘴里，含糊道："说要帮你介绍男朋友的人。"

　　乔暮云笑了笑，没当真。过了一会儿，怀玥被几个小姐妹喊走，乔暮云没什么兴趣，依旧待在角落里，享受着清静。

　　只是，这份清静很快便被人破坏了。

　　"乔小姐。"贺婷面带笑意地走来，老套地开口道，"好久不见。"

　　乔暮云懒得笑，随意道："也没有很久。"

贺婷并不在意她疏离的态度："能聊聊吗？"

看到贺婷，乔暮云就会想到另一个名字。

余光里，又有人走近了，乔暮云垂眸盯着手里的红酒杯，玻璃上映出自己模糊的影子。乔暮云轻轻地晃了一下酒杯，抬头看向贺婷。准确地说，是看向从她身后走来的谢图南。

乔暮云本来不想和贺婷聊天，但是现在……她觉得有点儿好奇。

"聊什么？"她问道。

贺婷没有察觉到身后有人，笑容得体，说道："就是随便聊聊，上次见面太匆忙，没来得及留个微信联系方式。"

"我今天没带手机。"乔暮云直截了当地拒绝，"贺小姐有话可以直说。"

"其实，你实在没必要对我这么……"贺婷停了一下，略过后半句，"我们本来也可以是很好的朋友。"

贺婷这话说得很有意思。"实在没有必要""这么"后面省去的话，怎么都让人很不舒服，好像不和她好好说话就是自己小气一样。

乔暮云歪着头，目光扫过谢图南，忽然笑了笑，说道："我以为你找我，是还想聊聊你那个英年早逝的姐姐。"

听到"还"字，谢图南的脚步顿住了。他的视线在贺婷身上扫过，而后低下眼，脸色迅速冷下去。这是他动怒的时候常有的表情。

乔暮云在心里冷笑了一声。

这就生气了？连提都不能提？既然那么念念不忘，他怎么不去殉情？

"乔小姐。"贺婷面色微沉，语气严肃，"我姐姐已经去世了，请你尊重她。"

"说得没错，死者为大。"乔暮云用指尖点着杯沿，抬眸看向谢图南，咬字清晰，"谢先生，你说是不是？"

贺婷愣了一下，随后缓缓地回头。

谢图南就站在她身后两步远的位置，脸上没什么表情，瞳孔漆黑，视线定定地落在乔暮云身上。

乔暮云的目光在两人之间流连片刻，随后笑着起身。

"我先走一步，二位慢慢叙旧。"

她没避开谢图南，不紧不慢地从他旁边走过。

高跟鞋踩在大理石地面上，发出规律的嗒嗒声，一下一下，似乎敲在谢图南的心上。下一秒，谢图南忽然抬手，握住了乔暮云的手臂。

他的力道不重，掌心的温度却滚烫。

乔暮云微微侧头，盯着他的喉结缓缓道："放开。"

"你……"

乔暮云打断他："不放的话，我喊人了。"

谢图南最终还是松开力道。乔暮云退开一步，径直往前走。

谢图南看着变得空荡的手心，眸色微黯。

贺婷挤出一个笑，在心里安慰自己没事，问道："图南哥，你怎么来了？"

谢图南手还抬着，他将手指慢慢收拢，垂下，随后转头去看贺婷。

"你和她说过什么？"

"没有。"谢图南的眼神极具穿透力，贺婷的手心出了汗，"我和她不熟。"

"不熟。"谢图南轻轻地重复着这两个字，视线越过贺婷，落向泳池的方向。

"最好是这样。"谢图南留下这句话，转身离开了。

贺婷看着他的背影，觉得自己的力气好像一下子用光了。

隔了两年，他还是这么紧张乔暮云。或许连他自己都没发觉，他每一次对乔暮云下意识的维护吧。

贺婷闭上眼。她曾经以为，谢图南喜欢的是乔暮云的单纯和温柔，原来不是。

或许，只是因为乔暮云是乔暮云。

"婷婷。"贺辰远走过来问，"怎么站在这儿？"

"发了一会儿呆。"贺婷收拾好情绪，恢复了得体的笑容。

贺辰远没起疑，看着谢图南离开的方向，问："谢图南和你说什么了？"

"没什么。"

"过两天请他来家里吃顿饭。"

"哥。"沉默两秒，贺婷忽然说，"要不，算了吧。"

"怎么这样想？"贺辰远笑了，"我妹妹哪点不好？家世、样貌、性情样样出挑。对他来说，没有比你更好的选择了。"

贺婷想，是吗？如果他都不在乎呢？

"姐姐！"怀玥朝乔暮云招手。

她们一群小姐妹聚在一起，乔暮云走近了，听到几个女孩在讨论某个明星的演唱会。怀玥拉着乔暮云介绍道："这是我姐姐。"

真真也在，她在一边点头道："暮云姐。"

乔暮云笑了笑，坦然地接受众人的打量。

她们的话题还是围绕着那个明星。

"我好像听人说过,他的背景挺不一般的。"

"我能拿到他演唱会的内场票,你们要不要?"

"要要要!"

"据说本人比精修图都帅!"

只有真真好像对这个话题不感兴趣,她换了个座位,靠近乔暮云一些,说道:"暮云姐,问你件事。"

乔暮云看着她,示意她说下去。

"就是……我们去酒吧的那天……"真真有点儿不好意思,"送我和玥玥回去的,是谁啊?"

提起酒吧,乔暮云脑海里最先冒出来的是谢图南的脸。

但是送怀玥和真真回去的……应该是付华初。

"怎么了?"问是这么问,但看真真的表情,乔暮云大概猜到了怎么回事。

这个女孩给人的第一印象不太好,在怀玥和周羽吟争执时,真真在一旁煽风点火,看热闹不嫌事大,甚至唯恐天下不乱。

但毕竟是年轻女孩,心思藏不住。真真抿了口饮料,说道:"我只是问问。"

"他叫付华初。"乔暮云还是告诉了她。

"他有女朋友吗?"

乔暮云摇摇头,回道:"不知道。"

"暮云姐,"真真斟酌着问,"那你有他的联系方式吗?"

乔暮云默然。有是有的,只不过,手机号和微信号都在她的黑名单里躺着。

"那天,他把我们送回去,我想……"真真找了个蹩脚的理由,"应该谢谢他。"

乔暮云犹豫了一下,听到身后有人喊她:"乔暮云?"

暮云一回头,就看到了林西湛。林西湛旁边站着一个妆容精致的女人,应该是林妈妈。林妈妈保养得很好,看起来不过四十岁出头。

乔暮云朝他点了点头,林西湛却径直走了过来:"你怎么在这儿?"

上次送乔暮云回家,乔暮云说过她住在舅舅家,但林西湛没有具体问过。

"订婚的是我的表哥。"乔暮云简单地解释。

林西湛了然,他还想说什么,林妈妈从后面跟过来,说道:"西湛,先去和你陈叔叔打个招呼吧。"

林西湛应了一声，又看向乔暮云，说道："那我先过去。"

乔暮云点头，和旁边的林妈妈对视了一眼。

林妈妈听到了他们刚才的对话，朝乔暮云淡淡颔首，不算很热情。等走远了一些，林妈妈问林西湛："这是张家的外甥女？以前怎么没听说过。"

"乔暮云最近才来北城。"林西湛说。

林妈妈看着他，狐疑道："那你们是怎么认识的？"

"她之前读的也是 A 大，比我小一届。那时候，我们在一个社团，她是个很好的女孩子……"林西湛说得有点儿多。

林妈妈打断他："她家里是做什么的？"

"家里……"林西湛顿住了，无奈道，"妈，你查户口呢？"

"你对人家那么殷勤，我多问两句都不行？"林妈妈不满道。

"暮云姐。"真真看着林西湛的方向，"你们是什么关系？"

"同学。"

真真点了点头，欲言又止，最后小声道，"这个林太太不太好相处。"

乔暮云看出来了。

"不过，她也是个看人下菜碟的。"真真犀利地吐槽，"遇上比林家更有钱有势的，她就巴结上去了。"

乔暮云笑了笑，见怪不怪。

"姐姐。"怀玥从邻桌转过来，"你的手机响了。"

乔暮云没带手提包，把手机放在怀玥那儿。

乔暮云接过手机，看了一眼来电显示：叶萌。

她心头一紧，起身道："我去趟卫生间。"

谢图南在不远处看着乔暮云往二楼走，跟身边的男士说了句"失陪"，径直跟了上去。

宴会厅的人很多，只有少数几人注意到相继上楼的乔暮云和谢图南。

乔暮云的心思有点儿重，因此连紧跟而来的脚步声都没注意到。

到二楼休息区，人少了，乔暮云才接起电话："喂，萌萌。"

"暮云姐，你怎么跑到北城去了？要不是师父说，我都不知道！"

叶萌一贯是直说重点的性格，上来就问这个，应该没什么大事。

乔暮云松了一口气，说道："来北城办点儿事。"

"什么时候回来？我来接你？"叶萌有点儿兴奋，"我刚刚买了辆车！"

看来这才是这通电话的重点。乔暮云失笑道："那恭喜你！"

"这两天所里特别忙，我买回来后还没时间开。"叶萌是家里的独生女，父母给她买了个房子，小两居，就在单位旁边，她平时还真没有开车的机会。

"等你回来，我请你吃小龙虾！"叶萌又说。

"涨工资了？"

"一点点啦！不过，请你吃龙虾是绰绰有余！"

"行。"走廊里没什么人，乔暮云侧身靠在墙边，话里笑意满满，"有你的小龙虾等着，我一定归心似箭。"

挂了电话，她轻舒一口气，正准备回去，转过身却对上一个高大的身影。

乔暮云被吓了一跳，后退半步，扶着旁边的墙问："你来了多久了？"

谢图南没有答，握着她手腕道："跟我过来。"

他的力道不重，语调也轻，话里的情绪并不明显。

正当乔暮云失神的间隙，谢图南随手打了旁边休息室的门，拉着她进去了。门被他反手关上，屋子里没开灯，眼睛不适应黑暗时什么都看不清，他们只能听到彼此的呼吸声。

乔暮云抽回手，问道："有什么事吗？"

谢图南单手撑着墙，把乔暮云困在墙和他的身体之间。

"贺婷跟你说过什么？"

"你怎么不去问她？"乔暮云冷冷地回。

这间休息室在最边上，右手边是窗户，窗帘没拉，有月光洒进来。

两人的眼睛渐渐适应了黑暗，月光下，乔暮云的眼睛蒙着一层亮光，她直直地看着谢图南，带着一股冷然的倔意。

谢图南轻轻地叹了口气，似乎妥协了。

"矜矜，"他的语气缓和下来，算是先低了头，"为什么当初不等我解释？"

"为什么要我等你？"乔暮云一步都不退让。

谢图南哑然。不管他什么时候见她，她好像都是这副刁蛮的样子，明明刚才还在和人巧笑倩兮地说话。

刚才，她在电话里说"回去"。回哪里？青城吗？

谢图南想起两年前的那天，他在车里看着她的航班起飞。

那时候，他不明白一瞬间汹涌袭来的钝痛和空洞是什么。

他想和她回到从前。现在，他不想纠结过去的那些事，也愿意接受她时隔两年的所有控诉和不满。

"乔暮云。"谢图南说，"贺姝只是——"

"谢图南。"乔暮云打断他，"我不想听。"

"什么？"

或许是依然不想面对，或许是迟来的解释没有意义，乔暮云觉得是后者，但她心里隐隐感到疼痛，提醒着自己，可能还是逃避的成分居多。

乔暮云不想深究自己的懦弱，只是一字一顿地重复道："我不想听。"

这句话明明是说给谢图南听的，却像是在和自己强调。

"而且，我当初离开也不是因为这个。"

"那是为什么？"

"可能是因为……"乔暮云侧头看向窗外，脊背忽然放松了下来，语气轻飘飘的，"我当初也没那么喜欢你吧。"

气氛一下子降到了冰点。

逼仄的空间里，呼吸声一轻一重，一时间，谁都没有再说话。

乔暮云靠着墙，冰凉的触感刺激着神经。她刚才的话没经过大脑思考，脱口而出。谢图南现在的沉默和隐隐的怒气，乔暮云将其理解为男人自尊心受创后的正常反应。

她心里也有过一瞬间报复的快感，但很快便湮灭无踪。

时间一分一秒地流逝着，谢图南放下手，缓缓地站直了身子，问道："那你为什么跟了我三年？"

"你觉得是为什么？"乔暮云觉得好笑，就真的笑了出来，"谢先生，你有钱有貌，家世又好，连这点儿自信都没——"

"吧嗒"一声，灯光亮起。乔暮云被晃了眼，偏过头，没将后半句话说下去。

"矜矜。"他喊她的小名，轻而缓，带着克制，"不要激怒我。"

凭什么？凭什么他生气后说话永远是这副"你要听话"的语气，以前是这样，现在还是这样。

乔暮云的脑海里有纷杂的画面闪过，她觉得压抑、难过、委屈……情绪在这一瞬间积压到了顶点，但她的表情越发冷静。

不要激怒他？不，她还觉得不够。

谢图南闭了闭眼，太阳穴跳了两下。他把她重新推到墙上。乔暮云抗拒地挣扎，随后她被他握住双手，将手固定在头顶。

她今天穿的是一件淡黄色的抹胸礼服，天鹅颈和一字肩连成优美的曲线。

谢图南对着她的唇吻了下去。乔暮云知道反抗不过，索性没有挣扎。她不动，也不配合，只是冷冷地盯着他看。

暖白色的灯光下，那双浅茶色的眸子清澈明亮，带着令人恼恨的倔意，还有轻微的讽刺。谢图南看得越发烦躁，分出一只手去遮住她的眼睛，而后在她的唇上辗转，像是要把她揉进身体里。

乔暮云隐忍着不发声，抬脚去踩他的皮鞋。

谢图南脚上一痛，却没有停下动作，他摸到了礼服的拉链。

两人的头顶就是中央空调的出风口，皮肤一接触到空气，冷意便席卷而来。

一双手伸进礼服里。

乔暮云感受着他掌心的温度，找准机会，一口咬住他的嘴角内侧。

淡淡的血腥味瞬间在唇齿间漾开，谢图南的动作终于停住。

紧接着，"啪"的一声，乔暮云毫不犹豫地扇了谢图南一巴掌。她本来是想更用力的，但两人身高悬殊，她发挥失常，没有达到留下五个手指印的效果，但谢图南的脸还是微微地偏了过去，不是受不住，而是太猝不及防。

与此同时，走廊传来脚步声。

"暮云？"有人敲门，"你在这儿吗？"是张怀宴的声音。

他看着乔暮云上了二楼，往左边的走廊去了。休息室的门下有一条缝，现在，整层楼只有这个房间还透着光。

房间内一片狼藉，突然听到自己的名字，乔暮云下意识地回答："在的。"

"出什么事了吗？"张怀宴关切地问，"要不要我去叫玥玥？"

"不用。"乔暮云用尽量平和的语气说，"我一会儿就好。"

她找不到理由解释自己为什么躲在这里，只好懊恼刚才接了话。好在张怀宴没起疑，也没再问。

脚步声渐渐远了，乔暮云轻轻舒了口气，房间里又恢复了安静。

谢图南用舌尖顶了一下嘴角的伤口，隐隐地感觉到痛，不知道是来自嘴角的，还是来自脸上的，或许还有来自心口的。

冲动消散后，理智逐渐回笼，他刚刚在做什么？

多种复杂的情绪混杂在一起，谢图南轻轻收拢手指，一时无言。

乔暮云也没再说话，而是越过谢图南，走到离他两米远的地方，将双手背在身后，艰难地拉着礼服的拉链。谢图南想帮她，便朝她走了过去。乔暮云想拒绝，但靠她自己根本拉不上去，她只能作罢。

谢图南绕到乔暮云身后，把她后背的头发挽起。

他的指尖带着凉意，轻轻地划过皮肤，她感觉仿佛有电流从背脊蹿到头皮。

乔暮云看不到谢图南的表情，只觉得煎熬。

"谢图南。"她轻轻地开口，"那天你问我，你是不是我可以召之即来、挥之即去的。你说反了，因为在你心里，我才是你可以召之即来、挥之即去的。"

谢图南的动作顿了一下。

"不是。"他说。

"不重要了。"乔暮云的语气没什么变化，眼中的酸涩感却越来越强烈。

拉链拉到顶，谢图南把双手放在乔暮云的肩头，叫道："乔暮云。"

他的掌心温热，甚至有些烫。

"不要再说了，就这样吧。"乔暮云动了动肩膀，轻巧地从他的手里挣脱了。

不知道为什么，乔暮云很难过。

他是谢图南，是她放在心里最深处的，曾经远远地看一眼都会偷偷高兴的存在。所谓不在乎，不过是自欺欺人。

可是那又怎样？那年，他远在欧洲，而她拿着疑似早孕的报告单惶然无助。每一个辗转无法入眠的深夜，她都希望他能在自己身边，希望他抱一抱自己，她想告诉他她有多害怕——可是他不在。

那么，以后，他也不需要在了。

乔暮云咬着唇，仰头平复情绪。

"何必呢，谢图南，这一点儿都不像你。"她还是哽咽了，但依然一字一顿，吐词清晰，"很多东西，迟了就是迟了，我不想回头，希望你也是。"

说完，乔暮云径直往门口走。

只是，没想到张怀宴还等在外面。

谢图南跟着乔暮云开门出来，三人撞在一起，形成尴尬的局面。

乔暮云不知道该说什么，叫道："大哥……"

张怀宴的眼神在两人之间徘徊，最终只叹了口气，什么都没问，温和地说："宴会快开始了。"

乔暮云点头道："好……你们先走吧，我去趟卫生间。"

那晚的订婚宴办得很成功，乔暮云坐在露天泳池旁听怀玥她们讲八卦。

夜风吹来，带着丝丝凉意。乔暮云忽然很怀念青城的那个小院子，夏天的夜晚，她和奶奶会坐在院子门口看星星。

乔暮云掏出手机看了一眼航班信息，她订的机票是后天的，现在，她想改签到明天傍晚。

"暮云。"林西湛在她左边的座位坐下，问，"想什么呢？我在对面就看见你一个人在发呆。"

乔暮云看着水面，诚实地道："想家了。"

"我记得你家在青城。"林西湛说，"伯父伯母的身体还好吗？"

乔暮云摇头道："他们已经不在了。"她的话语里没有哀伤，似乎是习惯了。

林西湛愣了，赶紧说道："抱歉……"

"没事。"乔暮云说，"他们很早就不在了，家里只有我和奶奶。年初的时候，奶奶也生病走了，不过——"她笑了笑："我还是想回青城的家。"

"暮云。"林西湛想象不到这个女孩子这些年是怎么熬过来的。

"跟我试试吧。"他说，"我给你一个家。"

林西湛的表情很认真，乔暮云能看到他眼底的郑重，可她承担不起。

"抱歉。"乔暮云说，"我没有准备好。"

林西湛也不意外，坦然一笑道："是我太冒昧了。"

同一时间，谢图南站在泳池斜对面的草地上，定定地看着乔暮云的方向。

"我不想回头，希望你也是。"乔暮云略带哽咽的声音在他耳边响起。那一刻，谢图南的心揪了起来，巨大的空洞和钝痛感笼罩而来。

"谢总。"张怀宴端着酒杯走过去，"聊聊吗？"

谢图南抬眸，两人对视五秒后一起走到了旁边的角落。

怀宴直截了当地问："你和暮云是什么时候认识的？"

"五年前。"谢图南说。

和心中的猜测重合，怀宴默然。说起来，他似乎没有资格指责谢图南什么，尽管谢图南好像做了很多过分的事。但五年前，在暮云最无助的时候，大概是这个男人帮了她，而他这个做哥哥的什么都没做。

"那时候她奶奶生病，是找你借的钱吗？"

谢图南答道："是。"

"当时，你们是什么关系？"怀宴又问。

谢图南顿了一下，似乎在回忆什么，然后回答："见过几面。"

怀宴闭了闭眼，心痛不已。

那钱不是一笔小数目，要得到某些东西，就得拿别的东西去换。

谢图南不是慈善家，他是商人，不会做赔本的买卖。

张怀宴甚至不敢想，暮云开口借钱和接受这笔钱的时候想的是什么。

她那么聪明，心智要比同龄人更加成熟，那时候，她肯定很纠结吧。

"我这个妹妹从小性格温婉，我姑父姑母去世得早，她这一路走得很难。"张怀宴的语速不快，话语里有些许自责。

谢图南沉吟片刻，还是问出了心中的疑惑："五年前，她没来找你们吗？"

"你不知道？"张怀宴惊讶地看着他。

这并不是什么需要刻意隐瞒的事情，或许乔暮云不会主动提起，但按照她的性格，如果谢图南问起，她一定不会隐瞒。所以，谢图南根本没问过。

谢图南答道："不知道。"

沉默良久，张怀宴道："我当时不在国内，我的母亲拒绝了暮云。"

谢图南重新看向泳池的方向，乔暮云坐在那儿，和那个男人谈笑风生。

所以，五年前那天，下着那么大的雨，她在路边哭得像个孩子，无助又突兀地找他这个只见过几面的陌生人借钱，真的是因为走投无路。

而前不久，他还拿这件事情质疑过她。

谢图南抿了口酒，酒精接触到嘴角内侧的伤口，钻心地疼。

"我会把钱打给你。"张怀宴语气冷淡，"从今往后，我妹妹不欠你什么。"

乔暮云又和林西湛说了一会儿话，林妈妈便找过来了。

"西湛。"林妈妈的语气带着抱怨，"怎么跑到这里来了？电话也不接，我找你半天了。贺太太想找你说说话，她家的千金什么都好，漂亮、懂事又体贴，我刚刚问了，人家现在也没男朋友。和你讲了多少次了，怎么这么不开窍？"

林西湛小声地反驳着什么，乔暮云转头看向泳池，权当没听到。

看着林家母子走远，怀玥靠了回来，压低声音问："姐姐，你上次说和同学一起吃饭，是不是就是他？就是你穿着拖鞋回来的那次！"

乔暮云无奈地"嗯"了一声。

"那——"怀玥欲言又止。

"又怎么了？"乔暮云语气散漫。

"就是……"怀玥顿了一下，和真真对视了一秒，真真双手合十，用口型说着"拜托"，怀玥只好硬着头皮继续问，"你有付华初的联系方式吗？"

乔暮云转头看向她，语气严肃了一些："你自己问的？"

怀玥连忙摇头,乔暮云这才放心。

怀玥这样的性格,最好是找个温和的男孩子,能包容她,宠着她。

乔暮云在怀玥的注视下翻出通讯录的黑名单,将手机递过去,道:"喏。"

"姐姐,你为什么要拉黑他?"怀玥傻傻地问,"我觉得他还挺好的。"

这是哪里来的错觉?

"是因为谢图南吗?"怀玥又问。

"是因为他吗?"乔暮云重复了一遍,像是在自言自语。

她将目光落在斜对面草坪角落的两个男人身上。

"为他,不值得。"半晌,乔暮云轻声说。

怀玥愣了愣,一副似懂非懂的样子。

不知道为什么,她觉得乔暮云有点儿伤感。

怀玥不敢问了,只拿过手机,将付华初的联系方式发给了真真。

订婚宴结束已经是半夜,乔暮云身心俱疲,只想好好地睡一觉,躺在床上却睡意全无。乔暮云翻了个身,从床头柜上拿过手机,想再确认一遍航班信息。

回家的念头一旦冒出来,就不可抑制。她归心似箭,恨不能现在就瞬间移动到青城老家。

手机屏幕的光有点儿刺眼,乔暮云调低亮度,而后看到微信上有未读消息。

林西湛:我朋友有个农庄,就在郊区,想不想去散个心?

乔暮云:这两天可能没空,有很重要的事要办。

她不想撒谎,但也不想告诉林西湛自己明天就要回青城。

林西湛:需要帮忙随时告诉我,什么时候有空了,也记得告诉我。

乔暮云:好。

关了手机,乔暮云盯着天花板出神。

林西湛追人的方式很老套,也很真诚,像念书时的小男生,但他同时又有成熟男人的沉稳和绅士风度,不多过问私事,不逾矩。

从前奶奶常说,过日子得踏实,恋爱和结婚都得看两个人合不合适,男人会体贴人,胜过家财万贯。

乔暮云不过是想要安稳的人生,偏偏在遇到谢图南的时候,一头栽了进去。

怎么又想起他了?

乔暮云的脑海里不可避免地浮现出两人争执的场景,还有那个吻。脑袋开始疼了,她将被子盖到头顶,又摸出耳机戴上,随后打开了一个夜间电台。

电台播放的歌的前奏有些熟悉，歌词是："如果说我太过迁就，所以沦为爱囚……真心付出不够，不适合厮守……"

乔暮云看了一眼歌名，是王天戈唱的《心安理得》。

感情里的不平等永远是尖锐的刺，能轻而易举地刺破不堪一击的虚幻泡影。

略带哀伤的旋律在耳边循环着，像石子被投进湖心，将脑海里旖旎的画面打碎。乔暮云看着天花板，彻底地清醒了。

夜深了，城市的霓虹光影掩盖了月色。

付华初到望江酒吧的时候，场子被清了个干净，原本热闹的酒吧只亮了几盏暖色的灯。谢图南穿了一件衬衫，独自坐在吧台，手里拿着一个方形玻璃酒杯，背影看起来有几分萧索。

付华初拉了张椅子坐在他旁边，说道："又怎么了，一个人喝闷酒？"说着，付华初拨了拨桌上的空酒杯，"这得喝了多少了？"

谢图南没说话，只推了一杯酒给付华初。

"我不喝。"付华初摆摆手，往旁边挪了挪，"我那酒量还不够你塞牙缝的，拼酒这事，你找陆闲庭，他可以陪你。"

"哦，不对，他戒酒了，他老婆不让他喝。"付华初摇头道，"这成了家的男人就是不一样。你说，何必呢，烟酒自由都没有。"

"行吧，也只有我舍命陪君子。"付华初敲了敲台面，要了两杯浓度低一点儿的伏特加。

"不是。"谢图南忽然没头没尾地蹦出两个字。

"什么不是？"付华初一头雾水。

"陆闲庭。"谢图南举杯，和付华初的酒杯碰了一下后，又灌了自己大半杯酒，"他那是拿他太太当挡箭牌。"

付华初笑了笑，问道："那你呢？"

谢图南看着他，不说话。

"我觉得，你离被女人拴住也不远了。"付华初继续道。

在酒精的刺激下，嘴角内侧伤口的疼痛感愈加强烈。谢图南抬手摸了摸，大概是肿了。

付华初眼尖，略微一想就知道是怎么回事。

"其实，女人吧，吃软不吃硬。当然，也分情况，她对你有九分情意的时候，如果你硬来，人家半推半就，你会觉得是在调情；但如果她对你只有一两分情意，那你是上赶着去被人嫌。"

谢图南继续喝着酒。

付华初看不下去，把他手里的酒杯拿开，问道："要命吗？"

"你能活这么久，我也是真想不通。"付华初把酒杯往桌子上一放，"小时候，就你打架打得最厉害，回回都没吃亏，也就那次……"

说到这儿，他顿住了，像是碰到了禁忌。

"那次什么？"谢图南拿过桌上的打火机，不咸不淡地问。

付华初刚才没经大脑，本来想说"也就那次绑架，一栽就是个大跟头"，但这是谢图南的雷区。

"没什么。"付华初掠过话题，一转头，见谢图南又点燃了烟。

谢图南烟瘾不大，只是这两年抽得多。

付华初想了想，便随他去了，反正也劝不住，索性也点了支烟。

"她到底是为什么走的？"付华初正经起来，"之前不是还好好的吗？"

那时候，他们在欧洲谈一个非常棘手的并购案，并购案竞争激烈，胜率不高，但谢图南坚持。可以说最后完全是靠他的决断和眼光扭转了局势。

他们熬了两个月，终于签完合同，本该是放松的时候，谢图南却订了当天的机票回国。回国之前，他还买了份礼物，不用想都知道是准备奔赴温柔乡。

后来听说谢图南分手了，付华初还不信，这中间究竟发生了什么，谢图南也没提过。男人之间一般不聊情感问题，尤其是谢图南这种什么事都闷在心里的人。付华初只知道，他是在乎对方的。

"当时，你们吵架了吗？"

"没有。"一支烟燃尽，谢图南去拿酒杯，"去欧洲前，她问我贺姝是谁。"

得，又绕回来了。不过，这次是谢图南主动提的，付华初顺着他的话问："那你是怎么答的？"

其实不用问也知道，按照谢图南的性格，他当时肯定没有回答。

果然，谢图南摇了摇头。

"她也没再问？"

"没有。"

"怎么说呢。"付华初也叹了口气，"人家姑娘当初是真的喜欢你，没准以为你心里藏了颗不能碰的朱砂痣，一时伤心，才走得那么决绝。"

"喜欢"两个字刺痛了谢图南。

"可能是因为……我当初也没那么喜欢你吧。"

"从今往后，我妹妹不欠你什么了。"

他们家都是这样的性子吗？喜欢把什么都算清楚。

那时候，她找他借钱给奶奶看病，他其实没把那笔钱放在心上，也不可能让她还。但乔暮云在这一点上出奇地固执。她办了张卡，每个月往里面存钱，数额不大，都是她一点点攒起来的。那张卡绑定了他的手机号码，他经常收到短信：尾号××××的账户存入××××元。

他看她攒钱攒得起劲，也就随她去了。

她离开的时候，那张卡被放在餐桌上，旁边的便笺上写着密码。

当时，钱没攒够，后来有一次……

谢图南沉默太久，付华初撞了他一下，问道："你能不能有点儿人气？"

回忆被打断，谢图南的喉结动了动，开口问："那次被绑架，我被救出来的时候是什么样子？"

"我怎么知道？"付华初说，"我见到你的时候，你躺在医院里，大概还剩半条命吧，手腕上缠着纱布，浑身是伤，好像还断了几根肋骨……"

"三根。"谢图南打断他，补充道。

"哦，三根就三……等等。"付华初觉得不对劲，这么多年，他从没见谢图南主动提过这件事，"什么意思？"

谢图南端着酒杯，抬眼看他，没有说话。

两个男人对视的场景有点儿诡异，最终，付华初败下阵来，将手挡在眼前。

谢图南不说，付华初只好自己猜。思来想去，付华初艰难地得出一个不怎么可能的结论："你不会是想让我去……告诉乔暮云吧？"

谢图南终于收回了视线。

那就是猜对了，付华初道："你怎么不自己去说？"

谢图南沉默了两秒，耷拉着眼皮，道："她不愿意听。"

乔暮云是被雨声吵醒的。她睡得浅，醒了之后，脑袋越发清醒。

乔暮云看了一眼时间，正值凌晨一点半。可能是晚上吃的东西太咸，她有些渴，便拿了杯子下楼倒水。拖鞋踩在木地板上，发出轻微的踢踏声。

走至厨房，看到操作台上的一瓶红酒，她又改了主意——喝点儿酒，应该就能睡着了吧。她懒得找玻璃杯，直接把红酒倒在了马克杯里，而后靠着厨房的操作台，一边看窗外的雨幕，一边喝酒。

深夜的别墅区很安静，雨水伴着风打在树叶上，沙沙作响。

"大半夜不睡觉，在这儿喝酒？"

乔暮云回过头，见张怀宴不知什么时候站在了门口。

"大哥……"她叫道。

乔暮云以为他会提谢图南，但只听张怀宴问："什么时候去公司上班？"

乔暮云斟酌着开口："我……可能要回趟青城。"

"什么时候？"张怀宴有些意外。

"明天。"乔暮云心想，如果他问自己回去做什么，要如实说吗？

张怀宴沉吟片刻，问道："你来北城，是因为谢图南吗？"

"什么？"乔暮云沉浸在自己的思绪里，大脑慢了一拍，问完才反应过来，她摇摇头，"不是。"

张怀宴叹了口气，显然没信。

乔暮云喝了一口酒，道："大哥，你爱大嫂吗？"

这个问题有点儿突兀，张怀宴不可避免地愣了一下，随后，他拿起酒杯，问道："为什么这么问？"

"随便问问。"乔暮云说。

"我也说不好。"张怀宴倒是诚实，"不过，对我而言，家庭的责任感会大于对爱情的需求。你大嫂是个明白人。"

张怀宴说得很委婉，但也很清楚。

爱情不是婚姻的必需品，相敬如宾的两个人也能把日子过得很好。

至少他和陈妍在这一点上是达成一致的。

"那你爱过谁吗？"乔暮云想了想，又问。

张怀宴无奈道："我想一想。"他轻轻地晃着手里的酒杯，有点儿惆怅，"大学的时候，我谈过一个女朋友，她是江城人，后来，她父母不同意她远嫁，我们就分手了。她很难过，我也是。"

"但在现实面前，爱情不堪一击。"张怀宴的语气慢慢变得坚定，"我们不会再有联系。时间是个好东西，能让深刻的东西慢慢变得模糊。"

"乔暮云。"张怀宴摸了摸她的头，"向前看，不该记得的就忘掉。"

乔暮云看着窗外，轻轻地"嗯"了一声。

不知道是和张怀宴聊天转移了注意力，还是那半杯红酒起了作用，后半夜，乔暮云睡得很好，早起时甚至难得有身心舒畅的感觉。

饭桌上，乔暮云提起了今天就要回青城的事。

"怎么突然要回去？"张显成问，"是在这儿住得不开心吗？"

"没有。"

"公司那边我都安排好了，如果青城没有要紧事，你可以先去公司熟悉一下环境，等国庆假期再回青城。"

乔暮云一时间不知道该怎么解释。

张怀宴轻咳一声，帮她解围道："乔暮云之前和我提过，她要回青城办点儿事，我忘了和你们说，是我的错。"

"这样啊。"张显成点点头，"那也行，让怀漾送你。"

吃过饭，乔暮云回房间收拾行李。来北城后，她没添置什么东西，只收拾出一个小箱子。她又把房间大致整理了一遍，一个上午便过去了。

"姐姐。"怀玥敲门进来，将手机递给乔暮云，"有人找你。"

找她怎么会打怀玥的电话？乔暮云半信半疑地接过手机，屏幕上是一串陌生的数字，显示正在通话中。

"喂？"乔暮云问，"哪位？"

"乔小姐。"那头的声音有几分熟悉，"是我，付华初。您把我的微信和手机号全拉黑了，找您真不容易。"

乔暮云忽然有点儿后悔昨晚把付华初的号码给了怀玥。

她"哦"了一声，问道："有事吗？"她本想直接挂断电话，但对方这么大费周章，她想了想，决定还是听他说两句。

"还真有点儿事想请您帮个小忙，有空吗？"付大少爷说话难得这么谦虚，又是"您"又是"小忙"，听起来诚意十足。

"没空。"无事不登三宝殿。

"怎么说也认识好多年了，"付华初说，"给个面子。"

"您的面子太大。"乔暮云不咸不淡地回，"我怕给不起。"

付华初叹了一口气，沉默良久，忽然变得正经起来，说道："有些事如果弄不清楚，这辈子真的能甘心吗？"

乔暮云捏着手机，觉得心里某处被狠狠地击中。

真的能甘心吗？她问自己。

"西华路西缇岛咖啡馆，我在那儿等你。也许，所有的事情都和你想象的

不一样。"

付华初留下一个地址便挂断了电话。

不得不说，付华初和谢图南本质上是一类人，连做事方式都很像。看起来给了别人选择，却往往什么都已经算准了。

乔暮云把手机还给怀玥，轻轻地舒了口气，道："我出去一趟。"

见她的脸色有些差，怀玥没敢问什么。

乔暮云推着行李箱，叮嘱怀玥道："我等下可能就直接去机场了，你和怀漾说一声，不用送我了。"

半小时后，在西华路的西缇岛咖啡馆，乔暮云到达时，付华初已经坐在靠窗的座位上了。他面前的咖啡已经喝到了底，看起来等了一段时间了。

见乔暮云推着行李箱，付华初有些意外地问道："你要走吗？"

"回青城。"乔暮云回答了他的问题后坐下来，然后问道，"你想说什么？"

付华初觉得有点儿难办了，这姑娘的性格看起来软弱，但实际上很坚强，再加上她对自己的敌视程度不亚于对谢图南的。他感到有些棘手。

"喝点儿什么？"付华初决定先从轻松的话题开始。

"热牛奶就行。"乔暮云说道，"我赶时间。"

付华初只好无奈地拿出手机，操作了一番后将手机放在桌上，推给乔暮云。屏幕上是一张黑白照片，照片上是一个小女孩，看起来不到十岁，对着镜头笑得有些腼腆。

"这就是贺姝。"

付华初的话肯定了乔暮云心中的猜测，只是，她有些不解："她……"

"她去世的时候，好像是九岁。"付华初说道，"这就是她墓碑上的照片。"

才九岁……乔暮云重新看了一眼照片，似乎有了一些头绪。

"贺婷说，谢图南和她……"乔暮云顿了一下，"是骗我的？"

"那就要看她是怎么说的了。"付华初拿回手机，"这件事吧，的确是图南的雷区，连我都不敢提。"

"二十年前，北城发生过一起特大绑架案。图南当时才十二岁，和这个女孩一起被绑匪劫持。"

九月初，咖啡馆的冷气很足，乔暮云却觉得背后冒出了一身冷汗。

"我没看过现场，但听说，贺姝死得很惨。警察到达那里时，图南被倒吊着放血，只剩一口气了，他浑身是伤，肋骨断了好几根。"

那是怎样的场景，乔暮云不敢想象，只是紧紧握住手中的玻璃杯，恍然大悟："他手腕上的那个伤，是那时候留下的？"

"你没问过吗？"付华初惊讶于乔暮云竟然完全不知道。

"问过。"乔暮云说道，"他没回答，我后来就没再问了。"

付华初一时无语，摇摇头，最后叹了口气："活该。"

这两个人，一个不喜欢解释，一个不愿意深究。

"图南对贺家一直很照顾，因为当年是谢家先报了警，泄露了风声。虽然不能说是谢家的责任，但大家难免会猜测，如果没报警呢？那时似乎还发生过什么，但我知道的只有这些了。"

付华初说完了，乔暮云只静静地坐着，直到手里的热牛奶慢慢变凉。

她想起了很多事。

最初她在俱乐部撞上谢图南，后来，阴差阳错地，他帮了她很多次。

每一个从他怀里醒来的清晨，每一个大汗淋漓的深夜……那个大雨倾盆的晚上，她问他"贺妹是谁"。医院里，她拿着疑似早孕的报告单，惶然无助……

谢图南，这个名字包含了她过去五年的所有喜怒哀乐。

原来，一切真的和她想象的不一样。

可是，知道真相的那一刻，乔暮云的心里十分复杂。她心疼他经历过的那些事情，也记起了自己辗转难眠的每个深夜。

尽管阴差阳错，她也没有了再回到他身边的勇气。她渴望平静的生活，不想再一次重蹈覆辙。他的世界，他的生活，她适应不了。

他们之间的问题，不是一句"误会"就可以轻飘飘带过的。

良久，乔暮云放下了手里的杯子，抬头道："谢谢你告诉我这些。"

她眼里带着泪光，但神色坦然。

付华初愣怔片刻，说道："你……"

乔暮云看了一眼墙上的时钟，拉着行李箱起身，说道："我的航班快来不及了，先走一步。"

付华初彻底呆住了。

他没想到乔暮云这么狠心，明明神色动容，却没有再提到谢图南的意思。

"我送你吧。"乔暮云已经准备往外走，付华初连忙拿着车钥匙起身。

"不用。"乔暮云拉着行李箱，回头强调，"真的不用，谢谢。"

付华初只好目送乔暮云出了门，随后，他靠到椅背上，低头打了个电话。

那头的人很快接起，付华初斟酌了一下，道："事情我帮你办了。"

"她说什么？"

"谢谢。"付华初将手肘搭上椅背，"她就说了句'谢谢'，没了。"

"真够狠的。"付华初想想都替谢图南头疼。

那头沉默下来，只传来微微加重的呼吸声，最后他问："她人呢？"

付华初看向窗外，乔暮云刚好拦了一辆出租车。

"走了。"他说。

谢氏大厦顶层会议室里，各部门正在做上个月的工作汇报。

谢图南眉心轻蹙，手里捏着笔，笔尖向下，抵在桌上。

老板的脸色出奇的差，正在做汇报的市场部总监不知道该不该继续，于是忐忑地看向特助小陈。小陈轻轻摇头，示意他少安毋躁。

良久，谢图南闭了闭眼，捏着笔的手一松，笔落在桌子上，金属壳和玻璃台面碰撞，发出"嗒"的一声。

谢图南踩着地面起身往外走，椅子因为惯性向后滑了一阵。小陈连忙拿着文件跟上。会议室里的众人面面相觑，用眼神和手势小幅度地交流着。

谢图南没往办公室走，而是一边走进电梯，一边吩咐小陈："帮我查一个人的航班信息。"

上了出租车，乔暮云发现手机里有两个未接电话，都是张怀漾打来的，她随即回拨了过去。

"姐，玥玥说你一个人出去了？"

"刚刚见了一个朋友。我现在在去机场的路上了，你不用来送我。"

"那你注意安全，到机场了给我发条消息。"张怀漾叮嘱道。

"知道了。"乔暮云说，"不会丢。"

第九章
你敢拉黑试试

四十分钟后，机场。

六点十分的航班，五点一刻就要停止办理登机手续了。乔暮云拖着行李箱，一边走路，一边给张怀漾发了条语音消息。

此时，突然有一个电话打了进来。

乔暮云望着那串熟悉的号码，下意识地停下了脚步。

她按下接听键，把手机放到耳边，没有说话。

周围人来人往，路人行色匆匆，乔暮云站在大厅正中间，一瞬间却仿佛什么声音都听不到了，耳边只剩下手机里传来的电流声和彼此清浅的呼吸声。

"乔暮云。"谢图南嗓音低沉，叫着她的名字。

与此同时，机场广播里开始提醒："乘坐×××次航班前往青城的旅客请注意：×××次航班即将停止登机，请还没有登机的旅客……"

乔暮云静静地看着远处的电子显示屏，说："谢图南，我要登机了。"

这似乎是他们重逢以来第一次心平气和地说话。

乔暮云拉着行李箱拉杆的手紧了紧，又松开，最后她轻声开口："再见。"

说完，她犹豫一秒，挂了电话，然后将手机关机。

两年前，她站在机场大厅，也曾经想打一个电话给他，和他说一声"再见"，可是她没有允许自己那样做；现在，同样的场景，与当初命运般地重叠起来，她终于说出了那一声"再见"，心境却再不复从前。

乔暮云闭上眼，忍住酸涩的泪意，推着行李箱往前走。

她想起张怀宴说的那句话："向前看。"

人总得向前看的。

谢图南还堵在路上。那一声"再见"，她说得很轻，却重重地敲在他的心口。

记忆回到两年前，彼时，他刚结束一场惊险的谈判，从欧洲回来，却收到了她的分手短信，干净利落，不留余地。那时，他看着她的航班起飞。

到今天，谢图南已经很难准确地回忆起当时的心情，但也记得他并不轻松。

那时候以为能忘的，原来不能。

四十分钟后，一辆黑色轿车停在机场外。

谢图南按下车窗，接了助理的电话。

"老板，乔小姐的航班刚刚起飞，大概八点半降落在青城。"

谢图南抬眸看向远处，暮色四合，天空渐渐变成深沉的蓝色。

航班起飞后，机身划过天幕，留下一道长长的白线。有轰隆隆的声音碾过谢图南的心头。

和两年前几乎相同的场景，时间和空间巧妙地错乱。

"我知道了。"谢图南对电话那头说，"帮我订一张去青城的机票。"

晚上九点，青城机场。

叶萌早就等在了出口处，远远便看见乔暮云推着行李箱出来，叶萌挥着手喊："暮云姐！"可能是在警局和一群大老爷们粗糙惯了，叶萌的性格和她这个名字一点儿都不符，她做什么事都风风火火的。一上来，她就揽住乔暮云的肩膀，豪爽地说，"吃小龙虾去！"

"现在？"乔暮云哭笑不得，"我刚落地，明天吧。"

"那不行。"叶萌说，"我都跟老板说好了，离你家不远，吃完我送你回去。"她扬了扬手里的车钥匙。

青城的夜晚也很热闹，街头巷尾，市井风情，别有风味。叶萌说的小龙虾店在一条窄街上，车开不进去，两人便把车停在旁边的地下停车场，步行过去。

叶家也在这一带开餐饮店，老板和叶萌相熟，远远地见到她就打了招呼。叶萌麻利地用纸巾擦了桌凳，两人选了个露天的座位坐下。

夜风阵阵，乔暮云听着久违的乡音，感觉连日来的闷气被一扫而空。

吃完小龙虾已经十一点，两人走出大排档时，街道上已经没什么人，叶萌坚持送乔暮云回家。

"咱们这一带，看着太平，但前天还有几个半夜抢劫的混混被抓了。像你这样弱不禁风的，不就是送上门的小羔羊……而且，你的行李还在我车上。"

乔暮云差点儿忘了行李的事。可能是家乡太亲切，明明才回来几小时，却好像已经过了很久。

车子驶过三条街，停在小巷口。乔暮云刚想推门下车，便被叶萌拽住了手臂。

"等等。"她的语气有些紧张，"那边有个人。"

乔暮云疑惑地顺着她的视线看过去，前方不远处停了一辆银灰色轿车。

巷口只有两盏暖黄色的路灯，光线昏暗。男人靠着车身，盯着地上的青石板。

乔暮云胸腔里的心跳渐快。

半晌，男人似乎有所感应，抬头朝乔暮云的方向看来。

"暮云姐，你在这儿待着，别下去。"叶萌将手铐揣进裤兜，准备云开车门，那架势俨然是要去和破坏社会治安的不法分子作斗争。

乔暮云拉住她，朝谢图南的方向扬了扬下巴，道："他看着很像坏人吗？"

"不像。"叶萌说，"但这大半夜的，他一看就不是这儿的居民，谁知道想干什么？以防万一，还是小心点儿。"

听起来很有道理，但乔暮云不得不提醒道："你打不过他。"谢图南的身手是跟着他爷爷练出来的，叶萌学的那点儿功夫，在谢图南面前就是花拳绣腿。

"怎么可……"叶萌说了一半，才意识到重点，"你认识？"

乔暮云解了安全带，轻轻地点头。

没想到他会跟自己来青城。

叶萌挠了挠头："他一直在看这边，你不去？"

当然不能去。那儿是回家的必经之路，他挡在那儿，就是算准了她一定得去。

车灯还亮着，照亮了前方的黑暗，却照不清他的表情。

终于，乔暮云打开车门走了过去。

青城的夜风有些凉意，周围的人家大多早早入睡了，只有几个院子里还零星地亮着灯，虫鸣声远近交错。

叶萌跟着下了车，从后备厢里拿出行李，犹豫着跟在乔暮云身后。行李箱的滚轮压在青石板路上，发出隆隆的声音。十米的距离，好像格外漫长。

乔暮云不知道心里的忐忑从何而来。原来，电视剧里一步一幕回忆的场景都是假的，因为此刻，她脑海里一片空白，只有心头沉闷，心口隐隐作痛。时光的滚轮轰鸣着碾过，喧嚣后又归于平静。

谢图南维持着那个姿势，目光定定地落在乔暮云身上，眸子沉静又深邃。

乔暮云在离他一米的地方站定。

"那个……我先把行李给你送到家门口。"察觉到古怪的气氛，叶萌极有眼色地准备开溜。

乔暮云拉住她，道："不用。"

手里的烟已经燃尽，谢图南按灭了烟头，看了乔暮云旁边的陌生女孩一眼。

"乔暮云。"

"你走吧。"几乎是在他话音落下的同一刻，乔暮云开了口。

谢图南的喉结上下动了动，眼神黯然。

"你走吧。"乔暮云重复了一遍，眼神落在对面的院墙上，轻轻道，"我想过平静的日子。"

谢图南站直了身子，想离她近一点儿。

叶萌的动作更快，她直接伸手把乔暮云护到了身后。她一边警惕地看着谢图南，一边侧头小声问："你确定我打不过他吗？"

乔暮云"嗯"了一声。

叶萌盯着谢图南，气势不减，从牙缝里挤出一句："那怎么办？"

乔暮云的脸上重新有了笑意，说道："他不打人。"

深夜的巷子十分安静，即使再小声，她们的对话还是一字不落地传到了谢图南的耳朵。他很久没见她这么真心实意地笑过了，或者说，这样的笑，以前的他好像也很少见到。

原本的她到底是什么样的？

谢图南没有纠缠，静静地和乔暮云对视了一会儿，说："我看着你进去。"

他的语气是温和的，带着不易察觉的妥协。

叶萌把乔暮云送到家门口，出去的时候，谢图南还在。他又点了支烟，仍旧保持着之前的姿势，靠在车上，猩红的光在指尖明灭交替。叶萌没见过抽烟还这么有范的男人。她快步走过去，回到车上，拍了张照片发给乔暮云。

乔暮云到家把行李箱里的东西归位后，又从柜子里拿了干净的床单被罩换上，看到消息已经是大半小时后。她打开图片，双击屏幕，把照片放大。

其实看不太清，但可以想象他是什么表情。乔暮云抬头看向院门的方向，最后关上手机，拿了衣服去洗澡。

可能家就是有一种神奇的能让人安心的力量，那晚，乔暮云睡得特别沉，醒来已经是第二天早上九点。她伸了个懒腰，然后到了院子里。天气很好，泥土的芬芳萦绕在鼻尖。

奶奶走后，院子里的地就给了隔壁陈奶奶打理，里头瓜果蔬菜，一应俱全，一眼望过去，青枝绿叶，连半根杂草都没有。

乔暮云活动了一下手脚，随后开始给四季海棠浇水。

这花是她自己种的，繁殖快，对环境要求不高，花期很长，印象里，它一直盛开着。等以后不忙了，还可以种点儿其他的，乔暮云想。

她打算上午把家里简单地清扫一遍。虽然她走的时候用了防尘罩，但这么长时间了，难免落灰。

她煮了几个鸡蛋，把肚子填饱了，刚准备开工，叶萌的电话就打了过来。

"暮云姐，我带你去趟天水苑。"

乔暮云父母出车祸的地段全面改建后，原来的居民都被安置到了天水苑。目击证人和她找到的肇事者都住在那儿。

"好。"乔暮云放下了手头的事情。

出门的时候，隔壁院子里的陈奶奶看到了她。

"暮云？什么时候回来的？"陈奶奶在院子里摘番茄，随即拎着篮子追了出来，"吃饭了吗？到奶奶家来。"

"吃了，奶奶。"乔暮云说，"我中午约了人，赶时间。"

"男朋友？"老人家的第一反应居然是这个。

"呃，"乔暮云艰难地笑了，"不是。"

"别骗奶奶，我都闻到香水味了。你也不小了，该谈对象了，别光忙着工作，但也别急，多挑两个……"

"我知道了，奶奶，我快迟到了。"乔暮云连忙打岔，小跑着走远了。

"晚上过来吃饭！"陈奶奶在后面喊。

叶萌等在巷子口。见乔暮云上了车，叶萌说明了一下现在的情况。

上周，叶萌跟着王岳恒在天水苑办案子，那案子也是一起交通事故，肇事者撞死人之后逃逸。

事发路段旁边是一个小广场，当时是晚上，正好有一群人在跳广场舞。

叶萌负责走访目击证人，她去的时候，叔叔阿姨们正在兴头上，她没打断他们，只蹲在一边等。

一个同样坐在花坛边的女人和她搭讪。本来，叶萌想和她讨论之前发生的那起车祸，但女人说，那天她不在，没看到。

闲着也是闲着，叶萌和她聊了下去。女人四十来岁，叫杨华，是拆迁后搬到天水苑的居民。当年，她在月华路旁边开了一家小超市。

月华路就是当年乔暮云父母出车祸的路段，杨华的超市正对着那儿。杨华显然是个健谈的人，三言两语便把自己的信息透露了个底朝天。

叶萌留了个心眼，没亮明自己的身份，只说在这里等长辈。她随口把话题引过去："听我奶奶说，那边在十五年前也有过一场大车祸，一对夫妻死了，现在还没抓到肇事者。"

"你说的那场车祸啊，就在我超市门口。"杨华摇着扇子，随口道，"场面可血腥了，死的是一对年轻夫妻，还挺可怜的。"

"你看到了吗？"

"看到了。"杨华热得满头汗，将扇子摇得更快了，她语出惊人，"当时我正要关店，卷闸门刚拉到一半，前面就'嘭'的一声，吓了我一大跳。"

"看清司机了吗？"叶萌追问道。

"看……"似乎是意识到自己失言了，杨华顿了一下，连忙改口道，"没有，没看清。"

叶萌这才拿出证件，亮明自己的身份，杨华的面色霎时间变得古怪起来，道："是警官啊。"她摇扇子的动作彻底停下了，猛地拍了一下自己的额头，"你看我，热得脑子都不清醒了。"

"刚刚都是我瞎编的，就是闲聊几句，您别当真……孩子的课外辅导班快结束了，我得回家给她煮夜宵了。"说完，她便飞快地离开了广场。

叶萌没办法强行把人拦住。

这两天，她走访了一圈，调了小区监控，总算查到了杨华的资料和住址。

"那现在我们是去她家？"乔暮云问。

"对，我找了刑警队的师兄来帮忙。"一来，人家比较有经验，二来，取证有规定，至少需要两位警察在场。

"死马当作活马医。我觉得杨华肯定知道什么，现在只有她一个突破点。"叶萌继续分析道。

乔暮云若有所思地点点头，看着车窗外倒退的街景，心情有些沉闷。

谢图南站在酒店房间的落地窗前，从二十楼望出去，俯瞰着整个青城。

正是早高峰，路上的车子和人都很渺小，正快速地移动着。

工作人员进门送餐，顺便悄悄地打量着这个半夜入住顶级套房的客人。

落地窗前，男人的背影笔挺，却又似乎有些落寞。

工作人员不敢发出声音，默默地把餐放在桌上，便退了出去。

听到关门的声音，谢图南眼皮微动，恍若才回过神。他揉了揉眉骨，转身回到沙发边打了个电话给外公。

医院里，护工边说"您外孙的电话"边把手机递过去。祝教授刚吃完药，心想谢图南今天怎么这么殷勤，乐呵呵地接过了手机。

然而，谢图南说的第一句话是："问您一件事。"

老头被气得不轻，暗骂一声"不肖子孙"，然后没好气地回："不知道。"

谢图南终于有了点儿作为晚辈的觉悟，关心道："今天感觉怎么样？"

"不怎么样，指不定下午两腿一蹬就走了。"老人家这两天脾气不太好。

"别瞎说。您按时吃药，把血压降下去，手术完就没事了。"

这头的人心情总算好了点儿，道："想问什么？"

谢图南重新走到窗边，问道："乔暮云上次来找您，是为什么事？"

"你先说说，你们以前是不是认识？"

活了大半辈子，这点儿眼力见他还是有的，但年轻人的事，他不想干涉。

"认识。"谢图南很痛快地承认。

"你在哪儿？"

"青城。"

"那你帮着查查她父母当年的案子吧，其他的别多问。"

回青城前，乔暮云给祝教授打过电话，一是眼看手术临近，关心他的病情；二是说了她那边的情况。

"那孩子过得不容易。你别把那些手段用在对付姑娘上，招人嫌。"

电话挂断后，谢图南盯着墙上的壁画出神许久，又拨了个电话出去。

"谢总？"那头传来一个年轻男人的声音，"怎么想起来给我打电话？"

"老何在青城吗？"谢图南开门见山道，"找他办点儿事。"

天水苑是老小区，属于安置房，大概是当年的承包商偷工减料，短短十年过去，房子的外墙已经斑驳，连楼号都看不太清了。这里的物业形同虚设，清扫小区全靠居民自觉，楼前的绿化带甚至被居民们种上了蔬菜瓜果。

叶萌说的师兄叫方卓，剃着寸头，穿最简单的 T 恤和长裤，是个很精神的小伙子。他研究生毕业不久，年纪和乔暮云差不多，便跟着叶萌叫乔暮云一句"姐"，很有礼貌，甚至有些腼腆。

几人一起走到最里面那栋楼。楼道的光线很暗，杨华家住在五楼，开门的是一个十几岁的女孩。

"瑶瑶，是谁？"女人的声音从厨房里传来。

"不认识。"叫瑶瑶的女孩细声细气地回答，说完便转头跑回厨房叫妈妈。

杨华从厨房走出来，看到叶萌后脸色僵了一下："哎哟，我说警官，上次不是跟你说过了吗？那事……真的是我胡诌的，我这人有毛病，一和人聊天，就头脑发热，当时说了些什么连我自己都不知道了。"

一旁的方卓说："我们就是想再找您了解一点儿情况。"

杨华随即对旁边趴在茶几上写作业的女孩道："瑶瑶，进屋去。几位稍等，我去把厨房的火关了。"随后，三人在沙发上坐下来。

杨华再次从厨房出来的时候，手里端着托盘，上面放着三个杯子。

"三位警官，喝水。"

"我不是警察。"乔暮云解释道。

"那是……"杨华迟疑着道。

乔暮云继续道："那场车祸里去世的，是我的父母。"

杨华端着托盘的手抖了一下，有水溅到茶几上，她马上抽了几张纸巾去擦。

"不好意思，你们一起来，我还以为……喝水，喝水。"

乔暮云接过水杯，说道："谢谢。"

杨华在单人沙发坐下，问道："你们想问什么？但那事，我真的没看到。"她愁眉苦脸，语气十分真诚。

方卓拿出纸和笔，开门见山道："事发时，你在超市里吗？"他语气冷静，眼神锐利，马上进入了工作状态。

"我……"杨华叹了口气，"我在。"

"可是，当年的笔录上，你说你已经关店回家了。"方卓拿出一张复印件摆到杨华面前。

"是。"杨华为难地看了看，"我当时是准备回家了，但是关门关到一半，就听到外面传来很大的声音，我猜是发生车祸。当时，我远远地看了一眼，肇事车辆是大货车，开车的是个男人，其他的，我就真不清楚了。"

"那你也没报警，或者打 120？"

"我慌了……忘了。"杨华看了乔暮云一眼，眼底有一丝愧疚闪过，"我年轻的时候胆子很小，那辆轿车都被压扁了，我压根没敢往前走。"

听到"压扁"这两个字，乔暮云攥着水杯的手紧了紧。

当年，警察担心给她留下阴影，所以她并没有见到任何有关现场画面的照片。停灵的那几天，大人们也不让她去看棺材。

乔暮云没忍住，放下水杯，起身道："不好意思，能借用一下卫生间吗？"

172

"可以可以。"杨华指了个方向，"那边。"

叶萌想跟上去，却被方卓拦住了。他轻轻地摇了摇头。

"警察来问你的时候，你为什么不说实话？也是因为胆小？"

"我觉得，反正我也没看清，帮不上什么忙，就……"杨华支吾着，意思很明显：多一事不如少一事。与其被警察一次次问话，不如干脆说自己没看到。

"警察同志，这也不能算做伪证吧？"杨华有点儿忐忑，"我虽然没帮上忙，但也没阻碍案件进展……我是真没看清。"

"谁说的？"方卓收起笔，说，"如果你当年就告诉警察，是什么型号、什么颜色的车，肇事者的性别、身高，警察未必找不出来。"

乔暮云在卫生间洗了三次手，才终于冷静下来。她拉开门走出去，便发现叶萌等在门口，正一脸担忧地看着她。

"我没事。"乔暮云淡淡地笑道，"走吧。"

杨华把他们送到门口，下了楼道。突然，乔暮云听到身后传来一声"抱歉"。

乔暮云的脚步顿住了，她回头看了一眼，最终点了点头，什么都没说。

出了这栋楼后，叶萌气得不轻，骂骂咧咧地说："什么人啊？不打120，也不报警，看到了却说没看到，气死我了！"

方卓翻着刚才的笔录，沉吟着问道："你觉得，她说的是实话吗？"

"怎么说？"叶萌冷静了下来。

"杨华说话的时候眨眼频率很高，而且一直朝右边看，表情很不自然。"方卓若有所思地朝上看了一眼，"不过，也有可能是因为紧张。我们再试着走访一下附近的人家，到处问问，事情过去太久，也没有更好的办法了。"

线索来了又断，一切似乎又回到原点。此时，乔暮云的手机突然振动了一下，她看了一眼，微信上收到了一条好友申请。

很熟悉的微信名，是谢图南的。

乔暮云的手指悬空在屏幕上方，最终点了退出，当作没看到。

"暮云姐，中午一起吃饭吧。"叶萌指了指方卓，"他请客。"

"我就不去了，家里还要再整理一下。"

"吃完饭一起整理啊，今天周六，我们帮你！你放心把重活交给他，别客气！"叶萌拍着方卓的肩膀，豪爽地说。

"不用麻烦的。"

方卓笑了笑，不谈案子时又变回腼腆的样子，说道："不麻烦。"

"那好吧。"乔暮云无奈地说，"不过，我请客。"

最后，他们去了附近的一家火锅店。点菜的时候，乔暮云怕他们瞎客气，自作主张点了很多肉。方卓是刑警队的，看起来斯文，没想到吃饭也很斯文，最后，三人点的菜剩了将近一半。

乔暮云只好麻烦服务员打包，正好留着这两天对付一下。

说是帮忙，但是叶萌在家务上一窍不通，倒是方卓一个男人，打扫洗刷都是一把好手。

"萌萌，"乔暮云委婉地说，"你看，像方卓这样的男人也挺好，是不是？"

叶萌咬着根老冰棍，含糊道："他？他连我都打不过。"

乔暮云不太喜欢在这种事上牵线搭桥，便笑了笑，没再说什么。

打扫完屋子已经傍晚，乔暮云想留叶萌和方卓吃饭，但他们接到派出所的电话后，匆匆地赶回去了。

乔暮云从打包回来的食材里挑出一份牛肉和生菜，煮开水后将菜放进去，再准备一份调料，便成了简单的一餐。

一个人的时候，她经常这么吃，很方便，没有油烟。

夜幕降临，厨房的窗户上蒙上一层水汽，乔暮云正在准备调料，刚切完葱，便听到院子外头有人在敲门。她以为是隔壁陈奶奶，回道："来啦！"

陈奶奶年纪大了，耳朵有些背，所以听不到回应，乔暮云也没多想。

但拉开门，她怔住了。

谢图南站在外面，穿着一身正装，下颌微收，目光沉沉，身后是一片黑暗。

乔暮云的手还搭在门上，问道："你怎么又来了？"

谢图南看着乔暮云。她素面朝天，应该刚洗过澡，身上的睡衣太大，她整个身子都被罩在衣下。

见他没说话，乔暮云的手腕微微一用力，老旧的木门发出嘎吱的声音。

门关到一半，谢图南抬起手及时拦住了，他说："找你说点儿事。"

沉默良久，心底的情绪翻涌了一阵，最终，乔暮云说道："就在这儿说吧。"

但随即，她听到一道奇怪又尖锐的声音……糟了，锅里还煮着东西！

顾不上那么多，她快步往厨房跑去。

谢图南推开门便走了进去，借着光亮，他看清了院子里的布局。左侧屋子里亮着灯，窗户上蒙着水汽，映出乔暮云模糊的身影。她好像在煮饭。

手忙脚乱地关了火，乔暮云找了个盘子，把牛肉和生菜都捞了出来。

"你就吃这个？"谢图南走到门口，皱着眉头问。

"挺好的，健康。"乔暮云把锅里的水倒进水池，没有回头。

谢图南知道乔暮云的厨艺。那两年，她也尝试过给他做饭，但实在是不怎么好吃。但他没想到，她一个人生活能如此凑合。

"去换件衣服，我带你出去吃。"

这时候，院子里传来陈奶奶的吆喝声："这孩子，怎么连院门都不关？是不是又在吃水煮菜呢？奶奶晚上做了肉末茄子……"声音戛然而止。

进门后，她看到厨房里站着一个年轻人。

谢图南任由她打量着，扯出一抹笑容，看起来真诚又善良。

短短几秒，陈奶奶的表情从惊疑到揶揄，随后问乔暮云："男朋友？"

"不是。"乔暮云否认道。

话是这样说，但天都黑了，她穿着睡衣在这个男人面前吃东西，两人怎么看也不是普通关系。而且，男人一表人才，气度不凡，陈奶奶越看越满意。

"你看，你又瞎吃，这白水煮菜能有什么营养……"陈奶奶唠叨起来，把手里的盘子递给谢图南。

一盘肉末茄子，一盘拍黄瓜，谢图南就这样接了过去。

"那你们慢慢吃。"陈奶奶留下这句就走了，还贴心地给两人带上了院门。

谢图南看了一圈，问道："没煮饭？"

"没有。"乔暮云坐下来，夹了片肉塞进嘴里。

"伤身。"

"烟酒对身体的伤害更大，我也没见你戒烟戒酒。"乔暮云下意识地呛他，说完后才觉得这话听起来更像在关心他。

沉默了两秒，她放下筷子，语气里带了点儿恼意："你还有什么事吗？"

谢图南"嗯"了一声，从她身后的橱柜里拿了副碗筷，坐到她的对面。

这是一张小方桌，长度也就八十厘米，谢图南的长腿占了桌底下一大半的空间，两人的膝盖有意无意地碰到一起，像触电一样。

乔暮云猛地站起身，椅子和地面摩擦，发出尖锐的声音。

谢图南眉心一跳。他缓缓地收回手，叹了口气："先吃饭吧，吃完再谈。"

"现在就说吧。"乔暮云不为所动，但看着他的脸，她说不出更难听的话。

"那个叫杨华的女人，十五年前在月华路开着一家小超市，她当时有个情人，在海鲜市场送货。"谢图南缓缓道。

他怎么会知道？他在青城也能手眼通天吗？

"然后呢？"乔暮云下意识地问。

谢图南用筷子敲了敲碗，打着商量："先吃饭，吃完饭就告诉你。"

乔暮云在心里骂了一句，又问："你怎么知道我在调查我父母的车祸案？"

"老爷子说的。"

"他还说了什么吗？"问完，乔暮云就后悔了。应该不会，祝教授是讲信用的人，答应了保密就会说到做到，但自己的问话已经收不回来了。

果然，谢图南注视着她的眼睛，若有所思地问："还有什么事吗？"

"没有。"乔暮云不擅长说谎，至少，谢图南一眼就看出了她眼神里的躲闪。

"不肯告诉我？"

乔暮云不说话，沉默着去夹菜。或许是不锈钢材质的筷子太滑，或者只是单纯的注意力不集中，一块茄子，她夹了三次都没夹起来。

她没了耐心，放下筷子，语气也不那么平和了："我有权利保持沉默。"

谢图南也不恼，反而不急不缓地帮她把刚才那块茄子夹到了碗里。

像是一拳头打在了棉花上，乔暮云的心底生出一种无力感。

他态度和缓，仿佛在讨好她，但又油盐不进，让人无法应对。

乔暮云把谢图南夹到碗里的茄子拨到一边，决定先问更重要的："那个杨华和……她的情人，你还知道什么？和我父母的车祸有关吗？"

谢图南点点头，说道："她当时的情人叫赵武平，这人也是她现在的丈夫。"

乔暮云等了半晌，才道："没了？"

"暂时就这些。不过，这事还有线索，不难查，明天上午我来接你。"

乔暮云知道谢图南神通广大，有他帮忙，这案子会容易很多。她不想接受，可捷径摆在眼前，如果能让事情更快地水落石出，她没有办法开口拒绝。

吃完饭，谢图南接个电话就离开了。

乔暮云看着桌上的两副碗筷，呆坐了很久。

次日，乔暮云醒得很早。她去院子里摘了个番茄，洗了洗便将就着当早饭吃了。隔壁院子里传来水声，乔暮云准备将昨晚洗干净的碗给陈奶奶送过去。

"怎么起得这么早？"陈奶奶在洗衣服，看见乔暮云过来，她有些惊讶。

"睡不着。"乔暮云把碗放在水池边。

小时候，奶奶也喜欢在外面的水池边洗衣服，她总是搬个小板凳坐在旁边，妈妈在厨房里做饭，香味随着风飘到院子里……

“吃饭了吗？”程奶奶问。

“吃了。”乔暮云回过神，笑道，“摘了您两个番茄。”

“院子里种的东西，你随便摘，本来就是你家的地……你是说你早上只吃了个番茄？”陈奶奶忽然反应过来。

乔暮云挠了挠脖子，说道：“是。”

“你这丫头，过日子哪能这么将就？以后成家了也这样？”陈奶奶嗔怪道，“在这儿等着，我去给你煎两个荷包蛋。”说完，她快步走向厨房。

乔暮云跟了过去。

陈奶奶是独居老人，老伴早年就去世了，儿女一个出国定居，一个远嫁，都不在身边。以前，乔暮云奶奶还在的时候，两个老人时常聚在一起说话解闷。

在陈奶奶心里，乔暮云和自己的亲孙女是一样的。

鸡蛋下了锅，发出呲呲呲的声音。陈奶奶问：“昨晚的小伙子走了？”

“早走了。”乔暮云拉过椅子坐下，说，“我们真的没关系，就是……普通朋友，而且，他不小了，已经三十二岁了。”

“那也就比你大个五岁。”陈奶奶说，“男人又不显老，年龄不是问题。”

乔暮云决定跳过这个话题，但陈奶奶还在问：“他是做什么工作的？”

“开公司的。”

“稳定吗？”老人家都最关心这个，家财万贯都比不过铁饭碗。

乔暮云想了一下谢图南破产的可能性……几乎没有。谢家的根基在那儿，只要没出什么败家的后代，还能延续很多年。

但是在陈奶奶的注视下，乔暮云摇着头说：“不稳定，做生意哪有稳定的？风险大着呢。而且，他是北城人，很快就要回去了。”

陈奶奶的女儿就是远嫁，人生地不熟，不知道受了多少委屈，时常打电话回来诉苦。

“那还是再考虑考虑。”陈奶奶果然动摇了，“他长得那么帅，又有钱，生意场上见得多了，未必靠谱。”

乔暮云连连点头。

吃了两个荷包蛋后，乔暮云溜达着回家了。

屋前有一棵很大的桂花树，旁边有一张石桌，边上还有一个秋千椅。

乔暮云小时候很喜欢荡秋千，清晨或者黄昏，奶奶总是在地里忙活，爸爸就坐在旁边的石桌上看书，或者在厨房帮妈妈做饭。

乔暮云晃了晃脑袋，轻舒了一口气，随手拿了本书坐到秋千上看起来。那是一本杂记怪谈，书页发黄，很有年代感，大概率是爸爸当年从书市上淘回来的。

起初，乔暮云只是随便翻翻，但渐渐地，她被里面稀奇古怪的故事吸引，看着看着就忘了时间。

谢图南到的时候看到的就是这幅场景——乔暮云穿着一条淡紫色的长裙，手里拿着书，坐在秋千上。阳光热烈，秋千靠着墙，她的半边身子在阳光下，侧脸看起来十分温柔。谢图南站在门口看了一会儿，见她没发觉自己，走近了问道："你平时都不关门？"

乔暮云一惊，手里的书没拿稳，掉到了地上。她白天的确不怎么关院门，这附近治安不错，而且陈奶奶也会经常过来打理一下菜地。

但乔暮云不想和谢图南解释。

坐了这么久，她终于觉得肩膀有些酸。随后她弯腰去捡书。

谢图南先她一步将书捡了起来。他翻了翻书，问道："喜欢看这些？"

"还行。"坐了太久，乔暮云的脑袋有点儿蒙，态度没昨晚那么生硬。

在谢图南的印象里，她更喜欢看一些花花绿绿的杂志，但他也不深究这个，只说："走吧。"

"去哪儿？"乔暮云从他手里抽回书，将书扔到秋千上。

"见个人。"谢图南说。

谢图南的车停在巷子口，乔暮云坐进副驾驶座，系上了安全带。

车子平稳地驶上了大路，谢图南忽然问："吃过饭了？"

乔暮云不知道他是认真问的还是随便找个话头，"嗯"了一声，也没多说。

为了避免尴尬和闲聊，乔暮云调整了座椅的角度，合上眼睛假装睡觉。没想到这次，谢图南开车很稳，她真的睡了过去。

她醒来已经是大半个小时后，车子停在路边。

"嗯？"乔暮云无意识地出声，茫然地睁开眼，似乎不知道自己身在何处。

"醒了？"

恢复思考后，视线变得清晰起来，乔暮云动了一下，盖在身上的西装外套随之滑落下去。她伸手接住，而后看向旁边的谢图南。

谢图南闭着眼，呼吸平稳。

察觉到乔暮云的注视，他缓缓睁开眼，侧过头来。

乔暮云立刻挪开了视线，没有和他对视。她把外套对折，递了过去。

谢图南接过后，随手将其扔到了后座。

看他解开了安全带，她也准备下车，刚搭上门把手，便听他道："等等。"

乔暮云疑惑地回头。

"手机给我。"谢图南说。

他的语气太理所当然，以至于乔暮云没来得及思考，就把手机递了过去。谢图南接过后，问道："密码是多少？"

密码……乔暮云仅剩的困意在这一刻烟消云散。

密码是他们分开那天的日期。

一开始，她是为了提醒自己不要忘记，不要回头，后来习惯了，就没有改。

迟迟没听到回应，谢图南侧过头，问道："怎么？跟我有关？"

谁说男人的第六感不准？乔暮云反倒坦然了，面色平静地报出一串数字来。

或者，他压根不记得。

即使并不是很想求证这一点，乔暮云还是转头了。

听到这串数字，谢图南有片刻的迟疑，似乎是在思考这串数字和他到底有没有关系。但随即，他毫不犹豫地输入了密码。

果然不记得。乔暮云抿着唇，看向窗外，心里很闷。

不是因为谢图南连和她分手的日期都不记得，她也不是仪式感很重的人，只是她发现，有那么一瞬间，她竟然期待过他会记得。

乔暮云，你清醒一点儿。

乔暮云闭了闭眼，再睁开眼的时候，所有的情绪积累到了最高点。

她没打招呼，先一步开门出去了，带上车门时，身后发出"嘭"的一声响。

谢图南抬起头，便只看到了乔暮云的背影。他的手指顿在屏幕上方，脑海里闪过某个片段。他在心里念了一遍那串数字，随后拿出自己的手机解锁，找出了乔暮云以前用的微信号。

最后一次聊天的日期……

谢图南很少记日期。他的行程都由助理提醒，而且他对纪念日和节日一向没有什么兴趣。印象里，乔暮云也不热衷这些。她很宅，不爱热闹，甚至连自己的生日都能忘。

通常，女生喜欢的东西都是差不多的，无非是衣服、首饰、包包，但她好像是个例外。每次送她什么，她都是高兴的，又好像没有真的高兴过，似乎那些东西对她的吸引力还没有她窝在沙发里安安静静地看一部电影来得大。她好像很坚强，但看书和电影时会掉眼泪，有时候坐在窗边也能发呆很久。

谢图南从来不去深究她的心思，他不喜欢猜。

现在想来，她究竟想要什么，在乎什么，他的确说不上来。

非要说她有什么喜欢的……就是喜欢攒钱。

她是个小财迷，但如果直接给她一笔钱，她又不会要。

原来，她从一开始就很倔。

谢图南抬手揉了揉太阳穴，若有所思地看向窗外。

乔暮云站在路边的树底下，踢着地上的石头，脸上的表情很生动，像是懊悔地下了车，却又不愿意再回来。

谢图南静静地欣赏了一会儿，又垂下眼。手机屏幕已经暗了下去，他重新解锁，操作一番后，他拔了钥匙，推开车门下去了。

乔暮云听到了声音，但没有回头，直到谢图南把手机递到她的面前。

"走吧。"他说。

乔暮云接过手机，问道："去哪儿？"

谢图南朝前面的一幢大楼示意了一下，乔暮云抬起头——

这是当地档次最高的五星级酒店，但是……他带她来这里干什么？

乔暮云握紧了手机，警惕地看着谢图南。

对于她的防备，谢图南恍若未觉。他看着时间，说道："只是跟你吃个饭。"

进了旋转门，有服务员迎上来。谢图南把车钥匙扔过去，和乔暮云径直走向电梯。金色的电梯壁上清晰地映出人影，密闭的空间里，乔暮云有些不自在。

她后知后觉地掏出手机，想看看谢图南刚才做了什么。

乔暮云的手机很干净，里面除了安装一些必要的社交软件和生活软件，再无其他，就连相册里都没几张照片。因此，手机被他拿走，她也没多在意。

手机桌面上没什么变化，乔暮云打开微信，随即怔了一下——最上面出现了一个陌生的聊天框。

他把手机拿过去，就是为了加她的微信？有什么用吗？他能加，她就能删。

乔暮云打开他的微信头像，看了一眼他的朋友圈。他的朋友圈设置为半年可见，但什么动态都没有，朋友圈的背景图是蓝天白云。

乔暮云点进他的头像，将手指放到"加入黑名单"选项上。

"你敢拉黑试试？"头顶上传来某人略微不善的声音。

乔暮云迟疑了。谢图南的脾气，她是知道的，这两天，他的态度已经前所未有地温和，但他的忍耐不可能没有限度。况且，现在是他在帮她。

吃人嘴软，拿人手短，有求于人的时候不能太过分。乔暮云的手指上移，从"加入黑名单"挪到"朋友权限"一栏，随后设置为"仅聊天"。

谢图南眼皮轻抬，视线从屏幕上缓缓地挪到乔暮云的脸上。

电梯开了。谢图南什么都没说，在电梯即将关上的那刻抬脚往外走。看着他的背影，乔暮云有一种报复得逞的快感。她收起手机，步伐仿佛都轻快了很多。

包间分里外两间屋子，进门是一张大圆桌，往里走有一扇屏风，那旦是会客的地方。沙发上只坐了两个男人。一个西装革履，一个穿得略为休闲。

看到谢图南后，两人慢慢起身。谢图南轻轻颔首，说道："久等了。"

"谢总客气了。"穿着休闲装的男人和谢图南握手，语气谦逊。

接着，他又看向旁边的乔暮云，伸出手自我介绍道："你好，我是闫旭恒。"

闫家是青城的龙头企业，经常出现在当地电视台和财经杂志上。

乔暮云听到这个姓氏就知道了眼前男人的身份。

"这位是郑简，郑律师。"闫旭恒又介绍了西装男的身份，"我们青城律所的活招牌。"

所谓强龙不压地头蛇，在青城地界上，谢图南就是有再大的本事也会水土不服。有闫旭恒从中调停，他们办事会方便很多。

"我们先吃饭吧。"闫旭恒说，"谢总难得到青城，尝尝我们当地的特色菜。"

谢图南说："有劳闫总。"

"客气。"闫旭恒又看向乔暮云，"乔小姐也不用着急，你的事，我托人帮你查了，应该很快会有结果。我们边吃边等。"

虽然知道他看的是谢图南的面子，乔暮云还是诚恳道："多谢。"

闫旭恒哈哈一笑："举手之劳。你是谢总的朋友，也就是我的朋友。"

落座后，闫旭恒示意服务员把菜单递给乔暮云。

酒店的菜单做得很精美，看着就让人食欲大增，当然，价格也同样"精美"。

"谢总，今天喝什么酒？"闫旭恒问。

"今天不喝。"谢图南说，"我还要开车。"

"我就等着这句话呢。"闫旭恒似乎松了一口气，"真喝不过你。"

"不会吧，闫总。"郑律师插话，"你还有喝不过别人的时候？"

"怎么没有？上次，也是在这儿……我们一桌子人，都没喝过他一个。"

那次饭局，谢图南从头到尾没说几句话，别人来敬酒，他便来者不拒，到最后，整个房间只剩他一个人面不改色地坐着。闫旭恒到现在都记忆犹新。

"这都是一年前的事了。谢总这次过来，有公事吗？"

谢图南神色平静地看向窗外，似乎也在回忆什么。听到最后，他才收回视线，道："没有。"

闫旭恒看了乔暮云一眼，了然地说道："那可得在我们青城好好玩玩，青城地方不大，但风景好，人杰地灵。"

他们的对话一字不差地飘进乔暮云的耳朵里，她想听不到都难。

一年前，他来过青城吗？听起来好像是因为生意上的事。

乔暮云把注意力集中到菜单上，随手勾选了两样，便将菜单推给谢图南。

谢图南自然地接过，也勾选了几样。

菜单到了闫旭恒那儿，他没细看，直接对服务员道："除了这些，招牌菜都上一份。蒸羊肉来两份，一份辣，一份不辣，做法你们知道的，辣的那份按照老何的口味。酒也是老规矩，等会儿他来了看不到这些，又要和我吵了。"

谢图南笑了笑，说道："老何还是这样。"

"他老婆去世后，他一直天南海北地跑，没几天在家。"闫旭恒说，"乔小姐这次来得巧，他正好人在青城。"

不知道这个老何是何许人物，他们似乎挺熟的。乔暮云默默地听着，没插话。

半小时后，她见到了他们口中的老何。老何矮矮胖胖的，穿着一件黑色T恤，皮肤是健康的小麦色，人很精神。

"迟到了，先罚酒。"闫旭恒调侃道。

"罚酒就罚酒，正合我意。蒸羊肉上了吗？"老何笑呵呵地说道，他眼睛眯成一条缝，看着很亲切。他坐到闫旭恒旁边，抬头扫了一眼桌上的人，"哟，谢总也在呢？那这位就是乔小姐吧？"

乔暮云笑了笑，点头道："你好。"

"那我就直说了。"老何豪爽地喝了一口酒，继续道："你父母的案子，我已经了解了，虽然时间有点儿久了，但好在我们有线索。只是不知道你是想公开审理，还是私下解决？"

"我……"乔暮云沉默了片刻，才说："先把事情弄明白吧。"

老何点点头，拿出一个牛皮纸袋，说道："十五年前，杨华在月华路开着小超市，当时，她有个情人在海鲜市场送货，也就是她现在的丈夫，赵武平。"

"昨天，我和警察去了一趟杨华家……"乔暮云把昨天的情形复述了一遍，

"我不知道她说的是不是实话。"

老何听完，沉吟了片刻。

"杨华是十年前离婚的，她和前夫有一个儿子。离婚时，作为过错方，她一无所有，孩子留在了前夫家。和赵武平组建家庭后，她又生下了小女儿赵梦瑶。"说着，老何从文件袋中拿出两张照片，一张是改建前的月华路，一张是杨华一家三口的合照。

"这个赵武平呢，我打听了一下，是个老实人……"说到这儿，老何停顿了一下。饭桌上的人都笑了，毕竟，真正的老实人不会插足别人的婚姻，给人戴绿帽子。

老何轻咳一声，换了个说法："我的意思是，赵武平这个人很重情义。"

"乔小姐刚才说，杨华昨天承认了她当年对警察说谎的事实。其实车祸发生时，她正要关店，也看到了车祸的经过，但因为胆小，她既没有上前查看，也没有报警或打120。巧的是，车祸前两个月，赵武平辞去了海鲜市场送货的工作，买了辆大货车，准备从事运输工作。"

乔暮云的心提了起来，但老何的下一句话又让她稍微放松了，"但我查了他当时所在运输公司的出车记录，确认了车祸前后，他都不在青城。"

"我更倾向于，那晚，杨华其实看到了一切，而且，她认识肇事司机，对方很可能是她的熟人。或者说，是赵武平的熟人。"老何语气沉稳，说出了他的推断。

赵武平买了货车从事运输工作，可能会认识当时的肇事司机，而他很讲情义，这可能正是杨华对警方说谎的原因。这样一想，似乎一切都说得通了。

"那现在怎么办？"乔暮云紧握着手中的照片，感觉心脏快要跳出胸腔了。

"先吃饭。"谢图南拿走她手中的照片，放到一边，"吃完我们再问问。"

"问谁？"乔暮云不解地问道。

"当然是杨华和赵武平。"老何笑道，"时间过去了太久，按照赵武平当时的人际关系逐一排查，收效甚微，不如直接问他们。"

"他们会说吗？"

谢图南拿过饮料，帮乔暮云倒满了一杯后，说："会的。"

"乔小姐，谢总办事，你还不放心吗？"老何调侃道，"不过，我们得等两天，赵武平去南城跑运输了，六号才会回来。"

六号，乔暮云拿出手机看了一眼，是后天。

她正准备把手机收回去，却收到了林西湛的微信消息：在干什么？

乔暮云看到了，但她没有回复。

饭局已经接近尾声。走出饭店后，闫旭恒和谢图南谈论着生意上的事情，乔暮云跟在旁边，有些心不在焉。她觉得这一切都不真实，事情的进展过于顺利，让她觉得不真实。

尘封了这么多年的事情，因为叶萌的偶然发现，便有了杨华这条线索。

真相似乎真的近在眼前。

"在想什么？"

乔暮云回过神，发现自己不知不觉走到了路边，如果不是谢图南拉着，她可能已经出了车祸。有车辆从眼前急速驶过，热风扑向脸颊。乔暮云有些后怕，往后退了一步，抬头便对上了谢图南漆黑的眸子。

"没想什么。"乔暮云收回视线，说。

"谢总。"一辆黑色轿车从辅路开过来，闫旭恒从车窗露出脸，"那我先走一步，明天见。"说完，他又看向乔暮云，友善地说道："乔小姐，再会。"

乔暮云摆了摆手，目送那辆黑色轿车没入车流，而后她拿出手机看时间。

她将手机调成了静音模式。吃饭期间，林西湛又发了几条微信消息过来。

乔暮云看完了，但依然没有回复。她收起手机，对谢图南说道："不用送我，我自己回去就好。"

"发展到哪一步了？"谢图南忽然开口。

"什么？"什么哪一步？乔暮云没反应过来。

"和林西湛。"谢图南的视线扫过她的手机，重复道："发展到哪一步了？"

突然从他嘴里听到"林西湛"这个名字，乔暮云实打实地愣了一下。

她不说话，谢图南就静静地等着。

行人匆匆，路上的车辆走走停停，前方路口处的红绿灯交替闪烁。

那些声音好像很远，远到仿佛世界只剩下他们两人。

"朋友。"乔暮云最后说。

"知道了，走吧。"他按了一下车钥匙，路旁的黑色轿车应声解锁。

乔暮云想说她自己能回去，谢图南却似乎看穿了她的想法。

"我送你。"谢图南先一步说，"或者，我们继续在这儿聊聊天。"他用着轻轻慢慢的语调，似乎在和她商量。

这个路段不好打车，去公交站台还要绕过前面的十字路口。谢图南开了副驾驶室的车门，乔暮云坐了进去，系上安全带，随后看着窗外出神。

她在想，如果谢图南这时候说"追她"或者"复合"之类的话，她该怎么拒绝。

车子启动了，路边的高楼缓缓后退。谢图南放了首舒缓的音乐，说道："累了就睡会儿。"

乔暮云才发现他今天穿的是白色衬衫，袖子微微卷起，露出半截修长的手臂，领口处微敞。他专注地看着前方，搭着方向盘的手修长干净，神情平静。

谢图南到底是谢图南，他太懂得进退和时机了。她连拒绝的话都想好了，偏偏他只字不提。

那天晚上，乔暮云做了一个梦。

梦里是夏天，天色还没暗，她才七八岁。爸爸给她做了个网兜抓蜻蜓，竹竿被颜料染成了她喜欢的黛绿色。她穿着小裙子在院子里跑得满头大汗，妈妈要抓她回去擦汗，她不愿意，便挣脱出妈妈的怀抱。

一个平淡又真实的梦，却温馨到令乔暮云几乎不愿意醒来。

但她还是醒了。

已经早上了，阳光透过窗子照进来，窗边的木质书桌泛起古旧的色泽。乔暮云盯着天花板，翻了个身，重新闭上眼。她想回到梦境里，却已经没了睡意。

一刻钟后，她起身去了杂物间，从一堆分好类别的箱子里抽出了一个贴着"玩具"标签的箱子。

在整理东西这件事上，她稍微有点儿强迫症，因此找起东西来也很容易。

不多时，乔暮云就从箱子里拿出了一个网兜，和梦里那个网兜相差无几，只是竹竿和网面上的颜料掉了一部分。乔暮云拿着网兜把玩了一会儿，又翻了翻箱子里的其他东西：小木剑、算盘、灯笼、各种木刻的小动物……她把箱子推到外面，找了块旧床单，把东西都铺在床单上。

其中还有一堆彩色的圆环，那是夜市小摊上套圈用的。乔暮云把床单挪近了些，坐在秋千上套圈玩。

她一连扔了七八个圆环，一个都没中。善于套圈大概是一种天赋，但她没有。

阳光洒下来，乔暮云往阴影处挪了挪，一抬头，便看到院子里多了一个人。

他什么时候来的？

淡淡地扫过一眼后，乔暮云只当没看到人，继续扔着圆环。好巧不巧地，谢图南往前走了几步，圆环正好被扔到他的脚边。

他弯腰捡起圆环，拿在手里看了会儿，似乎有些新奇，问道："好玩吗？"

"你没玩过？"

"没有。"

乔暮云默然，这位爷小时候玩的玩具大概也和普通人不一样。

乔暮云又往前扔了一个圆环，这次，圆环套中了一个小木鸟。她眼神一亮，嘴角有了笑意，再开口的时候，语气都轻快了不少："去过夜市吗？"

谢图南挑着眉看她，一副若有所思的样子。

乔暮云的额头上仿佛挂着一排黑线，她解释道："不是夜场。"

"小时候，晚上的街边会有这种套圈的小摊，什么玩具都有。"乔暮云解释道，"摊主画一条白线，客人站在白线外往前扔圆环，三块钱一次，不管套到什么东西，都可以马上带走。"

她坐在秋千上，双腿来回晃着，整个人看起来惬意又温柔。

谢图南低头看了看手里的圆环，又抬头问乔暮云："套中什么都能带走？"

"看你的本事——"话音未落，乔暮云感觉有什么东西径直飞过来，轻飘飘地落到了自己的头上。

她仿佛被定住了，几秒后，她缓缓抬手，从头顶取下了淡蓝色的圆环。

而罪魁祸首站在三四米外，气定神闲。

这样幼稚的做法实在不像他的风格，乔暮云一时间有些发愣。随即，她往屋里走去，听到跟来的脚步声，她并没有回头赶人。

或许因为这是在家里，她有安全感，也或许是因为他温和的态度。如果不去想从前那些乱七八糟的事，她似乎也不用和他横眉冷对，让场面太难看。

只是，某人好像一点儿都没有在别人家的自知之明。从进屋开始，谢图南就坐了下来，毫不见外地说："赵武平回来了，等会儿，我们去一趟。"

"不是后天吗？"乔暮云错愕道。

"嗯，我也不清楚。"

"那我去收被子。"

谢图南拿出手机看了一眼，说道："今天不下雨。"

不下雨就不用收被子了吗？乔暮云低着头，有些无力地说："少爷，下午两点就得收被子，最迟也不能超过四点。"

有多久没在她脸上看到这么生动的表情了？谢图南想不起来了。

"下午，我再送你回来。"

乔暮云不是很想折腾，但听他这么说，她也没再坚持。

一小时后，还是在昨天那家酒店，连包间号都没变。

进了包间，乔暮云才发现杨华和她的丈夫赵武平都在。她不知道这是怎么回事，有些不安地抓紧了包上的链条。下意识地，她抬头去看谢图南。

谢图南正好垂眸，随后，他抬手揽过她的肩，带着她往沙发走。

乔暮云没有挣脱开。

闫旭恒起身，说道："谢总，乔小姐，坐。"

看到乔暮云，杨华怔了怔，她碰了碰赵武平，有些局促。

后者不解道："怎么了？"

杨华低声说了句什么，大概是在解释乔暮云的身份。

赵武平抬头看过去，眼神里闪过一丝复杂的情绪，但很快消失了。

"闫老板，郑律师。"他赔了个笑，"我妻子已经和警方解释过了，她当年确实没说真话，但也是真没看清，你们这样……不好吧？"

"赵先生，不用紧张。"谢图南摆弄着茶几上的茶具，慢条斯理地说道，"吃个饭而已，我们又不是黑社会。"

赵武平不认识谢图南，但他也见过世面，看闫旭恒对谢图南客客气气的，就知道此人不是什么善茬，只道："我妻子说的都是实话，事情都过去这么多年了，她真的记不清了。各位都是大人物，像我们这种平头老百姓，靠普通工作勉强糊口，实在不敢劳烦几位大驾。"

赵武平很会说套话，看似老实，实际上很懂得怎么放低姿态。

"赵先生自谦了。"坐在角落的老何忽然道，"勉强糊口，我看算不上。"

这话意有所指，赵武平明显愣了一下，问道："您这是……什么意思？"

老何放下二郎腿，变戏法般拿出一个文件袋打开，从里面抽出几页纸。

"赵先生做运输工作也有些年头了，最近刚在城东买了套复式楼房吧？据我了解，杨女士是没有工作的，看来，运输的利润是真丰厚。"

老何把那几张纸放到茶几上，赵武平只瞟了一眼，脸色就有点儿发白。

杨华拿起来看了看，但似乎没懂："这是什么？"

"赵先生，"老何开口道，"电缆可是好东西，您这涉及金额还挺大。"

老何说完，赵武平的脸色已经很差了。

"承包商要是正儿八经地告你，你估计也得坐几十年牢吧？"老何继续说。

乔暮云不太懂，但她知道，现在的情况是赵武平犯了事，还是不小的事。

听到这儿，杨华已经慌了，结结巴巴地说道："这……你们……"她抓着赵武平的手臂，有些语无伦次，"你们是怎么知道——"

"瞎说什么？"赵武平打断她，又看向老何，似乎冷静了下来，"什么电缆，我就是一个跑运输的，人家让我运什么我就运什么，你说的事情，我不知道。"

这辩白，在乔暮云一个外行听来都没什么说服力。

老何不慌不忙地继续说道："我也不想为难你，你怎么从工地运电缆出来，和谁合谋，都与我无关。只要你们说实话，这事，我就当不知道。"

老何看向杨华，一字一句地问："当年，你看清了吗？"

杨华平时只在家带带孩子，哪里见过这么大阵仗，一听坐牢，她十分心虚，当即乱了方寸，慌张地说道："看……看清……"

"你闭嘴！"赵武平压低声音呵斥道。

"你还不让我说了？"杨华急了，"人家说了不为难我们，你何必……"

"够了。"赵武平的额上有青筋暴起。这些人哪有这么好说话，但他又不能点明，只能暗示妻子，"有什么话回家再说。"

杨华没听懂，直言道："你把他当兄弟，他把你当兄弟了吗？他也就……"

见妻子越说越没分寸，情急之下，赵武平推了她一把。

杨华怒道："赵武平！你推我？"

"好了！别说了！"

"什么别说了？都是你，要不是当初……"

"啪"的一声，赵武平打了杨华一个巴掌。杨华愣了几秒，随即冲上去和赵武平扭打在了一起，旁人拉都拉不开，场面一度十分混乱。

乔暮云呆坐在沙发上，没说话。她有点儿蒙，不知道是因为杨华透露出来的信息，还是因为眼前这出离谱的闹剧。

"看来一时半会儿不会有结果了，不如我们换个地方，谢总觉得呢？"

谢图南刚泡完一遍茶，他不急不缓地倒出一杯茶放到乔暮云面前，说道："听闫总的。"

"乔小姐呢？"闫旭恒又看向乔暮云，礼貌地问道。

乔暮云端起茶杯，说道："我想先回去了。"

谢图南看了一下手表，问道："还没到收被子的时间吧？"

第十章
我没想过分手

　　不知道事情是怎么发展成这样的。乔暮云走在商场里，两侧是林立的商铺，人潮密集……重要的是，她的身边是谢图南。

　　乔暮云的脑子很乱，一边走，一边回想刚才的场景。

　　杨华和赵武平的争执、呼之欲出的真相、混乱的场面……只有谢图南气定神闲地问她："还没到收被子的时间吧？"

　　然后，她是怎么回的？她好像说："还是早点儿收了吧。"

　　谢图南笑了，说："也行。"

　　明明是很无厘头的对话，但仔细琢磨，又有些微妙。

　　就在这时候，杨华尖叫了一声，坐到地上哭号起来。赵武平站在一旁，脸上全是女人抓出来的血痕，他似乎也累了，任由妻子哭闹。乔暮云的思绪还在游离，猛地被这哭号声吓到，拿着杯子的手抖了一下，茶水便溅到了衣服上。

　　然后，她就来到商场，但谢图南也跟过来了。

　　"要进这家看看？"谢图南问。

　　乔暮云抬起头，发现面前是一家品牌店，一眼望过去，店里都是花花绿绿的小裙子，颜色很清新，款式也新颖。

　　但乔暮云的注意力完全不在裙子上，她问："刚才老何说的是什么意思？"

　　"你指什么？"谢图南边说，边走进店里。

　　马上有导购迎了过来。做这行的眼光都好，导购小姐一眼就看出谢图南身价不菲——他全身上下穿着的全是高定款式，腕上的手表少说价值百万，虽然一眼看不出年纪，但眉宇间充满成熟男性的魅力。

　　当然，帅哥归帅哥，这里是女装品牌店，她的目标是帅哥旁边的美女。

　　导购小姐拿出十二万分真诚的笑容，看着跟在一旁的女士。

　　然而，乔暮云问谢图南："赵武平犯法了？"

导购小姐嘴角的笑容僵了一下，说道："欢迎光临。"

乔暮云笑了笑，礼貌地说："我们随便看看。"

"好的，那您有需要就叫我。"导购小姐注意到了乔暮云衣服上的茶渍，知道这单生意八九不离十了，便没有打扰他们说话。

谢图南解释道："赵武平跟人合谋偷了工地用的电缆。这种事不少见，如果不被发现，也没什么。"

"那如果被发现了呢？"乔暮云又问。

"那要看是谁发现的，还有他偷的这些电缆有没有过账。"谢图南指了指一条淡蓝色的裙子。印象里，乔暮云很喜欢这种颜色。

但她看了一眼就走开了，似乎有点儿嫌弃。她重新拿了一条黛绿色的吊带裙，颜色宛若水墨，用的是很高级的双层网纱面料，有点儿酷。

乔暮云在身前比了比，继续问："有什么区别？"

谢图南抱臂斜靠在旁边，似乎思考了一会儿，才说："都挺好看。"

"不是在问你衣服。"乔暮云把裙子挂回去，"我问的是不同的人发现，和有没有过账，区别在哪里。"

"很复杂。"谢图南说，"如果是被承包商发现，那得看跟他合谋的人是不是管理层，一般来说，最终会协商着内部解决；如果是甲方对账的时候发现，按照合同，承包商需要以电缆原价的三到五倍进行赔偿。"

"为什么是承包商赔？"这个问题确实很复杂，乔暮云似懂非懂。或者说，她也不是很想懂，只是心里太乱，需要用这件事转移注意力。

"甲方只会找在合同上签字的人要钱，剩下的事跟他们无关。"说着，谢图南拿起刚才那条黛绿色的裙子，说，"试试吧。"

见乔暮云不动，谢图南又说："试完再慢慢跟你讲。"

一直观察着这边的导购小姐终于觉得有了用武之地，她走过来，说道："试衣间就在这边，您应该穿小码的，这件正好。"

乔暮云便拿着裙子进试衣间了。

裙子的领口处采用了绑带设计，黑色的丝带交叉，绕过脖子，带着性感和俏皮，又有一种危险的诱惑感。乔暮云刚才只是随手拿了一件，本来只是想拿一条和谢图南选的类型完全相反的裙子。其实，她之前并没有尝试过这种风格。

从试衣间出来后，她站在镜子前，似乎有点儿不认识镜子里的女孩了。

谢图南从后面走过来，两人的目光在镜子里交会。他不说话，只是静静地欣赏，视线在乔暮云锁骨的线条处流连，喉结上下微动。有一种暗流在空气里涌动，谢图南又往前走了一步，离乔暮云只有半步远了。

他的视线落到乔暮云的背上，说道："很好看。"

似乎有一股温热的气流拂过肩头，乔暮云垂下眼问："要赔多少？"

"什么？"

"承包商要赔多少？"乔暮云又随手拿起另一条浅绿色的裙子。

谢图南笑了一下，开口道："赵武平拿到的应该不是大头，但即使如此，他也能在青城买下一套不错的房子，我估计，被偷电缆的总量不会少。"

"如果按三倍的赔偿算……"他顿了下，说得随意，"也就几千万吧。"

——"也就"。

也对，对他来说，几千万确实和几千块差不多。

乔暮云拎着那条浅绿色的裙子进了试衣间。乔暮云很喜欢这条浅绿色的裙子，颜色清新，面料舒服，裙摆错落，质感轻盈。

"就这件吧。"她不想浪费时间，直接定下了。

"好的。"导购小姐语气轻快，笑容灿烂，"包起来还是直接穿上？"

"我原本的衣服脏了。"乔暮云说，"直接穿走吧。"

但她的鞋子还在试衣间，她向导购小姐打了个招呼，返回去换鞋。

出来的时候，她感觉到氛围不太对——导购小姐的手里多了好几个购物袋。

"还有需要的吗，先生？"导购小姐眼神晶亮地看着谢图南。

谢图南随手又指了一条裙子，说道："这个也包起来。"

"好的好的。"导购小姐的脸都快笑成一朵花了。

"你干什么？"乔暮云忍不住问。

谢图南回过头，眉梢轻挑道："都挺好看的。"

乔暮云知道，谢图南一直有这个习惯，买东西不看价格。她径直走到柜台处，调出手机里的支付二维码，说道："你好，我身上的这条裙子，我自己付钱。"

至于剩下的，他爱买多少买多少，反正她不要。

导购小姐举着手里的衣服问谢图南："先生，那这些……"

谢图南看着乔暮云的背影，在导购忐忑的目光中开口："刚才我说的那些，都包起来吧，明天送到我家里。"说着，他从西装口袋里抽出一张卡递给导购。

"好。"导购小姐接过那张卡，咽了咽口水，"那您留个地址。"

谢图南接过笔，在纸上龙飞凤舞地写下了自家地址。

那边，乔暮云已经付完钱，拎着换下来的衣服出去了。此时，手机突然响了，谢图南接起来，一边将手机放到耳边，一边在消费单上签字。

"我知道了，辛苦。"写完最后一笔，他转身往外走去。

商场分 A 座和 B 座，除了大门，还有七八个出口。乔暮云的方向感不好，正想找个人问路，身后突然传来谢图南的声音："不买别的了？"

"不买。"乔暮云一边说，一边按着指示牌走。

谢图南不紧不慢地跟上，道："闫旭恒说，杨华和赵武平都去医院了。"

乔暮云顿住了脚步，问道："这么严重？"

"应该……"谢图南顿了一下，说道："是没这么严重的。"

他似乎并不意外，乔暮云下意识地问："为什么？"

"实际上，除了最开始打了杨华一巴掌之外，赵武平几乎没还过手，但是——"谢图南继续道，"每次杨华发泄够了的时候，赵武平就会推她一把。"

乔暮云倒是没注意，疑惑地问："所以，他们是故意的？"

"不是他们，是他。"谢图南不急不慢地分析，"杨华完全被赵武平牵着走，不过，无意识地配合往往是最好的。"

乔暮云若有所思地点头，又问："既然你看出来了，怎么没拦一下？"

"为什么要拦？不是打得挺精彩的？"

乔暮云发现自己的思维也完全被谢图南带着走了，但她不得不顺着他问："那现在怎么办？"

"既然住院了，下午我们去探望一下。"谢图南说得云淡风轻。

赵武平这个人心机太深，这件事，最好的办法就是支开他，直接问杨华。

"我们要报警吗？"

"不用。"谢图南说，"赵武平犯法了，但如果工程的甲方或者承包商不告他，警察也发挥不了什么作用。"

不知不觉，两人已经到了商场门口，乔暮云迟疑地问："那如果没人告他，我们就这么放过他了？"

谢图南掀开门上的帘子，侧过头，问道："想什么呢，哪有这么好的事？"

外头的阳光很烈，他逆着光，似笑非笑。

乔暮云先一步走出去，热气扑面而来。她道："老何说，只要他们说实话，就不会插手这件事情。"谢图南既然找他帮忙了，应该不会干涉他的办事原则。

谢图南又笑了，他放下帘子，说道："他不是已经错过机会了吗？"

赵武平去的是青城人民医院，乔暮云之前就在那里工作。

上车后，乔暮云给同事沈佳打了个电话。

"哪个科室，朋友还是亲戚，叫什么？"沈佳正在吃饭，说话有些含糊。

"骨科。"乔暮云说，"不太熟，所以找你打听一下。"

"那行，我等会儿去楼下给你问问。"

谢图南坐在驾驶位上闭目养神，一动没动，似乎是真的累了。

等乔暮云挂了电话，他睁开眼问："去哪儿吃饭？"

"不太饿。"乔暮云的视线落在手机屏幕上，看着它逐渐变暗。

"中餐还是西餐？"谢图南打了下方向盘，车子缓缓地动了。

其实，他只是随口一问，印象里，她不喜欢西餐。

然而，乔暮云沉默了片刻，说："西餐吧。"

谢图南侧头看了她一眼，有些意外地说道："你以前不是不喜欢西餐吗？"

是不太喜欢，乔暮云想。但那是因为她用不惯刀叉，品不了红酒，觉得自己和西餐厅格格不入，怕露怯。即使后来，她身上已经没有一丝所谓的穷酸气，刀叉用得游刃有余，被人归类为上流人士……她也仍旧不太愿意去。

她明白自己的骄傲，也清楚那些骄傲背后，被小心翼翼藏起来的自卑。

她以为自己一直是那样的人，直到离开了谢图南。

那之后，她才明白，原来她所有的自卑、矛盾、拧巴甚至怯懦，都是因为他。

想到这儿，乔暮云笑了笑，说："现在挺喜欢的。"

再一次和他面对面吃饭，乔暮云从容地点了餐，没要红酒，而是点了一杯冰镇的橙汁。他们坐在二楼靠窗的座位上，悠扬的钢琴曲回荡在每个角落。

谢图南看着乔暮云，觉得她哪儿都没变，又好像哪儿都变了——

没变的是样貌，她仍旧漂亮，精致得像个瓷娃娃；变的是由内而外的气质，她看起来从容恬淡，温柔成熟，又有几分年轻女孩该有的俏皮。

谢图南想起那天的订婚宴上，她说，她有别人。

她会叫那个人什么？谢图南的喉结上下滚动着，呼吸微微加重。他本以为自己不在意这方面的事情，原来不是。没有男人可以那么大方。

二十分钟后，乔暮云在医院见到了杨华。杨华比她想象中还要狼狈，头发散了，脸上也有伤。由于杨华刚才近乎疯魔的表现，小护士都有些怕，不太敢帮她清理伤口，最后，还是护士长亲自上阵的。

"乔大夫？"骨科的护士长四十岁出头，笑起来时眼角有细纹，气质温柔。

"怎么到这儿来了，受伤了？"护士长打量着乔暮云，见她没事，又看向跟着她进来的男人。

他的目光从杨华身上扫过，带着压迫感，但回到乔暮云身上又温和了下来。

"没有。"乔暮云指了指杨华，"我来找她。"

"那你们先坐会儿，我这儿快处理完了。"护士长加快了动作。

杨华身上大多是轻微的皮外伤，还是她自己磕碰的。护士长帮杨华清理完伤口，便摘了手套，收拾了东西准备走。本想叮嘱乔暮云注意安全，但看到她旁边的谢图南，护士长又觉得没有必要。

这男人虽然一句话都没说，但让人很有安全感。

乔暮云进来之后，杨华一直很安静，坐在那儿任人摆弄，看人的眼神很空洞。

谢图南没空照顾她的心情，拉了张椅子坐下，开门见山道："说吧。"

杨华看了看谢图南，又看了看乔暮云，嘴唇微动。她不知道事情为什么突然发展成了这样，从酒店到医院，她仿佛失控了。

"这里是医院。"杨华试图拿出刚才横扫医院的气势，但失败了。

谢图南笑了，说道："那不是正好？"

杨华瞳孔微缩，震惊地问："你什么意思？"

"老何喜欢讲规矩，"谢图南捋了一下袖口的褶皱，"但我这儿不讲规矩。"

"你们没有权利……"杨华卡住了，似乎是找不到合适的词，因为他们的确什么都没做。

"当然。"谢图南的嘴角仍旧噙着笑，"我们是遵纪守法的好公民，但——"他顿了一下，慢条斯理地继续说："你丈夫不是。"这是明晃晃的威胁。

杨华咽了咽口水，试图和他讲条件："如果我说实话，你会放过我们吗？"

"应该不会吧。"谢图南连骗她都不屑。

"那我凭什么要说？"杨华脱口而出。

"说得没错，凭什么呢？"谢图南脸上的笑意消失了，再抬眼时，眉目一片冷然，"赔钱和坐牢还是有区别的，你觉得呢？"

"你怎么保证他不坐牢？"

"这我可保证不了，我只能保证，我不会亲手把他送进监狱。"

杨华终于发现，她无法和眼前的男人谈任何条件。她低着头，似乎做了一番心理斗争，最后终于妥协，慢慢开口道："那个人叫崔建中。"

"当年，是他带着我老公跑运输的，后来出了事……"杨华顿了一下，继

194

续道："就是那场车祸。之后，他把车子卖了，去工地打工了。又过了几年，他想自己包工程，但需要垫资，就找我们一起。我们当时也没钱，就没给他，但他还是做成了，赚了点儿钱。那时候，我们家很困难，他时常接济我们。"

"我不想听废话。"谢图南打断她，"偷电缆的事情，就是和他合谋的？"

"是。"杨华点头，"有一次，他忽然说要请武平帮忙运电缆，事成后分了我们一半的钱，后来……"

这时，清创室的门被人打开了，门口传来一声怒吼："你给我闭嘴！"赵武平的手上还缠着绷带，要不是被后面追来的保安拉着，他估计已经冲了进来。

从几人拿出证据的那一刻开始，赵武平就知道，这是个死局。

崔建中当年撞死了人，他出于义气，把这件事隐瞒了下来。现在，人家查到这里，拿着他偷电缆卖钱的证据威胁他说出真相。

接触工程的人，多多少少都想从中捞一笔，偷电缆的事，只要能把账做平，没被甲方或者承包商发现，事情就可大可小。

他相信对方说的，不会赶尽杀绝。

但他不说，不是因为讲义气，而是他跟崔建中是一条绳上的蚂蚱。他知道妻子脾气暴躁，头脑简单，因此故意激怒她，想借此制造混乱脱身。

万万没想到事态会一发不可收拾。

赵武平又气又急，对着杨华吼道："你能不能别添乱了！"

"添乱？"杨华的情绪又激动起来，"崔建中当年撞死了人，你要我瞒着，现在，难道你要一个人把这件事扛下来吗！你以为他把你当兄弟？你累死累活，提心吊胆，他却只用了点儿小恩小惠贿赂你！"

"你是不是蠢！你觉得他出事了，我能全身而退吗？"

屋子里陷入死寂。

走出清创室时，乔暮云的脚步很沉，她坐在走廊的椅子上，慢慢地捋清了所有的事情。但最重要的是：当年的肇事司机叫崔建中，那场车祸只是个意外。

连日来紧绷的神经终于松了一些，乔暮云靠在椅背上，盯着瓷砖出神。

谢图南站在几米开外的地方，视线落在神情木然的女孩脸上。

她的肩膀那么单薄，是怎么承受这么多事的？

良久，谢图南走过去，在乔暮云身边坐下，问道："在想什么？"

听到他的声音，乔暮云动了一下眼皮，睫毛轻颤，缓缓回神。

她没回答谢图南的问题，视线越过左前方的栏杆，落向窗外，轻轻地开口：

"你不是说——今天不下雨吗？"谢图南顺着她的视线看过去。

不知什么时候，天色已经变了，一片乌云从远处飘过来，光线暗了下去。

医院走廊上的白炽灯接连亮起，在瓷砖上聚成一个又一个光点。隔着门，能听到杨华哭天抢地的声音。

人心是不能坏的，否则报应或早或晚，从不缺席。

乔暮云低头轻舒了一口气，然后起身。

"去哪儿？"谢图南问。

"回家收被子。"乔暮云说。

出了医院大门，天色却比刚才好了一些。刚才那片黑云颜色淡了，正慢慢地往东边移动。乔暮云不喜欢这种黑云，她总觉得会有闪电从里面钻出来。

她怕打雷。

太阳的轮廓越来越明显，没一会儿，头顶又恢复了阳光明媚。

乔暮云舒了口气，收回视线。

到家时是下午四点，正好是收被子的时间。乔暮云回到屋里，拿了支杆子拍去被子上的灰尘。这似乎是收被子的标准步骤，小时候，妈妈和奶奶每次都这么做。她从来没问过为什么，只是跟着学了起来。

"嘭嘭嘭"的声音在院子里回响，灰尘在空气里飞舞着。

谢图南又不知什么时候跟了过来，他靠在院门口，静静地看着乔暮云。她穿着青色的裙子，裙摆微微飘起，手工烫钻的面料在阳光下闪着细碎的光。

将被子拍了两遍后，乔暮云抱着被子往屋里走去。

这次，谢图南帮了她很大的忙，但此刻说"谢谢"似乎没有意义，翻脸不认人又……太无耻。

人情债最难理清。

既然他不进来，她就当作没看到。她的心情不错，暂时不愿想别的。

乔暮云把被子铺好，又将床头的玩偶和抱枕整齐地摆成一排。

这些玩偶都是她小时候的，最大的有一米长，是只粉色的兔娃娃，占了小半张床，应该是某年生日收到的。那时候，她还没这个娃娃高。

乔暮云一边摆，一边想着明天把玩偶都洗一洗。

在谢图南的印象里，乔暮云从来没买过玩偶，他一直以为她是不喜欢的。

而且，这床这么小，再放这么多娃娃，睡起来不难受吗？

因此，乔暮云回过头便看到谢图南盯着她的床，一副若有所思的样子。

乔暮云沉默了几秒，径直走出，带上了门。

谢图南本能地后退半步，他转了个身，靠到门上，问道："弄完了？"

"嗯，你还有事吗？"

这是翻脸不认人了。意料之中的情况，谢图挑眉问："不准备谢谢我？"

"怎么谢？"乔暮云给自己倒了杯水。

"快到饭点了吧。"谢图南看了一下表，"给我做顿饭吧。"

听起来很简单，但是，乔暮云不想做饭，于是道："不太好吃。"

这个他知道，谢图南点头道："我不介意。"

"好吧。"乔暮云放下了杯子。

院子里的这块地不大，被均匀地分成了很多块，分别种了花生、茄子、番茄、青椒、丝瓜，靠墙的地方还种了一排甘蔗。乔暮云站在门口琢磨了一会儿，最后摘了三个番茄，在院子里的水池中清洗起来。

"番茄炒什么？"谢图南在屋前的石桌上坐下，一副坐享其成的样子。

乔暮云专注地洗着番茄，冲洗三遍后，她走到石桌旁，将装着番茄的篮子往谢图南面前一放。谢图南回消息回到一半，抬起头看了看她，似乎不太明白。

"吃吧。"乔暮云说。

谢图南扫了一眼那三个番茄。

乔暮云先拿起一个，咬了一口，说道："这就是我的晚饭，你客随主便。"说着，她坐到了秋千上。

谢图南的眉心跳了跳，沉默两秒后，他拿起番茄，在眼前端详了一会儿。

"你平时就这么过日子？"

"差不多吧。"乔暮云说，"番茄很有营养的，富含纤维素、钾元素、胡萝卜素……反正挺好的。"

是挺好，怪不得越来越瘦。谢图南头疼起来，起身道："走，带你去吃饭。"

"不去。"乔暮云固执道，"我就吃这个。你也试试吧，陈奶奶种的，挺甜的。"乔暮云循循善诱，心想，你咬一口，这顿饭就算吃了。

乔暮云有些紧张地等待着，忽然，她的头顶落下一片阴影，一抬眼，谢图南已经站到了跟前。两个人对视两秒后，谢图南倾身靠近。乔暮云下意识地往后仰，与他拉开距离。她警惕地盯着他，猜测他想做什么。

谢图南握着秋千绳，微微弯腰，仔细地看了看乔暮云的表情，却没有其他动作。半晌，他从乔暮云手里拿过她啃了一半的番茄，斯文地咬了一口。

"是挺甜的。"

见乔暮云神情呆滞，谢图南笑了，他扬了扬手里的番茄，说道："走了。"

落日余晖映红了半边天，乔暮云看着他的身影消失在了自家院门口。

那晚，乔暮云失眠了，一闭上眼，脑海里便是谢图南离开时的背影。到了凌晨，她才迷迷糊糊地睡着，第二天却被一阵敲门声吵醒。

乔暮云以为是谢图南，带着起床气去开门，却和一个年轻姑娘打了个照面。

"乔小姐，"对方看到她，明显松了口气，说道，"这边是您的衣服，一共是八条裙子，确认无误的话，您签个字。"

乔暮云有些脸盲，但还是认出了面前的人——是昨天商场里那家服装店的导购，抱歉道："这些衣服不是我买的。"

"可那位男士留的是您的地址。"姑娘为难地说道，"我们只能送过来，您就收了吧，不然，我回去交不了差。"

乔暮云看着她热得发红的脸和花了的妆，觉得这姑娘大清早跑来，又等了这么久，也不容易，便心一软，说道："好吧。"乔暮云接过笔，低头签了字。

把导购送走后，乔暮云已经没了睡意，她把那些袋子随手扔在一张藤椅上，然后回到房间把床上的玩偶都抱了出来。

洗玩偶是个大工程，小的能放进洗衣机，最大的那只兔子只能手洗。

乔暮云找了个椭圆形的长盆，和玩偶差不多大，正好能放进去。加了水后，她倒入洗衣液，自己也站了进去，提着裙摆来回踩玩偶。

这种长盆是她小时候用来洗澡的。夏天的清晨，奶奶会在里面加满水，覆上一层透明的软膜，再放到院子里，等到晚上，水就会变得很热。后来，家里装修了一遍，有了卫生间，乔暮云便再也没体验过。

此时仿佛一下子回到了童年，乔暮云踩得欢腾，很快，水不再清澈，她倒掉了脏水，又放了满满一盆水，继续踩起来。

泡沫陆续漫出来，乔暮云有些累了，轻轻地舒了口气。

"好玩吗？"谢图南看了一会儿，确定她真的没发现自己，终于出声。

到底是谁允许他这么神出鬼没、来去自如的？她没理他，但是踩水的动作用力了许多，泡沫四处溅开，在阳光下闪着五彩的光。

谢图南走过去，靠着石桌，静静地盯着乔暮云看。

最近，他发现了她很多和以前不一样的地方。

比如，她出奇地懒，整天用番茄对付正餐；再比如，她的玩心很大，也有很多小脾气，被惹恼了会气鼓鼓地瞪人，十分可爱。

原来，她当年是真的不快乐。谢图南看着乔暮云，眼神却失去了焦距，像是透过她重新审视着那几年他们在一起的日子。

最开始，他和她吃了几次饭。每次去学校接她，她都有点儿不好意思，生怕别人看到。那时候，她还很青涩，满脸的学生气，很容易害羞，话也不多，稍微一逗就脸红。

有一次下雨，她全身都淋湿了，当时，他正好在云顶公馆附近，便带她回家洗澡，换件衣服。那天，他本来没想动她的，但她洗完澡，穿着他的 T 恤在客厅晃荡，问他有没有充电器。

当时，她还没吹干头发，小脸白里透红，像颗柔软多汁的水蜜桃。

喜欢的姑娘这样站在自己面前，很难不想和她发生点儿什么。更何况，他不是什么正人君子。

那天似乎打雷了，她手是抖的，声音也紧张得发颤，轻声说："谢图南，我是你的女朋友吗？"那是她第一次叫他的名字。

她总是连名带姓地叫他，但咬字特殊，后两个字音会放轻，尾调微微上扬。

"谢图南，陪我看个电影，好不好？"

"谢图南，你今天戴那条红色的领带吗？"

"谢图南，我想拉着你的手睡觉。"

她的嗓音总是软软的，带着小小的期待。

当然，她也有落寞的时候："谢图南，你能不能早点儿回来？打雷了，我有点儿害怕……"她很少主动给他打电话，那次，他在饭局上，外面打雷了，他接到她的电话，她说她害怕。

他忘了自己怎么回答的，只记得她很懂事地说："没关系，你先忙你的。"

当时，他为什么没有察觉到她的落寞？

"乔暮云。"他的心头仿佛被针扎着，情不自禁地叫她。

"干吗？"乔暮云没抬头。

谢图南的后半句忽然就说不出来了。

回忆里有阵阵雷声，此刻却阳光明媚，情绪被割裂开来，又混乱地搅在一起。

最后，谢图南问："那天，你说你这两年有过别人，那是骗我的，对不对？"

乔暮云踩水的动作顿了一下，她道："我说了你就信吗？"她穿着 T 恤裙，裙子不长，胳膊和腿都裸露在外，白得反光。随着她的动作，裙摆轻轻地飘动着。

谢图南闭了闭眼，岔开话题："我还有件事。"

"老何查了崔建中，他在工地上当包工头，不过包的都是小活。偷电缆的事情，他肯定不是主谋，拿到的钱应该也不是最多的，所以，他分给赵武平的钱就更少。崔建中的信誉不怎么样，前些年换过不少老板，还有就是——"谢图南说到重点，"他现在所在的工地，甲方是瑞华。"

瑞华建筑，也就是舅舅家的公司。

乔暮云没有很惊讶，其实，她早就想到了。

瑞华在青城起家，投资不少，西城区有很大一片住宅楼都是瑞华开发的。崔建中如果一直在青城，不可能没接触过瑞华的项目。听到谢图南提起瑞华，乔暮云的心里不可避免地闪过一丝迟疑，但很快便消失了。

对于工程的运作模式，她已经了解得差不多了。比如开发一个新的住宅区，瑞华是甲方，出价竞标后包下整个工程的就是乙方。接下来，乙方的老板会把工程分成不同的项目一层层承包出去，组成土建、安装、外网、绿化等不同班组。

崔建华是乙方的人，负责安装部分，是个小喽啰。工程的材料由甲方提供，偷电缆这件事直接损害的是甲方的利益。

她不想再怀疑自己的亲人。至于剩下的事情，就是抓住崔建中。

乔暮云准备发消息问问张怀宴，一来是让他查查底下的项目还有没有这样的问题，二来，崔建中属于撞到了枪口上，瑞华作为甲方，可以直接向他追责。

"我把具体内容发到你手机上了。"谢图南指了指手机。

"谢谢。"乔暮云最后踩了一下兔子腿，便走了出来。

拖鞋在水盆旁边，早就被淋湿了，还沾上了泡沫。

乔暮云穿着拖鞋走到水池旁，接水将鞋子冲干净。脚长时间接触冷水不好，小时候，奶奶从来不让她用凉水冲脚，但现在，毕竟没人管她了。

乔暮云回屋找了干净的毛巾，坐在凳子上擦干了手脚，随后拿过手机，给张怀宴发了条消息。乔暮云打了很长一段话，才把来龙去脉说清楚。

张怀宴大概在忙，没有马上回消息。

乔暮云又给钟姐发了条微信消息：姐，昨天那对夫妻出院了吗？

钟姐是昨天在医院帮杨华处理伤口的护士长。

钟姐很快回复：我今天请假了，等会儿帮你问问。

乔暮云：谢谢。

钟姐：昨天那个是你男朋友？

乔暮云：不是。

钟姐：千万找个对你好的。

女人在不同的年纪看男人，眼光是不一样的，关注的东西也不一样。

年轻的时候，女人大多喜欢好看的，为了爱情可以奋不顾身。而经历过婚姻和一地鸡毛的生活后，女人会更加看重对方内在的品质。毕竟，再好看的皮囊，朝夕相处下来也就那样，但内在的品质和涵养会伴随一生。

第一眼看见谢图南，钟姐就知道他不简单。

出众的外貌，沉着的气场，好像哪里都挑不出毛病。但这样的男人就像雄鹰，似乎生来就该翱翔在天际，不受束缚，绝不会轻易被女人俘获。

和他过日子不会太轻松——但话也不能说得太绝对。

乔暮云看着院子里谢图南的身影，回复道：会的。

下午，张怀宴打来电话，关心完乔暮云的情绪后，他有点儿生气，问道："这么大的事，怎么不早点儿说？"这么复杂的情况，牵连了这么多人，她居然没找他帮忙，一切都尘埃落定后，她也只是提醒他查一下公司的账目。

"你们都挺忙的，我自己能处理。"

听见她的声音低下去，张怀宴又心软了，说道："我通知了青城分公司的老总，让他们彻查相关项目。之后的事，你不要再管，也不要再去接触赵武平和崔建中，乖乖地待在家里，至于其他的事，等我到青城再处理，知道吗？"

"你要过来？你不是在国外吗？"

"明天回国，我把手头的事情都处理完，大概后天晚上到。"

挂了电话没多久，乔暮云的银行卡便汇入了一笔钱，张怀宴的消息也随之而来：去买些漂亮衣服，吃点儿好吃的，什么都别想。

奶奶生病时花销很大，乔暮云没什么存款，到现在为止，她卡里的钱也只够生活。她没拒绝张怀宴的"零花钱"，想了想，回复：谢谢大哥。

她放下手机，随手拿了本书躺到藤椅上，但还没看几个字，睡意便已经袭来。

十几岁的小女生喜欢做梦，梦里有气派的高楼和穿着白衬衫的干净少年。

但二十几岁的女孩到过了远方，经历过刻骨铭心的感情，就只想回到安静的小院子里，最好谁都不要来打扰，什么事不要发生。

步入了初秋，今天的太阳不大，院门敞开着，穿堂风吹来，带着舒爽的凉意。

"乔暮云。"似乎有人在喊她，一片白光中，那个人走近了，但她还没来得及看清对方的相貌，画面一转，她又到了一个挂着水晶灯的房间。

灯光幽暗，耳边是沉重的呼吸声，她的身上压着一个人，还是刚才的那个身影，男人咬着她的耳垂说："我们家矜矜真漂亮。"

这次，乔暮云看清了他的脸，一瞬间，她醒了过来。

眼前一片漆黑。刚才的画面、声音以及谢图南的眉眼在脑海里挥之不去。

缓了一会儿，乔暮云抬起手，拿下了盖在脑袋上的书。光线有些刺眼，她从藤椅上坐起，看向手里的书——蓝色封面的《资治通鉴》。

乔暮云瞬间觉得脑袋疼，心口也疼。

墙上的挂钟显示，已经傍晚五点了，乔暮云急需呼吸新鲜空气，便拿起手机出门采购。她已经很久没这么悠闲地逛超市了，推着小车，走在人群里，耳边是亲切的乡音，小情侣在商量晚上谁做饭，小朋友吵着要买玩具……

乔暮云足足逛了一个多小时，才拎着一大袋东西回家，边走边思考晚上做什么菜。到了巷子口，乔暮云一抬头，却看到一辆熟悉的黑色轿车。

她的脚步慢下来，直到走近，她才预感到了什么。推开院门，果然，谢图南坐在正屋，躺在她刚才躺的那张藤椅上，手里还翻着那本《资治通鉴》。

"去哪儿了？"谢图南抬头问。

"超市。"乔暮云盯着他手里的书，脸上似乎有点儿发烫，好在逆着光，对方大概看不太清。

谢图南琢磨了一下，问："这书不能看？"

"随你。"乔暮云丢下两个字便转身进了厨房，把东西归类着放进冰箱。

暮色四合，谢图南看着乔暮云忙碌的背影，心底的空缺慢慢被她填满。

把东西都放进冰箱后，乔暮云转过身，却对上了谢图南的胸膛。

他走路都没声音的吗？

谢图南往旁边让了让，乔暮云走了过去，却听见他说："我们聊聊。"

天色更暗了，有风吹进来，书本被翻开几页。乔暮云的背脊微微僵了一下，然后她弯腰收起藤椅上的《资治通鉴》，将它压在另一本书下面。

"好。"乔暮云说。

这两天，他们始终保持着不远不近的距离，似乎是和平相处的状态。

谢图南这个人做事从来都是目的明确，虽然这次，他一直没有冒进，甚至没有逾越半分，但乔暮云知道，这不过是表象。

在杨华这件事上，乔暮云不会拒绝他的帮助。谢图南很清楚，所以他不着急。

他只不过是在等一个机会，合适的、可以心平气和地"聊聊"的机会。

谢图南始终是谢图南，习惯了运筹帷幄，懂得什么时候是最好的时机。

就像此刻，尘埃落定后最放松的时刻。

乔暮云在藤椅上坐下，说道："你想说什么？我还要去做饭。"

谢图南坐在她旁边的凳子上，问道："那天，付华初找过你了？"

"找过。"

"没有其他想问的？"

"没有。"乔暮云看着他说。

谢图南的眼皮跳了跳，他从口袋里摸出打火机，捏了捏后又放到旁边的桌上，问道："如果两年前，我来机场找你，你还会走吗？"

"你来了吗？"乔暮云平静地反问。

以前，她很喜欢假设，但现在，她觉得毫无意义。

然而，谢图南说："来了。"

来了？一瞬间，乔暮云差点儿没听懂这两个字。那天她去见付华初，听了贺姝那件事的前因后果，震撼之余，她也有难过，但又很快释然了。可现在，她觉得自己的心脏被狠狠地攥住了，连呼吸都有些困难。

原来他当年去了机场。

果然，他知道她要走。那么既然他来过，是没赶上，还是……不想拦住她？

大概率是后者吧。

谢图南那么骄傲的人，在那种情况下，他是不会低头的。

沉默了很久，乔暮云轻轻地说："会。"

她还是会走。那时候，她根本不想面对他。

谢图南觉得心口一疼，心脏仿佛破了个洞，有冷气呼呼地灌进去。

"你当年只是来机场，即使时间允许，你也不会来找我，是吗？"长久的沉默后，乔暮云还是问了出来。

一切似乎又回到了原点，刚刚有了温度的水又迅速冷却结冰。

"是。"在这种事情上，谢图南不会骗人。

虽然对答案没有期待，但真的听到他说"是"，乔暮云还是真切地感觉到了心痛。生活不是电视剧，没有那么多恰好的错过。退一万步说，如果那天他非要拦她，直到飞机起飞前的最后一秒，他都是有办法的。

谢图南抬手揉了揉太阳穴，罕见地露出一种疲惫来："那天，我很累。"

"我也挺累的。"乔暮云说，"一直。"

她盯着地板的缝隙，语调很轻，却又似乎用了很大的力气说这句话。

见她这副样子，谢图南觉得心口闷得难受，想抱她，却又不能抱。

最终，他没有解释什么，也没办法解释什么："是我的错。"

乔暮云的手指轻轻收拢，说道："对错不重要，重要的是结果。"

"那过程也可以全部忘掉吗？"

乔暮云对上谢图南的视线，问道："记得又怎么样？"

谢图南坐的凳子比藤椅高出很多，他搭上藤椅的扶手，倾身微微靠近，盯着乔暮云的眼睛，缓缓地问："你心里还有我的，是吗？"

乔暮云想说"没有"，却怎么都开不了口。

"不重要。"她说。

"以前的那些事不会再发生了。"谢图南说，"我——"

"以前的哪些事？"乔暮云打断他，反问道。是在别人问"会不会娶她"的时候，他云淡风轻地说"想什么呢"；还是她独自一人面对"疑似早孕"的报告单时，他在国外忙事业，随心所欲地与她冷战？

有些东西只是埋在心底，因为她长大了，所以看似不在乎了，但只要稍一回想，当初的孤单和无助还是如影随形。

对错真的不重要，重要的是，她很难过。跟着他，她看不到未来。

"谢图南。"乔暮云主动开口，"谢谢你这几天的帮助，但我们——"她停顿一秒，偏过头，看着门外说，"还是到此为止吧。你应该去找个合适的女孩子结婚，北城有那么多名媛淑女，总有你喜欢的。"

太阳彻底落山了，他们连彼此的表情都看不清了。

谢图南的手死死地攥着藤椅的扶手，乔暮云的话像刀子一样割着他的心。

她明明在难过，为什么要把他推远？谢图南动了动喉结，克制着情绪问："那你呢？准备和谁？林西湛？还是去相亲？"

"都不是，对吗？"谢图南握住她的手腕，"那为什么不能再和我试一次？"

乔暮云没有抽开手，沉默良久后，她轻轻地问："有什么区别吗？"

"和你……"乔暮云顿住，忽然笑了，"还不如和别人。"

谢图南手上的力道蓦地收紧了，他问道："你说什么？"

"难道不是吗？"乔暮云看向他，一字一顿地问，"你想过娶我吗？"

很突然地，完全在谢图南意料之外的一句话出现了。

乔暮云推开他的手，起身开了灯。亮白的灯光照亮了屋子，乔暮云靠着墙和谢图南对视。隔着三米的距离，谢图南终于看清了她的表情。

她的眼眶有点儿红，浅茶色的瞳孔里盈着一层水光。

"怎么不回答？"乔暮云扯了扯嘴角，想让自己表现得轻松一点儿，"我们在一起的那三年，你想过娶我吗？"

谢图南垂下眸子，身体微微前倾，闭了闭眼，开口道："乔暮云。"

"很为难，是不是？"乔暮云侧过头不再看他，"还是我替你答吧。"

"从来都没有。"她加重了"从来"两个字，"在一起三年，你从来没给过我任何承诺。"谢图南抬头，眼里带着错愕。

"怎么了，不是吗？"乔暮云觉得他的反应有些奇怪，跟她冤枉了他似的，"或者，你现在说一句'有'，我就信你。"

谢图南沉默了。他不知道怎么反驳，或者说，该不该反驳。

在谢图南的世界里，承诺代表未来，虚无缥缈，没有定论。他的确没有想过未来会和她怎么样，但同样，他也没有想过自己的未来是什么样。

他生来就拥有很多，所以对什么都不太在乎。十二岁那场绑架案之前，他也怕疼，怕死，可后来，他就不怕了。

生意场上，总有人说他做事太狠，其实他只是豁得出去。对他来说，钱不过是一串简单的数字，并不重要。

因为豁得出去，所以，他不会瞻前顾后，永远游刃有余，胜券在握。

但此时此刻，那种什么都能掌控的感觉消失了。

他不知道该怎么为自己辩解，或许，他没有辩解的资格。

屋子里安静极了，乔暮云笑了一下，视线越过谢图南，落在他身后的墙壁上。

"五年前，在宿舍楼下，余彤问你会不会娶我，你说——"乔暮云回忆着，道，"'想什么呢'，"

"你的语气好轻松，说的却是最伤人的话。"像是没了力气，乔暮云脸上的笑消失了，"是，结不结婚对你来说无所谓，但我不一样。我没有背景，也没有家人可以依靠，我没有退路，谢图南——"

乔暮云一口气说到这里，声音渐渐带了点儿哭腔，表情是隐忍后的平静，她说："我留在你身边就是一个天大的赌局。一个女孩的青春能有几年呢，我凭什么陪你挥霍？等到有一天你玩腻了，一脚踹开我，可比我甩了你简单多了。到时候，除了默默离开，我还有别的选择吗？"

乔暮云见过很多女孩，她们都很年轻，很漂亮。她们中，有些不过是为了一个包，为了虚荣心，为了见识一下挥金如土的生活，便心甘情愿地被那些公子哥玩弄，然后陷在其中，再也出不去。

但有些女孩爱上一个人，明知道不可能有结果，却依然心甘情愿留下，最后满身伤痕地离开，带着回忆舔舐着伤口继续生活。

听着她一字一句地控诉，谢图南觉得心里很沉重。

"我没想过分手。"他说。

"也许吧，但是那又怎样？"没想过分手，也没想过未来。

乔暮云挪开视线，说道："所有人都说，嫁给你是痴心妄想，所有人都觉得我是妄图靠着你飞上枝头变凤凰，或许连你也这么觉得。"

"不是。"谢图南语气急促，胸膛微微起伏。

"没有吗？一个月前，在你的办公室。你不是还质问过我，当年是不是——"

"抱歉。"谢图南听不下去了，闭上眼睛，不知道该拿她怎么办，"对不起。"

一声"抱歉"，一声"对不起"，乔暮云的眼眶瞬间发酸。

她突然觉得对那几年有了一个交代。

已经发生的事情无法改变，至少最后两人没有闹得很难看。

就像这次，他还帮了她，也没有趁虚而入。

乔暮云轻轻地舒了口气，说："我接受。"

她接受他的道歉，但仅仅如此。平复了情绪，乔暮云的语气也冷静下来："留下来吃顿饭吧。是你说的，让我给你做顿饭，就当谢谢你这次的帮助。昨天的番茄不算，免得你认为我不讲道理。"

乔暮云转过身，眼泪已经不争气地落下，但她仍旧继续说："吃完了，我们就算了结了。"

"乔暮云？"谢图南盯着她单薄的背影，心中有难言的痛楚。

谢图南伸手从背后抱住她，问道："你真的舍得吗？"

他抱得很紧，乔暮云闭上眼睛，似乎能听到他的心跳声，沉稳而缓慢。

真的舍得吗？她问自己。有什么东西滴到她的手背上，滚烫，却又迅速冷却。

谢图南的吻落在乔暮云的头顶，他的嗓音微微沙哑："再给我一次机会，好不好？"乔暮云轻轻地摇了摇头。

此时此刻，心中的悸动诚实地告诉她：不舍得。

差一点儿，她就答应他了。

但今天她太累了，实在不想在情绪不稳定的情况下冲动地做决定。

敲门声在这时候响起。

乔暮云看向院门，从他的手里挣脱出来，说道："我去开门。"

谢图南站在原地，轻轻地覆上自己的手背——有湿润又冰凉的触感。

她哭了，却还是执意推开他。这似乎是一个死局，前所未有地棘手，仿佛前方是一片茫茫的沙漠，没有路，连方向都看不清。

乔暮云一边走一边擦眼泪，到院门口，她深深吸了一口气，问道："谁啊？"

院门没锁，外面的人却不进来，大概率不是熟人。

然而紧接着，熟悉的声音传来："在家？"

乔暮云怔了一下，门已经被推开了。

张怀宴拎着行李箱踏进来，说道："我还以为你不在。"

"大……大哥？"想到里头的人，乔暮云一阵心虚，甚至下意识地挡在了张怀宴的跟前。

当然，这举动只是徒劳。

张怀宴比乔暮云高一个头，他行李箱还没放稳，一抬眼就看到了谢图南。

张怀宴的视线又落到乔暮云身上，挑了下眉，问："我眼睛没瞎吧？"

乔暮云有种被长辈抓到早恋的慌乱感，她说："应该是没有的。"

院子里一时间陷入死寂。

乔暮云站在他们之间，试图打破沉默："大哥，你不是说……明天到吗？"

"呵。"张怀宴发出一个气音，"所以呢？"他指着谢图南，"我什么时候来，跟他是不是在这儿有什么关系吗？"

"他正准备走。"乔暮云不知道自己在说什么。

刚才和谢图南说话已经耗费了她很大的精力，她的情绪也大起大落。现在，她的脑子里乱成一团，思维也迟缓了不少。

"废话，不然准备留在这儿过夜？"张怀宴气得行李箱都没拿，径直往里走。

乔暮云的脑袋疼得厉害，甚至想出去躲一阵，却还是拉过行李箱跟上了。

越过谢图南进了屋，张怀宴自顾自地在桌边坐下，发现茶壶是空的，又重重地将其放下。乔暮云走到门口，听到"咚"的一声，她的心跳都漏了一拍，吃力地拎着行李箱跨过门槛。

谢图南想接过去，乔暮云却瞪了他一眼，又用眼神示意了一下，意思是：还不走？谢图南无动于衷。

然而，两人的眼神在张怀宴看来很有打情骂俏的意味。

他沉声问:"交流完了没?"

乔暮云无奈,为什么最尴尬的好像是她?明明她什么都没做。

张怀宴坐了十几小时的飞机,他捏了捏眉骨道:"给我拿瓶水。"

乔暮云"噢"了一声,去冰箱里拿了瓶养乐多,她知道张怀宴不喝这些,但是——"只有这个。"

张怀宴盯着巴掌大的小瓶子看了几秒,接了过去,又问:"他来干什么?"

"不干什么。"乔暮云说,"就是吃个饭。"

张怀宴差点儿被呛到,问:"谁做?你?"

他有点儿不可置信,乔暮云在厨房里用烧水壶煮泡面的场景仿佛近在眼前。压根儿就不会做饭的人,为一个男人洗手做羹汤?张怀宴的脸又黑了几度。

乔暮云不自然地笑了笑。

行吧,张怀宴点点头,起身道:"那正好,我也饿了,你给我也做一顿。"

"不是,我给他做饭是因为之前那件事是他帮忙查的,我是谢谢他。"

"噢,是这样。"张怀宴恍然,"那你的意思是,只能给他做,不能给我做?"

乔暮云愣了一下:"不是。"

"那就做吧。"张怀宴率先往厨房走去,回头问,"你准备给他做什么?"

乔暮云不知道大哥今天为什么这么难说话,只能道:"他吃什么都行。"

"是吗?那给我来一份肉末豆角,一份红烧豆腐,再来个青菜汤吧。"

乔暮云沉默了一下,除了最后一道菜——

"都不太会。"她买食材是为了练手,实在不好做出来给别人吃。

张怀宴关上冰箱,问道:"那你会什么?"

"煮面条……"乔暮云的声音更小了,"这些东西,是我买来准备学的。"

学?为谁学?

张怀宴觉得头疼,但看见乔暮云,他又心软了,说道:"那就煮碗面吧。"

乔暮云点点头,准备去烧水,又问:"湿面还是挂面?"

"随便。"说完,张怀宴忍不住叮嘱,"注意安全。"

"知道。"乔暮云给电磁炉插上电,将水倒进锅里,按开了煮水的按钮。

谢图南听着张怀宴"教训"乔暮云,始终没插话。这会儿,他拿了张凳子在桌边坐下了。

直接赶人倒也不是张怀宴的风格,毕竟,人家的脸皮这么厚。他把喝完的养乐多扔到垃圾桶里,问道:"谢总什么时候来的青城?"

"上周。"谢图南并不觉得自己坐在这儿多尴尬，他专注地看着乔暮云的背影，顺便回答着张怀宴的问题。

"谢氏集团在青城的产业不多吧？"张怀宴意有所指。

"不多。"谢图南终于从乔暮云身上收回视线，道，"这次来是为了私事。"

张怀宴点头道："那现在解决了？"

水开了，乔暮云掀开盖子，热气氤氲上来，窗户变得模糊。

她听见谢图南说："没有。"

"方便透露是什么私事吗？"张怀宴皮笑肉不笑道，"我们家在青城的产业多，说不定能帮上什么忙。"

"那就先谢谢张总。"

"不用客气。"

"那行，要不然您出去看看夜景，让我跟乔暮云单独说两句？"

乔暮云刚从冰箱里拿了两个鸡蛋，就听见谢图南说了这么一句，她眼皮一跳，手下微微用力，鸡蛋碎了一个。

她知道谢图南不可能任由张怀宴拿捏。乔暮云摇摇头，不想管他们。

张怀宴脸上的假笑缓缓地消失了："看来上次的钱，谢总没收到？"

什么钱？乔暮云错愕地回过头，由于没控制好力道，另一个鸡蛋也碎了……

谢图南和张怀宴对视着，互相都没有开口缓和气氛的意思，仿佛他们之间不是一张小小的餐桌，而是谈判桌。

乔暮云关上冰箱门，把新拿出来的鸡蛋打碎在碗里，拿筷子用力地搅拌着。不锈钢材质的筷子和陶瓷碗碰撞在一起，发出"叮叮乓乓"的声音。

屋子里的安静被打破了，谢图南和张怀宴同时看了过去。

两人又说了什么，而后有桌椅挪动的声音，乔暮云听不清，也没再回头，专注着打蛋。足足过了三分钟，蛋液出了泡沫，她才停下来。乔暮云又去冰箱里拿了根火腿肠。她将火腿肠切成丁，最后混进蛋液里，接着继续搅拌。

"好了。"张怀宴突然接过她手里的碗筷，"手累不累？他走了。"

走了？乔暮云抬头看向窗外，水汽模糊了玻璃，她只隐约看到一个人影穿过院子，消失在大门口。

"怎么了？"张怀宴观察着她的表情，"舍不得？"

"没有。"乔暮云给早餐机插上电，刷了层油，而后将蛋液倒了进去。

"大哥，你怎么这么快就到了？"

"我没回北城，直接来的。"张怀宴似乎还在生气，但情绪已经缓和了不少。

鸡蛋饼已经成形了，乔暮云用筷子翻了个面，说道："我刚才没骗你，我和他……真没什么。"

"我知道。"张怀宴刚才的脸色和态度不是给乔暮云看的，而是告诉谢图南，他们家不是他想来就能来的，他妹妹也不是没有人保护着。

但生气也是真的，并且，这会儿，他的气还没消。因此，乔暮云把煎好的鸡蛋饼递过来的时候，他只尝了一口，便不客气地评价："真难吃。"

"难吃就难吃。"乔暮云捧着盘子小声嘀咕。

面已经熟了，张怀宴关掉电磁炉，转身打开冰箱，问道："想吃什么？"

"你做吗？"乔暮云咬着鸡蛋饼，含糊地问。

"不然呢？"张怀宴反问道。

"那就……"乔暮云想了想，学着刚才张怀宴的语气，将一模一样的话还回去，"那给我来一份肉末豆角，一份红烧豆腐，再来个青菜汤吧。"

张怀宴轻笑一声，摇头道："还挺记仇。"

见张怀宴把食材都拿出来，乔暮云反悔了："要不还是椒盐虾吧，我想吃肉。"

张怀宴看了她一眼，问道："今天早上吃的什么？"

"番茄。"

"中午呢？"张怀宴从冰箱里拿出虾，虾似乎放进去没有多久，还没有冻上。

乔暮云沉默了两秒，仍旧道："番茄。"

张怀宴回头看她，问道："昨晚呢？"

乔暮云依旧沉默。

"你吃得下？"

"还行。"乔暮云小声说，"番茄的营养价值挺高的，还美白。"

张怀宴摇了摇头，系上围裙，说："我算是发现了，你比怀玥还懒。"

乔暮云一时语塞。她把没什么味道的鸡蛋饼扔到一边，坐到椅子上，看张怀宴动作娴熟地去掉虾线。

"大哥，你的厨艺是从哪里学的？"

"在国外留学的时候，想吃就得自己做，那会儿……"张怀宴顿了一下，转了话锋，"你都这么大的人了，以后要一直凑合着过日子？"

"再说吧。"乔暮云猜测张怀宴没说完的话大概和他以前的那个女朋友有关，便没有再问下去。

此时此刻，巷子口。路边仅剩的一盏路灯也坏了，谢图南坐在驾驶座上发完了消息，而后透过后视镜往巷子里看。

天刚黑，家家户户亮起了灯。这里的人口还算密集，他却准确地分辨出了哪一盏灯是她家的。

谢图南的脑海里都是乔暮云的话，还有她红着眼眶却不肯回头的样子。

谢图南点了支烟，放到嘴边吸了一口，闷了很久才吐出来。他打开中控台下的储物格，从里头拿出一个钱夹和一个信封。

信封是用最简约的牛皮纸做的，里头装了一张卡，是订婚宴第二天张怀宴寄到公司的，卡里有五十万。

当然，乔暮云当初并没有借这么多钱，但张怀宴没有问，只随便挑了个数字。

五十万对谢图南来说是九牛一毛，这明摆了在硌硬人。

当时，助理把卡拿过来的时候，谢图南愣了一下。印象里，张怀宴做事温和，他本以为张怀宴只是说说，没想到真这样干了。

盯着信封看了一会儿，谢图南将其扔到一边，打开钱夹，从里面抽出一张卡。

那是乔暮云离开前放在他桌上的。

乔暮云当初只找谢图南借了十万块，谢图南本来没放在心上，但乔暮云执意要还。乔暮云离开的时候，那张卡就放在餐桌上，旁边的便笺上写着密码。

钱没存满，但乔暮云也没再往里面打钱。

再后来是大半年前的某天深夜，谢图南收到一条久违的打款信息，熟悉的尾号入账人民币三万一千零七十三块六毛八，而卡里原本的余额是六万八千九百二十六块三毛二。

不多不少，正好十万块。

她没有忘，甚至连零头都没算错。

她只是不再一点点地往里面打钱，不再把还钱作为两人联系的纽带。

其实那时候，谢图南极有可能已经换了手机号，甚至扔了那张卡，这笔钱石沉大海的可能性更大。但她不愿意欠他，哪怕是单方面的，也要算得干干净净。

谢图南还记得，那晚下了很大的雨，他在落地窗前站了大半夜，一直到雨停。

那时已经过了太久，他的生活里早就没有了乔暮云的存在，但有些事，一旦在某一时刻显出一角，便会排山倒海而来。

她不声不响地打过来一笔钱，有那么一瞬间，谢图南觉得这是试探。

也许她是想回来。

他不是一个喜欢做无谓设想的人，但他的确这么想过。

后来的很长一段时间里，她却了无音信。

那时候，谢图南正好有个项目在青城，和闫氏合作，利润不高，甚至可做可不做。但下面的人把提案交上来的时候，他通过了，而且亲自去了青城。

闫旭恒亲自招待了他。三天的行程很满，那个项目很简单，更多的时间，他是在饭局上。

前两天，闫旭恒提到的也是那次的事情。

那时，谢图南的确喝了很多酒，看着满桌的人一个个醉倒，他依旧清醒。

回到酒店，助理提醒他第二天中午回程的航班信息，他看着落地窗外寂寥的夜色，最终在凌晨的时候让司机开车去了乔暮云家的小巷。

那条巷子，他曾去过一次，在好几年前。那时候，他们还没分手。老城区的路况复杂，但他竟然顺利地到了。

凌晨的小城早已陷入沉睡，从巷子口一眼望进去，只有一片黑暗。

那次，他还分不清哪户是她家。

他在车里坐了三小时，一直到早上七点，周围的行人渐渐变多。他抽了支烟，最后离开。

回到北城，生活似乎又回到了原来的样子。他冲动过，但理智始终占了上风。

繁忙的工作，日复一日的应酬，就这样又过了大半年，终于，乔暮云这个名字又淡出了谢图南的视线。

可就在这时，她又回到了北城。

在酒店大堂见到她时，谢图南差点儿以为自己出现了幻觉，但那确实是她。

他的情绪有一瞬间的波动，却被强制压了下去。

那天之后，她似乎变得无处不在。

他很难不误解。从她转钱过来，消失，到重新出现……像极了欲拒还迎。

他最深刻的情绪是愤怒，对她的，当然，也有对自己的。因为那时候，他很清楚，就算她是故意吊着他，只要她开口，他根本不想拒绝。

但后来，事情似乎和他想象的不一样。

承认吧，谢图南，其实从第一次见，你就没想放她走。

夜色逐渐浓稠，谢图南抽完最后一支烟，发动了车子。

第十一章
心忽然软了

　　张怀宴的厨艺很不错，乔暮云吃了一大碗面条，还吃完了二十只椒盐虾。

　　吃饱喝足后，张怀宴准备去洗漱，又回头道："明天我要去趟分公司，闲着也是闲着，你跟我一起。"

　　洗了澡回到房间，乔暮云滚进被子里，又回想起今天谢图南说的话。怎么短短几天时间，他好像就不一样了？她不可能答应他，可她似乎也没办法像原来那样，把他狠狠地推开。

　　这两年想要重新开始的想法，似乎在短时间内便被打碎。

　　不可以。她不想打破好不容易平静下来的生活。

　　乔暮云朝左边侧躺着，心脏贴着床，心跳声声入耳。算了，不想他。

　　乔暮云翻身起来，找到手机，准备看会儿视频就睡觉。然而，一打开手机，一条银行的转账信息便出现在眼前：您尾号××××的账户收款 600,000.00 元。

　　紧接着，手机传来"叮咚"一声。

　　谢图南：那顿饭，先欠着行不行？

　　收到这么大一笔钱，乔暮云的脑袋一片混乱。她首先想到的是张怀宴，但张怀宴昨天刚给过她钱，而且，他的房间里熄了灯，已经睡了。

　　乔暮云抱膝坐在床头，给谢图南回了消息：是你打的钱？

　　谢图南：你哥给的

　　乔暮云：那你还给他。

　　谢图南：不 还给你

　　他发消息习惯不打标点，只打空格。

　　乔暮云不乐意惯他：你能不能用一句话说清楚，加上标点。

　　屏幕上方出现了"对方正在说话"的字样。

　　乔暮云：不想听语音消息。

屏幕那头，谢图南话说到一半便顿住了，他手指上滑，取消发送语音消息。

他盯着屏幕看了两秒，打字道：是你哥前两天寄到我公司的。

乔暮云问：六十万？

谢图南：五十万。

剩下的十万是什么，乔暮云很清楚，她对这个数字很敏感。他们之间，可以说是因为这十万块钱才开始的。从一开始，两人的关系就和金钱挂钩，所以，很多本来很简单的事，似乎都因为过不了心里那道坎而变得不再单纯。

之前给谢图南的那张卡，乔暮云已经删掉了所有相关信息，但她记了卡号。

她从书桌上锁的抽屉里拿出一个小的记事本，翻到某一页。很快，谢图南收到了一条短信："您尾号××××的账户收款100,000.00元。"

现在，这张卡里的总额变成了二十万。

乔暮云：不要再转过来了，我不接受。

谢图南也没这么无聊，再转过去，她大概率还会还回来。

乔暮云：你把卡里的钱取走，明天我会去注销这张卡。

这张银行卡自始至终都在乔暮云名下，只不过是绑定了谢图南的手机号。

谢图南：不用注销。

乔暮云：卡在我名下，但钱是你的，你不取出来，我心里难受。

谢图南：这些钱，我本来就没打算让你还。

乔暮云：但我本来也不应该拿你的钱，我又不是被你养着的。再说，你现在给我这十万块钱是什么意思，以什么名义？

发完消息，乔暮云等了几秒，手机上便弹出语音通话邀请，她按了挂断键。

谢图南揉了揉太阳穴，觉得头疼。似乎没有哪一场谈判比这个更艰难。

乔暮云：太晚了，我先睡了。

发完消息，她没等谢图南回复便关了机，然后一头倒在床上。

当然，她并没有睡意。在这件事情上，她确实较真了一些。

十万块而已，对谢图南来说，这是小得不能再小的一笔钱。那两年，他在她身上花的钱也远远不止这个数字。可这十万块对她来说太特殊了。这是奶奶救命的钱，是她开口借的，她本来就该还给他。

对于金钱，乔暮云其实一直没有很大的诉求。

小时候，她过着衣食无忧的日子，后来父母去世，保险公司赔了一笔钱，虽然不多，但勉强支撑她读完了高中，即使生活拮据了一些，日子也依然温馨平淡。上学的时候，别的小孩有零花钱，能买新的电子产品，她从来没羡慕过，只是心疼奶奶那么大年纪了还要为她操劳。读了大学，她开始勤工俭学，办了助学贷款，加上奖学金和政府补助，她没有过得很难，还能攒下一点儿钱。

她从来没觉得自己穷，或者比别人少了什么。她正常地念书、兼职，偶尔攒钱买点儿喜欢的东西，只是辛苦一点儿而已。直到奶奶的身体出了状况，她才知道，钱有多重要。穷人是生不起病的，几万块钱就可以压垮一个家庭。

那时候，她最后悔的就是学了医。如果不是她执意选了这个专业，大四时她就能去实习挣钱，而学了医，就是本硕连读，课业繁忙。

她很少回想过去，但也假设过很多次：如果上门借钱却被舅妈拒绝的那天，她能放下所谓的自尊，直接打电话给舅舅或者大哥……那么，她可能不会认识谢图南，也没有这之后的事。她可能遵循正常的轨迹读书——工作——还钱，然后找一个性格不错的男孩子恋爱，甚至结婚……

可是每次这样想时，她就会发现，在内心深处，她本能地排斥这样的假设。其实，她还是想认识他的，哪怕过程和结局都不算美好。

托谢图南的福，乔暮云失眠了。到了后半夜，她才迷迷糊糊地睡着，醒来时脑袋涨涨的。她习惯性地拿起手机，才发现关机了……

于是，乔暮云顺利地回忆起了睡前的场景。

长按开机键，屏幕上显示已经是早上七点。谢图南昨晚回复消息道：好。

她说"要睡了"，他说"好"，果然是谢图南的风格。乔暮云笑了笑，退出了微信。随后，她做了两个三明治，又跑到街上买了汤包。

那家汤包店开了很多年，味道正宗，在当地口碑很好。乔暮云平时懒得跑，今天是为了张怀宴勤快了一回。乔暮云回来的时候，张怀宴刚起床。

"大哥，早。"乔暮云把东西放在盘子里，又热了两杯牛奶。

张怀宴先尝了一口汤包，说："这味道还是没变，和小时候一样。"

"爱吃就好。"乔暮云又指了指三明治，"这是我做的。"

张怀宴点点头，说："看出来了。"

乔暮云假装没听懂他的揶揄，又说："还有件事。"

张怀宴抬头看着她，说："你说。"

"昨晚……"乔暮云斟酌着说，"谢图南给我转来了五十万。"

张怀宴挑眉，"噢"了一声，说："那你就收着吧。"

"那是你的钱，你等下给我卡号，我给你转——"

"转什么？"张怀宴打断她，"他不要你就拿着，自己慢慢花。"

"其实我当时只找他借了十万块，后来我也还清了。"

"还清了？"怀宴有点儿意外。

乔暮云点点头。

瑞华集团在青城的分公司很气派，整整八层楼。乔暮云和张怀宴走出电梯，径直往最里面的办公室走。

分公司的老总叫蒋涛，早年在青城大学任教，和张显成以及乔暮云的爸爸乔岩都是同事。后来，蒋涛辞了工作，跟着张显成一起创业，现在已经功成名就。

见到张怀宴，蒋涛有点儿惊讶，说："给我打电话的时候不是还在欧洲吗，怎么这么快就到青城了？也不说一声，叔叔去接你。"

"昨天晚上就到了。"张怀宴解释道，"打完电话我就上飞机了。"

蒋涛招呼他们坐下，助理倒了杯水，张怀宴接过后先递给了乔暮云。

"这是……"蒋涛看着乔暮云，有些迟疑。刚进门时，他还以为这姑娘是张怀宴的助理，没细看，现在近距离打量一番，心里倒是有了猜测，但不敢确认。

"我妹妹。"

具体情况，张怀宴已经在电话里说过，蒋涛自然知道这个妹妹指的并不是怀玥。何况，乔暮云长得和乔岩有五分相似。

"这一晃都十五年了。"蒋涛怅惘叹息道，"我那时候跟你爸爸在一个办公室，不过，我老啦，估计你不记得我了。"

"记得的，蒋叔叔。"乔暮云笑着说。

印象里，蒋涛是个和蔼又幽默的人。

爸爸妈妈去世后，这个叔叔来过几次，还给过钱，但被奶奶拒绝了。

"你看我，提这些干什么，我们先说正事。"蒋涛拿了几份文件出来。

"这个崔建中是做安装的，在不少工地干过，门路广。他现在手上的工程就是我们瑞华的。电缆这些材料都是工地那边报的数量，既不经过甲方，也不经过承包商。如果承包商管理层有问题，就很好钻空子。"怕乔暮云听不懂，蒋涛说得比较详细。

"崔建中现在所在的这个工地已经开工两年，快要验收了。我让人联系了承包商，他们也在连夜查账，不过——"蒋涛顿了一下，"承包商找崔建中的时候，他已经跑了，应该是赵武平给他报了信。"

"跑得够快。"蒋涛骂了句脏话。

216

张怀宴把文件看完，沉默几秒才问："承包商现在是什么态度？"

"积极配合。"蒋涛摇摇头，道，"也就是做做表面功夫，实际上早乱成一团了，这时候谁都不能信。"

"蒋叔，你觉得要怎么做？"

蒋涛道："单纯按照合同，我们可以向承包商索要五倍赔偿。至于崔建中的问题怎么解决，他们内部是什么情况，跟我们没有关系。但现在，我们的目标是抓住崔建中，其他的暂时不重要。"

"是这样。"张怀宴点头道。

"我们最好和承包商达成一致，让崔建中以为他的老板会保他，乖乖地回来。等他一露面，我们就报警抓他。但承包商那边，我们肯定要做点儿让步。"

姜还是老的辣，一番分析下来，这的确是最好的解决方案。

张怀宴又和蒋涛聊具体怎么和承包商沟通的事情，乔暮云安静地坐在旁边。

不知不觉便到了中午，蒋涛张罗了饭局，参与饭局的人不少，乔暮云并不想去。张怀宴也不强求，道："那你自己在附近转转，或者先回家，注意安全。"

"别担心。"见她脸色不好，蒋涛安慰道，"叔叔一定帮你抓住他。"

一个人走出写字楼，乔暮云沿着林荫道慢慢走着。附近的商铺很多，吃喝玩乐的都有。在一扇玻璃门前，她顿住脚步，抬头看了一眼头顶的"建设银行"四个字，然后走了进去。她没着急去柜台，在休息区的椅子坐下，准备问问谢图南有没有把钱取走，拿出手机，却发现他已经发过消息了：崔建中跑了，老何有点儿急事，我让别人去查。

乔暮云回复：谢谢，不过，不麻烦你了，我大哥会解决的。

崔建中撞在了瑞华的枪口上，张怀宴作为瑞华的人，的确比较好办。谢图南想了想，回道：好。

乔暮云：那张卡里的钱，你取了吗？

那头沉默了很久才回复：没。

乔暮云：取出去吧，本来就是你的钱。

公司积压了很多事，谢图南正在开视频会议。

谢图南：好。

乔暮云：我在银行等着注销卡，取了跟我说一声。

她固执得让人头疼，谢图南索性直接退出会议，打了个电话过去。

谢图南合上电脑，捏了捏眉骨，疲惫地问："一定要注销？"

乔暮云"嗯"了一声，道："可能还要麻烦你提供一下验证码。"

"为什么？"谢图南不太理解她的要求。

"留着有点儿难受。"由于在银行大厅，乔暮云刻意将声音压低了一些。

也罢。谢图南起身，一边往外走，一边道："那我把卡给你送过来。"

"不用。"乔暮云盯着地上的瓷砖缝隙，"我先补办一张，再注销这张。你不用过来，太麻烦了。"谢图南的脚步顿住了。

乔暮云的语气轻柔，也很客气，客气得让人觉得，他们似乎是陌生人。

谢图南知道，她对不熟悉的人说话一直是这个语气。

谢图南把外套扔到沙发上，缓缓地坐下来，开口时喉咙有些干涩："好。"

柜台没什么人，乔暮云礼貌地道："你好，我想注销一张银行卡。"

"带身份证了吗？"

"带了，但是我的银行卡遗失了。"乔暮云顿了顿，说，"先补办，再注销。"

取号、填申请表，预留手机号等，好像没有验证码这个步骤。

乔暮云问："原来的手机号会收到短信吗？"

"不会。"工作人员说，"信息会发送到您重新预留的手机号码上。"

"这样……"乔暮云道了谢，有些失神。

原来，人和过去的联系没有想象中那么密不可分。

她不知道自己为什么这么固执，是为了证明自己没有动摇吗？

可是心里那种怅然若失的感觉是从哪里来的？

"您是选择使用原卡号，还是新卡号？新卡号的卡现在就可以拿到，原卡号的要等十五天。"

"新卡号吧。"乔暮云回过神，快速填完了表格，想到卡号变了，又说道，"不用注销之前的了，谢谢。"

谢图南回到电脑前开会，却一直没等到验证码。直到半小时后，乔暮云发来微信消息：办完卡了，原来那张卡，你可以扔掉了。

在家里无所事事，总会显得时间漫长。才过了两天，乔暮云却觉得好像已经过了很久。崔建中一直没有消息，仿佛人间蒸发了。不管是警方还是承包商，短时间内竟然都抓不住他，每次刚有线索，就又被他溜走了。

这个人有很强的反侦查意识。

乔暮云倒是不着急。过街老鼠东躲西藏，想来也不好受，他不可能躲一辈子。

乔暮云将书房腾出来给张怀宴处理公事，他每天有五六小时都在开视频会议，乔暮云也不打扰。没事干的时候，她就躺在藤椅上看书，只是把《资治通鉴》换成了《夜航船》。

其实从早到晚，她也没翻几页书，困了就把书放在脑袋上睡觉。

谢图南没有再来找过她，只是偶尔会发消息给她。她有时候回，有时候不回。

第三天傍晚，张怀宴接了个电话，说有紧急的事情，要出趟差。

"今天就要走了吗？"乔暮云拿开脸上的书，问道。

"两小时后的高铁，我现在就收拾东西。"说着，张怀宴便往卧室去，没一会儿便收拾完东西，提了个商务包出来。

"就带这些东西？"

"去江城，那儿什么都有。如果蒋叔问起……"张怀宴顿了一下，语气有些严肃，"就说我回北城了。"

"为什么？"乔暮云下意识地问道。蒋涛给人的感觉很和蔼，这两天一直为了崔建中的事情忙前忙后，但张怀宴似乎在防着他。

"公司的事情。"张怀宴想了想，还是解释给乔暮云听，"我们项目开工的时候，公司会给当地住建局交一笔质保金，用来保证农民工工资的发放。"

工程上的款项是一层层发放的，甲方拨给承包商，承包商再发给下面的小老板，最后才到农民工手里。

这样发放款项的弊端是周期会很漫长，也可能出现大大小小的问题。而质保金的作用是，工程完工后，不管哪一层级出了问题导致农民工工资被拖欠，住建局都可以用这笔钱直接打款给农民工。这是对农民工利益的保障。

"江城那边的一个工程项目已经完工半年了，但基础工资还没有发放到位。当时，总公司是拨了质保金的，按理来说不会出现这样的情况，但是……"张怀宴的语调沉了下去，"住建局那边根本就没有这笔钱。"

乔暮云听懂了，问道："你是怀疑蒋涛？"

"按理说，蒋叔的为人，我是信得过的，再说，他现在什么也不缺，不会贪那两千万，但江城那个工程项目是经过他的手的。"

"不用担心。"张怀宴摸了摸乔暮云的头，"不管怎么说，蒋叔的能力很强，崔建中的事情暂时还是交给他。你别总在家闷着，多出去走走，听到了吗？"

"知道了。"

吃过晚饭，乔暮云去附近走了走，正要回家，便接到了叶萌的电话。

乔暮云接起来，还没来得及说话，叶萌已经开口："崔建中回青城了。"

乔暮云的呼吸微微加重："抓到他了吗？"

"差一点儿。"叶萌十分懊恼。

这件事情也是一波三折。原本承包商那边配合得很好，崔建中已经放松了警惕，在电话里说今天要回家看看老婆孩子。他很谨慎，坐的是黑车，警察没有拦截到车站信息，只能埋伏在小区门口，但最终，警察没有等到他。

其间，崔建中跟一个女人通过电话，通过全球定位系统，警察锁定了他的位置，但赶过去的时候，人早就不见了。

原来，那个女人是崔建中的情人，两人秘密来往多年，还生了一个孩子。

崔建中的老婆强势泼辣。关于情人的事情，崔建中瞒得很好，他老婆甚至不知道他卖电缆挣的钱有多少，所以，他拿出一部分钱给情人买了套房子。

也可能是报应吧，他和情人生的女儿上个月被查出了白血病，现在还住在儿童医院。警察现在在三个地方布了控，一个是崔建中家，一个是崔建中情人家，还有一个就是他女儿所在的儿童医院。

"这人就是个人渣！"叶萌边吃东西边骂了句脏话。

乔暮云反倒没那么气愤，她笑了笑，安慰叶萌："没事，别为这种人生气。"

"你现在……咳咳！"叶萌被呛了一下。

"慢点儿吃。"因为人手不够，陈卓和他所在小组的成员也被调过去支援了。

"暮云姐，我是陈卓。你这两天也要注意安全，尽量待在家里，把门窗关好。"

"你是说……"乔暮云屏住呼吸。

"没有，只是安全起见，警惕一点儿，你没见过崔建中，我们更没透露过你的个人信息，你别担心。我在儿童医院那边蹲守，离你家挺近，你把门窗关好，有什么情况，直接给我打电话。"

"我知道了，谢谢你。"乔暮云看着对面路灯下的树影，慢慢地冷静下来。

挂了电话，乔暮云拐进一家水果店买了火龙果、草莓和车厘子，然后在老板热情的"欢迎下次光临"中离开了。

街道上，人声和车辆声混杂在一起，热闹驱散了乔暮云心中的不安。

老街区的道路不算宽敞，两旁的香樟树遮天蔽日，林荫道上有些人在散步。

乔暮云以前喜欢走在道路里侧，今天却尽量走在外面。

不管怎么说，还是要小心一点儿。

安全到家后，乔暮云锁上了院门，在门上加了铁链，又检查了家里所有的门窗。关上正屋门，乔暮云又开了次卧的灯，自己房间里只留了一盏床头的小夜灯。这样，如果半夜真的有人找上门，估计也会因为不熟悉而找错房间。

其实崔建中不太可能来，只是被陈卓一提醒，乔暮云有点儿草木皆兵。

乔暮云的胆子很小，小时候，她都不敢单独睡在房间里。只不过现在习惯了。

最后，乔暮云把张怀宴的衣服挂到了廊下，摆出一副家里有男人住的假象，然后关上了正屋的门。

做完这些，她松了口气，冲了个澡，又检查了一遍家里的门窗，才躺到床上。

家里的窗子都是最老式的，外面有铁制的横杠，现在已经有些生锈了，但足够安全。然而，夜深人静时最容易放大情绪，乔暮云的神经不受控制地紧绷着，连看电影都没办法专心。突然，谢图南发来微信消息：睡了吗？

乔暮云想了想，回道：嗯。

难得她回消息回得这么快，但这个"嗯"字似乎在说：本来要睡了，但是可以大发善心理你一下。谢图南也不知道自己是怎么从这一个字中看出别的意思的，上学的时候，他最讨厌的就是做阅读理解。人家的语文答题卡上都是密密麻麻一片，只有他从来是寥寥几个字。

原来还有比做阅读理解更让人头疼的事。

谢图南：睡不着？

乔暮云又回了一个"嗯"字。

看着屏幕上方反复出现的"对方正在输入"，乔暮云有些出神。

如果是以前，谢图南问她"睡了没"，就算她准备睡了，也会回复"没有"，然后主动说自己刚才做了什么，或者问他有没有什么事。

那时候，她首先考虑的是他的想法。

她知道他不喜欢猜，所以就从不让他猜，她从不会耍性子，不高兴了会自己平复一会儿，然后心平气和地说出来。

记得有一次，她在学校里见到吵架的情侣，男孩因为打游戏耽误了回消息，女孩不高兴了，男生好言好语地哄着，扮鬼脸、买奶茶、说好话。没一会儿，女孩虽然还板着脸，却一边说着"没有下次了"，一边又忍不住开始撒娇。

她当时很羡慕，也很想任性一回。

手机的振动声唤回了乔暮云的思绪。

谢图南：怎么了？

房间里灯光昏暗，乔暮云抬起头，透过窗帘，隐约能看到外头的夜色，她心中的不安似乎因为这两条简单的消息慢慢消散了。

她打了几行字，最终又全部删光，只说了句"困了"，便干脆地放下了手机。

他们之间并不是可以在深夜诉说心情的关系。

平板电脑上播放的电影进度已经过半，乔暮云懒得再倒回去，便换了部韩剧。这是一部挺老的片子，首播时间是她读高二那年，当时这部剧很火，似乎走到哪儿都能听到女生喊"哥哥好帅"。

剧的前两集有些无聊，但看着看着，乔暮云觉得男主角是挺帅的，有着介于成熟男人和青涩男孩之间的魅力。

这部剧每集时长一小时。那晚，乔暮云熬了一个通宵，第二天醒来一看，已经傍晚五点半了。大概是看剧的时候姿势一直没变，她的后颈和左肩都很酸，头也有点儿疼。又迷迷糊糊地睡了一会儿后，她起床煮了碗面。

天已经黑了。她端着碗回到卧室，准备把最后两集看完，却发现手机上有叶萌的未接来电。她打了回去，接电话的是陈卓。

"暮云姐，我长话短说，赵武平是不是知道你在人民医院工作过？"

"应该是。"赵武平和杨华去医院的那天，她露过面，也和几个同事打了招呼，可能被听见了。

"赵武平刚才交代，崔建中前两天向他打听过你。"陈卓似乎在奔跑。

"什么？"乔暮云心头一沉。

知道了工作单位，只要有心，就不难再打听到具体信息。乔暮云觉得呼吸有些不畅，咀嚼着嘴里的面条，什么味道都尝不出来。

"你听我说，你现在再检查一下门窗，用桌子或者柜子堵住门，听到什么动静都不要出去。本来我们应该派两个人到你家里蹲守的，但来不及了。崔建中的警惕性很高，他可能已经在你家附近了，我们再有大的动作会打草惊蛇。技术部门正在调你家附近街道的监控，我们等会儿就埋伏在能看到巷子口的地方，你发现不对就马上给我打电话或者发短信，我们十五分钟就到。"

"好，我知道了，辛苦你们了。"

挂了电话，她没了吃饭的心情，便放下筷子，对着窗口发呆。

思来想去，她给钟姐打了个电话。

"乔暮云，怎么了？"钟姐正在辅导孩子弹钢琴，接到电话便去了阳台。

"我问您一件事。"乔暮云开门见山道，"这两天，有人去医院打听过我吗？"

"你这么一说，我有印象，昨天有个男人来问过我，我当时在忙，也没在意，不知道他后来有没有再问别人。"

医院的病患家属打听某大夫是很常见的事，没人会放在心上。

挂了电话，看着外头的夜色，她觉得喉咙发紧，似乎有什么东西要蹿出来了。

为了让这段时间不那么难挨，乔暮云依然选择了看韩剧。剧情到了最精彩的地方，她却有点儿心不在焉。

夜逐渐深了。十一点多，剧集终于播完，屏幕黑了下来。乔暮云揉着脖子，透过窗口看着院门的位置。夜色深重，静谧得没有一点儿声音。

她收回视线，然而，再一抬眼，却看到一个黑影翻过了墙头。

乔暮云合上平板电脑，心跳骤然加速。慌乱之下，她马上熄了房间里的灯，下一刻却又后悔了——这不是此地无银三百两吗？

乔暮云想跑去别的房间，脚却好像生了根，有些发软。

她逼迫自己冷静下来，然后给陈卓发消息：他翻墙进来了。

陈卓：我们马上到。

手心里出了汗，乔暮云抓了抓胸前的衣料，抬头一看，人影已经径直朝这边过来了。她退到墙边的角落，从窗口看进来，这边是视线盲区。

手机又振动了一下。

谢图南：睡了吗？

黑影逼近了，仿佛就在窗前，眼睛正贴在玻璃上……乔暮云终于被击溃，她按下语音键，声音里带上了哭腔：谢图南，我害怕……

她的声音很小，谢图南将语音消息播放了两遍才听清。

黑色轿车停在巷子口，谢图南放下车窗，看着乔暮云家的方向。

他一边下车，一边给她发语音消息。

乔暮云靠着墙蹲下来，刚才看电视的时候，她戴了耳机，但是现在耳机电量也不多了。她把刚才发给陈卓的消息转发给谢图南：他翻墙进来了。

谢图南皱着眉问：谁？你哥不在家吗？

听着他的声音，乔暮云莫名冷静了不少，打字道：应该是崔建中在我房间外。我哥出差了。

谢图南脚步顿了一下，然后低声骂了句什么。他比陈卓快，此时已经到了院墙边。他推了一下院门，传来铁链的声音。他马上停手，怕里面的人听到。

她以前连门都不关，今天是早就预料到有危险吗？他只是忙了两天，怎么弄成这样？谢图南抬头看了一下院墙，大概三米多高。

"用书桌把门堵住。"谢图南扯掉领带，单手解开几颗扣子，发语音消息给她，"关掉正屋的灯，再把院子里的灯打开。我就在墙外边，别怕。"

就在乔暮云打开语音消息的同时，窗户被敲响了，外头传来男人的声音："你姓乔，是吧，我知道你在里面，开个门吧。"崔建中声音沙哑，透着不善。

听完谢图南的最后一句话，乔暮云愣了一下。他在？

乔暮云站起身，由于顾忌窗外的崔建中，她没敢走到窗边，而是照着谢图南说的，摸到墙边的开关，开了院子里的灯。

院子里瞬间亮起来，乔暮云看清了那人的相貌：四十来岁，个头不高，体型偏瘦，戴着副老式眼镜，头发很乱，显得十分邋遢。

陈卓之前发过这人的照片，乔暮云对比了一下，确认是崔建中。

被突如其来的灯光闪到了眼睛，崔建中偏过头，骂了句脏话。

"你想干什么？"乔暮云问。屋子里一片黑，乔暮云知道，在这种一明一暗的情况下，他看不清自己，于是她的胆子大了一些。

"应该是我问你想干什么？"崔建中的脸重新贴到窗玻璃上，语带愤恨，"你爸妈都去世这么多年了，大家相安无事不是挺好吗？为什么要毁了我的生活！"

看，有些人的逻辑就是这么奇怪。他可以毁了别人的生活，然后逍遥多年，别人却不能反过来追究他。

乔暮云回忆起十几年前的场景，父母出事的那一晚，一切兵荒马乱……

这些年，她也曾经想过，是什么样的人在造成这场悲剧后，还能背着两条人命逍遥法外。她想过那人应该不是故意的，因为害怕所以逃走了，这些年，他应该也很愧疚。奶奶也说，活着的人不要为了故人和故事难为自己。

但此时此刻，看着崔建中的这副嘴脸，乔暮云平静了下来。

有些人就应该烂在泥里，永远翻不了身。

乔暮云悄悄开了手机录音，随后问道："过去这么多年，你就不愧疚吗？"

"那是他们自己不长眼！"崔建中情绪激动，"你以为我想吗？是他们先违规变道！是他们自己撞过来的！凭什么要我负责？"

在杨华的说法里，是货车先撞过去的。至于真相到底如何，早就无从考证。

但至少，他已经亲口承认自己就是肇事司机。

手机电量不多了，乔暮云保存了录音，不再和崔建中周旋。

她现在要做的，就是在警察和谢图南来之前保证自己的安全。

冷静下来之后，她发现这件事其实不难。窗户上有铁横杠，她是安全的。如果崔建中想进来，必定要经过两道门，一道是正屋的大门，一道是房间门。

　　保险起见，乔暮云照谢图南说的，把书桌往门边推。

　　沉重的木桌摩擦着木地板，发出尖锐的响声。

　　乔暮云的态度彻底激怒了崔建中，他取下背上的工具袋，走到正屋门口，紧接着便传来一阵撬门的声音。

　　老门锁并不牢固，乔暮云心头一沉，加快了动作。就在她想把桌子横过来的时候，脚步声已经到了房门口。

　　崔建中开始撬房门了。隔得近了，乔暮云也紧张了起来。她的手有些使不上力，只能尽力用自己的身体去推书桌。

　　门被撬开了，桌子已经抵在房门口，桌子与房门之间只留下两厘米的缝隙。

　　"我报警了。"乔暮云盯着缝隙，手死死地抵在桌子边缘，但没一会儿，那两厘米的缝隙消失了——崔建中在推门。

　　"警察很快就到。"乔暮云说。她知道，现在最重要的就是拖延时间。

　　"报警了？没关系，我看你隔壁老太太家的院门是开着的。"

　　"你说什么？"

　　"你和那老太太关系不错吧？要不，让那老太太替你抵命，怎么样？"

　　她只在傍晚的时候隔着院墙和陈奶奶说过话，崔建中到底来了多久？

　　乔暮云忽然觉得一阵寒意从脚底蹿上头皮，手上的力道不自觉地松了一点儿，门又被推开了两厘米。

　　她已经用了全部的力气，崔建中的语气却显得很轻松："小姑娘，做事不能太绝，断人财路，天打雷劈，你把我逼上绝路，就别怪我不留情面。"

　　"是你自己把自己逼上绝路的。"乔暮云不太想和他争辩。

　　如果崔建中这么多年一直本本分分做人，没有带着赵武平一起谋不义之财，杨华夫妻没有被抓住把柄，可能也不会供出他。

　　"你懂什么？"崔建中大吼一声，"我孩子病了，我欠了一身的债，你让我拿什么救她？我女儿很聪明，年年考第一，老师说她可以上清北，她现在躺在重症监护室，我却没钱给她看病……"

　　"所以，"崔建中的表情渐渐变得狰狞，"就是死，我也要拉个垫背的。"

　　这几天，崔建中东躲西藏，以前的酒肉朋友都对他避之不及，他渐渐开始绝望，也知道自己没有回头路了，到现在，他最深刻的感受是恨。

　　人在穷途末路的时候，什么都做得出来。

　　院墙外，警察们正在想办法找麻绳，稍微耽误了两分钟，正好和谢图南遇上。

陈卓不知道谢图南的身份,但看身形,这人不是崔建中。他警惕地问:"谁?"

谢图南回头道:"警察?"他把手机递过去,上面是和乔暮云的聊天记录。

陈卓看了一眼,说道:"你让开吧,我们来。"

谢图南没有应声,自顾自地沿着院墙走了一遍,指尖轻轻摩挲着墙皮,最后在大门与墙的接缝处顿住了。那儿有一条很小的缝隙,谢图南的手指刚好可以伸进去一半。他试了试,将手指缓缓上移,砂砾划过肌肤,有尖锐的疼痛感。

"陈卓,"有人说道,"你踩着我的肩膀上去。"

这时候,时间很重要,陈卓没空理会谢图南,然而,他刚踩着同事的肩膀够到墙顶,就感受到旁边闪过一阵风。

谢图南将手指卡在缝隙处,脚下借了墙的力量,纵身一跃,单手攀上了墙顶。

陈卓没看清他是怎么用力的,他已经跨过了院墙,轻飘飘地跳了进去。

情况紧急,陈卓却还是呆滞了一秒,心想:这是练家子啊!

乔暮云这边的情况很不好。男女力量悬殊,她支撑不住了。

门已经开了一个大口子。崔建中体型不壮,或许很快就可以挤进来。

就在此时,乔暮云听到了院子里的动静,同时,崔建中也听到了,他拼命加大了手里的力道。

乔暮云觉得她下一秒就要支撑不住了。就在这时,正屋的门被一脚踢开。

谢图南两步上前,捏住崔建中的后领,重重地将他推向一旁。崔建中的后背撞到了不锈钢鞋架,疼得龇牙咧嘴,他挣扎着起身,却又被谢图南捏住了脖子。

"你——"

谢图南懒得听他废话,膝盖往上狠狠地一顶,崔建中的冷汗瞬间冒了出来。

陈卓紧接着进了门,映入眼帘的一幕便是谢图南抓着崔建中的头往墙上撞。

院子里的灯光洒了进来,谢图南的脸半掩在阴影里,神色狠厉。

陈卓怕出事,连忙拉住他道:"别打了。"

"谢图南!"乔暮云不知道发生了什么,她一边挪桌子,一边喊他的名字。

谢图南的动作终于停下了,他缓缓地松开了崔建中的衣领。

乔暮云从房间里跑出来,靠在墙上,闭着眼轻轻地喘气。

谢图南打量了她几眼,确定她没受伤,才问:"没事吧?"

"没事。"乔暮云的气息有些不稳。

开关就在手边,她摸索着开了灯,屋子里瞬间亮堂起来。

陈卓看了看蜷缩在地上的崔建中,又看向旁边的谢图南。

谢图南的拳头还没完全松开，他的眼神扫过崔建中，冰冷又狠戾，像是在看一个没有活气的物件。

"不能再打了。"陈卓提醒道，"你们跟我去趟警局做笔录。"

"手怎么了？"乔暮云问，谢图南的手指此刻布满了细碎的伤口和血痕。

"没什么，只是一点小伤。"谢图南抬起手看了一眼，"帮我包扎一下？"

似乎没有拒绝的理由，乔暮云便说道："我去拿药箱。"刚转身，她又想起了什么，看向陈卓。

"没事。"陈卓挠了挠头，"你们明天再来吧，今天太晚了，好好休息。"

一直在地上挣扎的崔建中看似痛苦，其实，在众人看不到的角度，他的手已经摸进了口袋。

陈卓说完便准备把崔建中抓捕归案。他在口袋里摸了摸，没找到手铐。

应该是翻墙的时候弄丢了，他回过头往院子里看了一眼。

就在这时，崔建中不知从哪里来的力气忽然起身，手里多了一把水果刀，直直地朝着乔暮云刺过去。乔暮云蒙了，还没反应过来，腰上便揽过来一只手，随后，她被带着往一旁避开了。

崔建中整个人都扑了过来，刀锋堪堪擦过谢图南的腰侧，他的衬衫被割开了一道口子，有鲜血浸了出来，谢图南身上淡淡的茶香很快被血腥味覆盖了。

"你受伤了……"乔暮云在他的怀里站稳，低头看了看他腰侧的血迹。她明明是个医生，却在一瞬间忘了所有的紧急处理规范，想碰伤口又不敢碰伤口。

看清她脸上的慌乱后，谢图南笑了笑，"嗯"了一声，说道："受伤了。"

陈卓把崔建中的双手反剪到背后，说道："老实点儿！"

院外的其他警察也赶了进来，陈卓把崔建中交给同事，让他们押回警局，又问乔暮云："有药箱吗？我帮他处理一下。"

陈卓在警校学过基本的急救措施，说着便要弯腰帮谢图南检查伤口。

乔暮云这才意识到自己还维持着原来的姿势——

她几乎是依偎在谢图南的怀里，而他的手也还搭在她的腰上。虽然这时候没必要追究占便宜的事情，但乔暮云还是往后退了一步，说道："我去拿药箱。"

怀里瞬间变得空荡荡，谢图南放下手臂，对陈卓说："不用了。"

陈卓以为他是不信任自己，或者不习惯男人靠他这么近，但是一抬头，发现他的目光一直追随着乔暮云。陈卓瞬间明白过来。

"我来吧。"乔暮云取了药箱，走过来说道，"我是医生。"

陈卓很有眼色，默默地转身往外走了。

这种深度的伤口需要缝合，现在只能止血。乔暮云拿起消毒纱布，将其叠成长方形，然后用它盖住伤口，并用绷带固定住。

谢图南坐在椅子上，解开衬衫的所有扣子，露出八块腹肌。

乔暮云弯着腰，将纱布绕过谢图南的背部一圈。

她的睡衣宽松，领口也不小，只要谢图南稍微垂眸，一览无余。

谢图南闭上了眼睛。通常而言，视觉消失的时候，触觉和听觉会变得格外敏感。她温热的呼吸轻轻地擦过他的肌肤，指尖微凉。

乔暮云也没有看上去那么冷静，这个男人的身体，她很熟悉，从肌肉骨骼到线条，都是那么完美。

大家都说男人喜欢漂亮女人，女人又何尝不喜欢漂亮男人？

视觉上的冲击永远是最直观的，骗不了人。乔暮云的脸悄悄红了，她加快了手上的动作，最后将纱布打了个漂亮的蝴蝶结。

"好了，等会儿去缝针。"乔暮云转过身背对着他，收拾着桌上的药箱。

"你帮我缝吗？"谢图南侧头问。

"我手艺不好，缝出来不好看……"乔暮云整理好东西，回过头，声音戛然而止，"你先把衣服穿上。"乔暮云错开视线，"啪"的一声合上了药箱。

"又不是没见过。"谢图南没有动的意思。

"随你。"乔暮云丢下两个字，去厨房洗手。

出来的时候，谢图南还是那个样子坐在椅子上。他拿着手机，正在发语音消息：我知道，等我回来再说吧，你最好也不要插手。

大概是生意上的事。乔暮云只看了一眼，就越过他准备往房间走。

忽然，手腕上传来一股力量，乔暮云被带着往后退了一步，由于重心不稳，她跌坐在谢图南的腿上。

"干什么？"乔暮云挣扎了一下，又想起他腰上的伤，便不敢动了。

谢图南的手环上她的腰，说道："抱一下。"

"不给。"乔暮云试图掰开他的手，却掰不动。

"别乱动。"谢图南声音低沉，头倒在乔暮云的肩膀上，"伤口疼。"

后背贴着他宽厚的胸膛，他的体温隔着薄薄的布料传来，乔暮云想起他刚才冲进来的样子，还有打人时的神色，心忽然软了。

毕竟，他是为她受的伤。

她放松了一些，语气也缓和下来："我换件衣服，陪你去医院。"

谢图南敏锐地捕捉到她话里的妥协，下巴在乔暮云的肩上轻轻蹭了蹭，没放手。乔暮云感觉到微微的刺痛，应该是谢图南新长的胡茬。

谢图南一向很爱干净，不会允许自己这么不修边幅。他这两天很累吗？

谢图南的指腹在乔暮云的腰上轻轻摩挲，然后缓缓往上移，似乎有点儿得寸进尺，想做更过分的事情。乔暮云的脸黑了下去，道："谢图南，放开我。"

"再抱一会儿。"谢图南不肯放手，但安分了下来。

"放不放？"乔暮云语气冷下去，明显生气了。

谢图南沉默了两秒，手指一根根松开。

这样的他让人很难招架。乔暮云起身后径直去了房间。书桌还横在门口，当时慌乱之下，桌上原本的东西都被她扔到了地上，此时，地上一片狼藉。

其实，她胆子很小，怕黑，怕打雷，怕青蛙，怕所有虫子……

小时候，她总缠着妈妈或者奶奶，要跟她们一起睡，睡觉的时候还不敢将手伸出床外，害怕黑暗里有什么东西。后来和谢图南在一起了，她的胆子似乎渐渐大了。他不在家的时候，她抱着被子，闻着属于他的味道能睡得很香。

就像今晚，听到他的声音，她突然没那么慌乱了。

可能是因为，他什么也不怕吧。不管是人是鬼，他都能轻松解决。

乔暮云在胡思乱想中换好了衣服，T恤和裤子都是她在衣柜里随手拿的，前后不过三分钟，她便走出了房间。

谢图南也穿好了衣服，他腰侧的血还没有止住，纱布已经被浸红了。

"走吧。"乔暮云知道不能再耽搁了，率先走到院子里，却又觉得不对。她顿住脚步，迟疑着回头，只见廊下蹲着一个人。

"陈、陈警官？"乔暮云看了一圈，确定没有其他人了，"你怎么……"

"啊？叫我吗？"陈卓戴着耳机，干笑着站起来。

乔暮云回忆着刚才的场景，脸红透了，问道："你一直在这里？"

"这不是太晚了嘛，那位……"陈卓指了指门内，"他受伤了，你一个女孩，不方便，我准备送你们去医院。"

"这样……"乔暮云跟着笑了笑。

"那个，我戴着耳机，耳机的质量很好，我什么都没听到。"陈卓欲盖弥彰。

乔暮云抬手挡了挡额头，一时不知道该说什么，只好道："那麻烦您了。"

陈卓开着谢图南的车，一路上，车里很安静。乔暮云坐在后排看着窗外，回想着今晚的一切，突然想起一件事来："陈警官，我手机里有一段录音，不知道对你们有没有用。"

"你发给我。"陈卓说。

乔暮云拿出手机，才发现有好几通未接来电，是叶萌的。她调了静音模式，所以没接到。她将电话拨回去，便听见叶萌焦急地说道："暮云姐，你没事吧？"

"没事。"乔暮云说。

"那陈卓呢？我听说有人受伤了，他的电话也打不通。"

"他——"正巧碰上红灯，车子急刹了一下，乔暮云身体前倾，顿了一下，才说，"他在这儿呢，没受伤，只是手机没电了。"

"你是不是在骗我？"那声停顿被叶萌敏锐地捕捉到，"你让他接电话。"

"陈警官，"乔暮云把手机递过去，"叶萌的电话。"

陈卓的脸上闪过一丝错愕，而后他对着手机道："喂……没有，没受伤，真的，我保证，我在开车呢，等会儿再打给你。"

一刻钟后，急诊缝合室。护士在给谢图南的伤口重新消毒。陈卓借了一个充电器，给手机充上电，便急着给叶萌发消息。

"隔着屏幕怎么说得清，还是快点儿回去吧，她应该还在警局。"乔暮云说。

"我……"陈卓挠了挠头，"也没想说什么。"

"总不能一直不说吧。趁现在半夜三更，人比较容易冲动，表白要趁热打铁，说不定就成了。"乔暮云半开玩笑道。

陈卓似乎动摇了，说道："那你们——"

"我可以的，都到医院了。今晚麻烦你了，有好消息记得告诉我。"

"那行，我就先回局里了。"陈卓拔下充电器，出了缝合室。

门关上了，缝合室里只剩下小护士关切的声音："疼的话就说一声，我轻一点儿。"果然，谢图南那张脸到哪里都好使。

"今天值班的是郑大夫，他缝的伤口比别人好看。"护士妹妹一边消毒，一边脸红，心想，这脸，这身材……可惜有女朋友了。

小护士偷看了一眼旁边的乔暮云，觉得她好像不是特别紧张。

也是，男朋友和人打架，她的心情当然好不到哪儿去。

乔暮云看着谢图南，他半阖着眼，额角出了汗，汗水凝成水珠，顺着太阳穴往下淌。旁边的托盘里放满了带血的纱布，很刺眼。乔暮云垂下眼，本想关心一句，话到嘴边又犹豫了，只说："这么晚，你怎么会在……"

谢图南睁开眼睛看了过来，缓缓地说："想你了。"

他的声音轻缓又低沉，带着轻微的沙哑。小护士听得心一颤，手也抖了，一下子没控制好力道，带着酒精的棉球重重地碰到了伤口。

酒精比碘伏刺激，引起钻心的疼痛。谢图南重新闭上眼，皱起眉头，咬了咬牙齿。

"对不起，对不起……"小护士连连道歉。

过了十几秒，谢图南缓过神来，看向乔暮云，她站在那儿没有说话。

"不是吧，"谢图南笑了，不知道是被气到还是疼的，"一点反应都没有？"

事实上，乔暮云才回过神来。

"我去缴费。"她避开谢图南的目光，留下这句话便往外走。

乔暮云出去后，值班的郑大夫过来缝针。

郑大夫看上去三十几岁，架着一副半框眼镜，长相斯文，头发茂密。

他看了伤口一眼，一边戴手套，一边问："这是刀伤。打架了？"

谢图南点头道："算是吧。"

大夫取出麻药针，又给伤口周围的皮肤再一次消毒，说道："估计会留疤，不过不在脸上，男人嘛，就别太在意了。"

门在这时候被推开了，乔暮云缴费回来，对上了谢图南若有所思的目光。

"你在干什么？"大夫的针没对准，他顺着谢图南的视线回头，"乔暮云？"

"郑师兄？"乔暮云也有点儿意外，"你怎么来急诊了？"

"说来话长，老大来急诊科当主任了，我是被他忽悠来的。你怎么在这儿？"

乔暮云看向谢图南，说道："我，他……"

郑明池"哦"了一声，恍然道："这是你男朋友啊。"

"不是。"乔暮云干脆地否认，然后她在椅子上坐下。

"真的？"郑明池将针头扎了进去，"那我等会儿缝丑点儿也没关系？"

"随你，就算缝成一条蜈蚣也不关我的事。"

"那我还偏偏要给他缝得好看点儿。"郑明池一边推麻药，一边看了谢图南一眼。过了多久，郑明池缓缓地缝了第一针，说道，"疼的话忍一下。"

谢图南没有吭声，视线落在乔暮云身上，乔暮云则专注地盯着伤口的位置。

房间里安静了下来。缝到第三针的时候，郑明池先受不了了，他对乔暮云道："要不你来缝？你这样盯着，我压力很大的。"

乔暮云收回视线，说道："不了，我手生。"

最后，郑明池给谢图南打了一个漂亮的结，对乔暮云说道："行了，带走吧。"

"不用我提醒注意事项了吧？不要碰水，吃得清淡点儿，伤口可能会出血和红肿，如果不严重，吃点消炎片就行。"郑明池还是叮嘱了一大段，最后看向乔暮云，"你看着点儿就行，问题不大，养几天就好了。"

乔暮云想说谢图南和她真没关系，但想想这伤，她似乎的确有义务照顾他。

出了医院，乔暮云负责开车。谢图南坐上了副驾驶座，似乎是累了，他靠着椅背，闭目养神。

"住哪儿？"其实她猜到了大概是上次那家酒店，但她还是问了一句。

"住你那儿行不行？"

他的语气里带着浓浓的倦意，似乎是在开玩笑，却又有几分认真。

乔暮云摇下车窗，盯着后视镜里灯火通明的门诊大楼，拒绝道："不行。"她发现自己已经适应了他的出其不意。

谢图南没觉得她会答应，他点了点中控屏，导航到酒店，说道："走吧。"

乔暮云的车技不好，载着一个伤患，哪怕是在深夜，也丝毫不敢大意。

车速很慢，能看出她的紧张，谢图南一直没说话。等碰上红灯，车子稳稳地停在白线后，他才开口道："这两天，我一直在处理公司的事。"

乔暮云"嗯"了一声，又听见他问："你哥去哪儿了？"

"不清楚。"张怀宴交代了不要说出去，乔暮云就对谁都不说。

谢图南继续交代自己的行程："我下周要回北城。"

下周，他的伤口就恢复得差不多了。绿灯亮了，乔暮云缓缓地启动车子。

"老爷子的手术推迟了，本来是后天，但他的血压一直降不下来，大概是太紧张了。"谢图南似乎在找话题。

提起祝教授，乔暮云的话也多了："正常的。手术不大，不着急，没准备好就再等两天。"

第十二章
以后不会了

二十分钟后，乔暮云把车停在酒店门口，说道："我等会儿打车回去就行。"

"就住这儿吧。"谢图南忽然说，"太晚了，打车不安全。"

想了想，乔暮云道："那我把车开回去，明早给你送回来。"

"家里那么乱，锁也坏了，你敢一个人住？"乔暮云胆子不大，谢图南不相信她一个人回去还能睡得着。

"崔建中又不会从警局跑出来。"乔暮云这话底气不足，更像是在自我安慰。

"听话。"谢图南出奇地有耐心，像是在哄小孩，"带身份证了吗？"

"没有。我等会儿把你的车开走，去朋友家住。你快进去吧。"乔暮云嫌他烦了，拿出手机给叶萌发消息。

"你看看现在几点了。"谢图南提醒道。

凌晨两点半。

乔暮云的手指在发送键上顿了一会儿，没按下去。

谢图南道："我那儿有三个房间，你随便挑一个住一晚上，明早再说。"

"不行。"乔暮云拒绝得很干脆，目光警惕地在谢图南身上扫过。

她是疯了才会和他住一个套间。

谢图南抽走她的手机，抬手按了按太阳穴，问："你觉得我能做什么吗？"

乔暮云看了一眼他的腰侧，好像是不能……

二十楼。

谢图南拿磁卡开了门，乔暮云跟着他进去了。插卡取电后，顶灯明亮却不刺眼。地毯是高级的深灰色，踩上去没有一点儿声音。

"先去洗个澡吧，我没用过那间浴室。"谢图南说到一半便顿住了，因为他听到了一道奇怪的声音——来自乔暮云的肚子。

"饿了？"谢图南问。

"有点儿。"乔暮云摸了摸肚子，没否认。她没怎么吃晚饭，现在的确很饿。

"那先吃点儿东西，菜单在茶几上，拿平板电脑点就行，我去换件衣服。"说着，谢图南回了主卧。

乔暮云也没客气，翻了一遍菜单，最后点了炸鸡和年糕，还有一些烧烤。

都是谢图南不能吃的。

她倒不是故意的，而是的确想吃这些。

当然，谢图南毕竟是为她受的伤，乔暮云良心发现，最后多要了一份粥。

谢图南换好 T 恤从房间出来时，乔暮云已经点好了东西，窝在沙发里看手机。

"点了什么？"谢图南随口问。

"好吃的。"乔暮云的视线没有从手机屏幕上移开。

谢图南也在沙发上坐下，问道："今晚吓到了？"

他还记得她带着哭腔的那句"害怕"，但现在，她又好像开始翻脸不认人了。

乔暮云道："嗯。"随后，两人陷入了沉默。

乔暮云实在找不到事做，便搜到了那部韩剧，准备把结局再看一遍。

"什么剧？"谢图南倒了杯水放到她面前。

"韩剧。"

谢图南有些意外，印象里，她并不爱看这些情情爱爱的电视剧。

乔暮云脱了鞋，把两条腿都放到沙发上，思绪却怎么都无法集中。她没想到自己有一天会和谢图南坐在一起看偶像剧。

以前，他们似乎也从未这样做过。她曾经幻想过他们能像所有平凡的小情侣一样坐在一起，看看电视，安静地聊会儿天，说说生活里有趣或者烦恼的事。

乔暮云想得入神，盯着茶几上的纸巾盒，神情凝滞。

谢图南用余光盯着乔暮云，她抱着膝盖缩在沙发边上，身子单薄。

以前，他回来得晚，她总是在客厅等他，也总是以这样的姿势窝在沙发里。

他曾说过让她不用等，她每次都答应了，但他回去后，还是一眼就能在沙发上看到她。有时候，她已经睡着了，他把她抱起来，她便自觉地缩进他怀里。

现在，他们坐在沙发的两头，似乎隔着时光的鸿沟，彼此没有交流。

"乔暮云。"谢图南叫道，"明天早上想吃什么？"

"不知道。"乔暮云没回头，但实际上，屏幕上出现的字，她一个都没看清。

谢图南想了想，又问："这是最后一集？这部剧叫什么名字？"

"上边有。"

"好看吗？"

"谢图南，"乔暮云终于忍不住了，歪着头看他，"你好像变了。"

"变好还是变坏了？"谢图南靠在沙发背上，接话道。

"变得不像你了。"乔暮云慢慢说。

"举个例子。"谢图南轻轻地敲着沙发的侧边，恢复了气定神闲的样子。

"比如，你以前……"乔暮云看了他一眼，直白地概括，"不会没话找话。"

生意场上再棘手的谈判，再难缠的对手，谢图南对付起来都是游刃有余。他从没有遇到像现在这样无法还击的时候。

一段悠扬的门铃声突然响起。谢图南没有犹豫，起身去开门。随后，服务员推着餐车进来了，香味瞬间溢满了客厅。

乔暮云不搭理谢图南了，戴上一次性手套后拿起一块炸鸡。

炸鸡的卖相很不错，还有点儿烫，蘸上酱后咬一口，外酥里嫩，唇齿生香。乔暮云幸福地眯起眼，还不忘"好心"地提醒谢图南："你不能吃，要忌口。"

谢图南慢慢收回手，问道："那我吃什么？"

乔暮云看了他一眼，把中间的小碗推过去，咬着鸡肉含糊道："粥。"

谢图南对口腹之欲一向没什么要求，所以很乐意包容她难得的孩子气。他倾身把碗拿到面前，用勺子搅了搅，勺子和碗沿碰撞，发出"叮当"声。

电视剧只剩下最后三十分钟，画面转场，音乐响起，在一片茫茫的雪山上，男女主角动情地接起吻。

没过多久，屏幕慢慢地黑了下去，剧情的带入感让人久久无法回神。乔暮云眼角还有泪，怅然若失的感觉萦绕在她的心头。

听到吸鼻子的声音，谢图南挑眉道："哭了？"

"没有，我去睡了。"乔暮云起身往房间走。

谢图南看着她开门进房间，又看着门被关上，客厅陷入了沉寂。

她好像突然不高兴了，因为这部电视剧吗？

谢图南捏了捏眉心，又听到"吧嗒"一声，乔暮云把门反锁了。

次日醒来，乔暮云下意识地去摸手机，按了一下后发现没动静——因为没电，手机关机了。她睁开眼睛，入目的是陌生的天花板。她脑子混沌，以为是在做梦，便重新闭上眼，把手背搭在额头，试图让自己清醒过来。

她想起来了，这里是酒店，而谢图南就睡在隔壁……

乔暮云翻了个身，用被子蒙过头，两脚在床上乱蹬一通，最后轻喘着气起身。

乔暮云开门出去时，谢图南已经起了，他坐在客厅，膝盖上放着电脑，似乎在处理工作。盯着他还在滴水的发梢，乔暮云问道："你洗过澡了？"

谢图南："嗯。"

"伤口碰水了吗？"乔暮云的语气有些严肃。

谢图南想了想，说："没怎么碰。"

那就是碰了。乔暮云的脸色变得不太好，她不喜欢这种不听话的病人。

她想狠下心不管他，但等她给手机充好电，回房间洗漱完，再出去的时候，正好看到谢图南用手摸了一下伤口的位置。

"换药了吗？"乔暮云还是心软了。其实问也是白问，昨晚从医院带回来的袋子还原封不动地放在茶几上，答案肯定是没有。

果然，谢图南说："我不会。"

乔暮云把东西一样样拿出来，用公事公办的语气说："把衣服解开。"

谢图南点点头，抬手解起扣子。乔暮云再回头的时候，他的上半身已经是赤裸的状态，衬衫被随意地揉成一团，扔在旁边的单人沙发上。

"没让你脱衣服。"乔暮云的脸黑了。

"这样方便。"谢图南笑着看她。

"坐着还是躺着？"他又问道，语气中带着一丝揶揄，听起来更像是在调戏。

"倒立吧。"乔暮云头都没抬，忙着拿棉签和碘伏，面无表情地回答道。

"心情不好吗？"

"挺好的。"

以前，乔暮云看到这种不遵医嘱、不把自己的身体当回事的病人，通常会耐心劝说几句，但现在，她只觉得生气。

"我把衣服穿上？"眼见似乎惹怒了人，谢图南斟酌着退让了一步。

"不用。以前在手术室天天见光着身子的人，你也没比别人多什么。"

谢图南沉默了两秒钟："你做的不是开颅手术吗？病人也要脱上衣？"

"不是，"乔暮云说，"是全裸。"

"什么？"谢图南不知不觉放下了手。

"抬起来。"乔暮云有点儿凶。

谢图南把手搭到沙发背上，眉头轻皱道："为什么？"

"开颅手术的风险很大，为了方便施救，病人都是全裸。"乔暮云解释了一句。

一般来说，患者身上会盖上无菌布或穿上无菌衣，只有在需要抢救的时候，才能看到脑袋之外的部位——但乔暮云没说出来。

在医生眼里，上了手术台，男女都一样，没有性别之分。

谢图南没有再说话，而是维持着这个姿势盯着乔暮云看。

今天没有太阳，天灰蒙蒙的，客厅没开灯，光线也不亮。

乔暮云侧身坐在沙发上，头发用皮筋扎着，低着头，露出一截纤细的脖颈。

她很专注，似乎眼里只有伤口，虽然看起来不太高兴，但下手不重。

说起来，她做什么都很认真，不管是念书还是工作，都有一股执着的劲头。他几乎没有在这些方面给过她帮助，她也从不需要。

她不喜欢走捷径，不喜欢和别人不一样。

他还记得，那时候，她说："可能你觉得，像只蜗牛一样背着壳挪动步子有点儿傻，但我只想踏踏实实地走下去，得到什么都很安心。"

这两年，她变了很多，但又什么都没变。

"等会儿会下雨。"谢图南的声音变得轻了很多，像是怕打扰她。

"嗯。"她的语气缓和了一些，伤口的情况比想象的好，应该没怎么碰到水。

"乔暮云，"谢图南突然好奇地问道，"你当初为什么去医学院？"

"什么？"乔暮云跟不上他的思路。贴上最后一块布，乔暮云起身把换下来的纱布都扔到垃圾桶，整理起茶几上的东西。

"你喜欢做医生吗？"谢图南换了个问法。

"说不好。"这两个问题都很无厘头，但乔暮云还是答了。

"那其他的呢？"维持一个姿势久了，谢图南坐正身子，把重心放到另一边，"有什么特别想做的事吗？"

乔暮云终于侧过头看他。

"我知道跟我无关。"谢图南猜到她想说什么，"随便聊聊也不行？就像昨天，你和你同事聊天那样。"

昨天？乔暮云回想了一下，是和郑明池聊天的时候吗？但她现在想不起来他们聊了什么，因为太熟了，说什么话都不太忌讳。

"没什么特别想做的。我一直是一个没有理想的人。"

她一直按部就班地生活着，很努力地念书，考一个好大学，选一个有价值的专业。她并没有什么高尚的想法，只是想对得起自己的良心。

谢图南笑了笑，道："嗯，我也没有理想，但是——"

"什么？"乔暮云走到边上查看手机电量，顺口问道。

"想要你。"谢图南说。

周围的空气似乎停止了流动，乔暮云身体微僵，清楚地听到了自己的心跳。

好在她是背对着他的。她的手指悬空着，屏幕上是来自陈卓的微信消息：暮云姐，今天有空的话，来警局做一下笔录。

过了很久，乔暮云才打下一个字：好。

陈卓：昨晚受伤那位，能来吗？

乔暮云：应该可以。

回完消息，乔暮云放下手机道："陈警官让我们去警局做笔录。"她语气如常，仿佛完全没听到刚才的那句话。

谢图南穿上衬衫，慢条斯理地系着扣子，眼神却始终落在乔暮云身上。

"好。"至少，她只是装作没听到。

昨晚吃得太油腻，乔暮云有点儿不舒服，因此让酒店送了两份清粥。

吃完早餐，乔暮云便开车和谢图南赶往警局。

十五分钟的车程，沿途有两所学校，还赶上早高峰，私家车堵了半条街，最终，他们用了半小时才到。

做笔录不复杂，问什么答什么就行。乔暮云签完字后，陈卓和另外一位警察也签了字。出去后，另一位警察去忙了，乔暮云问陈卓："怎么样？"

"什么？"陈卓没反应过来。

乔暮云笑了笑，问道："昨晚赶回去之后，没发生什么吗？"

"没有。"陈卓面露纠结，"也不是完全没有，怎么说呢，就是……"

就是没有成功。

乔暮云读懂了他的潜台词，不忍心揭人的伤疤，准备换个话题聊两句就告辞，但陈卓主动问："暮云姐，你说，我还有机会吗？"

昨晚，叶萌对陈卓的担心是真实的，但事情没有绝对。

乔暮云想了想，问："你怎么跟她说的？"

"我回去找她聊了一会儿天，说请她看电影……"陈卓挠了挠头。

"就这样？"乔暮云等了一会儿，不可置信地问。

"她没答应。"陈卓沮丧地接上后半句。

乔暮云看着这个和自己差不多年纪的男生，久久没有说话。

难以想象在这个年代里，进入社会两年了的小伙子追女孩会追得这么矜持。

"我是不是没机会了……"陈卓被乔暮云看得有些发毛，忐忑地问。

"你以前谈过恋爱吗？"

"没有。我大学读的警校，没几个女生，工作之后一直很忙，也没时间。"

乔暮云安慰道："她不同意，你就多问两次，不用太着急，慢慢来。"

有时候，或许顺其自然地让情感升温才是最好的。

乔暮云不是很喜欢为别人的感情出谋划策。

可能是因为，在很长的一段时间里，她自己都不太相信爱情。

正聊着天，谢图南也从隔间出来了，乔暮云收回思绪，抬头和他对视。

谢图南从她眼里看到了明显的落寞和淡淡的忧伤，一闪而过，快得让人以为出现了错觉。

"走吧。"乔暮云说。

谢图南走在前面，步伐沉稳，完全不像受了伤，但下楼梯的时候，肌肉被牵动着，乔暮云还是看出了他的隐忍。

"中午吃什么？"坐到车里，谢图南问。

"你是说你，还是说我？"乔暮云系上了安全带，反问道。

"你。"

"我不饿，不太想吃。"

"那我呢？"

乔暮云看了他一眼，说道："回酒店喝粥。"

早高峰已经过了，一路畅通无阻。

以前，乔暮云不喜欢开车，一来是不顺手，二来是她得永远绷着神经，还要操心怎么停车。但现在，她发现这种掌控某样事物的感觉也不错。

至少现在，她想去哪儿就去哪儿。

车子在酒店门口停下，乔暮云解开安全带，说道："饮食清淡，伤口别碰水，别久坐，酒店有医疗室，按时去换药，到了时间，我会给你发微信消息的。"

"我先回家了，有什么问题，你再给我发消息。"说着，乔暮云推开车门。

"就这么走了？"谢图南问。

乔暮云假装没听懂，也没回头，说道："我自己打车或者坐公交车就行。"

谢图南没再拦她，看着乔暮云的背影消失在视线里。

乔暮云走到十字路口，公交车正好过来，她上了车，在最后排的座位坐下。

上中学的时候，她是寄宿生，每周末也是坐这趟公交回家。她总是戴着耳机坐在靠窗的位置，MP3里放着周杰伦的歌。

那时候，她想的事情很简单，无非是成绩，或是偶尔的白日梦。其实，见的世面少，烦恼也会少。有时候，井底之蛙未必不快乐。

"青城公交提醒您，青城一中到了……车辆停稳后，请您从后门下车。"

广播声唤回了乔暮云的思绪，一抬头，窗外便是熟悉的校门。不知不觉，乔暮云跟着人流走了下去。本来，乔暮云是没想进去的，但反应过来时，她已经到了门卫亭外。遗憾的是，大门上有安保装置，只有刷校园卡才能进。

乔暮云刚想走，便听到有人喊："同学。"

她回过头，发现是门卫大爷："回学校看看呀？我给你开门。"

乔暮云迟疑了一下。这位门卫老大爷并不是她上学时看门的那位，没道理一眼就看出她是这里的学生。

看出她的疑惑，老大爷笑呵呵地道："你的照片就挂在学校进门处的光荣榜上呢，我认识。快进去吧。"

乔暮云恍然。沿着大路左侧往里走，不远处便是门卫老大爷说的光荣榜。简单的玻璃橱窗，见证了无数学子和青城一中的辉煌。

乔暮云在高二的时候参加过化学奥林匹克竞赛，拿了一枚银牌。高考提前招生的时候，A大降了三十分，给了她优先录取资格。

当然，她也是那一届的理科状元。

看着橱窗里稚嫩的证件照，乔暮云微微出神。

大学里厉害的人很多，高考只是人生很小的一个节点，毕业后再回头看，其实高考什么都决定不了。

但站在这里，怅然感侵袭而来，连带着尘封的青春岁月。她想起那时候满怀的憧憬、暗暗许下的誓言以及无数个争分夺秒复习的深夜……

"这么厉害。"

乔暮云震惊地看着谢图南，问道："你是怎么进来的？"

"跟着你进来的。"谢图南的目光落在橱窗里，"照片还有吗？"

"没有。"其实有，她念书的时候还没有磁卡，借书证、学生证上都会贴照片，毕业后，照片被她收在了一个小铁盒里。

谢图南抬起手，隔着玻璃指了指照片，似乎在研究怎么把它撕下来。半晌，他挪开视线，看向其他地方，问道："这是你以前念书的地方？带我逛逛？"

学校没怎么变，从花草树木到教学楼旁边的凉亭，似乎都还是原来的样子。

由于顾忌谢图南的伤，乔暮云走得很慢。今天天气凉爽，有微风拂过，带走了夏末的燥热。听着教学楼里隐隐传出的读书声，乔暮云渐渐放松了下来。

在湖边的栏杆处停下后，乔暮云闭上眼，放空了思绪。

"在想什么？"谢图南问。

"一些人，一些事。"乔暮云说。

"谈过的小男朋友？"谢图南随口调侃道。

乔暮云转过头："你想听？"见他没说话，她自顾自地说，"高二的时候，喜欢我的人还挺多的，但有个男孩子很特别。"说这话的时候，她似乎十分怀念。

"然后呢？"谢图南的眉头皱了起来。

"就是那种高高瘦瘦的男生，很白，笑起来有两颗小虎牙，篮球打得很好，很阳光。我中学的时候不爱说话，但他会逗我笑。"乔暮云看着湖面，缓缓地说。

听到后半段，谢图南觉得呼吸有些困难。她的笑意是发自内心的。

"后来呢？"谢图南的喉咙微微发紧。

"他给我送情书的事情被他妈妈发现了，她妈妈跑过来说，我无父无母，家里又穷，配不上她儿子。后来，我把情书扔了，拒绝了他。最后，他妈妈找老师把我们的座位调开了。"乔暮云自始至终都很平静，脸上挂着笑。

这似乎是一个不怎么好的结局，却也是很好的结局。后来，他们的交流少了，毕业后，她更是没有了这个男孩的消息，甚至连他长什么样都不记得了。

谢图南没想到故事会是这样的走向。顿了几秒，他问："难过吗？"

"难过的。"乔暮云扯了扯嘴角，语速很慢，"但是当时的世界太小了，后来我才知道，那样的难过不值一提。"

青春期的孩子，穿着千篇一律的校服，世界里的一切便是桌上的书、考不完的试、刻意经过的某个窗口……和整个人生相比，的确不值一提。

谢图南觉得喉咙发痒，想咳嗽又忍住了，他沙哑地问："是我吗？"

他走到乔暮云背后，伸手环住她的腰，将她带到怀里，又将自己的下巴轻轻地放在她的头顶，问道："你后来的难过，跟我有关吗？"

"也有一些关于我自己的……记不清了。"乔暮云没有推开谢图南。

谢图南觉得心脏抽痛。他宁愿她骂他，哭着对他发泄，甚至打他几下出出气，而不是现在这样轻描淡写地说记不清。

"以后不会了。"谢图南抓住她的手。

他的语气那么温柔，温柔得都不像他了。

乔暮云觉得，自己好像花了很长时间，一点一点地添砖加瓦，修好了一栋小房子，而现在，房子出现了一条裂缝，墙皮簌簌地掉落，变得摇摇欲坠。

迟迟没有听到回应，谢图南放开手，绕到旁边，手臂却还环在乔暮云的腰侧。

他抬起头，情不自禁地吻上乔暮云的唇。水面倒映着男女的身影，乔暮云没有闭眼，也忘了推开。

"干什么呢！"不远处传来一声怒喝。

乔暮云猛地回神，推开谢图南，便看到十米远的地方，一个头发花白的男人气势汹汹地往这边走来……不，准确地说，是跑来。

那是乔暮云高三时的年级主任，现在，他好像已经是副校长了——一个极其古板，吼声经常在大课间占据整个楼道的小老头。

乔暮云的第一反应是转过身，第二反应是赶紧跑。

谢图南以为是哪个熟人，便迟疑了几秒。就这么几秒的工夫，小老头拽住了谢图南的手臂，劈头盖脸地道："你哪个年级的？是不是新招的老师？"

"不是。"见乔暮云跑了，谢图南也想跟上，但没想到老头的力道很大，他被猛地拽了一下，扯到了伤口。

"那你来这里干什么？知道这是什么地方吗？这是学校！"

"知道那边是什么地方吗？"小老头指着湖对面，"教学楼！学生在上课！谁允许你在学校搞这一套的？还有跑了的那个……"

后面说了些什么，乔暮云听不清楚了，她一口气跑到大门口，才想起自己抛下的谢图南。

学校的路很绕，他带着伤，估计跑不过小老头。

她想起曾经有一对小情侣在晚自习期间幽会，被小老头追着跑了半个学校。往年的教职工运动会上，不管是长跑还是短跑，小老头都很少有对手。

要不要回去解围？乔暮云有点纠结。但紧接着，她想起了那个吻。

在他靠过来的那一瞬间，她居然没有很想要推开他。

"同学，这么快就出来了啊？"门卫老大爷笑呵呵地说道，"你男朋友呢？"

"什么男朋友？"乔暮云呆呆地问道。

"就是刚刚跟着你进去的那个小伙子，他说他是你的未婚夫，但是你们闹别扭了，他急着找你解释，不然，你就不嫁给他了。我看他挺着急，就放他进来了。怎么，还没和好呢？"

根据乔暮云的神色，大爷猜到了事情的走向。他用过来人的口吻劝道："年轻人嘛，小吵小闹是正常的。如果是他做错了事，你就惩罚惩罚他，别气坏了自己，不值得。"

"他——"乔暮云被气笑了，"不是，我们什么关系都没有，他是骗您的。"门卫大爷笑呵呵地点头，不知道是相信了还是没相信。

有口难辩。乔暮云挤出一个笑容，说道："大爷，我还有事，先走了。"

"就走啦？"门卫大爷往里看了一眼，"不等他？"

"不等，谢谢您。"乔暮云又回过头，似乎有点不甘心，"他真不是！"

她走出学校，对面站台正好来了一辆公交车，没看清是几路，她便上车了。

车上人不多，乔暮云依然坐在后排的窗边，但坐下后，她发现车子在往东开，和回家的方向相反。公交车一站一停，前面的门开关不断，有人上下车，她却一直没动。她有点累，想找个安静又不会被发现的地方坐一会儿。乔暮云戴上耳机，把头轻轻地靠在窗边。

向窗外望去，天空是四四方方的，外面没有太阳，行人神色匆匆。她回想起这些天发生的事情，从机场的那通电话到谢图南突然来到青城，再到刚才的那个吻。

耳机里正在播放金玟岐的《岁月神偷》："能够握紧的就别放了，能够拥抱的就别拉扯……原谅走过的那些曲折……"

温柔的旋律，伴随着淡淡的伤感，乔暮云的眼角悄悄地湿了。她不想承认，却也不能否认，在不知不觉中，她那本以为早就坚定的心久违地动摇了。

乔暮云打开车窗，风吹进来，她的发丝飘起。

她听到耳边有个声音在说："再试试吗？"

十几站后，乔暮云下了车，在路边拦了辆出租车。

报了地址，乔暮云系好安全带，低头去看手机上的消息。

谢图南发来了一条消息：在哪儿？

他似乎学会了加标点，乔暮云手指在屏幕上徘徊了一会儿，没有回复。

二十分钟后，乔暮云到了家附近。临近中午，天色却越来越暗了。

"师傅，"乔暮云说，"前面的便利店停一下。"她想买一把伞。

便利店就开在巷子口，卖一些日常用品，包括烟酒和蔬菜。

店面是老板自己家的，所以卖的东西相对便宜。乔暮云买了伞，又买了日用品和水果，走到柜台附近时，听到老板在和人闲聊："昨天半夜，警察来这里抓了个人，就是从前面巷子里出来的，我半夜起床正好看到。"

"不会是那谁家的儿子吧？听说他前两天打了人，还挺严重的。"

"不是，他们家赔钱私了了，我早上还看见他了，他还跟我打招呼呢。"

乔暮云默默地付了款，离开了便利店。

人对疼痛和恐惧的记忆有时候反而没那么深刻，这一晚上发生了太多事，现在听到别人讨论，乔暮云竟然没有特别的感觉。如果非要回忆昨晚，似乎所有深刻的情节都和谢图南有关。

入了秋，风也带着凉意。

乔暮云加快脚步，却在巷口看到一辆熟悉的黑色轿车。她走近车子，弯下腰，贴着玻璃看了一眼——车里没人。

沉默地在原地站了一会儿后，乔暮云抬脚踢了踢车身，然后往家里走。

昨晚走的时候，她关了院门，她不相信他还能在雨天里带伤翻墙。

老木门缓缓地被打开，一眼看过去，院子里空荡荡的。乔暮云转了一圈，屋里屋外都没人。

难道刚刚是看错了？

"暮云，"陈奶奶从院门口进来，说，"去奶奶家吃饭吧。"

"不用了，奶奶，我吃过了。"乔暮云还有很多事情，要请人换锁，要洗昨天的衣服，弄乱的房间也要整理。

"奶奶问你，前两天经常来家里找你的那个小伙子，这两天怎么没见人？"

"他可能忙吧。"乔暮云心不在焉，就怕谢图南冷不丁从哪个房间里冒出来。

"奶奶说句心里话，你现在一个人，也没什么牵挂，对方远点儿就远点儿，只要对你好就成。他年纪不小了，见识也广，还跟个毛头小子一样三天两头往这儿跑，说明对你上心。"

"我不着急。"乔暮云把芒果切成小块，放进盘子里，"奶奶，吃点儿水果。"

陈奶奶被迫接了盘子，继续道："奶奶没别的意思，就是刚才跟那小伙子聊了聊，觉得挺好的。"

"聊……什么时候？"乔暮云差点儿切到自己的手。

"就是刚刚，我看他站在路边，你又不在，就让他到我家坐了会儿。他说还没吃饭呢，看起来是挺忙的，也不容易，我就给他下了碗面……"

乔暮云没听完，抬脚就往外走，谁知在院门口和谢图南打了个照面。

"吃完了？"陈奶奶跟出来问。

"吃完了，谢谢奶奶。"谢图南淡淡地笑了，语气谦逊。

"那我先回去了，你们聊。"临走前，陈奶奶还把手里的盘子塞给了谢图南。

院子里只剩下两个人，沉默两秒后，乔暮云好像忽然想起什么似的，问道："你自己开的车？"谢图南点了点头。

乔暮云遇到过形形色色的病人，但这么不把自己的身体当回事的，她还是第一次见。她有点儿生气，又觉得没必要，毕竟他好好地站在这儿，身体大概是没什么问题。

乔暮云把装着芒果的盘子抢回来，转身进了屋。

谢图南跟了过去，问道："刚才就那样扔下我跑了？"

提起这个，乔暮云忽然不知道该拿什么态度去面对他。

"你不是神通广大吗，还用我救？"

乔暮云收了药箱，给上门换锁的师傅打了个电话，随后把昨晚换下来的衣服放进洗衣机。眼看被彻底忽略，谢图南也没说什么，他一边看着乔暮云忙前忙后，一边在手机上打字。

外面下起了小雨。乔暮云晾完衣服，又去整理房间。

谢图南跟了过来，问道："要我帮忙吗？"

乔暮云看了他一眼，目光落在他伤口的位置，道："等会儿如果腰上缝的线扯开，你是不是要赖在我头上？"

谢图南笑了一声，问道："可以吗？那我试试。"

乔暮云不理他，把书桌推回原来的位置，轻喘着气道："谢图南，你这样的病人真的很不讨人喜欢。"

"你把我当成你的病人？"

"是啊。"乔暮云站在桌子正前方，用抹布擦上面的灰尘，"你以为呢？"

谢图南绕到桌子前沿，站在乔暮云的对面。

他微微侧头，凑到乔暮云面前，笑着道："那应该也不是普通的病人吧。"

乔暮云把手里的抹布翻个面后叠成块，慢吞吞地说："比普通病人麻烦。"

她反复地擦着一个地方，谢图南按住她的手，说道："已经很干净了。"

"我觉得不够。"乔暮云抽回手，"你能不能去边上待着，别妨碍我干活。"

她露出一副嫌弃的样子，挥了挥手让他走开。

谢图南退后一步让开了，随后开始打量这个房间。

房间不大，进门是一张书桌，书桌前面是窗户，边上是一个简易的木质书架。书架右手边放着床，还有一个小柜子。墙上贴了几张海报，上头似乎都是男明星，谢图南一个都不认识。除了被弄乱的书桌，各处都井井有条。

过了很久都没听到谢图南说话，乔暮云疑惑地回过头，就看到他在摆弄之前那只毛绒兔子。他将毛绒兔子的耳朵摆好，脚摆好，又似乎觉得不满意，把它往左挪了一下……看着这格格不入却意外和谐的场景，乔暮云的心软了一下。

"那是我五岁那年，爸爸送给我的生日礼物。"乔暮云把一个不倒翁摆到桌子中间，难得主动解释，"那时候，我还没这个兔子大，天天……"

说到这儿，她顿住了，温热的气息刺激着耳后敏感的神经，不知道什么时候，谢图南又到了她旁边。

他环过她的腰，吻从她的耳垂处落下，沿着颈侧一路到锁骨。

乔暮云短暂地沉溺了，但随即，一阵敲门声传来，混杂着雨声，略显急促。

乔暮云在那一刻清醒了，随后开始挣扎。谢图南停下动作，看着她微微泛着粉色的耳垂，他的喉结上下动了动，最终道："我去开门。"

他出去了，但房间里旖旎的气氛还没有消散。乔暮云觉得有些无力，她扶着桌子转过身，坐到了旁边的椅子上。她抬起头，目光望向窗外。

来人穿了一件深蓝色的雨衣，背着很大的工具箱，应该是换锁的师傅。

雨似乎越下越大了，天也阴沉得可怕。谢图南撑着伞跟师傅说了些什么，伞沿上滴下来的水打湿了他的肩膀。

乔暮云轻轻地舒了口气，起身准备出去。弯腰的时候，她的目光却触及一个开了条缝的抽屉，她的神色顿时停住了。

那个抽屉在书桌的最下面，已经有将近两年没有被打开了。

乔暮云蹲下身，缓缓地打开了抽屉。里面孤零零地放着一本书，正好是一个抽屉格子那么大，封面很旧，连字都看不太清。

乔暮云轻轻捏着书脊，翻开书页，里面夹着两张纸，是医院的报告单。这两张纸一直夹在书里，两年过去了，连一点儿褶皱都没有，上面的字迹很清晰。

或许是时间过去了太久，也或许是对于那段经历已经释怀了，乔暮云已经能够很平静地回想起那段往事。

她去做检查的时候，谢图南离开了十多天。从日期推算，如果她真的怀孕，也可能连两周都不到。一般来说，HCG 指数是最直观的，不会骗人。可是第一次检查的时候，她的数值只是超过正常未孕水平一点儿，连医生都没办法确认是否怀孕，所以只让她回去静养，一周后再来。

那一周，她过得胆战心惊，半夜总是时不时惊醒。也许是幸运的吧，复查的时候，血 HCG 指数回到了正常水平，报告单上清清楚楚地写着"未孕"二字。

当时，她坐在诊室的凳子上，整个人都没有了力气。大概是把她失魂落魄的样子理解成了失望，医生没有急着叫下一位，还安慰了她好一会儿。

乔暮云记得，那是位年轻的女大夫，说话很温柔，安慰她说她还年轻，身体很健康，想要孩子，以后总会有的，是缘分还没到。就在复查的第二天，乔暮云来了例假，一切都很正常，和往常每一次一样，只是推迟了一点儿。

可她忍不住想，第一次的检查结果里那高出的数值是由什么原因造成的。

也许，孩子真的来过，只是第一次检查的时候还太早，她体内的激素没有明显上升，所以判断不了。

但是后来，孩子又自然消失了。

在医学上，这种情况叫生化妊娠。如果孩子真的只有两周不到，的确会消失得无声无息，属于正常情况。也可能，第一次检查的时候，她的心理压力和情绪起伏太大，身体激素变化，导致数值有轻微的浮动。

乔暮云做过很多次假设，后来才发现这是一个死局，没有必要深入思考的死局。不管是什么原因，不管是哪种情况，她的身体没有受到损害，在这一点上，她心怀感激，也如释重负——尽管她喜欢孩子。

或许是父母去世得太早，童年时一家三口相处的场景成了她内心深处最向往的存在。但当时，她没有负责的能力，给不了孩子一个温馨幸福的家庭。

也就是那时候，乔暮云彻底想通了一件事。她狠不下心离开谢图南，但以后呢？他给不了她承诺，代表着她无法给以后可能真的会到来的孩子承诺。

"轰隆！"云层里传出雷声，像极了野兽的低吼。乔暮云猛然回神，看到一个人影走过来，她把报告单夹回去，合上书，放回抽屉里。

"藏什么呢？"谢图南靠在门边挑眉问。

"没什么。"乔暮云合上了抽屉。

"出去挑一下要哪种锁。"谢图南没有深究。

乔暮云"嗯"了一声，把椅子摆好。

她的脸色有些苍白，谢图南刚想问，手机便响了。他看了一眼来电显示，眉头轻皱起来，随后接起道："喂，是我。"

"师傅，这个能不能……"乔暮云和换锁的师傅交流起了细节。

"还在出差，没处理完……很重要……"谢图南心不在焉地应付着手机那头的人，目光却一直落在乔暮云身上。

　　外头的雨势丝毫未减，雨水顺着屋檐倾泻而下，垂直打在地面上，溅起一朵朵水花。换锁的师傅动作很快，三两下就干完了活。乔暮云给他拿了条毛巾擦脸上的雨水，说道："躲会儿雨再走吧。"

　　师傅用毛巾随便擦了一下脸，说道："不用，这雨越下越大，一时半会儿停不了。我的店离这里很近，五分钟就到了。"

　　乔暮云抬头看了一眼天色，叮嘱道："那您路上小心。"

　　"好，有什么问题再给我打电话。"师傅穿上雨衣，背上工具箱，走进雨幕。

　　目送他出了院子，乔暮云拿扫帚清理起换锁时留下来的垃圾。

　　谢图南挂了电话后走过来，问道："不吃饭？"

　　"还不饿。"乔暮云把垃圾袋打了个结放到门外，雨丝飘过来，落到她的脖子里，凉飕飕的。

　　忙得差不多了，家里又恢复成了原来的样子，除了……

　　"你什么时候走？"乔暮云看着在屋里晃悠的人，问道。

　　谢图南朝院门的方向看了看，问道："你让那师傅躲会儿雨，却赶我走？"

　　这样听起来似乎是不太对。乔暮云看了看时间，现在是下午四点，还早。

　　"那你等雨停了再走。"她有点儿累了，说完，她去厨房给自己热了杯牛奶。一想到谢图南的伤，她顺手也给他热了一杯。

　　"有电脑吗？"谢图南接过杯子问，"我处理几封邮件。"

　　乔暮云"哦"了一声，指了个方向，说道："在书房。"

　　她以为他会留在书房，毕竟办公需要私密的环境，但两分钟后，他拿着电脑回到了正屋。

　　乔暮云已经躺在了藤椅上，脑袋上盖了本书，听到动静后，她回头看过去。

　　谢图南把电脑放到桌上，准备去插充电器，因为插座在下面，他弯腰不方便，有些为难。

　　"我来吧。"乔暮云起身走过去。因为突然被翻出来的报告单，这时候，她的心情还有些复杂，但他受伤了，很多事情就需要另当别论。

　　接下来的两小时，乔暮云抱着书坐在藤椅上，谢图南就在身后的桌子上处理工作。乔暮云手里的书半天都没翻过一页。她看着上面的字，似乎一个都不认得，脑海里反复闪过很多别的画面。

　　现在再看到报告单，她的确没有难过的感觉了，但这样的认知更让她迷茫。原来不知不觉中，她真的已经放下了。那些回忆，她已经可以坦然面对。

她不再排斥他的靠近，甚至更亲密的接触。那么，接下来呢？乔暮云近乎呆滞地看着外面的雨幕，想让自己静下来，再仔细梳理一下乱七八糟的思绪，但耳边时不时传来敲击键盘的声音，提醒着她屋子里有另一个人存在。

谢图南的手机又响了。手机放在门口充电，乔暮云一伸手就能够拿到。

"帮我看看是谁。"谢图南说。

乔暮云"哦"了一声，扫了一眼，来电显示上是挺眼熟的两个字。

她照着上面念："贺婷。"谢图南动作顿了一下，然后继续打字。

乔暮云以为他会说"帮我挂掉"，听到的却是："你接吧。"

"自己接。"乔暮云把手机放到了旁边的小凳子上。

"贺家的公司出了点儿问题，她的哥哥刚刚给我打了电话。"说到这儿，谢图南按下空格键，合上电脑，双手交握，"贺婷不是骗过你吗？"

乔暮云琢磨了一下他的话，扯了扯嘴角，道："你有时候也没那么笨。"

"这是在骂我还是夸我？"

"没夸你。"乔暮云转过头，不看他了，手机铃声也正好在这时断了。

没多久，贺婷的电话又打了过来。

乔暮云并不恨贺婷，因为没必要，但就像谢图南说的，报复她一下也不错，不是吗？乔暮云的目光缓缓地挪到手机屏幕上，铃声过半，她才按了接听键，将手机放到耳边。

"图南哥。"贺婷似乎很紧张，"我知道不该麻烦你，但是我哥哥他……"

谢图南看乔暮云接了电话，拿着水杯走到了门边。乔暮云低头翻着手里的书，等贺婷说得差不多了才打断她，轻声道："他在忙。"

"你是……乔暮云？"贺婷迟疑地说出最后三个字。

乔暮云没应，算是默认了。

尽管猜到了，但贺婷还是觉得心口传来撕裂般的疼。谢图南和哥哥说在出差，很忙，原来就是忙着陪乔暮云。现在没时间矫情，她定了定神，问："能让图南哥接电话吗？之前的事情是我不对，但我现在有很重要的事情要找他。"

她似乎是真的很着急，乔暮云的心还是软了，她抬头去看谢图南。

后者像是没感觉到似的，将目光落在院子中央。

"他……真的没空。"乔暮云发现自己做不了彻头彻尾的恶人。

贺婷不信，就算再忙，也不至于连接电话的时间都没有。但在乔暮云面前，贺婷不允许自己再自取其辱，只道："好，等他忙完……麻烦你跟他说一声。"

电话挂了。

乔暮云把手机从耳边拿开，琢磨了一下，问："你会帮他们吗？"

"不会。"谢图南看着雨幕，语气淡淡的，却没留余地。

乔暮云"哦"了一声，没有深究。

商场上的事是复杂的，谢图南不会因为个人情绪就影响集团的决策。

屋子里安静了，外头的雨势一点儿都没小，闪电从墨黑的云层里划过，惊雷紧跟而来。乔暮云轻轻地抖了一下肩膀。

"害怕了？"谢图南转头问。

"没有。"乔暮云重新翻开书，之后又顿住了，"谢图南，你喜欢孩子吗？"

话题转变得太突然，完全在谢图南的意料之外，他罕见地愣住了："什么？"

"没什么。"乔暮云突然清醒了，她将手里的书放到凳子上，"随便问问。"

话出口的时候，她也愣住了。

她似乎没有经过思考，便把最真实的想法脱口而出了。

可是，她为什么想知道他对孩子的态度？如果是为了那两张报告单，那么早就没有必要了。在当时的情况下，他们冷战、分手，这张报告单也的确是压垮她的最后一根稻草，但时过境迁，她并不想就这件事质问他什么。

她早就放下了，当初，他也没有对她造成什么实质性的伤害。那些辗转难眠的深夜，早已慢慢消失在时间的洪流中。

"就是突然想问问。"乔暮云又解释了一句，更像是说给自己听的。

谢图南似乎也才回过神，道："我……"

"我现在又不想知道了。"乔暮云打断了他的话。

话是这么说，但乔暮云猜，他应该是不喜欢孩子的——她从来没听他提起过哪家的小孩子，连养只布偶猫都嫌麻烦的人，对养孩子应该更没耐心吧。

谢图南蹙了下眉心，有什么画面从脑中晃过，他想抓却抓不住。

她为什么突然提到孩子？

谢图南的心里冒出一种猜测，但随即被他否认了。外头有闪电划过，谢图南猛然回神，惊觉自己的背上出了冷汗。

已经六点了，外面的雨还是没停。乔暮云觉得饿了，从冰箱里拿了两个鸡蛋，准备蒸一份蛋羹。

关冰箱的时候，她瞥了一眼谢图南。他怎么办？在这儿吃饭吗？

乔暮云挣扎了一下，看着外面的天色，心想，算了，她本来就欠他一顿饭。

"你想吃什么？"

谢图南还沉浸在自己的思绪中，闻言，他抬眸看过来，道："我——"

"蛋羹吧。"乔暮云怕他一开口就说些高难度的菜，抢先一步道。

说完，她又从冰箱里拿了两个鸡蛋。乔暮云想了想，又加了一个。

看着乔暮云的背影，谢图南眉心轻蹙，抬脚跟了上去。

乔暮云把鸡蛋打在碗里，用筷子搅拌起来。

"叮叮叮"的声音回响在厨房里，谢图南靠在门边，盯着乔暮云忙碌的背影，微微失神。她将头发扎了起来，T恤宽大，但腰间的围裙勾勒出了她诱人的身材曲线。

"要帮忙吗？"谢图南走近后问。

乔暮云拿着勺子侧头看他，问道："你知道要加多少油和酱油吗？"

"不知道。"

"嗯，我也不知道。"乔暮云是故意问的，她做的蛋羹可能不怎么好吃，所以，她要让他有一点儿心理准备。

她在锅里放了水，将碗放在上面，又煮了米饭。

蛋羹已经成形了，但碗太烫，乔暮云没急着拿，出门去收挂在廊下的衣服。

谢图南跟了过来，试了一下新换的锁，说道："这个还是不安全，等天晴了，我让人给你装个安保系统。"

"不需要，我买了顶门器。"乔暮云把衣服一件件地挂到臂弯里。

夏天的衣服挂在廊下，风一吹便干了。

"吧嗒。"乔暮云闻声回头，发现门被谢图南关上了。

愣了几秒后，乔暮云发现自己手里没有钥匙，没有伞，也没有手机。天已经黑了，她下意识地去推门，门纹丝不动。

"谢图南，你干什么？"乔暮云不可置信地看着他。对上他幽深的眸子时，她有一瞬间的晃神。她贴着门往里看，而后拍了拍门，问道，"现在怎么办？"

谢图南从她身后靠过去，胸膛贴着她的背，将她抵在门上，说："看着。"

"看什么？"乔暮云生气了，用手肘推了谢图南一下，谢图南发出"嗞"的一声，"碰到你的伤口了吗？"乔暮云不敢动了。

"嗯。"不知道什么时候，谢图南的手里变出一张卡来。他将卡放进门缝和锁扣的交界处，轻轻一刷，锁应声开了。

他的嗓音格外低沉，道："这门很好开，你那个顶门器的作用不大。"

"你为什么会做这种偷鸡摸狗的事情……"

而且看起来很专业。

乔暮云弯着腰，在门边上来回看了几遍。刚装的锁锃亮锃亮的，连一点儿痕迹都没有。再抬头的时候，她看谢图南的眼神充满了警惕。

"小时候，我比较调皮，家里的仓库门用的都是这种锁。"谢图南解释了一句，将卡放到乔暮云手里，"放心，我不会偷偷进来的。"

"先帮我看看伤口，真的很疼。"

伤口处有血渗出来，乔暮云帮他重新消毒，贴上纱布。

"等会儿别开车了，让人来接你。"

"不走了，行不行？"

乔暮云的手指顿住了，接着她若无其事地道："不行。"

"受台风的影响，这雨不会停了。"谢图南盯着乔暮云的耳垂，嗓音微哑。

"打把伞。"乔暮云无动于衷。

"雨太大了。"谢图南说，"我撑不住的。"

确实，外面还刮着大风，出去的话肯定会被淋湿。

乔暮云沉默了几秒，手上的动作微微加重，而后她忽然想起了什么，问："那你愿意穿雨衣吗？"

"不穿。"谢图南想都没想就拒绝了。

乔暮云也没觉得他会答应。谢图南有少爷病。

"先吃饭吧。"乔暮云贴完最后一条纱布，把东西都收拾了起来，没让他留下，也没让他走。

这次的蛋羹味道很好。乔暮云盛了两碗米饭，两人面对面坐着吃起饭来。

"你什么时候回北城？"乔暮云用勺子把蛋羹和米饭拌在一起，问。

"再说。"谢图南夹了口米饭送进嘴里。

"老师不是快要手术了吗？"乔暮云之前就想问，但后来他受了伤，便耽搁了。

谢图南点点头，道："说是再等一周。"

"等伤口好一点儿了就回去吧。"乔暮云说，"老师年纪大了，做手术还是需要亲人陪在身边。"

"知道了。"谢图南顺从地应了一句。

氛围忽然变得有点儿奇怪。这段对话，很像是发生在家人之间的。

乔暮云拿出手机，随便调出一档综艺节目，注意力被分散后，她渐渐忽略了对面的谢图南。

谢图南的目光反复勾勒着她的轮廓，从额头、睫毛、鼻尖到嘴角。

她离他那么近，又似乎那么远。

"你喜欢孩子吗？"这句话突兀地出现在谢图南的脑海里，他拿筷子的手顿住了，眸子垂了下去。

乔暮云到底为什么这么问？

谢图南想起乔暮云离开时的决绝；想起两人重逢后的每一次相处，她都仿佛把他当成仇人；想起之后，她明明已经动摇，却依然把他往外推。

谢图南想起那条短信："谢图南，我们谈谈吧。"

如果真的有过……孩子，那时候，她以为他不要她了，以为他心里有别人，她那么怕疼的一个人，到底是怎么面对的？

谢图南闭了闭眼，重新看向乔暮云。他不知道综艺节目里说了什么，她的嘴角轻轻勾起，饭送到嘴边后停留了很久才吃进去。

"乔暮云。"谢图南顿了很久才开口，声音带着沙哑。

"什么事？"乔暮云的眼睛没离开屏幕，这档综艺节目里的几个男明星，她都很喜欢。

谢图南顿住了，他忽然不敢问她，怕破坏当下的这份宁静。

最后，他只说："吃饭看电视对胃不好。"

"你抽烟喝酒也对胃不好。"

"我以后戒了。"谢图南说。

乔暮云终于抬头看他，问道："能戒得了吗？"

"能戒得了。"他的神情有些奇怪，眼底的情绪让人看不懂。

乔暮云没有深思，只说："那你戒吧。"然后便继续看综艺节目。

吃过饭，已经过了七点，雨还没有停。

乔暮云想了想，算了，反正家里还有空房间，就让他住一晚吧。

"你睡那间吧。"乔暮云指了指主卧，"这间房之前是我大哥住的，床头柜上有他的衣服，你可以穿。"

谢图南："好。"

乔暮云回房间拿了衣服，进浴室前，她说："我洗个澡，你不许过来哦。"

她的语调带着点儿俏皮，谢图南却高兴不起来。他还是笑了一下："好。"

他突然变得很好说话，乔暮云有点儿不适应。

进卫生间后，锁上了门，她透过玻璃往外看了看。玻璃是磨砂材质的，只能看到一个模糊的人影。他似乎在椅子上坐下了，安分得反常。

乔暮云没多想，迅速洗完澡便出去了。

谢图南坐在藤椅上，手里拿着乔暮云下午看的那本书，目光却似乎没有落在书上。听到动静，他缓缓抬头，问："洗好了？"

"嗯。"乔暮云还是觉得他很奇怪，但没有多问，"那我先回房间了。"

谢图南："好。"

回到房间，反锁门后，想到谢图南会开锁，乔暮云便在门把手上挂了一个杯子。时间还早，她躺到床上，找了部电影看。

戴上降噪耳机，世界里只剩下电影的声音，不知不觉过去了两个半小时。

十点了。

摘下耳机，乔暮云听到外面的屋子里似乎有脚步声，还有椅子挪动、杯子碰到桌子的声音……他还没睡吗？

门缝下的光消失了，乔暮云的卧室里关了灯。谢图南坐在桌旁，身前的电脑早已进入休眠状态，他盯着乔暮云所在房间的门，一动不动。

良久，脚有点儿麻了，他才起身走过去，将手放到门把手上，犹豫了一会儿又松开了。

那天晚上，谢图南在能看到乔暮云房间的地方坐到了后半夜……

次日，乔暮云醒来的时候，天已经放晴了。昨晚，她似乎睡得特别好，起床后，她看了看，门把手上的杯子还在。

换好衣服后，乔暮云走出房间，发现正屋的门是打开的。

她还没细看，门口传来声音："醒了？"

乔暮云一愣，这声音不是谢图南的，而是……她慢慢转过头，对上了张怀宴极差的脸色。乔暮云朝四周看了一圈，道："大哥？你什么时候回来的？"

"凌晨。"张怀宴皮笑肉不笑，咬牙切齿地说，"你猜，是谁给我开的门？"

乔暮云后退一步，靠到墙上，说道："你听我解释，这是特殊情况……"

"说说。"张怀宴坐在椅子上，说道，"什么特殊情况？"

"昨天下雨了。"乔暮云瞥向主卧的方向，那里房门紧闭，一点儿动静都没有，"而且，他……"

"下雨了？哦，他金贵，不能淋雨，是吗？"

"他受了伤，昨天雨太大了，不好出去。"乔暮云将手背在身后。

"你又——"张怀宴想说"你又不是医生"，但话到嘴边，他发现乔暮云就是医生，只好转了话锋，"那他为什么睡在我的房间，穿着我的衣服？"

乔暮云有点儿心虚："他、他没衣服，也不能光着睡吧……"她的声音越来越小，说到最后已经没声了。

"乔暮云！"张怀宴的声音提高了。

乔暮云咬着唇，缓缓地转过头，哀怨地看向主卧的方向——门依旧是紧闭的。他是猪吗？睡得这么死，这都不醒？

乔暮云决定去把罪魁祸首叫醒。

"他走了。"猜出了她的想法，张怀宴冷冷地说道。

乔暮云的脚步顿住了，她迟疑地回过头，似乎不太敢相信："走了？"

"还舍不得？"

"你不会打了他了吧？"乔暮云愣了一下，脱口而出。

她只能想到这一种可能性，而且，谢图南受着伤，应该打不过张怀宴。

张怀宴气得转身就往外走。

乔暮云拍了拍自己不是特别清醒的脑袋，回房间拿手机，才发现谢图南发过微信消息给她：老爷子出了点儿状况，昨晚进了手术室，我回北城了。

乔暮云：情况怎么样？

等了一会儿，他没有回复，应该是在忙。乔暮云迅速洗漱完，找到张怀宴道："大哥。"

"干什么？"张怀宴在煎荷包蛋，没回头，但气似乎消了不少。

"其实，谢图南是因为我受伤的。"乔暮云刚才没来得及说崔建中的事，毕竟她刚睡醒，实在有点儿蒙，没组织好语言。

乔暮云简单地叙述了事情的经过，说道："所以，我觉得我有责任，毕竟，他是为了救我才受伤的。"

"只是责任吗？"张怀宴看着她，反问道。

"嗯。"乔暮云盯着操作台，底气有点儿不足。

张怀宴叹了口气。

"大哥，你什么时候到的？"坐到桌边，乔暮云又问。

"四点。"张怀宴打量着乔暮云的神色，"你想问他是什么时候走的吧？"

"不是。"

"他是五点走的。"张怀宴自顾自地回答，对谢图南的印象也好了不少。

中间的一小时，他们是怎么相处的？乔暮云想问又不敢问。

"他好像挺着急的，接了个电话就走了。"张怀宴从冰箱里拿了一袋虾仁，"黄瓜炒虾仁，吃吗？"

"不用那么麻烦。"乔暮云说，"随便吃几片面包就好了。"

"早餐要营养均衡，你还年轻，感觉不到，以后就会知道把胃养好有多重要了。"张怀宴语重心长地说道。

乔暮云"哦"了一声，道："那我来切黄瓜。"乔暮云把砧板拿下来，"谢图南的外公患了脑肿瘤，昨晚进了手术室。"

"现在呢？"张怀宴知道祝教授是姑父的老师，他眉头皱了起来。

乔暮云摇头道："还不知道。"

她想着等会儿给九九发消息，让她去看看。

沉默了一会儿，张怀宴问："严重吗？"

"肿瘤是良性的，但是继续长大就会压迫视神经。本来早就该手术了，但是祝教授血压一直降不下来，不知道昨晚具体是什么情况。"

"结果还没出来，别太担心。"张怀宴安慰道。

"大哥，你教我做菜吧。"乔暮云想找点儿事情做，转移注意力。

"好。"张怀宴说，"先起油热锅，下姜片，虾仁炒一下再盛起来……"

说起来容易，做起来难，二十分钟后，乔暮云满头大汗，终于关了火。

这菜的卖相看起来实在不太好，但味道还行。

面对面坐下后，乔暮云问："大哥，你为什么会在凌晨赶回来？"

"今天上午有重要的事情要处理。"

"那江城那边呢？"

"差不多了。"张怀宴夹了一个虾仁，"我坐下午的飞机回北城。"

"这么赶？"乔暮云注意到张怀宴眼底的疲惫，问道，"你是不是没睡觉？"

"本来也睡不着。"张怀宴说。

其实他凌晨过来，主要是想在走前和乔暮云说一声，再吃顿早饭，但没想到家里的锁换了，他被关在了门外。他准备去找个酒店，却被谢图南察觉到了。

饭吃到一半，张怀宴接了个电话："喂，爸……是，他犯的事太大了，留不了，撤职已经是最轻的惩罚了。"

"爸。"张怀宴有些无奈，但态度坚决，"我知道你们关系好，是当初一起创业到现在的，但出了这样的事，公司不可能再留他。"

"我说不允许就是不允许！公司还轮不到你全权做主！"张显成很少这么高声，即使张怀宴没开免提，乔暮云也听得很清楚。

等张怀宴挂了电话，乔暮云问："是江城那件事吗？"

张怀宴点头道："我准备撤了蒋涛的职务。"

"舅舅不同意？"

"他说我撤了蒋涛的职务，他就撤了我的职务。"张怀宴说完，似乎也没了胃口，便放下了筷子。

"什么？"这倒真的在乔暮云的意料之外了。蒋涛很早就跟着张显成创业，两人感情好是正常的，但再怎么样，也不至于比自己的儿子还亲。

"再说吧。"张怀宴也很头疼，转了话锋问，"你准备什么时候来北城？"

"我……"乔暮云戳着碗里的米粒，她暂时没有去北城的打算。

"你舅舅下个星期过生日，这次是大寿，我们准备办一下。顺便，你也可以去医院看望一下祝教授。"

"好，我看情况。"乔暮云应了下来。

"如果之后你不想留在北城，回青城也行。青城挺好的，安静，适合过日子。如果你不想继续做医生了，大哥可以帮你安排个轻松点儿的工作。"

"谢谢大哥。"乔暮云自己都没想这么多。

吃过饭，张怀宴回房间整理行李。乔暮云给秦九九发了条微信消息：祝教授进手术室了，有空的话，帮我去看看情况怎么样。

秦九九回道：我不知道，没听说。等查完房，我去问问。

乔暮云坐在房间的书桌前，在忐忑和等待中度过了两小时。

十点左右，秦九九回复：还在手术，崔主任主刀，进去已经五小时了。

乔暮云：你看到谢图南了吗？

秦九九拍了一张照片过来。谢图南坐在手术室外的走廊里，身体前倾，手肘搭在膝盖上，低着头，看不清表情。

他穿的还是张怀宴的衬衫，对他来说不太合身，整个人看起来有点儿狼狈。

乔暮云打开了和谢图南的聊天框，聊天记录还停留在"情况怎么样"那里。乔暮云又打开通话记录，找到谢图南的号码，犹豫半晌后还是将电话拨了出去。

"您好，您拨打的电话已关机……"

可能是他的手机没电了。

乔暮云垂下手，盯着屏幕看了一会儿，然后按下了挂断键。

就在这时，院子外传来了一阵敲门声。

"谁？"乔暮云警惕地问。

"乔小姐在吗？我们是安防公司的，来看一下您这边的情况。"

乔暮云想起昨天谢图南说要帮她弄一套安保系统，于是开了门。

门外是两个穿着西装的年轻人，其中一人说："你好，乔小姐，因为没打通您电话，我们就干脆直接过来了。"

谢图南留的应该是他自己的号码，所以他们没打通。乔暮云说："那应该不是我的号码，抱歉。"

"没事，您在家就好。您这边要求的是安装门磁、窗磁、监控以及全套的报警系统。不知道方不方便进去看一下，我们需要拍一些照片。"

"哦。"乔暮云还有点儿蒙，她看着他们用相机"咔咔咔"拍了许久，又量了所有门窗的长宽。

"那打扰您了。"两位男士礼貌地告辞，"您付过全款了，我们今天实地考察后，会在三天之内提供详细方案。"

院子里重新变得空空荡荡。乔暮云忽然不知道应该做什么，在门口站了一会儿后，她想起自己还有衣服没洗。

乔暮云走到卫生间，最先看到的却是洗衣机上随意堆放的男士衣物。她迟疑着把衣服拿起来，在垃圾桶上方停顿了一下，最后还是将它们都放进了盥洗盆。衬衫被缓缓浸湿，乔暮云盯着水流，思绪在不知不觉间游离。

过了很久，盥洗盆里的水溢出来，落到脚背上，乔暮云本能地往后退了一步，恍然回过神，才连忙关了水龙头。

水还在沿着盆边往下流，乔暮云打开了地上的排水孔。

两分钟后，水已经放完了，乔暮云发现自己又走神了。她愣了一下，重新去开水龙头，然后将洗衣液往里倒。

她没控制好洗衣液的用量，比平时多倒了一半。

乔暮云有些沮丧，她将衣服一股脑丢进了洗衣机。

下一秒，手机响了起来。乔暮云擦干了手，拿起手机看了一眼，按下接听键，说："喂。"

"之前手机没电了。"谢图南的声音透着疲惫感，"你给我打过电话？"

"老师怎么样了？"乔暮云没回答他的问题。

"手术挺顺利的，现在转进重症监护室了。"谢图南说，"观察二十四小时，如果没问题，再转回普通病房。"

"嗯，那就好。"乔暮云放松了一些。

沉默几秒后，谢图南又问："你在做什么？"

"洗衣服。"

"我的衣服也洗了吗？"

乔暮云看了一眼洗衣机，道："扔了。"

谢图南坐在医院的走廊，无奈地捏了捏眉心，他低低地"嗯"了一声，道："扔了就扔了。"又是一阵沉默。

"那我就……"她想说自己先挂电话了。

"乔暮云。"谢图南打断了她。路途奔波加上在手术室外守了一夜，谢图南已经很累了，头疼，腰上的伤口也疼，他几乎没有思考的力气了。

"你有没有……"尽管隔着屏幕，但是话到嘴边，他又不敢问了，顿了几秒后，他才继续说，"什么没告诉我的事。"

"什么？"乔暮云没反应过来。

"没什么。"谢图南坐直了，背靠着冰凉的瓷砖，似乎清醒了一些。

没想到有一天，他也会有觉得不能承受的事。

"图南……"电话那头传来祝夫人的声音，听不太清楚说了什么，谢图南的声音也变得很远，过了一会儿才重新变得清晰，"我先挂了。"

"好。"乔暮云顿了一下，"你——"

"怎么了？"谢图南的语气里带了不易察觉的期待。

"等老师脱离危险，和我说一声，还有……注意伤口。"

"好。"谢图南的喉结上下动了动，"我知道了。"

挂了电话，乔暮云把手机放到洗衣机上，然后把自己的衣服放进盥洗盆，机械地搓洗起来。将同一个地方反复洗了很多次，她才罢手。

因为她把洗衣液倒了太多，所以水池里全是泡沫。

她抬起头和镜子里的自己对视。此刻，她心里的感觉很复杂，至少她分不清现在的魂不守舍，有多少是因为担心祝教授，有多少……是因为他。

今天早上，从得知他回了北城开始，她几乎每时每刻都在想他。

事情是怎么发展成这样的？她原本理清的东西似乎都在不知不觉中再次变成了一堆乱麻，剪不断，理还乱。

手机又响了起来，是张怀宴的来电，她接起来道："喂，大哥。"

"乔暮云，我行李箱内侧夹层里放着一份文件，你帮我送到公司。"张怀宴早上走的时候把行李箱放在了正屋，说处理完事情再回来拿。

"现在就要吗？"乔暮云快步走到正屋，用肩膀夹着手机，然后去行行李箱。

"对，里面只有一份文件，你直接送到上次去的那个办公室。"

东西不难找，是一个很普通的透明文件夹，扉页一片空白，没有标题。乔暮云没有打开来看，只用一个帆布袋装着，她一边锁门，一边在软件上打车。

到公司是在半小时后，她从写字楼A座进去，靠着记忆找到了瑞华分公司所在的楼层。这次，她没跟着张怀宴，于是被前台拦下了："你好，请问找谁？"

"我是张总的助理。"乔暮云拿出文件道，"他让我来送一份文件。"

乔暮云这么一说，前台也想起来了，道："您前段时间跟着张总来过是吗？我说怎么有点儿眼熟。张总在蒋总的办公室，从这边直走再左拐，最里面那间。"

走到办公室外，乔暮云抬手准备敲门，却听到里面传来激烈的争执声。

"我蒋涛再怎么样也没对不起你们张家，你不至于做得这么绝吧？"

"蒋叔，我一直敬重您是长辈，但这件事，您应该知道有多严重，如果不是我及时发现，公司损失的绝对不仅仅是这五千万，您真的问心无愧吗？"

张怀宴很少说这么重的话，乔暮云的手缓缓垂下。她不知道此时此刻，自己该不该进去。

"蒋叔，事情从发生到现在，我一直没想通，您什么都不缺，家庭事业都很美满，何必铤而走险？更何况，您这是拿我们整个公司在冒险。"张怀宴的语气里有隐忍的愤怒，还有失望，"万一被发现，后果不堪设想，大厦倾颓也仅仅在一瞬之间。"

蒋涛沉默了一会儿，态度软了下去："你也知道，我最初就跟着你父亲创业，瑞华发展到现在，少说我也有四分之一的功劳，我怎么会愿意拿它冒险？"

"那您告诉我，为什么？这么多年，我们家没有亏待过你吧？"

蒋涛重重地叹了口气，道："没有。"

办公室里短暂地安静下来，乔暮云猜测手里的文件和他们说的事情有关，想敲门又犹豫了。里面似乎又说了什么，听不清。

乔暮云想了想，给张怀宴编辑了一条微信消息：大哥，我到了。

她还没点发送，蒋涛的声音又传来："想让我离开公司，给我六千万。"

"什么？"张怀宴有些错愕，"蒋叔，公司已经帮你补了这五千万的窟窿，您从中间拿了多少，以前还有没有在其他方面贪过钱，这些我都没追究……"

"没有！"蒋涛粗暴地打断他，他提高了声音，"除了这一次，我没有在任何地方对不起你们张家！这些年，我没有功劳也有苦劳！"

"抱歉。"张怀宴也觉得自己刚才的话太难听了，"但是，六千万，我——"

"你不用说你同不同意，你去问你爸同不同意。"蒋涛再次打断他，"你爸还活着，有些事还轮不到你做主。"

张怀宴压低了声音，道："您应该知道，您做的事犯法，是我们发现得及时，才没有酿成更大的错误！"张怀宴重读了"犯法"这两个字的音，"下午，邮件就会发到各分公司。我能不能做主，您说了不算。"

"张怀宴！"蒋涛的声音在发抖。

"蒋叔，这样的事，谁都有可能做，但我怎么也没想到会是你。"张怀宴似乎累了，语气也缓和了不少。

"什么样的事？"蒋涛似乎笑了，"你觉得自己有多清白吗？你觉得你现在拥有的这一切有多清白吗？你觉得你爸就很清白吗？"

乔暮云的手抖了一下，把刚才编辑好的消息发了出去。

她下意识地转过身，走到了离门远一点儿的地方。

蒋涛什么意思？什么叫"你觉得你爸就很清白吗"，他是不是知道什么……

正当乔暮云心慌意乱时，办公室的门被打开了。

张怀宴从里面走出来，脸色不是很好，他对乔暮云道："走吧。"

"那这个……"乔暮云扬了扬手里的文件。

张怀宴犹豫了一下，说："暂时不需要了。"

"哦。"乔暮云有些魂不守舍，机械地跟了上去，走了几步，她感觉到了什么，回头看过去，猝不及防地对上了蒋涛的视线。

他站在办公室门口，直直地看着他们离开的方向，又似乎只在看乔暮云。

"怎么了？"张怀宴察觉到后顿住了脚步。

"没有。"乔暮云掩去眼底的情绪，两人沉默着到了楼下，她才想起来问，"大哥，你等会儿就回北城吗？"

"嗯，有些事情要回去处理。"张怀宴的心情也不好，但他不想把这种情绪带给乔暮云，他摸了摸她的头，温和地道，"不能陪你吃午饭了。"

两人打了辆车一起回家，车里很安静，只有电台里放着老歌。乔暮云看着窗外，昨天的大雨过后，街道还是湿的。

张怀宴始终紧皱着眉头，他在想蒋涛说的话。虽然蒋涛似乎说完就后悔了，张怀宴也想不起父亲哪里值得被人说"不清白"，但他感觉到了隐隐的不安。

"大哥，到了。"张怀宴一直闭着眼，被乔暮云提醒后才发现车已经停下了。

他回家取了行李，临走前道："大哥想麻烦你一件事。"他把之前的那份文件交给乔暮云，道，"你找个时间，把这个送到蒋涛手里。"

"这是……"

"合同。签了这个，能让他后半生无忧。总不能不给人家留退路。"

不管做什么事，张怀宴总会留一线余地，不管是对自己，还是对别人。

"也许，他也有苦衷吧。"张怀宴看着远处的天空，道，"蒋叔的确不该是那样的人，这么多年，我其实愿意相信他，但疑人不用，保下他继续待在高层会后患无穷。"

张怀宴离开后，乔暮云也没心思吃午饭了，她坐在书桌前定定地出神，直到手机接连振动了好几下。

林西湛：最近在忙什么？

乔暮云看着通知栏里的名字，忽然觉得有点儿陌生。

这些天，她没怎么和林西湛联系，他发消息过来时，她也总是用"在忙"或者"有事"搪塞过去。两人似乎疏远了不少，她也应该和他说清楚了。

乔暮云：有点儿事要办，回青城了。

林西湛：我这两天正好要出差，去趟江城，是不是离你那儿很近？

乔暮云：挺近的，但我……

乔暮云打了又删，最后回道：学长，我考虑过了，但很抱歉，我还是给不了你回应。所以，以后，我们还是不要再联系了。

屏幕上反反复复地出现"对方正在输入"，许久后，林西湛回：好。

林西湛觉得似乎还应该说点儿什么，但又好像不需要了。成年人之间有一种冰冷的默契，不追问，不解释，然后各自转身，消失在人海。

乔暮云退出聊天框，正觉得心头怅然，下一秒，她接到了谢图南的电话。

"吃饭了吗？"他问。

"没有。"

那头隐约传来女人和小孩的哭声，还有低声劝慰。

乔暮云问："你还在医院？"

"嗯。"谢图南离那家人远了一点儿，"不用说话，陪我待一会儿。"

他的声音很轻，似乎离得很远。乔暮云想问问他医院的情况怎么样，但生死的枷锁压在心头，说什么都是多余的。

"好。"乔暮云看向院子里的晾衣绳，白色衬衫在阳光下随风飘动。

屏幕上的通话时间一分一秒地加长，事情似乎朝着最不能控制的方向发展。她不想反抗，也无力挣扎，任由自己的心一点点地沦陷。

不知过了多久，谢图南才开口："我等会儿要去趟医生办公室，先挂了。"

"去休息一会儿吧。"乔暮云没经过思考，自然而然地说出了这句话。

电话被挂断的前一秒，乔暮云听到那头似乎传来了祝夫人的声音，问他："在跟谁打电话？"他的回答却听不清了。

通话结束，乔暮云从院子里收回视线，又缓缓地看向桌上的文件。

失眠了一整夜，乔暮云忍着脑袋的涨痛起身洗漱。

安保公司的人在微信上联了她，还发来了具体方案：谢先生那边已经通过了，您看一下，如果没问题，我们马上就可以开工。

乔暮云没兴趣，也没细看，简单地回复了一个字：好。

对方隔了几秒就回复了：那您现在在家吗？我们大概一刻钟后就可以到。

谢图南给的工期到底有多紧？

乔暮云：抱歉，我等会儿要出门。

她紧接着编辑道：你们不用着急，工期可以延缓……

后半句还没打完，对方的微信消息又发过来了：如果您信任我们的话，今天，我们可以只在外围工作。

犹豫几秒后，乔暮云回道：好。

一刻钟后，安防公司的人果然准时到达了。

反正家里没有多少贵重的东西，这几个人看起来也可以信任，乔暮云便关了房间的门，把大门和院门的钥匙留给他们，然后独自出了门。

步行到一条街外的花店里，乔暮云买了四束花：百合、白玫瑰、康乃馨，还有一束菊花。将四束花抱在怀里，花束遮住了乔暮云尖瘦的下巴。

她在路边打了辆车，上车后，司机问："去哪儿？"

"墓园。"乔暮云把花放到旁边的座位上。

雨过天晴，清晨的阳光穿过云层洒下来，城市在慢慢苏醒。

车子一路往郊区开，四十分钟后在墓园门口停下了。

乔暮云在门卫处登记了名字，看到之前的一条记录来自蒋涛，昨天下午四点零五分……乔暮云的笔尖顿了一下，写好名字后，她抱着花往里走。

水泥地有些凹凸不平，地上积着小水滩，阳光照在上面，反射出刺眼的光。

穿过一排松柏小路，走到宽阔处，便是一排排整齐的墓碑。

乔暮云的父母和爷爷奶奶在里面。想起登记时看到的那个名字……乔暮云四处看了一圈，墓园里一个人都没有。

蒋涛应该已经走了。

乔暮云脚步沉重，她沿着小路走到中间一排，拐过去后整个人一顿。

不远处，一个男人坐在地上，靠着墓碑，手边是一堆酒瓶。

乔暮云不知道该怎么称呼他，索性沉默了，对方似乎也是。

乔暮云把手里的花放在不同的墓碑前——爸爸喜欢康乃馨，妈妈喜欢百合，奶奶喜欢玫瑰，不知道爷爷喜欢什么，所以她买了菊花。

她弯着腰，动作虔诚，又从包里拿出毛巾，细细地擦着墓碑上的照片，然后换了一条毛巾，继续擦旁边的字。最后，她才看向一旁的蒋涛。

他的样子很狼狈，不知道这样坐了多久，衬衫和西裤上沾满了灰尘和树叶，胡茬也冒出来了，他的眼镜被扔在地上，眼神是空洞的。

上上次见他，他还是运筹帷幄、谈笑风生的样子，昨天在办公室，尽管在和张怀宴争吵，但他也带着上位者的威严。

乔暮云捡起地上的眼镜递过去，道："起来吧……蒋叔叔。"她犹豫着道，"这样对身体不好。"

蒋涛醉了又醒，这会儿脑子是混沌的，但他能认出乔暮云。

"你爸爸——"乔暮云的手顿在半空，她听见蒋涛道，"他是个很好的人。"

"嗯。"乔暮云把眼镜放到他的手边，道，"我知道。"

"怀宴，"蒋涛扶着墓碑坐起来，手搭在膝盖上，"也是个好孩子。"

"我老婆年轻的时候身体不好，我总是请假，你爸爸就帮我代课……学生们也都喜欢他……"蒋涛似乎是想到什么就说什么，颠三倒四的。

"那场车祸……谁都没想到，那么好的一个人，说没就没了。"

"蒋叔叔，"乔暮云看着这个狼狈不堪的男人，"你喝醉了。"

蒋涛抬头，想要看清乔暮云的表情，却被泪水模糊了视线。他说："可能吧，醉了。"他挣扎着起身，将眼镜攥在手里，蹒跚着往外走去。

看着蒋涛的背影，乔暮云忽然生出一股冲动。她喊住他，道："您没什么其他想说的吗？"

这样问是有些草率，但乔暮云不想再等了，也不想去试探了。

她翻看了父亲的所有邮件、作品集，什么证据都没有，她已经足够累了，也想放弃了。也许有些事注定会石沉大海，除非直接去问舅舅，或者……知情人。

蒋涛的背脊僵住了，他缓缓回头道："什么？"

"您没什么其他想说的吗？关于我父亲……和我舅舅。"

空气里是长久的沉默。

蒋涛没有离开，乔暮云也没有再说话，只是拿毛巾反复地擦着几块墓碑。

"你知道了吗？"不知道过了多久，蒋涛终于开口了。

其实他的脑子一片空白。或许是酒精的作用，他的思绪十分混乱。

看着眼前的女孩，这些年来积压的愧疚感汹涌而来，一下子淹没了他。

"我办公室左边最下面的抽屉里有一个优盘，抽屉密码是2398，你去拿吧。"

"是什么？"乔暮云问。

"录音。"这件事已经埋在他心里太久了，也许说出来他会轻松很多。

"那时候，你父亲去世没多久，你舅舅用他的设计图得了奖，被我看出来了。我去找你舅舅，留下了录音，但后来……"蒋涛顿了一下，抬头看着天空道，"我什么都没有做。"

"有时候，我很希望回到过去，也许我还是没有勇气去揭发什么，但我会安安分分地做我的大学老师，守着良心过安稳的日子。那样，我就会有时间多陪陪家人，好好教育孩子，我妻子可能会晚一点儿去世，我儿子也不会小小年纪被我送到国外，最后沾上了赌瘾……"

蒋涛抬头看着天，像是要把内心积压的所有情绪都倒出来。

张显成刚开始创业的时候，房地产行业刚刚兴起。蒋涛没能拒绝诱惑，所以辞去了大学老师的工作，和他一起创业。

创业很艰难，张家能有今天的产业，他的确有不小的功劳。他们抓住了机遇，公司很快发展起来，但当张显成提出一起去北城的时候，他拒绝了。他发现，每赚一笔钱，他都在遭受良心的谴责，但是金钱带来的名利地位让他放弃不了当下的一切，所以，他选择在青城，似乎是想给自己的良心带来慰藉。

可惜，奔波在外的那几年，他无暇顾及家庭，导致家庭关系破裂。

妻子早早去世，儿子不学好，成天泡在酒吧和夜店。

他把儿子送出国，以为终于可以松一口气了，但儿子却沾上了赌瘾。家里的钱都用来给儿子填窟窿了，但还不够。他实在没有办法了，便动了那批质保金。本来再过两个月就能填上，但张怀宴来得太巧，以至于一朝事发。

"真的，就这一次，我对不起他们张家。"蒋涛说着说着笑了，"可能人真的不能做昧良心的事吧。"

乔暮云静静地听完，说不清心里是什么感觉，像被什么东西堵住了。

"大哥留了份文件，应该够你安稳地过日子了……"乔暮云最后说，"我会放在你的办公桌上。"

出了墓园，乔暮云回家拿了张怀宴留下的文件，又去了公司，顺利找到了蒋涛说的那个优盘。乔暮云没有长久地停留，把文件放下就到公司楼下打车了。

坐到车上，她才觉得自己被拉回了现实。

她摊开掌心，盯着优盘，目光变得有些呆滞。优盘外壳是老式的不锈钢材质，刚拿到手的时候是冰凉的，现在已经被手心焐得温热。

她要怎么办？

手机突然响起，是谢图南的来电。乔暮云把优盘放进包包的最里层，按下了接听键："喂。"

"在干什么？"谢图南的声音微哑，带着浓浓的疲惫感。

"刚刚去了墓园。"乔暮云看着窗外倒退的街道，说，"现在回家。"

谢图南"嗯"了一声，问："安防公司的人来了没？"

"来了，说是要弄一周。祝教授的情况还好吗？"

谢图南透过重症监护室长长的防护走廊往里看，道："现在一切正常，等人苏醒就能转到普通病房。"

"那就好。"乔暮云松了口气，"你的伤口呢？"

"换过药了。"谢图南情绪不高，顿了一下又问，"去墓园看你爸妈了吗？"

"嗯。"乔暮云的声音低了下去。

"怎么了？"

"没什么。"

谢图南的头有些涨痛，但他还是耐心地问："是没什么还是不想告诉我？"

他什么时候这么了解她了？乔暮云觉得眼眶有点儿酸。

她吸了吸鼻子，诚实了一回，道："不想告诉你。"

沉默良久，听筒里只剩下彼此或轻或重的呼吸声。

"乔暮云。"谢图南闭了闭眼，克制着道，"你可以信任我的。"

"我不知道该怎么说。"乔暮云的声音里有了明显的哭腔，她本来很坚强，但听到他这句"信任"，她似乎突然就忍不住了。

"三言两语说不清楚，你累了，先去休息一会儿吧，我没事的……先挂了。"乔暮云尽量维持着正常的语气，用最后的力气说完话，她挂了电话。

谢图南的手一直举着，迟迟没有放下。

她哭了，但他现在走不开。他盯着手机屏幕，犹豫了一会儿，又将电话拨回去，那头传来机械的女声："您拨打的电话正在通话中……"

被她挂断了。

乔暮云低着头，眼泪落了下来，打在手背上，然后被她轻轻擦去。

回到家，乔暮云径直去了书房，把优盘连接到电脑上。

打开之前，她犹豫了很久，不太想面对，但最终，她还是打开了。

起初是一段很长时间的静默，长到乔暮云快要没了耐心，才终于有了声音，是蒋涛问："你现在准备怎么办？"

两人似乎已经争执完了。

"我不知道。"张显成低低地回答。

"什么叫不知道？你拿着他的设计图得奖，良心不会难安吗？"

"会，怎么不会？但是——"张显成痛苦地说道，"我现在没有回头路了。"

"张显成，我从来不知道你是这样的人，能做出这样的事情！"蒋涛咬牙切齿地说道。

"我也不知道，我只是一时糊涂……但是你现在让我站出来告诉所有人，这不是我的设计图，我偷了别人的东西，我……我做不到。我已经三十多岁了，除了混成一个大学老师之外一事无成。如果我有了这种道德污点，那我的家人、我的孩子……以后怎么做人？"

听到这里，乔暮云关掉了录音。

当一切已成定局，她的心里反而平静了很多。

她没有备份，直接拔下优盘，将它装进一个小的防水袋里，妥帖地收好了。

昨晚一夜没睡，她现在很困倦。

乔暮云躺到床上，抱着兔子玩偶，抛开所有思绪后很快沉沉睡去。

再醒来是下午四点半，她洗了把脸，把音频拷贝进手机里，然后拦了辆出租车，说："去墓园。"

到了墓园，再次登记时，门卫奇怪地问道："你早上是不是来过？"

"忘了个重要的东西。"

蒋涛已经离开了，乔暮云收拾了地上的酒瓶子，坐到爸爸的墓碑前，从包里拿出手机和优盘，把录音放了一遍。

傍晚的墓园里没有人，乔暮云静静地看着前方的树丛，说："爸爸，如果是你，你会怎么做？嗯，我知道你大概不想弄得太难看，但我不愿意让事情就这么过去。"

"你肯定又要说我小气了。其实也不是，如果今天是怀玥抢了我的什么东西，我也可以不要了，但这是你的东西……可是我又不知道该怎么办……"她并不是没有挣扎过。想到大哥，想到张怀漾和怀玥，她也在问自己，她真的要去破坏他们一家平静的生活吗？

乔暮云知道，其实她的心眼很小，一点儿都不大方。

那时候，她和谢图南在一起，很多时候并不快乐，总是自己拧巴着，但他身边没有过别人，所以她再拧巴也总是犹豫不决。

"还有一件事，爸爸，有个人，我跟你提过的。我和他谈过三年恋爱，他长得很好看，比你都好看……当然，这不是我和他在一起的原因……好吧，多少算是。"乔暮云笑了笑，"他叫谢图南，就是《逍遥游》里'而后乃今将图南'的图南，是不是挺好听的？你觉得他怎么样？唉……我忘了你没见过他。"

"爸爸，我好想你们。"

絮絮叨叨地说了很久，乔暮云才起身离开。天已经暗了，风吹过四周的树丛，发出"簌簌"的声音，乔暮云却一点儿都不害怕。

在路边打到车后，乔暮云订了明天一早的机票去北城，但她谁也不想告诉，所以只给秦九九发了消息：你的公寓，借我住两天。

秦九九：什么时候到？

乔暮云：明天中午。

秦九九：好，密码还是那个。

乔暮云想了想，又叮嘱：不要告诉别人。

秦九九回了一个"OK"的表情。

退出聊天框，乔暮云扫到谢图南的头像，犹豫着打开聊天框，打了一行字又删掉了。

算了，他可能在休息。

谢图南那天晚上没有联系乔暮云，他一直在想那句话："那人家凭什么原谅你？"

的确，没有理由。

凌晨，他又接到了贺辰远的电话，还是为了贺家公司的事。

"我知道你能办好这件事，你提什么要求都可以，算是我们贺家欠你一个人情，将来……"

"我帮不了。"谢图南打断他。

贺家的事的确不好办，如果他试一把，或许的确能解决，但他不愿冒险。

双方都有利可图的时候讲情分是锦上添花，当利益和付出差别太大的时候，情分便会变得不值一提。他原本可以委婉拒绝，但现在，他没那个耐心了。

"我们家老爷子还在重症监护室。"谢图南的语气带着疏离，"爱莫能助。"

"图南，我们两家来往这么多年，我们贺家也没有什么对不起你们谢家的事……"

"没有吗？"谢图南打断他，语气骤然冷下去，"你妹妹，伤害过我的女孩。"

电话那头静了几秒，贺辰远以为自己听错了，道："我妹妹那种性格，连架都不会吵，能做什么？难道你就为了一个女人……"

"是又怎么样？还有，请你不要用'一个女人'来形容她。"谢图南说完便挂了电话。

他起身走到窗边，从医院二十二楼往下看，夜色寂寥，霓虹灯照亮了夜空，他却觉得内心一片漆黑，一点儿光亮都没有。

后半夜，祝教授终于醒了，他意识正常，等天亮就可以转到普通病房。

谢图南终于松了口气，就近找了家酒店，洗过澡后却睡意全无。

他开了瓶酒，但对于喝不醉的人来说，酒精能带来的只有淡淡的苦涩感和越发清醒的头脑。

最后，他拨了个电话出去："帮我订一张去青城的机票……现在，明天中午返程。"

第十四章
是我的错

　　次日，乔暮云一大早就起床了。昨晚她便收拾好了行李，还把家里的钥匙给了隔壁的陈奶奶，等安防公司的人过来，便麻烦陈奶奶帮忙看一下。

　　没多久，乔暮云坐上了飞机，手机关机前，她看着没有新消息的微信列表，心里腾起了一股小小的失落感。她并不知道，再晚一秒关机，她便会收到谢图南的微信消息：起床了吗？我到青城了。

　　与此同时，谢图南没有等到回应，便打车去了乔暮云家。院门是开着的，墙边，安防公司的人正在工作。谢图南踏进院子里，陈奶奶第一眼便看到了他。

　　"你在青城？我还以为暮云去找你了，看来她是去玩了……"

　　"您说什么？"谢图南捕捉到了关键信息。

　　"你找暮云？她不在，一大早就提着行李箱去机场了，说要出去散散心。"

　　"去哪儿了？"谢图南问。

　　"我不知道，我还以为她是去找你了，她没跟你说吗？你们是不是吵架了？"谢图南前天住在这儿，陈奶奶自然而然地以为他们已经是男女朋友了。

　　"你是不是惹她生气了？"

　　然而，看到谢图南疲惫的神色和眼里的红血丝，陈奶奶不忍心再说什么。

　　"房间的门可以打开吗？我们要在里面放东西。"安防公司的人喊道。

　　"来了。"陈奶奶答道，转身走进屋里。

　　谢图南在院子里站了一会儿，然后给小陈发了一条短信，让他查一下乔暮云的航班信息。收起手机后，他走进了乔暮云的房间，看到几个工作人员在移动窗边的那张桌子。桌子是实木的，抬起来需要很大的力气，最后，桌子重重落下，左侧最下面的抽屉被震开了一条缝隙。

　　陈奶奶弯下腰，想把抽屉关上，谢图南觉得眼前的场景有些似曾相识。

　　"等等。"他突然开口。

谢图南上前两步，蹲了下来，动作牵扯到伤口，他却好像完全感觉不到。

他拉开抽屉，拿出那本书。书的封面太旧了，看不清上面的字。他扶着桌边起身，缓缓地翻开书页，下一秒又猛地合上了。

谢图南的呼吸有些不稳，他紧紧地握着书脊，手微微颤抖。虽然没看清，但一瞬间的画面似乎已经证明了他心里的猜测。

谢图南额头的青筋凸起，他极力忍耐着什么，转过身往外走。

"哎！"陈奶奶喊了一声，跟了出去，却只看到谢图南消失在院门口的背影。

坐上出租车，谢图南迟疑了许久，才重新翻开书页，看清了纸上的日期。

小陈的微信消息正好发了过来：乔小姐是早上七点的航班从青城出发，到北城机场。

谢图南盯着这条消息看了几秒，没有回复。他找出了乔暮云以前用的那个微信号，翻出了他们分手前的聊天记录——"谢图南，我们谈谈吧。"

收到这条消息的日期正是医院检查报告上的日期。

谢图南闭上眼，胸腔里仿佛被生生地捅了一刀，钻心地疼痛。

那时候，她在想什么？他似乎没有了思考的能力，理智也荡然无存。

他忘了乔暮云坐的是七点的航班，双手轻颤着给乔暮云打了个电话。

"您好，您拨打的电话已关机，请稍后再拨……"

乔暮云到北城机场时是上午九点，她打车到了秦九九的公寓，放下行李后，才有时间拿起手机。屏幕上显示有一通来自谢图南的未接来电。

乔暮云犹豫了一下，回拨了过去，听筒里却传来机械的女声："对不起，您拨打的电话已关机……"乔暮云没多想，到楼下买了花和果篮，去了医院。

祝教授已经转回了原来的病房，此时正是探视时间，走廊里来看望祝教授的人很多，都在排队。在 VIP 病房，这样的场景每天都在上演。这些排队的人里，有的是真心来探望，有的只是为了必要的人情。

乔暮云沉默着排在最后。她目光落在手里的康乃馨上，思绪游离。

"姑娘？"听到有人喊她，她回过头，才发现是祝夫人。祝夫人是在叫她吗？乔暮云往旁边看了一圈，见有好几个年轻女孩，她有些迟疑。

"我们上次见过的。"祝夫人是去拿检查报告的，回来后一眼就看到了乔暮云，便干脆拉过她往病房走，"快进来吧，他刚醒。"

进了病房，一股清淡的栀子花香冲淡了消毒水味。祝教授在打点滴，头上包着纱布，看着精神还不错。

乔暮云把东西放下，上前轻声道："老师。"

"你怎么赶过来了？"祝教授的声音有些沙哑。

"来看看您，感觉怎么样？伤口还疼吗？"乔暮云道。

"不怎么疼。"

祝夫人静静地看着这个温柔耐心的女孩，对她很是喜欢，却又有点儿担心。

祝夫人是知道谢图南的，他不大懂得疼人，天生缺乏同理心，她怕这么好的女孩受委屈。但她也心疼自己的外孙，他从小就倔，认准的事死也不会放手，如果这女孩到最后都不愿意跟他在一起，那……

"池老师？"乔暮云的声音让祝夫人恍然回神。

"老师的手背太冰了，我去护士站拿个热水袋。"乔暮云说。

见乔暮云出去了，祝夫人在病床边坐下，道："你说这姑娘和图南……"

"你操这份心干什么？"祝教授看得开，不大插手外孙的事。

"难得图南有个喜欢的姑娘，我是希望他能早点儿安稳下来，收收性子。"

祝教授笑了笑："这么好的姑娘，应该找个知冷知热、会照顾人的人，嫁给那小子不是被糟蹋吗？"

"那是你外孙。"祝夫人瞪他，"你怎么——"

"哎哟，我的头有点儿疼。"祝教授转过身，摆明不想聊了。

乔暮云回病房时觉得病房里的气氛有点儿奇怪，却又说不出哪里奇怪。

想到祝教授还需要多休息，乔暮云开口告辞，却被祝夫人拦下："吃点儿水果再走。"说着，她便去切苹果，乔暮云只好坐下。

此时，手机突然响了起来，是谢图南打来的电话。

"你接吧。"祝夫人瞥到了来电显示，准备转头走开。

"不用，只是一个诈骗电话。"话音刚落，电话又打了过来，乔暮云继续挂掉，顺便调了静音模式。

等祝夫人走开后，她才给谢图南发微信消息：不太方便，有事吗？

谢图南：你在哪儿？

乔暮云：我到北城了，在医院，来看看老师。

谢图南刚下飞机，此时，他已经平静了很多。他有很多话想问她，最后删删减减，只打出了一句话：在那儿等我。

"谢总，"老程从驾驶位上回头，问，"我们去哪儿？"

"医院。"谢图南靠着椅背，闭上眼，轻轻地碰了一下胸口的位置，西装内袋里正装着那张报告单。

"葡萄吃不吃？"祝夫人问。

"不吃了。"乔暮云愣了一下，放下了手机。

谢图南是在四十分钟后到的，乔暮云倒没想等他，但她一直被祝夫人拉着说话，也没走成。谢图南推门进来后，目光便直直地落在乔暮云身上。来回奔波，他的衬衫有些发皱，下巴上冒出了青色的胡茬，眼里也布满了红血丝。

乔暮云从没见他这么狼狈过，一时间有点儿呆滞。

"哪有你这么盯着姑娘看的？"见他这副不修边幅的样子，祝夫人恨铁不成钢，她想把谢图南拉到旁边，却没拉动，只好压低了声音道，"你不是回去休息了吗，怎么弄成这副样子？快去卫生间收拾收拾。"

谢图南还是没动，始终盯着乔暮云。他的眼神太复杂，眼里涌动着太多情绪。乔暮云与他对视，又挪开视线，问："怎么了？"

"图南。"祝教授沉声喊道。

祝夫人也推着他道："快坐下。"

谢图南动了动喉结，在乔暮云旁边的单人沙发上坐下。他从前面的果盘里拿了个橙子，用力捏在掌心里，又缓缓松开。

祝夫人瞪了他一眼，对乔暮云道："你别见怪，他可能是累到了。"

"吃饭了吗？"谢图南忽然道。

乔暮云"嗯"了一声，道："在飞机上吃了一点儿。"

其实，乔暮云很想问问他是不是没休息，怎么搞成这个样子，但两位长辈都在场，她便忍住了。

祝夫人很想甩手不管了，但看到谢图南眼底的疲惫和落寞，她不知道谢图南要把自己折磨成什么样子，便心软了。

"我这外孙有时候挺闷的。"祝夫人强行圆场，道，"不过，你别看他现在这样，他小时候调皮得很，天天打架，管都管不住……"

祝夫人挑谢图南小时候的几件糗事说着，祝教授也时不时插几句话。

乔暮云不知道他还有这样的时候，嘴角不知不觉间带了笑意，病房里的氛围一下子轻松了很多。谢图南默默听着，自始至终都没吭声。祝夫人朝他使眼色，他却像没看到一样。

乔暮云觉得这样的谢图南很奇怪。

印象里，他从不会这么喜形于色，今天，他似乎完全控制不住自己。

"别管他。"见乔暮云偷偷看着谢图南，眼底有很明显的担忧，祝夫人觉得还有戏，便拉着乔暮云道，"再吃点儿水果。"

"我已经吃饱了。"乔暮云有些不好意思。

祝夫人也是个直性子，兜了半天圈子，有点儿忍不住了，索性直接道："暮云，图南有很多缺点，可能也不是个过日子的好人选。"

乔暮云笑了笑，不知道能说什么。

祝夫人继续道："但有一点，谢家的男人都不花心，认准了这个人就一定是这个人。他有什么不对的地方，你尽管告诉我，我帮你教训他。"

"我……"乔暮云不知道该说什么。

"小时候，我们找人给他算过命，算命的人说他姻缘浅，儿女缘也浅。"祝夫人轻轻地叹了口气，"这种事，信则有，不信则无，但这些年，我的心也一直悬着，总盼着有个女孩能出现。"

"只有你信那些。"祝教授不满地插嘴。

一旁的谢图南在听到"儿女缘"这几个字的时候，眼里闪过一丝迷茫，随即缓缓地抬头看向旁边的乔暮云。他似乎再也无法忍耐下去了，一把抓住乔暮云的手，道："跟我出去，我有话和你说。"

谢图南微微用力，把乔暮云从沙发上拉了起来。病房里的长辈和护工阿姨都看了过来，乔暮云试图抽回手，但谢图南也加重了力道。

乔暮云只能跟着他往外走，而后小声问："什么事？不能等会儿说吗？"

看着他们的背影消失在门口，祝夫人有点儿按捺不住了："我去拿报告。"

"报告不是已经拿回来了吗？"祝教授毫不留情地拆穿她。

祝夫人瞪了他一眼，道："你不是脑袋疼吗？安静地待着！"

谢图南拉着乔暮云拐过走廊，到窗边的死角才停下。他将手撑在墙上，把乔暮云环在墙和自己的身体之间。

"到底是什么事？"乔暮云抚了抚被他抓过的手腕，觉得有点儿疼。

谢图南的鼻尖离乔暮云很近，有温热的气息在她额头上轻轻拂过。

谢图南没有说话。乔暮云怕有人过来，抬手推了推他："不说我就走了。"

谢图南吻了吻她的额头，随后用他的额头贴着乔暮云的额头。

"你怀过孕？"他的声音沙哑，因为隐忍，气息有些不稳，甚至微微发颤。

乔暮云愣住了，道："我——"

"我看到报告单了。"谢图南打断她。

"你什么时候……"乔暮云回想了一下，她不记得他单独进过她的房间。

"今天早上。"谢图南说，"凌晨时，我坐飞机去了趟青城。"

"凌晨去了青城，又赶回来了？"所以，他这么狼狈，是因为根本就没休息？

"对不起……"谢图南抚上她的后脖颈，低头吻过去。

乔暮云没有开口的机会，她抓住他胸前的衬衫，放任他吻自己，但她必须得解释一下报告单的事，于是，她又用力地推开了他。

谢图南以为乔暮云是在拒绝自己，心脏不断地往下坠落。他重新抓住乔暮云的手臂，把她揽到怀里，抱得很紧。

乔暮云快要呼吸不过来了。心里很乱，她在脑海里组织着语言，想把话说清楚，但下一刻，她听到旁边传来一道严肃的声音："谢图南，你放开人家。"

是祝夫人，她的脸上已经没有了笑意，看着谢图南的眼神充满失望。

"暮云，"祝夫人叹了口气，"实在是抱歉，你先走吧，改天我再找你，现在——"她看向谢图南，语气沉了下去："我要和他谈谈。"

"不，您不要误会，他不知道，我没有怀过孕，那次是……"

听到"没怀过孕"，谢图南眼里浮现出一丝希望的目光。

但在祝夫人听来，乔暮云前言不搭后语，只是急着为谢图南辩解。

"孩子，我知道你是好姑娘，但这种事对女孩子的伤害有多大，我知道。你放心，我一定还你一个公道。"

祝夫人似乎已经认定了，而且她正在气头上，乔暮云觉得自己百口莫辩。

"你先走吧。"谢图南摸了摸乔暮云的头，"乖。"乔暮云还是离开了。

谢图南的目光一直追随着乔暮云的背影，直到她完全消失在他的视线里。

"解释一下。"祝夫人的语气十分严肃。

"我等会儿再……"谢图南有点儿想去追乔暮云。

"现在就说清楚。"祝夫人打断他，抬高了音量，态度强硬。

对于谢图南，他们从来没要求过他什么。不管是事业还是婚姻，都是随他自己的性子。看着谢图南，祝夫人觉得自己很了解他——他不是什么重感情的人，但也有自己的分寸和底线，不需要别人操心。

长到这么大，谢图南从来没有过什么风流韵事，这一点，祝夫人一直觉得很欣慰，甚至有时候，她会想他是不是不喜欢女孩……

医院的走廊里弥漫着浓浓的消毒水味，谢图南的手指轻轻收拢，他的指尖似乎残留着乔暮云的温度。谢图南不想辩解什么，只说："是我的错。"

"四个字就可以概括了吗？"作为歌舞剧演员，祝夫人说话永远不紧不慢，连发怒时说的话都字正腔圆。

"当时……我不知道她……"

"啪"的一声，谢图南的声音彻底消失了。他的头偏向一边，脸上浮现出一道清晰的掌印。谢图南没想到祝夫人会突然动手，他愣住了。

"这一巴掌是为她父母打的。人家是正经姑娘，只是父母去世得早，没人给她撑腰。谢图南，你要是有女儿被男人这么糟蹋，你想想，你甘心吗？"祝夫人一口气说完，转身的时候踉跄了一下，谢图南想去扶，却被祝夫人甩开了。

"进了病房，把你这副要死不活的样子收一收，你外公现在受不了刺激。"

"算了，"祝夫人又说，"你还是别进去了。"

乔暮云回到秦九九的公寓，把带来的行李简单地收拾好后，她躺在沙发上看着天花板出神。她没有想到他的反应会这么大。他看起来那么难过，那么自责。

乔暮云忍不住假设，如果当初的那条短信里，她直接说自己怀孕了，事情会是什么样的？虽然，没有如果。乔暮云也知道，即使再来一次，也不能改变什么，因为当初的她就是那样拧巴的性格，和他较劲，也和自己较劲。当时，他们在冷战，她以为他心里有别人，便绝对不会用"孩子"这种话题打破僵局。

手机振动了一下，乔暮云看了一眼。

秦九九：房间我让人打扫过了，床单和被罩都是新的，但厨房的洗碗机坏了。不过，我觉得你用不到。

乔暮云和秦九九聊了一会儿，便三点半了。

她打开和谢图南的聊天框，他却一直没发消息过来。

乔暮云打了几个字，又删掉了，报告单的事似乎无法用三言两语解释清楚。不知道祝夫人和他谈完了没有，她要给他打个电话吗？

犹豫再三，乔暮云给谢图南打了个电话，那头却依然是关机状态。乔暮云愣怔地看着屏幕，然后翻了个身向着窗外。渐渐地，她终于有些困倦，睡了过去。

从医院出来后，谢图南发现自己的手机没电了。他没让老程过来，自己打了辆车去了付华初家里。

"你怎么来了？"付华初穿着睡衣，见到谢图南，他惊讶得往后退了一步。

"下去付钱。"谢图南没回答他的问题，扔下这句话便往里走。

"什么？"付华初没听明白。

"打车的钱。"谢图南说，"司机在楼下等着，我的手机没电了。"

付华初低头看了自己一眼："我穿着睡衣呢。"

谢图南在沙发上坐下，疲惫地捏了捏眉心。付华初看他这样，不好说什么，转头朝着一个方向道："你下去的时候把钱付一下。"

谢图南顺着看了过去。卧室门口站着个女人，穿着睡衣，似乎有点儿蒙，但她很快便反应了过来，回去换了件衣服，拿着包往外走。

门被关上了。谢图南靠在沙发背上看向付华初。

"看我干什么？你破坏了我的周末生活，应该觉得愧疚。"

谢图南没有说话。

"你的脸是怎么回事？"付华初注意到他脸上鲜明的巴掌印，"谁打的？"

谢图南看他一眼，问："有酒吗？"

"没有。"付华初倒了杯水给他，"你应该睡一觉。"

"睡不着。"谢图南起身去酒架上拿了瓶轩诗尼。

"为了乔暮云？"付华初跟过去，靠在桌边问。

谢图南倒酒的动作顿了一下。

"你这样，她也不知道啊。"付华初拦住他，"你得去她面前喝，懂吗？"

"我不喝酒，不知道怎么去找她。"

付华初点点头，松开了手。

"行吧。"付华初也倒了杯酒，"我陪你喝，只是意思一下，我可喝不过你。"

"随你。"谢图南似乎对什么都提不起兴趣。

看着他连灌了两杯酒，付华初忍不住问："如果她最后还是不愿意……"

谢图南的酒杯顿在唇边，他语气平静地说道："那我可能会疯吧。"

"去找她吧。"付华初说。

谢图南沉默了一会儿，拿起酒杯端详了几秒，而后将酒杯扔进了垃圾桶。

"不是——"付华初有点儿心疼，"你拿我的杯子撒什么气？这个很贵的！"

谢图南像没听到一样，回到沙发边，他给手机充上电，开了机，随即一愣。

屏幕上显示有很多个未接来电，但他一眼看到了乔暮云的名字。

乔暮云睡得迷迷糊糊，听到手机铃声，她接了起来："喂？"

"你在哪儿？"

乔暮云缓缓地从沙发上坐起来，看了看外面的天色，发现已经傍晚了。

"在秦九九的小公寓借住。"乔暮云踩着地毯起身，把地上的空调遥控器捡起来，放到茶几上。电话里传来一阵短暂的沉默。

"云水间3号楼1802室，你过来吧。"她的话通过话筒传到谢图南的耳边。

乔暮云挂了电话，觉得自己的脑袋有点儿不清醒，便起身去卫生间冲了个热水澡。裹着浴巾回到房间后，她随手拿起一条吊带裙，想了想又放下了，最后只挑了件衬衫裙穿上。坐在沙发上，乔暮云把两条腿都收了上去，又将下巴放在膝盖上，目光落向窗外。

落日余晖黯淡了下去，天空很快变成了深沉的雾霭蓝色。

大半小时后，门铃响了，乔暮云从监控里看了一眼，起身去开门。

"要换鞋吗？"谢图南问。

"嗯，稍等。"乔暮云在柜子里找了找，翻出一双一次性拖鞋。

谢图南弯腰的时候，两人离得很近，乔暮云闻到了一股酒味。

"你喝酒了？"

"一点点。"谢图南说，"难闻吗？"

"还行。"乔暮云不喜欢这个味道。

"那我去冲个澡。"谢图南看了一圈后，径直往卫生间去了。

乔暮云还没反应过来，跟过去却看到浴室的门已经关上了。

"你穿什么？"她想了想，问道。

"这里有男士浴袍。"谢图南脱了衣服，把放在西装内袋里的报告单拿出来。

男士浴袍……乔暮云住在这里时一直用自己的东西，还没有注意过其他的。回到客厅，她给秦九九发微信消息：卫生间里有男士浴袍？

发送完后，她便觉得不对，马上撤回了消息。

谢图南已经从卫生间出来了。

男士浴袍是深灰色的，质感高级，意外地合他的身材。走近了，乔暮云才看到他手里拿着一张叠好的纸。虽然看不清，但她知道那是什么。

旁边的沙发陷下去一块，她看到谢图南把那张纸展开，便伸手拿过来："其实这个……"她的目光扫过他的脸，话突然顿住了，她问，"你挨打了吗？"

客厅里开着暖白色的顶灯，谢图南的脸色因为长时间没有休息好而显得苍白，右边脸上的巴掌印分外鲜明。

谢图南"嗯"了一声，脸上的巴掌印火辣辣地疼，他脑海里有些话慢慢地浮现出来："你要是有女儿被男人这么糟蹋，你想想，你甘心吗？"

有女儿……也许真的差一点儿，他就会有一个孩子。

可能是个漂亮的小姑娘，像她；也可能是个调皮的男孩，最好也像她。

如果他的女儿因为一个男人受这么多苦，那他肯定连杀人的心都有。

这一刻，谢图南忽然不知道自己还能说什么。

"腰上的伤口怎么样了？"乔暮云被他盯得有些不自在。

他们靠得有点儿近，气氛十分暧昧，乔暮云便往旁边稍微挪了挪。

"发炎了。"看到乔暮云的动作，谢图南的喉结动了动，手指轻轻地收拢。

"上点儿药吧。"乔暮云终于找到理由起身，"我去拿药箱，顺便看看……"

谢图南拉住她手腕，道："乔暮云。"

后背撞上坚硬的胸膛，乔暮云转过身，对上了他沉静的眸子。

谢图南环过她的腰，把她放在沙发上，侧身半压过去。

谢图南的唇带着凉意，他吻上她的锁骨，克制着问："疼吗？"

"不疼，不是你想的那样，你先听我说。"乔暮云想躲，但他的吻追了过来。

她想说什么？事情不是他想的那样，那还能是怎么样？心头的钝痛让谢图南罕见地想逃避，但他还是克制住了。他拉开了一丝距离，道："你说。"

"你离我远一点儿行不行？"他靠得太近了，她没办法思考。

喉咙里有一股腥甜的味道涌上来，谢图南松开手，道："好。"

呼吸终于顺畅了，乔暮云坐直身体，从茶几上拿过那两张报告单，道："判断是否怀孕，一般是验血看 HCG 指数。"

"我第一次检查的时候，HCG 数值比正常值高了一点儿，卡在临界值那儿，医生也不能确定，就让我回去休养一个星期再检查。"

谢图南侧眸看她，问："那时候，你给我发了消息，是吗？"

"嗯，我害怕。"乔暮云的目光落在地毯上，声音低低的。

谢图南吸了口气，问："然后呢？"

"一周后我去复查，显示未孕。"乔暮云的手指无意识地折着纸张的边角。

谢图南心里一松，随即又想到什么，道："那第一次检查的时候……"

乔暮云把报告单沿着原本的折痕重新叠好，回应道："可能只是那段时间的情绪起伏太大，身体激素变化，也可能是……"乔暮云拿过手机，打了几个字递给谢图南，"医学上有一种情况，叫生化妊娠。"

手机屏幕上是软件里关于这个词条的解释：生化妊娠，指精子与卵子结合，但受精卵没有回到子宫腔，或者来到子宫腔却没有着床，随着子宫内膜的脱落而流出体外的情况，即没有临床妊娠，医学上称之为"亚临床流产"。造成原因：精神过度紧张，心理压力过大。

谢图南一个字一个字地看完，眉头锁成了一个"川"字。

乔暮云起身去储物格里拿了药箱，回来的时候，谢图南还坐在那儿，一只手拿着手机，一只手拿着报告单，神情凝滞。

他脸上的巴掌印和眼底的乌青让他整个人看起来很颓废。

乔暮云的心脏疼了一下。

她把药箱放到茶几上，从他手里拿过报告单，而后将报告单扔进垃圾桶。

"别想了，也不要做无谓的假设。没有结果的……就这么过去吧。"

她的嗓音一如既往地轻软，温柔得让谢图南以为是出现了错觉。那么，她是做过了多少次假设，才能看得这么开，以至于能反过来云淡风轻地安慰他？

客厅里安静下来，乔暮云打开药箱，拿出消毒用的棉签和碘伏。

她侧头看着谢图南，示意他把伤口露出来。

谢图南没动，道："我里面什么都没穿。"

乔暮云往下看了一眼，视线又不自然地挪开，而后她把东西放下，道："那你自己来。"说着，她便想走开。

谢图南却站起身，握住她的手，她被带着回过身，撞上他的胸膛。乔暮云蒙了两秒，谢图南一只手扶上她的腰，一只手托住她后脑勺，低头吻了下去。

沐浴露的香味和淡淡的酒气混合在一起，乔暮云盯着他的睫毛和他眼里自己的倒影，脊背渐渐地放松了。

"你不累吗？"他不是已经几天没睡了吗？

谢图南又印下一个吻，而后停下动作，单手撑起身子，另一只手轻抚她额角的碎发，道："累，想睡一会儿。"

"那你起来。"乔暮云推了推他。

"想抱着你睡。"谢图南道。

乔暮云没有了思考的力气，道："那你的伤口……"

"明天再说。"谢图南鼻尖轻轻地蹭过她脸颊，"很累，我先睡会儿。"

"嗯。"乔暮云心软了。

卧室里没有开灯，谢图南把乔暮云放进被子里，自己也躺了进去，从后面抱住她。窗帘没合上，有月光透进来。

乔暮云看着对面高楼的灯火，听着耳边的呼吸声，在心里数起绵羊：一只小绵羊，两只小绵羊，三只小绵羊……

不知道过了多久，她身后的呼吸声变得平稳，谢图南应该睡着了。

乔暮云却没有丝毫睡意。她的内衣勒在身上，不太舒服，她抬手调了一下位置，谢图南的手臂却突然更紧了。

"谢图南？"乔暮云轻轻地喊了一声，回应她的是平稳的呼吸声。

乔暮云转了个身，抬头看了看。

他的双眼自然地闭着，睫毛垂在眼睑上，遮住了那圈乌青。

乔暮云伸出手，轻轻地碰了碰他的下巴，他没刮胡茬。客厅里，不知道是谁的手机响了，铃声断断续续。乔暮云不想动，索性把头埋进了谢图南的胸膛。

谢图南是被手机铃声吵醒的。他低头看了看胸前的乔暮云，她环着他的腰，一副毫无防备的样子，不知道是不是做了梦，她眉心蹙着，似乎睡得不太安稳。

客厅里的手机还在响，谢图南轻轻地挪开乔暮云的手，起身出去了。

是贺辰远的来电。谢图南挂断后直接关了机。腰侧的伤口被压到了，现在钝钝地疼，他开了落地的阅读灯，掀开衣服看了一眼，坐在沙发上自己消毒起来。

简单地换了纱布后，谢图南回到卧室，却发现床头的台灯已经被打开了，乔暮云坐在正中间，一副睡眼惺忪的样子。

谢图南走过去吻了吻她的额头。

乔暮云闻到了碘伏的味道，问："伤口疼吗？"

"不疼。"谢图南坐到床上，把她抱进怀里问，"刚才做梦了吗？"

"没有。"她不记得了，但想到有时候做梦自己未必知道，"我说梦话了？"

"没有。"谢图南的睡袍宽松，领口朝一边敞开，身体的肌肉线条若隐若现。

乔暮云解开纱布看了一眼，眉头蹙起，道："发炎了，明天记得吃点儿药，还有，伤好之前都不要碰酒了，最好也别熬夜……"

谢图南已经太久没见到她这么乖、似乎对什么都没防备的样子了。

他静静地听着，没有打断她的话。

"你在听吗？"迟迟没有得到回应，乔暮云抬起头，唇擦过他的下颌，她愣了一下，才发觉两人的姿势多么暧昧。她偏过头，想从他的怀里离开，他的手臂却收紧了一些，随后，他对准她的唇吻了下去。

乔暮云不清楚几点了，只知道夜色很浓。

"矜矜，"谢图南在她耳边问，"这两年，想过我吗？"

想过吗？乔暮云还没思考出答案，便听见他说："我想你想得发疯。"

灯光迷了眼，乔暮云没有了思考的力气。

次日，乔暮云醒来时是七点，她似乎睡了很长的一觉。乔暮云踮着脚下床，见谢图南没有醒，她快速地溜进了卫生间，准备去洗个澡。

凉水冲下来时，她整个人都颤了一下。

她没想好等他醒了该怎么面对他。

他们现在是什么关系呢？男女朋友？好像不是。

洗完澡，乔暮云穿上衣服，回客厅找到了自己的手机。她看了一眼时间，又看了看微信消息。

张怀宴：你什么时候到？

舅舅的生日宴就在明晚，乔暮云本来准备傍晚时再和张怀宴说自己到北城了，但……乔暮云朝卧室的方向看了一眼，回道：等会儿就到。

乔暮云回到卫生间照了照镜子，衣服是 V 领的，她的锁骨上有若隐若现的红痕。她涂了一层遮瑕，但不是很自然。乔暮云想了想，又从下面柜子里找出卷发棒，将头发烫成大波浪卷，随后她抓了两把头发，将其贴垂在胸前。

乔暮云这才舒了口气，轻手轻脚地回卧室里拿手机充电器。

谢图南是两小时后惊醒的，他睡得并不安稳，还做了一个很长的梦。他梦到乔暮云当年有过一个孩子，最后流产了，她红着眼睛，像个木偶一样坐在病床上，无声地流着泪。醒来后，心痛感依然十分真实，他用几分钟分清了梦境和现实，随后将手往旁边伸，但并没有传来预想中的柔软触感。他转头，才发现身侧的床上空荡荡的。

谢图南披上浴袍走出去，却发现整个房子里一点儿声音都没有。

她的手机不在，包也不在……

谢图南看着空荡荡的房子，心里的不安感越发强烈。他从手机通讯录里找到乔暮云的号码，却迟迟没有拨出去，只是先发了条微信消息：去哪儿了？

过了五分钟，他终于收到回复：在我舅舅家。

一瞬间，谢图南如释重负。他把定位发给小陈，打字道：帮我把车开过来，再准备一套衣服和洗漱用品。

今天是周末，乔暮云到张宅的时候，张怀宴正在花园给花浇水。

走廊里，陈妍和怀玥面对面坐着，一个面带微笑，姿态优雅，一个撑着下巴，坐相不佳，两人似乎没什么交流。

怀玥先看见了乔暮云，大声喊道："姐姐！"

张怀宴和陈妍也回过头来。

"大哥，玥玥。"乔暮云走过去，又向陈妍微微点头道，"大嫂。"

"来了。"张怀宴放下水壶，笑道，"快进去吧，正好吃个早饭。"

"还没吃饭吗？"乔暮云有些疑惑，此时应该已经过了张家吃早餐的时间。

"爸爸说要等你。"怀玥搂住乔暮云的胳膊，拉着她往里走。

"这样啊。"乔暮云失神了片刻。

张显成正在看财经新闻，陆媛则跟打扫卫生的阿姨交代着什么。

"姐姐。"怀玥想起什么似的，往后看了一眼，"你没带行李吗？"

乔暮云不知道该怎么说。她早上走得匆忙，完全没想到这一点。

"到家里住带什么行李？"张显成从沙发上起身，吩咐阿姨上餐。

怀玥没再纠结行李的事，只有张怀宴若有所思地打量着乔暮云。张怀宴觉得她变了，但又说不出具体的变化，最后，他看着她说道："发型挺好看的。"

乔暮云的表情僵了一下，不自然地摸了摸发梢，问道："是吗？"

张怀漾也从楼上下来了，他正一副睡眼惺忪的样子，看到乔暮云后揉了揉眼睛，道："姐？"

"你看看几点了！"张显成呵斥道，"成天这副样子，不成气候。"

张怀漾像没听到一样，晃着身子去了卫生间。张显成懒得管她，对乔暮云道："等会儿你们女孩子一起去商场逛逛，多买点儿衣服，回来我报销。"

"要我当司机吗？"张怀漾洗漱完，在乔暮云旁边坐下，"姐，又漂亮了。"

"你也变帅了。"乔暮云敷衍地夸了他一句。

"一般一般。"张怀漾笑得灿烂，"下午想去哪儿？我给你们做保镖。"

"我等会儿还有点儿事，就不去了。"乔暮云吃得差不多，便放下了筷子。

"什么事？"张显成问。

"要去趟医院。"乔暮云说，"看看祝教授。"

"要不，我和你一起吧？当年我也听过祝老师的课，应该去看看的。"

乔暮云"啊"了一声，想到昨天从医院离开时的场景，如果他们一起去……

陆媛也不乐意了，道："你等会儿还要去试衣服，明天就是生日宴了，还有一大堆事情呢，你要全推给我吗？"

乔暮云连忙道："现在应该还见不到人，我就是带点儿东西过去，放到走廊边的凳子上。舅舅，你过两天再去也可以。"

"好吧。"张显成没再说什么。

吃过饭，张显成去了书房，陆媛和陈妍则在客厅核对明晚的宾客名单，怀玥和张怀漾不知道为什么事拌起了嘴……至于张怀宴，乔暮云没看到。

她靠在窗边回谢图南的消息。

谢图南：要待多久？我来接你。

乔暮云：再说。

"和谁聊天呢？"张怀宴不知道什么时候站到了旁边，冷不丁冒出一句话。

乔暮云吓了一跳，连忙把手机扣在胸口上。

"藏什么？我都看到了。"张怀宴靠在窗台上，好整以暇地看着她。

乔暮云回头看了眼客厅，发现没人注意这边，于是喊道："大哥。"

"你到底什么时候到的北城？"

"昨天。"乔暮云老实回答。

"晚上住在哪儿？"

乔暮云被他看得有些不自在，道："朋友家。"

也不知道张怀宴信了没有，他看着窗外道："那天晚上，我和他聊过。"

"你们说了什么？"

"你先告诉我，你之前为什么和他分手。"

"性格不合。"乔暮云想了一会儿，说。

张怀宴点点头，道："所以，现在又合了，是吗？"

"大哥，"乔暮云挠了挠耳朵，"其实……性格不合，也不全是他的问题，当然，肯定主要是他的问题。"

听着乔暮云有些孩子气的话，张怀宴笑道："你比之前开朗一点儿了。上一次来北城的时候，我完全看不出来你在想什么，你整个人都是空洞的。"

是吗？乔暮云不觉得。

"站在理性的角度来说，我希望你能找个各方面条件都不错的男人，最好是温柔、细心、体贴，能安稳地过一辈子的那种。但是，感情的事没有人说得准，可能你就是不小心爱上了一个不那么合适的人。"张怀宴没有再说下去。

乔暮云看向坐在客厅沙发上的陈妍。

"我的意思是，如果他能让你变得更好，你不妨再试试。如果还是觉得不合适，也没关系，人生还很长。"

张怀宴走开了，乔暮云看着他的背影，思绪有些混乱。

张显成的书房在二楼，乔暮云走到外面，抬手敲门道："舅舅。"

"进。"张显成放下手里的书，问，"怎么了？"

看着戴老花镜的男人，乔暮云忽然有些退缩了，道："明天是您的生日。"

"又老了一岁而已。"张显成取下眼镜道,"这生日宴,我原本也不想办,费时费力的,没意思,但你舅妈和大哥难得意见一致,我就随他们去了。"

"暮云。"张显成起身倒了杯水,说,"你舅妈有时候说话不好听,她这人爱计较,你不要把她的话放在心上,有什么委屈就和舅舅说。"

"好。"乔暮云捧着水杯,应了一声。

"这次过来就不走了吧?公司的职位,舅舅还给你留着,你随时可以入职。"

"我还没想好。"乔暮云顿了一下,"我爸妈的忌日快到了。"

"算算日子,还真是。"张显成叹了口气,"你爸妈的车祸,没想到过了这么多年,还能找到肇事者,也算是有了个结果……你想回青城工作也可以,本来青城分公司的老总和你爸爸曾经也是同事,但他出了点儿事……"张显成头疼地揉了揉眉心,"我这两天也联系不上他。"

蒋涛当年是偷偷录下的音频,这么多年,他都没有提过一句。把优盘给乔暮云后,他不知道怎么自处,便谁也没联系。

"舅舅。"乔暮云想了一会儿,从包里拿出了一个包装好的小盒子放到桌上。

张显成接过来端详了会儿,问道:"是礼物吗?"

"算是吧,您能不能……最后再拆这个?"乔暮云不想破坏生日宴。

"这么神秘?"

"嗯,世界上就这么一份了。"盒子里放的是优盘,她没有留备份。

"行,我明天晚上回家再看,保证最后拆这个。"张显成把盒子放进抽屉里,"工作的事情,你想好了再告诉我。"

乔暮云下了楼,脚步有些沉重,意外的是,客厅里只有怀玥在看综艺节目。

"他们人呢?"乔暮云问。

怀玥道:"大哥回书房了,张怀漾不知道去哪儿了。我妈的礼服到了,大嫂陪她回房间试衣服。"

"这样啊。"不用面对那么多人,乔暮云瞬间觉得轻松了,"那我先走了,约了朋友。等大哥下来了,你和他说一声。"

乔暮云没有回头,径直出了门。

一路走到小区外,乔暮云在手机软件上叫了车,但是还在排队。她站在路边,看着来往的车流,觉得自己似乎失去了什么,但并不后悔。

她不知道自己做得对不对,也不知道会有怎样的结果,但她尽力了。

离乔暮云不远处的路边,一辆黑色轿车已经停了很久。

谢图南只是自然而然地开车到这里，他以为她会留在那儿吃中饭，便没有再发消息，没有想到她却出来了。谢图南放下车窗，看到她站在路边不动，也没什么表情，一副失魂落魄的样子。

又受欺负了吗？这场景似乎有些熟悉。五年前，下着大雨，她也是蹲在这条路边，只是那次，她更加狼狈。

原来他从一开始就错了。一开始，他喜欢的是她的漂亮，她的温柔，却没有发现她是一个多么单纯而执拗的人。

谢图南启动车子，缓缓地开过去。

乔暮云似乎沉浸在自己的世界里，对周围的一切都没有反应，直到手机被抽走，她才恍惚着抬头道："你怎么在这儿？"

"来接你。"谢图南替她取消了打车订单，然后拉开了副驾驶座的车门。

乔暮云沉默了两秒，顺从地坐了进去，却迟迟没有听到关门声。

谢图南弯下腰，端详着她的神色，问："发生什么了？"

"我……"乔暮云垂下眸子，想了想说，"我做了件事，不怎么好。"

"吵架了？"

"比吵架更严重点儿。"

"打架了？"

"更严重点儿。"

她不想说，谢图南也不深究。他弯下腰，语气里带着试探道："昨晚……"

混乱的记忆被强行唤醒，乔暮云眨了眨眼睛，脸上的表情变得有些古怪。

她看起来想赖账。谢图南的眉心跳了两下，问："不想负责？"

"我们在一起那三年，你也没说要负责。"

是这么个道理。谢图南摸了摸鼻子，识趣地转开话题："现在去哪儿？"

"医院。"乔暮云伸手把谢图南推开，干脆利落地关上了车门。

三十分钟后，两人到了A大附院。

出了电梯，谢图南接到了一个电话，随即去了走廊。乔暮云对此不感兴趣，没跟上去。她走到护士站旁，听到有人在身后喊她的名字。

叫她的是一个穿着病号服的女人，看起来有些眼熟，但她想不起来。

"西湛说你在这里工作过。"

提起"西湛"，女人倨傲的神情让乔暮云回忆起来，这是林西湛的妈妈。

"我在这里念过研究生。"

"那你认识这里面的医生吧？"

乔暮云看了眼门边的牌子，道："不太认识。"

"我就是想问问我的情况，医生说没什么问题，那怎么还让我住院呢？"她捂着胸口说，"我担心西湛没跟我说实话。我这两天总觉得心口闷，医生的话也都是套话。"

"我帮您看一眼。"乔暮云接过她手里的单子，一张张看过去，"都没什么大问题，除了……"

"除了什么？"

"阿姨，您不用紧张。"乔暮云笑了笑，有些无奈，"这种情况，吃点儿药就好了，让您住院应该是想再全面排查一下。"

"那就是说——"

"妈。"不远处，林西湛拿着CT报告走过来，"乔暮云？"

他的语气一如既往地温和："你什么时候来北城的？"

"昨天。"乔暮云朝谢图南的方向看了一眼，谢图南也看了过来。

"妈，你怎么又来打扰医生了？我说过好多次了，检查完就出院。"

"我马上就回去了。"林妈妈又看向乔暮云，"你也一起吧。"

担心病情的彷徨感荡然无存后，林妈妈又变回了那副高高在上的样子，似乎默认乔暮云是来找林西湛的。

乔暮云懒得计较，摇摇头道："我就不去了。"

"你不是来——"

"妈，"林西湛打断她，看向乔暮云道，"不好意思。"

"没事。"乔暮云说完，便感觉自己的手被人牵了起来。

谢图南捏了捏乔暮云的手心，说道："走吧。"

乔暮云没有挣脱谢图南的手。

"他们是什么关系？"林妈妈问。

"不是很明显吗？"林西湛缓缓地收回视线后，把报告单装回袋子里。

"可谢家怎么可能……"

"不是什么事情都可以用家世和利益衡量的。"林西湛淡淡地说，"谢图南比我幸运。"

第十五章

我们结婚吧

病房里，祝教授睡着了，护工阿姨解释道："夫人回去拿东西了。"

她详细地说了祝教授昨天的饮食和睡眠情况，谢图南认真听着。

乔暮云的电话在此时响了起来，是陈卓打来的。她按下接听键，走到病房外。

"暮云姐。"陈卓说，"我想问你一件事。"

"你说。"按照这个口吻，乔暮云猜测他要问的事情和叶萌有关。

"警局有个案子需要蹲点，我求了我师傅，所以我和叶萌被分到了一组。当时大概凌晨三点，她靠着我睡着了，然后……我也不知道怎么回事，就亲了她。她当时就醒了，然后就跑走了，到现在都没理我。"陈卓问，"怎么办？"

"她没打你吗？"乔暮云很疑惑。

"我也觉得她应该打我，但没有……现在，她看我就像看空气一样。"

"你再亲一次试试？"

"啊？"

"我的意思是——"乔暮云也不知道自己在说什么，"她可能害羞了。"

乔暮云又和陈卓聊了几句，挂了电话，她才发现自己沿着走廊走了很长一段路，一抬头，看到林西湛迎面走过来，她下意识地转过了身。

"乔暮云。"林西湛已经开口。

乔暮云只好顿住脚步，回过头礼貌地笑了笑，道："学长。"

林西湛走近了，问道："看到我就躲开？"

"没有。"

气氛有些诡异，过了一会儿，林西湛没头没尾地问："所以，还是他吗？"

"也许吧。"乔暮云答得不是很确定。

"你上次说，我们不再联系了。"林西湛顿了一下，"做朋友也不行吗？"

"时不时联系，对你以后的女朋友不太公平。"

不联系才可以让时间淡化一切，否则，感情这种东西历久弥新，在心底深处停留过的人和事，总是让人很难摆脱。

人们往往分不清自己是爱着那个人，还是在怀念那段岁月。

"乔暮云。"林西湛有些无奈，"你要明白，很少有人像你一样，把什么都算得清楚。成年人总是喜欢游刃有余，左右逢源。"

"我明白的。我只是想活得简单点儿，说不定这样可以长命百岁。"

林西湛看着眼前的女孩，她用最轻松的语气在他们之间划下了一条鸿沟。

"好，"林西湛的视线越过乔暮云，把不舍埋进心底深处，"如你所愿。"

"那，祝你幸福。"虽然有点儿苍白，但乔暮云还是这么说了。

"会的。"林西湛说，"不过，以后如果碰上，也不用装作不认识吧？"

乔暮云笑了笑，道："好。"

"我还有事，先走了。"林西湛说。

随后，他越过乔暮云，往电梯的方向走去。

看着他的背影消失在拐角，乔暮云沿着走廊往回走。靠近病房的时候，她听到里头传出争执的声音。

"谢图南，你本事大了！"祝教授似乎很生气。乔暮云推门进去，看到谢图南拿着本书站在病床边，而祝教授指着他说道，"还回来！"

原来是为这个，乔暮云松了口气，道："老师。"

祝教授抬头，朝着门口的方向，道："暮云来了。"

"您在看书吗？"乔暮云问。

"刚拿起来呢，就被他抢走了。"祝教授斜了谢图南一眼，怨气深重。

乔暮云笑了笑，道："您的刀口还没恢复好，看这些字，脑袋不疼吗？"

"不看才疼。"祝教授说。

"祝先生。"护工阿姨无奈道，"太太走之前还叮嘱了不让您看书，您这样，她该生气了。再说，那字那么小，真伤眼睛。"

乔暮云拿过谢图南手里的书看了一眼，上面密密麻麻的，全是英文。她合上书，将书放到了一边，道："您还是忍忍吧，听医生的话才能早点儿恢复，到时候就能肆无忌惮地看书了。"

"你以为我好了他们就让我看啦？"祝教授摇摇头，但还是摘下了老花镜。

护工阿姨倒了水过来，乔暮云接过后坐在沙发上，谢图南自然地坐在了她旁边。乔暮云悄悄地往旁边挪了挪。

"图南，"祝教授说，"你去帮我看看苏医生在不在，我有点儿事要找他。"

闻言，谢图南眼角的笑意被疑惑取代："今天苏医生不值班。"

"让你去就去。"祝教授把眼镜放进盒子里。

护工阿姨十分有眼色地出去了，但谢图南没动。

祝教授的语气有些沉重："我使唤不动你了，是吧？"

谢图南无动于衷，转头看向乔暮云，道："如果你也想让我出去，我就走。"

她有秘密，但不愿意告诉他。他问过几次，都被她不软不硬地挡了回来。

谢图南没有生气，他最深刻的感觉是无力。他忽然想起从前他们相处的时候，他很多事也从不告诉她，因为觉得没有必要，而且解释起来很麻烦。生意上的事总是太烦琐，知道得多了，容易让她担惊受怕。

那时候，他觉得她只需要安心地待在他身边，不需要操心其他的事。他用自己的认知，给了她那些他认为好的东西，却没有问过她到底想要什么。

"老师，"乔暮云把杯子放到茶几上，说道，"您直接说吧。"

祝教授的目光从谢图南身上掠过，说道："你爸爸那件事，有眉目了吗？"

"您的身体还没好，就不要操心这些了。"乔暮云担心祝教授的情绪不稳定。

祝教授失笑道："我都活了大半辈子了，你还怕我承受不了？"

"其实，我们从一开始就猜到真相了，你心知肚明，我也心知肚明。"祝教授叹了口气，"只不过，我们心底都还抱着一丝侥幸。"

的确如此，看过爸爸的日记之后，乔暮云就知道得八九不离十了。

"我爸爸有个同事，十几年前跟我舅舅一起创业。"说到这儿，乔暮云看了谢图南一眼，"他叫蒋涛，之前是瑞华集团青城分公司的老总。"

"他出了点儿事……"乔暮云言简意赅地说道，"他给了我一段录音。"

"我能听一听吗？"祝教授问道。

"没有了。我把优盘给舅舅了……没留备份。不过，他应该还没看。"

"老师，"她顿了一下，"我这样做，对吗？"

"你已经有答案了，还问我对不对？"祝教授笑了，他欣慰于她没有被这件事困住，"如果你在做某件事之前来问我，我说不对，你就不这样做了吗？"

乔暮云想了想，摇了摇头。

"你啊，做事的风格和你爸爸一模一样，性格也像，都很倔强。什么东西重要，什么东西可以舍弃，在你心里，其实从来没变过。只是孩子，"祝教授转了话锋，"所有将会面临的结果，你都想好了吗？"

　　"想好了。"最坏的结果大概是，舅舅会当作什么都没发生。但她想，不会的。尽管舅舅曾经做过那样的事，她也仍旧愿意相信，他不会如此心安理得。

　　从病房出去后，乔暮云走在前面，谢图南落后她半步。

　　四十分钟后，两人回到了小区。

　　客厅里还是之前的样子，乔暮云捡起落在地毯上的抱枕，将抱枕放回去，然后走到窗边往下看，下面的人和车都成了很小的黑点。

　　谢图南似乎还没有离开。乔暮云打开手机摄像头，放大了二十倍，终于分辨出了他的身影，但看了几秒后，她又觉得无聊，便去整理要洗的衣服。

　　再回到窗边时，那个人影已经消失了。

　　乔暮云把屋子里外都收拾了一遍。天色暗了下去，她累得抬不起胳膊，洗了个澡就倒在了床上。醒来时是凌晨四点左右，她是被饿醒的。

　　再过十几小时就是舅舅的寿宴。

　　乔暮云睡意全无，开了点儿窗，站在窗边。夜风拂过，带着初秋的凉意。远处的霓虹灯影明灭闪烁，城市似乎没有完全进入黑夜。

　　发了会儿呆后，乔暮云关上了窗，抱了一堆零食坐到沙发上，随后随手打开了一部电影，是一部小众的文艺片。片子开头有点儿无聊，乔暮云百无聊赖地翻着手机，看到谢图南十点时发过来的消息：睡了没？

　　乔暮云回了一串省略号，又回道：醒了。

　　过了几秒，屏幕上弹出了视频通话邀请。

　　"你没睡吗？"乔暮云接通视频，把摄像头调成后置，又将手机扔到沙发上。

　　"在想你。怎么醒了？"谢图南靠在床头，想象着那头她的样子。

　　"睡得早。"乔暮云一边说，一边拆了包薯片。

　　谢图南听到那头窸窸窣窣的声音，问道："在吃东西？"

　　"看电影。"

　　"什么电影？"

　　"不知道，随便找的。"乔暮云拿起手机，往对面的投影上晃了晃。

　　"没看过。"谢图南说。

　　"你没看过的电影多了。"乔暮云很轻地哼了一声。

　　"以后陪你看。"

　　乔暮云不应声了，把视频通话转为了语音通话。摄像头消失了，谢图南掀开被子下床，换上了一套衣服，问："明天想去哪儿？"

"哪儿都不想去，在家睡觉。"乔暮云的注意力放在电影上。

此时，谢图南拿起车钥匙出了门。

半夜的街道行人稀疏，车子平稳地行驶着，杂音很小，乔暮云没听出来。

"好看吗？"他问。

"还行。"这电影有些平淡，乔暮云也没精力去深究它想表达的意思。

过了一会儿，乔暮云躺在沙发上看着窗外，突然问："天还要多久才亮？"

"两小时吧，困了？"谢图南听出她的语气有点儿颓。

"没有。"

车子停在楼下，谢图南放下车窗，抬头看了一眼，道："那你换件衣服就下来，我带你去兜兜风。"

乔暮云反应了一会儿，才赤着脚走到阳台。一片漆黑中，她看到有辆车打着双闪灯。她换了件 T 恤和牛仔短裤，外面搭着衬衫，一出去就看到了谢图南。

"走吧。"他开了车门。

小时候，乔暮云很喜欢和爸爸去河边散步，最好是在夜幕降临后，行人少了，爸爸走在后面，她一个人蹦蹦跳跳地往前走。只要喊一声，爸爸就会在后面应。

谢图南把车开上了高架。不知不觉中，天已经亮了。

车停在一条老街旁，乔暮云拢紧衬衫，对着后视镜整理被吹乱的头发。

谢图南握了握她的手，触感很凉。他开口道："冷吗？"

"有点儿。"乔暮云吸了吸鼻子。

谢图南将西装外套盖在她身上，只让她露出一个头。

乔暮云隔着西装外套指着他的胸口道："我闻到香味了。"

"什么香味。"

"早餐。"乔暮云朝前面的街道示意了一下。

早餐铺在前面五百米的地方，店门刚开，蒸笼里冒着热气。

乔暮云拢着衬衫抬头看菜单，道："老板，要一碗豆浆，两个烧卖。"

谢图南点了份小笼包和豆腐脑。

"带走还是在这儿吃？"老板问。

"在这儿吃吧。"乔暮云用纸巾擦了擦座位。

老板娘很快把东西送了过来。

乔暮云捧着豆浆喝了一小口，觉得整个胃都暖了。

早餐不怎么好吃，但谢图南很愿意坐在这儿，因为他发现，看乔暮云吃东西也是一种享受。碗太烫，乔暮云手缩在衬衫袖子里，手指微微地搭着碗边，喝得秀气。直到有电话打进来，谢图南才收回视线，接通电话，问："什么事？"

那头不知道说了什么，他的神色变得有些凝重，随后抬头看向乔暮云。

"怎么了吗？"乔暮云问。

谢图南看着她，似乎在犹豫，最后还是说："张家的寿宴取消了。"

乔暮云愣了一下，垂下眸子，道："嗯。"

谢图南放下筷子，坐到乔暮云旁边，说："今天凌晨，张宅叫了救护车。"

张显成一整夜都没睡好。

凌晨时分，他梦到了乔暮云的爸爸。梦里的画面很杂乱，背景是 H 大，那是他们一起读博的日子。醒来时，他的心跳得很快，呼吸不畅，浑身乏力。

他扶着床头柜坐起来，灌了半杯冷水，那种心悸的感觉才缓缓消退。

这两年，他时常有这样的感觉，或许，他该去医院做个检查。

张显成不想打扰到已经熟睡的妻子，于是起身出了卧室。他穿过长长的走廊，推开书房门，坐到书案后，摸索着开了台灯。昏黄的灯光照亮了小半间屋子，张显成拉开抽屉，拿出一本书，从里面翻出一张照片。

照片年代久远，边角已经泛黄了。上面一共有三个人，除了他，还有乔岩和他的妻子，背面用黑色的马克笔写着时间和名字——乔岩，张明妆，张显成。

其中，乔岩和张明妆的名字被人用圆珠笔圈起来，画了爱心的形状。那是他们读博士二年级时的新年，青城下了一场很大的雪，明妆一早就出了门。

那天，她穿着一件大红袄，系着毛绒围巾，整个人明艳又活泼。她和乔岩开学后课业便会繁忙起来，恐怕没有时间来回见面，所以他们决定去拍张照片。

但因为他的加入，照片里的人变成了三个。

"哥，你怎么这么讨厌？"从照相馆出来，明妆仍旧不高兴。

张显成愣怔地看着照片，眼角湿润了。

这么好的两个人，命运却没有善待他们。

反而是他背负着怀念和愧疚，独自行走了这么多年，不知道何时是尽头。

过去的那些美好片段，他记得；做过的浑蛋事，他也记得。

这些年，他连墓园都不敢去。他痛恨自己，恨自己一时鬼迷心窍。拥有的名利越多，他就越觉得自己罪无可恕。

他不如乔岩优秀，但也不差。一开始，他的日子过得很好，但随着时间的推移，他和乔岩的差距也越来越大，妻子陆媛时常念叨："你看看你妹夫，你们明明是同一个学校毕业的，同样的学历下，人家都已经是副教授了。你这辈子都比不上你妹夫，我和孩子跟着你，这辈子也就这样了。"

他也口不择言过，他曾在一怒之下对陆媛说："你比我妹妹也差远了，什么锅配什么盖，你不知道吗！"

这句话伤了陆媛，所以后来，不管是对明妆还是对乔暮云，她都没有好脸色。

但这一切都不能怪陆媛。一件事做或者不做，都是他自己的决定。

她至今都不知道他抄袭过乔岩的设计，她是真真切切地为他自豪。

张显成重重地叹了口气，像从前的很多次一样，把那照片郑重地夹回书里，放回了抽屉。就在这时，他瞥到了一旁的小盒子——是乔暮云给他的生日礼物。

他拿起来端详了一会儿，最后还是拆开了。里面是个小木盒子，打开后，他看到一个老式的优盘，下面压着一张纸，上面写着：没有备份。

张显成想起，乔暮云递给他盒子时，也说了一句"世界上就这么一份了"。

张显成打开电脑，插上优盘……

音频放完了一遍，又开始自动循环。张显成从呆滞的状态中回过神，他想按下暂停键，双手却在颤抖，最后只能用手腕按下了空格键。

这时候，门打开了，陆媛出现在了门口，脸上的表情既惊讶又失望。

"媛媛，"张显成艰难地挤出一个字，"我……"

"你告诉我这些话是假的。"陆媛不敢相信，但张显成的反应说明了一切。

张显成承受着妻子的质问，心如刀割，一句话都说不出来。

他知道妻子市侩，对很多事情会斤斤计较，逞口舌之快，但本性不坏。

就像那次乔暮云来借钱，她会说难听的话，但也不是不愿意借，而是摆出了一副姿态。她理所当然地觉得乔暮云会和自己的亲舅舅开口。

他质问她的时候，她也只是象征性地反驳了几句就气焰全无。

后来，她虽然还是说什么"穷亲戚""麻烦"，但也状似不经意地提醒过他："你悄悄地去把医药费交了吧，也没多少钱，省得你外甥女以后怨我们。"

"显成？"陆媛发泄够了，才发现自己抓着的衣领变重了，低头一看，张显成的身体已经歪到了一边，眼睛紧闭着……

"怀宴！怀漾！"陆媛失控地大喊。

乔暮云赶到医院时是早上六点，手术室外，走廊里都是焦急等待的家属。

乔暮云站在电梯口，感到脚步沉重，无法继续前行。

"怎么了？"谢图南察觉到她的异常。

"我不想过去。"乔暮云退后一步，坐到旁边的陪护椅上。她原以为最糟糕的结果就是这件事被遗忘了。但事实并非如此，还有更糟糕的结果。

谢图南弯腰捏了捏她的手心，说："那你在这里坐一会儿，我去帮你看看。"

乔暮云没有说话。谢图南转身，但下一刻他感觉到自己的手指被抓住了。他的身体瞬间僵住，回过头，他看到了她无助的眼神。

"我不走。"谢图南握住乔暮云的手，坐到她旁边，"我们就在这里等着。"

乔暮云任由谢图南握着她的手，她的目光落在对面的瓷砖上，有些呆滞。

乔暮云已经多次坐在手术室外面了——前几次是奶奶在里面。

她虽然不信神佛，但每当这个时候，她都会在心里默默祈祷。

手术室的门打开了，一个穿着白大褂的医生走了出来，很快被家属围住。乔暮云紧张得屏住呼吸。

远远地，她认出了大哥的身影。

过了一会儿，家属们都离开了，只剩下大哥和大嫂。大哥扶着舅妈坐回椅子上，然后似乎察觉到了什么，回头看向这边。

乔暮云下意识地缩了缩身体，躲到谢图南旁边，生怕张怀宴看到她。她在想，也许这件事有更好的解决办法。

谢图南将她拥入怀中，说："别想太多，闭上眼睛休息一会儿。"

"我有点害怕。"但闻到他身上淡淡的茶香，她仿佛找到了一点支撑。

谢图南不知道该怎么安慰她，只能更紧地抱住她，安慰道："别怕。"

最终，手术室的门再次打开，医生喊道："张显成的家属在吗？"

乔暮云站起身，向前走了一段距离，没有靠得太近，但她能听清医生说的话："患者突发心力衰竭，引发了肺部感染，情况不容乐观……请你们签字，我们将直接送去重症监护室。"

陆媛完全慌了神，问道："情况不容乐观是什么意思？"

"请先签字。"等张怀宴签完字，医生拿着单子匆匆回到手术室。

过了一会儿，一位年长的医生出来了。

乔暮云认出了他，这是心外科的主任郑云柏。

"医生，到底是什么情况？"陆媛冲上去问道。

郑云柏把口罩摘下来，说道："患者是急性左心衰竭，伴随急性肺水肿和休克。他这个情况应该不是一天两天了，气促，胸闷，下肢水肿头晕乏力，都是心衰的表现。只不过，心功能受损的初期，心脏的储备能力会帮助弥补损伤，所以他看起来还算健康。昨晚可能是有过度的体力消耗，或者情绪激动……他的情况不是很好。"郑云柏简单地解释了一遍，最后说道，"我们会尽力的。"

陆媛晕了过去，手术室门外瞬间乱成一团。乔暮云想去帮忙，却迈不动脚。

郑云柏指了一个房间，对张家家属说道："抱她过去。"

张怀宴终于看到了乔暮云，但他只顾上抱着陆媛往前走。他的衬衫是胡乱套上的，扣子也七扭八歪，一旁的张怀漾更是穿着睡衣，头发乱成一团。

怀玥则完全不知道发生了什么，她想和乔暮云说话，但只叫了一声"姐姐"，便去追张怀宴了。乔暮云也跟了上去，但她站在房间外，没进去。

等了一会儿后，郑云柏出来了。

"郑主任，"乔暮云说，"她怎么样？"

郑云柏觉得她有些眼熟："老祁的学生？"他想起来了，"里面这个……"

"是我的舅妈。"乔暮云说。

郑云柏恍然地点点头，说道："她没什么事，就是受惊过度，休息一会儿就行，不放心的话，可以再做一些检查。"

"那我舅舅……"

"送重症监护室了。"郑云柏说，"你应该心里有数，急性肺水肿，休克，重度心肌损害，心律失常……看造化吧。"郑云柏离开了。

过了一会儿，门被打开了，张怀宴从里面走了出来。

"大哥，"乔暮云叫得有些迟疑，"抱歉。"

亲人之间，有时候很难说清对错。

其实张怀宴也只是强撑着，这短短的几小时发生了太多事情，连他都不知道要怎么面对。但他不能倒下，现在已经没有可以支撑这个家的人了。

"别说傻话，回去休息吧。"最终，张怀宴还是摸了摸乔暮云的头，"我去趟重症监护室，有消息会告诉你的。"说完，他和旁边的谢图南对视了一下。

"走吧。"谢图南拉过乔暮云道。

乔暮云的心里太乱了。她一路都戴着耳机，没注意到谢图南的车在往哪里开。一直到车停下，她往外看了一眼，才说道："怎么来这儿了？"是云顶公馆。

"难道你想以这样的状态独自待在家里？我让阿姨收拾过三楼的房间了，放心——"谢图南解开安全带，"我不做坏事。"

车门开了，乔暮云还在犹豫，忽然身体一空，她被谢图南抱了出去。

经过人脸识别后，大门自动开了。阿姨正在打扫卫生，看到谢图南抱着一个女孩进来，她愣了一下："先生，您回来了。"

"三楼的房间收拾好了吗？"谢图南把乔暮云放了下去。

"好了，都是按您的吩咐布置的，但三楼阳台的灯坏了，已经打电话叫物业来修过了。"阿姨说话很有条理。

"知道了。"谢图南看向乔暮云，"你上去睡会儿。"

"嗯。"乔暮云应了声，顺从地走上了楼梯。她睡不着，但的确想躺着。

三楼的房间视野开阔，装修风格是冷色调的，连床单都是灰色的。

"你出去吧，我想躺会儿。"乔暮云坐到床沿上。

"换件衣服吧，穿内衣睡觉不难受？"谢图南从衣柜里拿了件 T 恤。

乔暮云接过衣服，去卫生间简单地洗漱了一下。T 恤也是灰色的，很大，一直到大腿，她整个人都被套在了里面。开门出去时，谢图南还在外面。他也换了身衣服，同款的 T 恤，配着一条长裤。重点是，他躺在了床上。

"你不是说……"不做坏事吗？

"看着你睡了我就走。"谢图南拍了拍旁边的位置，"过来。"

乔暮云有些迟疑。

"乔暮云，"谢图南无奈道，"我从不乘人之危。"

他下床抱起她，将她放进被子里。乔暮云马上滚到了床的另一头，只露出一双眼睛，警惕地盯着他半晌，随后翻了个身背对着他。但很快，他靠了过来，胸膛贴上了她的背，手环过她的腰。

"你在这儿，我睡不着。"乔暮云说。

谢图南的下巴在她的肩膀上蹭了蹭，道："我真的不做什么。"

"我昨天没洗头。"乔暮云拽了拽被子。

"香的。"谢图南在她耳边呢喃。

乔暮云没再说话，只是看着外面的蓝天白云静静地发呆。

不知道过了多久，见乔暮云睡着了，谢图南才轻手轻脚地起身下楼。

"先生，"阿姨看他下来，问道，"要做饭吗？"

"弄点儿清淡的，做个汤，她应该没什么胃口。"谢图南说，"她的口味偏甜，不吃辣，其他的您看着办。"

"这两天，您就住在家里吧。"谢图南又道，"她心情不太好，您多费心。"

"明白了。"

阿姨在心里感叹，她在这家里工作一年多了，还从没见先生带女孩回来过。

乔暮云一觉睡了两小时，醒来时觉得有些乏力，但她脑子里的混沌感消散了不少。微信上没有一条新消息，也算是好消息。

推门出去是一个很大的茶水厅，阳光洒在木质地板上，像镀了一层金。

"您醒了？"乔暮云回过头，发现是家里的阿姨。

"先生说您喜欢安静，他拿了些书过来，还让我把这边的桌椅擦一擦。"

"您……贵姓？"乔暮云不知道该怎么称呼阿姨。

"我姓陈，别这么客气，有什么事，吩咐我去做就好。"

乔暮云笑了笑，道："麻烦您。"

"饿吗？我煮了青菜汤，还炒了盘虾仁，先生说您一天没吃东西了。"

"有点儿。"乔暮云的胃里空空的，似乎已经饿过头了。

"那我帮您端上来？"

"不用，我等会儿自己下去吃。"

乔暮云早上出门时穿的是西装短裤，便就这么下楼了。

可没想到，楼下居然有客人。

客厅里坐着一男一女，乔暮云都认识，是贺婷和贺辰远两兄妹。

"醒了？"谢图南起身道。

"嗯。"乔暮云只看了他们两秒就收回视线，继续往厨房走，"有点儿饿。"

谢图南跟了上去，道："阿姨做了菜，小心烫到。"

"知道了。"乔暮云推开门道，"你不是有事吗？去陪客人吧……"

旁边的沙发上，贺婷愣怔地看着他们的背影。

她不敢相信自己的眼睛，他们是如此般配，好像本来就是如此。

贺婷紧紧地攥住裙子，告诉自己聪明人就该放手。她是名媛淑女，相貌、学历、涵养，样样出众，是众多豪门世家最理想的联姻对象。

不，也不是。这些可能就快没了。

几分钟后，谢图南从厨房回到客厅，道："抱歉，久等了。"

他说着客套的话，但眉眼间的柔情早就烟消云散，取而代之的是疏离。

贺婷不想求他，不想在他面前露出不堪的一面，但她没有选择。

"真的不能帮帮我们吗？"贺婷艰难地说，"求你。"

谢图南靠在沙发背上，道："实在是无能为力。"

抛开私人的因素，他也不是什么忙都可以帮的。

贺家已经触碰到底线，贺辰远大概率要坐牢，他的确无能为力。

"我知道你的意思，我现在就可以和……乔小姐道歉。"贺婷终于放下了姿态，"是我做得不对，都是我的错……"

"婷婷，别说了。"贺辰远看向谢图南，"你真的要做得这么绝吗？"

谢图南顿了一下，说："其实你心里很清楚，这是一盘死局。如果你们非要听我的意见——我公司的法务不错，我也可以给你们介绍几个律师。"

"谢图南！"贺辰远猛地站起身，道，"不想帮忙也不用这么打发人！"

谢图南眉毛都没动一下，他缓缓地抬眼看着贺辰远，道："我没有打发你。不破不立，如果你愿意东山再起，我很乐意帮忙。"

贺辰远被气得发抖，一句话都说不出来，只对贺婷说："婷婷，我们走。"

乔暮云在厨房门口发愣。

"吓到了？"谢图南走过去道。

"你真的帮不了他们吗？"乔暮云有些好奇。

"帮不了。"谢图南拉着她坐回到桌边，"这不是我该管的事。"谢图南给乔暮云夹了个虾仁，把贺家的事大致说了一遍，"我刚刚最后的两句话不是开玩笑的，现在，最聪明的解决办法就是保住自己，等待东山再起。"

"但他不愿意，是吗？"

谢图南点了点头，说道："贺辰远这个人心高气傲，忍受不了从高处摔落的感觉，也没有重新开始的勇气。而且，"谢图南顿了一下，又说，"他没什么底线，人品很差，所以墙倒众人推。"

"和他做生意，得留十二个心眼，利益至上时，他可以毫不犹豫地背叛人。他的私生活也很混乱，糟蹋的女孩数不胜数……"谢图南没有细说，人性中黑暗的那一面，他不想告诉乔暮云。

"多吃点儿，桌上的菜都没怎么动。"谢图南话锋一转。

"没胃口。"乔暮云戳着碗里的米饭道。

"那有没有其他想吃的？"

"想不起来。"乔暮云还在担心医院那边的情况。

"你已经很瘦了，抱起来都是骨头。"谢图南夹了个虾仁送到她嘴边。

乔暮云扭头拒绝了，道："那你别抱。"

"我不是这个意思。"

"那是什么意思？"

她现在难缠得很，说多错多，谢图南干脆把那颗虾仁送到自己嘴里，转移话题道："等会儿在家看电影？"

"好。"乔暮云答应了。

乔暮云选了一部电影，叫《全民目击》，是一部国产片。她不懂导演复杂的拍摄手法，也不知道里面的专业内容是否准确。只是，她被结局深深地触动了。

电影讲的是关于父爱的故事。一代商业枭雄牺牲所有，想保全自己的女儿。

他说："我是一个俗人，我这一生最爱的人是我的女儿。"

所以，他愿意放弃一切，换来女儿的青春年华。

女律师最终还是发现了真相，但她没有戳穿，而是给那位女儿送了一张卡片，上面写着：他用生命换来你的自由，不是让你偷生，而是让你重生。

乔暮云窝在沙发里听着片尾的音乐，想起了爸爸，也想起了奶奶，还有躺在医院的舅舅。她拿过手机看了一眼，依然没有新消息。

"在想什么？"谢图南问。

"想我奶奶去世的时候。"乔暮云缓缓地说。

"那时候，其实我知道她时间不多了，可我还是希望她能活得久一点儿。我是学医的，知道世上没有奇迹，但是失去亲人的感觉太糟糕了……"

"乔暮云。"谢图南不擅长安慰人，只能把她抱到怀里，"不会有事的。"

张显成一直没能从重症监护室里转出去，情况越来越糟糕，才短短一周多，医院就下了两次病危通知书。乔暮云去医院看过他几次，都是在深夜。她遇到过大哥，他越来越憔悴，往日意气风发的人忽然变得沉默，却让她别担心。她也遇到过张怀漾，他似乎一下子长大了，眼神哀伤，最终都没有叫一句"姐姐"。

还有舅妈，她眼角的皱纹和额角的白发似乎一夜之间长了出来。

"为什么？"她问乔暮云，又好像是在自言自语。

从理智上说，乔暮云觉得自己没有做错；但从情感上说，她没有办法不觉得歉疚。亲人之间，因为有血缘，剪不断，理还乱，所以有些事情和对错无关。

那段时间，乔暮云的状态很差，她没有胃口，吃不下东西，最爱做的事是睡觉，因为睡着了就可以什么都不想。但白天睡多了，晚上就容易失眠，她经常站在房间外的平台上眺望远方的夜景。

奇怪的是，谢图南每次都能发现，而后不声不响地跟过来，于是那晚，他会睡在三楼。他也不做什么，只是抱着她。乔暮云好像也习惯了。

那天傍晚，大概是因为好几晚没睡好，乔暮云看了一部电影。由于低头太久，一起身，她觉得头晕，胃里也很难受，连说话的力气都没有。她在沙发上躺了一会儿，便被谢图南拉到了餐桌旁。阿姨熬了三合汤，掀开盖子，有浓浓的香味扑面而来。谢图南盛了一碗汤端到乔暮云的跟前。

乔暮云捂着胃，皱眉道："我去趟卫生间。"

谢图南起身，却被阿姨拦住，道："我去看看。"

乔暮云扶着盥洗盆干呕了两下，用凉水漱了漱口，反胃的感觉缓解了一些。

阿姨跟进来后，迟疑道："你是不是有了？"

乔暮云愣了一下才反应过来，道："不是。"

"月经来了吗？"阿姨问。

"还没到日子。我只是最近休息得不好，肩颈不舒服。"

"别大意，做了措施也不一定的，还是查查吧。"阿姨苦口婆心道。

乔暮云还想说什么，却瞥到谢图南的身影。他站在卫生间门口，神情凝滞。

谢图南想起十多天前的某一晚："你——"

"没有。"乔暮云把洗脸巾扔进垃圾桶。

"我们去医院。"谢图南拉住乔暮云就往外走。

乔暮云却道："妊娠反应一般在怀孕六周后才会出现，我只是胃不舒服。"

谢图南的胸膛上下起伏，最后妥协般地松了手，道："我们结婚吧。"

"我去煮份清淡点儿的汤。"陈阿姨很有眼色地走开了，把空间留给他们。

谢图南往前走了一步，靠乔暮云更近了一些，道："我们结婚吧。"

乔暮云眨了眨眼睛，大脑一片空白，道："我只是胃不舒服，没怀孕。"

"我们那次没做措施。"谢图南说。

乔暮云挠了挠耳朵，道："也不一定会怀孕，哪有那么容易？"

"如果真的有了怎么办？"

"那——"乔暮云有些纠结，"等有了再说。"

回到房间，关上门，乔暮云坐在床上，回想着刚才的对话。

他这算是求婚吗？也太敷衍了一点儿。

可就是刚刚那一瞬间，她忽然明白，原来自己等的一直都是他的这句话。

不是"我们在一起吧"，也不是"你回来吧"，而是"我们结婚吧"。乔暮云用被子蒙过头，试图盖住心里的五味杂陈，手机却在这时候振动了一下。

张怀宴：你要不要来一趟医院？

乔暮云有一种不好的预感，回复道：怎么了？

张怀宴：又下了病危通知书。

　　如果情况不是特别严重，张怀宴不会发这条消息。乔暮云整个人恍惚了几秒。拉开门，她看到谢图南就在外面。不知道他在这里站了多久，但乔暮云没心思问了。她抓住他的袖子，道："送我去医院。"

　　车子堵在路上，时间突然变得格外漫长。

　　"谢图南。"沉默了一路，乔暮云忽然开口。

　　"我在。"车子在红灯路口停下，谢图南握住了乔暮云的手。

　　"如果我舅舅真的……"乔暮云像是在自言自语，"我该怎么办？"

　　"乔暮云，这些不是你造成的。他身体不好，你知道吗？"谢图南问。

　　"不知道。"舅舅看起来很健康，他在商场打拼这么多年，大风大浪都见过了，乔暮云完全没想到情况会是这样。

　　"你留下了纸条，告诉他录音只有这么一份。你已经仁至义尽了。"

　　"如果他心存歉疚，那我把选择的权利留给他，其实是一件很残忍的事。"

　　医院，重症监护室。医生进进出出，即使戴着口罩也看得出神色凝重。

　　有医生拿了张纸过来让家属签字，在家属的反复追问下，医生说了一句："病人的求生意志不高，我们会尽力的。"

　　"医生，你救救他。"陆媛几乎要瘫软下去，"能不能让我进去跟他说句话？"

　　医生摇头道："家属在外面等候。"说完，便转身进了重症监护室。

　　陆媛拽着张怀宴的胳膊喊道："张显成，你怎么这么懦弱？我这辈子……"

　　"妈。"张怀宴抱紧她道，"别这样，这里是医院，不能吵，医生还在救人。"

　　"还有救吗？"陆媛喃喃道，看到一旁的乔暮云，她问，"你怎么在这儿？你走，我不想看到你！"

　　谢图南把乔暮云往后拉了拉，挡在她前面，生怕她出什么意外。

　　"是我喊乔暮云过来的。"张怀宴也拉住了陆媛，"她没做错，你别这样。"

　　"没做错？"陆媛反问了一句，"那又怎么样？我也知道你爸错了，但我需要的不是对错，你懂吗？我要你爸活着！"

　　这些争吵声，乔暮云听不太清，她透过门上的玻璃看向里面。

　　不知道过了多久，窗外已经一片漆黑，郑主任出来了，他摘下口罩道："病人情况暂时稳定了。"

　　陆媛一下子脱了力，坐到地上，捂着脸呜咽起来。张怀宴把她扶起来，轻声安抚道："没事了，去休息一会儿。"

　　他们的声音逐渐远了。

"主任，"乔暮云似乎才回过神，看着郑云柏道，"我能进去看看吗？"

郑云柏想了想，点头道："好吧。"

乔暮云穿上无菌服跟着郑主任往里走。

在电脑上看了会儿生命体征后，乔暮云走到门边，隔着最后一层玻璃往里看。张显成浑身上下都插满了管子，旁边的检测仪屏幕上机械地跳动着数值。

"他醒过吗？"乔暮云问。

"没有，前两天，他的状态还行，但没有醒，现在又恶化了。"

"还有多少希望？"

"你也是医生，你觉得我应该怎么回答？"她的确问得很不专业。

郑云柏笑笑，道："听说你辞职了？"

"几个月前。"

"那天和秦九九聊了几句。"郑云柏顿了下，"外面那个是你的男朋友？"

"嗯。"乔暮云迟疑了一下，没有否认。

郑云柏道："当年你有机会直博的，你的导师一直很看重你。如果你打算留在北城，可以考虑念个博士。"

"我会好好想想的。"

"念书"这两个字似乎已经离她很远了。

"主任，我想进去说两句话。"

"去吧，我在这儿等你。"

近距离看，病床上的男人已经瘦得只剩下一层皮，毫无生气。

除了外在的治疗手段，对控制病情来说，病人自身的生存意志也很重要。病人是否还在坚持，哪怕是透过冰冷的仪器，医生也可以感受得到。

有护士在给他擦手，乔暮云接过湿毛巾，仔细地擦着他针管周围的皮肤。

"舅舅。"过了很久，她才轻声喊了一句。

"你怎么不醒呢？是不是没有在努力？"乔暮云像是在和小孩子说话，"我们都想救你，都希望你活着，你醒来好不好？我们就当什么都没发生。"

第十六章
他不想等了

　　也许真的是太累了，那晚，乔暮云睡了个好觉，再醒来时已经是第二天上午十点了。乔暮云的胃舒服了很多，脑袋里涨涨的感觉也缓解了一些。

　　乔暮云看到张怀宴发来了消息：我爸的状态好了很多。

　　乔暮云坐起身，揉了揉头发，掀开被子赤着脚下了床。

　　拉开窗帘，床头阳光明媚。

　　以后的日子也会一直这么明媚吗？都会好起来的吧？

　　陈阿姨做的早餐一天比一天丰盛，乔暮云的胃口好了不少，她一边喝粥，一边回张怀宴的微信消息。

　　"聊什么？"谢图南从楼上下来问道。他穿着正装。

　　"舅舅好多了，我等会儿再去趟医院。"

　　"今天公司里有点儿事，等会儿让老程送你。"谢图南走到乔暮云旁边，弯下腰，在她的额头上落下一个吻。

　　"我……"乔暮云咬着海带丝，抬起头，便见谢图南已经往门口走了。

　　门外，老程和另一位司机都在等着，谢图南和老程交代了几句，坐上了另一辆车。司机是个二十出头的年轻男孩，语气十分恭敬："老板，去公司吗？"

　　"去商场。"谢图南说。车子缓缓驶出去，谢图南看着后视镜里的别墅变得越来越小，最后消失在拐角处。

　　"你几岁了？"

　　小李愣了一会儿，反应过来老板是在问自己，忙道："二十二岁。"

　　"结婚了没？"

　　"还没，在学校里谈了一个女朋友，比我小两届，我等她毕业。"

　　"毕业就结婚？"

　　"对。"小李有些腼腆地笑了笑，"今年过年准备带她回家，顺利的话就把婚订了。我们是一个地方的，本来毕业后我爸妈给我在当地安排了工作，但她受不了异地恋，我就在北城先找了份工作，也能照顾她。"

二十岁出头的男孩心思浅，觉得老板很平易近人，没想象中难接触，便一股脑地全说了出来。谢图南静静地听着，末了问："你是哪个大学毕业的？"

"云宁大学。"

"来当司机？"

小李有些不好意思，说道："我读大学的时候挺混的，考研也没考上，又错过了秋招，所以……不过，您放心，我的开车技术绝对好，而且，给您开车，我挺荣幸的。"刚出社会的孩子不仅心思浅，还能把最浅显的马屁拍得特别真诚。

"明天去市场部实习吧。"谢图南说。

"啊？"小李愣了，"什、什么？"

"帮我开车可学不到什么。"谢图南靠在椅背上，道，"去历练历练。"

"哎！"小李高兴得不知道该说什么，一脚踩下了急刹车。

谢图南往前撞了一下，无奈地说道："我说的是明天，今天你还得给我开车。"

"我知道，我知道。"小李把注意力放回到路面上，"我能问为什么吗？"

"得了便宜就不要追根究底。"谢图南说，"等会儿，你帮我一个忙。"

"好的。"小李不敢问了。

半小时后，商场里，谢图南径直走进了最高档的珠宝店。

导购迎上来，问道："您好，先生，请问需要点儿什么？"

"戒指。"谢图南说。

"这边请。"导购十分有眼力，推荐的都是最昂贵的几款。

谢图南在几款戒指之间挑选着，回头问小李："你觉得女孩会喜欢哪个？"

老板说的帮忙不会就是帮他挑戒指吧？这差事可不轻松。小李觉得有点儿头疼，硬着头皮问："您是送给……"

"求婚用的。"谢图南说。

小李想了想，问："那您女朋友喜欢钻石大一点儿的还是小一点儿的？样式是简单的还是复杂的？"

"我不知道。"谢图南拿起其中一枚戒指，端详着道，"这些首饰，我以前买过很多给她，她好像都不太喜欢。"

导购小姐的嘴角抽搐了一下，又马上恢复了笑意，道："那您看看这款，很经典的造型，简单自然，淡蓝色的，一般女孩看到都会心动。"

乔暮云喜欢天青色，和这个颜色倒是有点儿像。谢图南拿起来，在自己的小指上试了一下大小，正合适。

"你觉得怎么样？"他转头问小李，"如果是你给女朋友买……"

"我……"买不起。但话不能这么说，小李想了想，道，"其实，只要是您送的，夫人应该都会喜欢。"

有时候，重要的不是戒指，是那个人。听起来，老板的女朋友似乎不太喜欢这些东西，那应该只会被真情所感动吧。

"夫人"一词让谢图南的嘴角弯了弯。他道："就这个吧，帮我包起来。"反正只是求婚用，以后，他再找设计师专门定制正式的钻戒。

上了车，小李问："老板，我们现在去哪儿？"

谢图南摩挲着戒指盒，问："你知道这附近，哪里有卖气球和贴纸的吗？"

"您是想布置一下吗？"小李听明白了。

谢图南拿出手机，给助理打了个电话，道："找一家广告公司或者婚庆公司，帮我把家里布置一下……求婚。"

小陈对老板提出的任何要求都不觉得奇怪，只道："我马上去办。"

谢图南挂了电话，对小李道："去订个蛋糕。"

乔暮云其实不喜欢蛋糕，但看到应该也会高兴。谢图南不是一个擅长制造惊喜的人，也不知道这样做，成功的把握有多大，但，他不想等了。

乔暮云又去了趟重症监护室，舅舅的情况的确比昨晚好了很多，也不知道是不是真的听到了她的那些话。病人有时候是有意识的，只是需要鼓励。

"舅舅。"乔暮云搬了把凳子坐在旁边，握着那双因为打吊瓶而变得冰凉的手，"我们都很担心你，大哥瘦了很多，怀漾和玥玥懂事了，舅妈也晕倒了好几次……没有什么比活着更重要，您一定要坚持。"

乔暮云只被允许待二十分钟，出去后，她在走廊的陪护椅上坐了一会儿。

张怀宴休息去了，守在外面的是张怀漾和陆媛。

"怎么样了？"陆媛急着问。

"比昨天好很多。"乔暮云说，"也许很快就能转出重症监护室了。"

"那就好，那就好……"陆媛点着头，喃喃地重复着这句话。

过了很久，陆媛忽然说："对不起。"

"什么？"乔暮云没听清。

"对不起。"陆媛又重复了一遍。

沉默良久，乔暮云才问："为什么道歉？"

"为很多事。"陆媛缓缓地说，"五年前，你来借钱，我不是故意拒绝你的。我以为你会联系你舅舅，毕竟，你是他的外甥女。还有，你知道我为什么一直不喜欢你吗？"经历了生死，陆媛似乎什么都不在乎了。

"为什么？"乔暮云确实不明白。

"你一定觉得我小气、计较，差不多吧，我确实不是大度的人，但主要原因是——"陆媛顿了一下，才继续说，"我嫉妒。年轻的时候，我嫉妒你妈妈，她学历高，长得漂亮，身材好，永远明媚，和她一对比，我什么都不是，连你舅舅都说我比不上她。"

"后来我也不待见你，你也漂亮，聪明，被你爸妈教得识大体，懂进退，没有人不夸你。每次，玥玥和你走在一起，别人都只看得到你。我不如你妈，我的孩子也不如你。我那时候总觉得你妈看不上我，可能是我的心理作用吧，还有你爸，你舅舅比起你爸差远了。但我知道，你舅舅做得不对，所以这事，咱们该怎么了结就怎么了结。"陆媛继续说，"我这辈子就想争口气，我以为我争到了，可到头来，我居然从一开始就错了。"

乔暮云静静地听完，一时无言。

张怀漾也愣在了一旁，说："妈？"

陆媛笑道："是不是觉得你妈特别没出息？特别刻薄？特别虚荣？"

"没有，不是。"张怀漾不知道该怎么说。

"舅妈，"乔暮云说，"其实，您可以不用在意这么多。"

"也许吧。"陆媛长长地叹了口气。

出了医院，乔暮云整个人有点儿恍惚，她抬手挡了挡阳光，随即看到一辆黑色轿车停在身边。乔暮云看了车牌号，是老程开的那辆车。但她还没通知他，难道他一直等在这儿吗？乔暮云没多想，开了后车门上去了。

"程叔，您一直在这儿吗？"

没听到回应，乔暮云又道："您那儿有充电宝吗？我的手机没电了。"

回应她的是车门上锁的声音。

驾驶座上有双手伸过来，掌心向上，示意乔暮云把手机递过去。

这双手白净，修长，腕骨处有一颗咖啡色的痣。

这不是老程的手，也不是谢图南的手。

乔暮云心底一沉，马上想去推车门，车门却已经被锁上了。她慌忙地找硬物打碎玻璃，或者制造些动静，但车子已经加足马力冲了出去。

"反应挺快的，乔小姐。"男人沙哑的声音响起，"不愧是谢图南的女人。"

乔暮云抓紧了门上的把手，稳住身体，问道："你是谁？"

"前段时间刚见过，不记得了？"男人把车内后视镜的角度调了一下，正好映出他的半张脸。

贺辰远。乔暮云默念了一遍这个名字。

"记起来了吗？"贺辰远笑了笑。

"你想干什么？"乔暮云强迫自己冷静下来，一边和他说话，一边准备用手机给谢图南发消息。

"也没什么，带你兜兜风。"贺辰远一直看向后视镜，见乔暮云打字打得差不多了，便踩下油门，猛然加速。

乔暮云的身体后仰，好不容易稳住，贺辰远又来了个急刹车。乔暮云的额头撞到了前面的椅背，手机因为惯性掉了下去。

乔暮云的身体屡次失去平衡，她后背出了冷汗，头也有点儿晕。她定了定神，弯腰捡起手机，按下开机键，手机却没有反应——手机已经关机了。

"你不用着急给谢图南发消息，等会儿，我会告诉他的。"贺辰远的车速依旧很快，还连闯了几个红灯。

乔暮云攥着手机的手指用力收拢，脑子里飞快地思索着解决的办法。

"你姓乔，叫什么名字？我有点儿记不清了。"贺辰远突然有了闲聊的兴致。

乔暮云抿着唇，一言不发。

这边还是主城区，如果放下车窗呼救，不知道能不能行得通。乔暮云把手放在车窗按键上，看准了前面路口有一个交警，便在车子靠近的时候按下了控制车窗的按钮——但是没有反应。乔暮云又按了几下，车窗仍旧纹丝不动。

"怎么了，想透透风吗？"贺辰远明知故问，"车门上的按钮都坏了，主控在我这儿。"说着，他"好心"地让车窗露出了一条缝。

有凉风吹了进来，乔暮云的心一点点地沉了下去："老程呢？"

"什么老程？"贺辰远似乎很开心乔暮云主动开了口，"你是说接你的司机吗？我可不知道。我的车好好地停在那儿，是你自己拉开门就坐上来了。"

乔暮云忽然反应过来，仔细地打量起车里的内饰。两辆车的型号一样，但很多细节都有出入。

"乔小姐该不会以为我偷车了吧？"贺辰远用一种很好笑的语气说道，眼神却冷冰冰地盯着后视镜，"贺家再怎么落魄，一辆车还是买得起的。"

乔暮云记得，她明明是看了车牌号才上车的，她问："你套了假的车牌？"

"是套了一个。"贺辰远无所谓道。

他是有备而来的。他查了她的行踪，也摸清了她平时从医院的哪个门出来，还套了假车牌……

"所以你放心，"贺辰远说，"还有一辆一模一样的车不知道在哪条路上跑。就算谢图南要报警找，也得要一会儿呢。"

"你准备带我去哪儿？"乔暮云发现自己连一件防身的东西都没带。

"到了你就知道了。"贺辰远单手搭着方向盘，抽出一支烟点上，一股呛人的烟味在车里弥漫开来。

到了岔路口，贺辰远选了人少的那条路，他在导航上输了几个字。乔暮云不认识那个目的地，但似乎很远。贺辰远的车速也越来越快，导航里机械的女声一直在提醒他超速了，贺辰远听得不耐烦，直接关掉了导航声。

没有手机就等于失去了和外界的一切联系，现在，乔暮云能做的大概就只有拖延时间。乔暮云道："你开得这么快，等会儿就会有交警追上来。"

但乔暮云不得不承认，贺辰远的车技很好。

"这速度算什么？警匪大片里追杀的戏码，看过吗？多刺激。"说着，贺辰远又超了一辆车，车身相擦，发出尖锐的刮蹭声。

那是辆价值不菲的跑车。车主气得追了过来，但很快便被贺辰远甩在后面。乔暮云觉得头昏脑涨，胃里翻涌着，很难受。

"谢图南应该没带你这么玩过吧？"贺辰远吊儿郎当地问道。

"没有。"乔暮云不想激怒他，贺辰远现在的状态像是亡命之徒。

车子一路疾驰，贺辰远一支烟抽完，又点燃了一支。渐渐地，他们离主城区越来越远了。

谢图南订好蛋糕，等家里也布置得差不多了，便给乔暮云发了两条消息，却一直没有收到回复。他又打了个电话，却被告知关机。谢图南想了想，给老程打了个电话。老程道："乔小姐没有给我打电话，应该还在医院。"

"我知道了，你去找找。"

谢图南觉得不安，又问了张怀宴，得到的结果却是，乔暮云在四十分钟前已经离开了医院。他想，她会不会是去看老爷子了？

"你是不是又做了什么事惹人家生气了？"祝夫人接到电话，觉得头疼。

"没有。"谢图南说。

"那可能是去玩了，你问问她朋友。"

"她上午去看她舅舅了，我刚才问了她哥哥，说是已经走了，但她没联系老程。"谢图南想起秦九九，立刻道，"我先挂了。"

"你……"祝夫人只说了一个字，电话就被挂断了。

"兔崽子！"她骂了句，生气地把手机扔到了沙发上。

"又怎么了？"祝教授这两天的心情不错。

"你外孙，找不到乔暮云就到我这儿要人，还挂我的电话。"

"乔暮云的舅舅怎么样了？"祝教授问。

"还在重症监护室，听说昨晚下了病危通知书。"

祝教授长长地叹了口气，道："这孩子。"

"你说，他们俩现在和好了没？"

"你觉得呢？"祝教授反问。

"我哪知道？"祝夫人瞥了他一眼，"看着挺好的，但我问你外孙，他也不说，总不能去问人家姑娘吧。"

祝教授笑了声，道："他不说就是人家没答应呗。"

"也是。"祝夫人深以为然。

谢图南没有秦九九的联系方式，便把电话打给了陆闲庭。

"你太太呢？"谢图南上来便问。

听他语气凝重，陆闲庭道："她在这儿呢，你等会儿。"

秦九九接了电话，问道："什么事？"

"乔暮云找过你吗？"

"没有，早上倒是给我打过一个电话。"

"我知道了。"谢图南准备挂电话。

"你等会儿，出什么事了吗？"

"我联系不到她。"谢图南边说边拿了车钥匙，准备出门，"应该没事，大概是手机没电了，我去找。"

"她去医院了，能有什么事？可能去找以前的同事或者导师了。"乔暮云早上还提过读博的事，秦九九自然而然地往那儿想，"你也给她点儿私人空间。"

按道理来说是应该这样，但谢图南仍旧觉得不安。

坐到车上后，谢图南的手机响了。

是贺辰远的来电。谢图南按下挂断键，发动了车子。隔了几秒，贺辰远的电话又打了过来，还伴随着一条微信消息：不接电话，你会后悔的。

谢图南一个急刹车后，按了接听键："你什么意思？"

"这种小学生般的威胁你也信？不像你的风格。"贺辰远好整以暇道。

"我有急事，有话快说。"

"别着急，你要是挂了，可能就永远见不到你的……女朋友还是未婚妻？"

谢图南搭在方向盘上的手猛地收紧，道："你说什么？"

此时，贺辰远已经把车开到了郊区的一座山上，车子正停在一处悬崖边，没熄火，只要他稍稍一踩油门……乔暮云不敢乱动。

她见贺辰远给谢图南打了电话，隐约可以听到电话那头的声音。

"你在哪儿？"谢图南按了电话录音键后，重新启动了车子。

"好奇吗？"贺辰远又点燃了一支烟，"要不打视频通话吧，免得你以为我欺负了你女人。"他调出前置摄像头，笑着朝屏幕那头挥了挥手："嗨。"

"她呢？"谢图南尽量让自己镇定下来，但额角凸起的青筋出卖了他。

"别急，我又没把她怎么样。"贺辰远不慌不忙地把手机往旁边挪了挪，让谢图南能看清后座上的乔暮云。

乔暮云看着屏幕，道："我没事。"

贺辰远又把手机收了回来，说道："我就是找乔小姐聊聊天，别太紧张。"

"不过，你可能更好奇我们现在在哪儿。"他把摄像头调成后置，对着车前的悬崖，道，"看见了吗？只要我轻轻一踩油门，我们就会……"

"贺辰远！"

"啧啧啧，紧张了？"贺辰远笑了，语气里满是讽刺，"你现在不是应该先联系一下你公司的法务吗？什么时候，谢大公子也这么不理智了？"

"你别动她。"谢图南有些妥协了。

"我没动她啊。"贺辰远抬手往后座伸了伸，"我都够不到她。"

"也别吓唬她。"谢图南盯着屏幕里乔暮云的肩膀，"你想要什么，跟我说。"

"想要什么……"贺辰远叹了口气，"我现在什么都不想要，因为我什么都没有了。明天下午，贺氏就要宣布破产了，你不知道吗？"

"贺辰远。"谢图南闭了闭眼，"你冷静一点儿。"

"我挺冷静的。"贺辰远放下车窗，吐了口烟，"你谢图南做事一向挺狠的，而且狠在别人看不到的地方，连一点儿马脚都不露。我爸老骂我，说我哪儿都不如你，我觉得他说得挺对，我还真不如你。但我琢磨着，反正我也要进监狱，估计得被判个十年八年的。你说，我这样的人怎么能进监狱呢？我还不如死了，你说是不是？"

"可就这样死了，有点儿亏啊。"贺辰远把烟头从窗口扔出去，"我觉得应该找个人陪着。"贺辰远回头打量着乔暮云："这女人很漂亮，怪不得你爱得要死要活的。如果没了她……你是不是会很痛苦？"

"你敢！贺辰远，"谢图南盯着他，眸子里染上了红血丝，一字一顿道，"别忘了，你也有个妹妹。"

贺辰远脸色一变，道："你什么意思？"

"你觉得呢？"谢图南语气冷得仿佛能让周围的空气凝成冰碴，"你不是很疼你妹妹吗？你动她一下试试，我保证让你妹妹生不如死。"

"谢图南！"乔暮云震惊地摇头，"不要……"

谢图南看不到她，只能轻声安抚道："别怕。"

"不要。"乔暮云重复着这两个字，"别做傻事，谢图南，你听到没有？"

"啧。"贺辰远冷笑一声，拍了拍手，"还真是为对方着想，我都不舍得把你们分开了。要不这样吧，谢图南，你过来陪她一起死，你觉得怎么样？"

"可以。"谢图南说，"你把定位发给我。"

"你觉得我傻吗？告诉你定位，等着你带警察过来？"

"你不是想死吗？还怕警察？"

"说得也是。"贺辰远点了两下屏幕，把定位发了过去。

"那就先这样了，谢大公子。"说着，贺辰远便要挂断视频通话。

"我会带上你妹妹的。"谢图南说，"所以，你最好不要轻举妄动。"

贺辰远脸上的笑容消失了。他把地址给了谢图南，原本是为了转移谢图南的注意力，最好能让谢图南慌不择路地赶过来。但这个男人的思维依旧缜密。

"随便。"贺辰远用很无所谓的语气说，"反正我什么都不在乎了，你也说了，将死之人，还会怕什么呢？"

他不是真的想死，只是在赌一把。虽然他知道，谢图南没这么容易被骗。贺辰远挂断了视频通话，又点燃一支烟，说："谢图南会为你做到什么程度？"

乔暮云深深吸了一口气，说道："何必呢？"

贺辰远笑了一声，说道："说实话，你真的很特别。你身上那股临危不惧的劲儿和谢图南真配。"

"你真的想死吗？"乔暮云看着窗外问道。

"你觉得呢？"

乔暮云无法得出结论，尽管在医院，她见过太多求生或者求死的人。

谢图南说过，贺辰远是个没有底线的人。

贺辰远又说道："你还没告诉我你的名字。"乔暮云没说话。

"别这么拘谨，你告诉我，说不定我心情一好就把你放了。"

乔暮云知道他是开玩笑的，但为了不激怒他，还是说道："乔暮云。"

"挺好听的。"贺辰远说，"怎么写？"

"晓看天青暮看云。"

"有意境。"贺辰远点头表示肯定，"是谁帮你取的？"

"我爸爸。"

"他人呢？"

"在天上。"乔暮云平静地说，"也许在看着你。"

贺辰远愣了一下，随即哈哈大笑起来："你这女人还真是……有意思。"

"你刚刚问我是不是真的想死。"贺辰远玩着打火机说道，"我已经走了死路了，不是吗？"

"还有退路。"乔暮云知道他忌惮谢图南的报复。

贺辰远挑了挑眉，从驾驶座上转过身，仔细地打量起乔暮云，说道："谢图南是从哪儿找到你这么个宝贝的？"

他的眼神仿佛看见猎物的野兽，乔暮云觉得后背发寒，于是往旁边挪了挪。

"不用害怕。"贺辰远收回了视线，"谢图南用我妹妹要挟我，我还不会对你做什么，你只要安静地待着，我保证，就算死，你也没什么痛苦。"

"不过你说得对，我还有退路。"贺辰远漫不经心看了一眼手机上的时间，又锁了屏。

"你说，如果我现在放了你，然后把车子从这里推下去，再拍个视频发给谢图南……"贺辰远停顿了一下，又说，"他会怎么样？"

乔暮云的后背冒出了一身冷汗。他说得没错，这样做对他来说确实损失最小。她是主动上车的，他完全可以说他只是带她来"兜了个风"而已。

"这是条不错的退路，不是吗？"贺辰远又看了一眼时间，"那个成语叫什么来着，悬崖勒马？"

这个人真是疯了。乔暮云咬着唇，随即注意到了贺辰远的动作。

他一直在看时间。为什么？乔暮云觉得有什么思绪一闪而过，却又抓不住。

贺辰远的手机响了一声，乔暮云认出那是某个出行平台的航班出发提醒。

是谁要走？乔暮云想到了一个名字：贺婷。

事实上，贺婷的飞机确实还有半小时就要起飞了。

国外的一切都已经准备好，瘦死的骆驼比马大，贺辰远在公司破产之际给妹妹安排了衣食无忧的生活，确保她后半生平安顺遂。

但谢图南先一步想到了。

贺婷已经坐上飞机，但起飞前，警察还是带走了她。

"不可能，我哥哥不会做这样的事，他说他只是比我晚一天到，还要处理一些剩下的事，明天就来找我……"贺婷毫不知情，她不愿意相信警察的话，直到谢图南的电话打了过来。

"图南哥？他们说的……是真的？"

"是的，贺婷，"谢图南郑重地说道，"请你帮帮忙。"

这大概是他第一次用这样的语气和她说话，贺婷攥着手机说道："可以，但我有个问题。"

"你说。"

"认识这么多年，你就一点儿都没有喜欢过我？"贺婷知道这个问题不合时宜，但这次不问，以后就再也没机会了，"你——"可以实话实说。

话没说完，谢图南已经说道："没有。"

贺婷苦笑了一下，说道："那你把我……当妹妹吗？"

"也没有。"谢图南毫不犹豫地说道。

"图南哥，"贺婷最后的幻想都破灭了，"你不怕我不愿意帮你吗？"

谢图南沉默了两秒，说道："贺婷，虽然我不喜欢你，但我知道你有底线。"

贺婷竟然有些高兴，又觉得悲凉。她说："我不是帮你，只是帮我哥哥。"

"多谢。"谢图南说。

一刻钟后，贺辰远接到了谢图南的电话，他问："找不到上山的路吗？"

"哥！"听筒那头传来贺婷带着哭腔的声音，"你到底在干什么？"

"婷婷！"贺辰远猛地坐直身子，"你没走？你不是应该在飞机上了吗？"

"我……"声音戛然而止，手机被谢图南拿了过去，"贺总。"

"谢图南！"贺辰远捏着方向盘，胸膛上下起伏着，"你对她做了什么？"

"暂时没什么，只不过，你妹妹胆子比较小，所以听起来有点儿吓人。"

谢图南的语气里带着不易察觉的狠戾。

贺辰远的脸色彻底阴沉下去，道："你把手机给婷婷。"

"你先让我跟乔暮云说话。"谢图南寸步不让。

僵持片刻后，贺辰远按下免提键："乔暮云。"

乔暮云往前靠了一些，叫道："谢图南。"

"有没有被欺负？"她的声音听起来没事，谢图南终于松了一口气。

"没有，你到底做什么——"乔暮云没有问完，手机已经被贺辰远收走了。

"让我跟婷婷说话。"

"哥，"贺婷的声音带着哭腔，"你别傻了，快把她放了。"

"婷婷，"贺辰远焦急道，"你有没有受伤？"

"没有。我就是害怕，我怕你出事。我们说好了一起去国外。"

呜咽声远了一些，谢图南问："说完了吗？"

"你想怎么样？"贺辰远的语气也变得冷硬。

"你给的地址是错的。"谢图南说，"重新发定位给我。"

"我给的地址是对的。"贺辰远哼笑一声，"是你自己没找到。"

"昆士兰伞木是东郊特有的树种，一般长在半山腰，你面前的就是。"谢图南懒得和他废话，"告诉我是哪座山。"

贺辰远眯着眼，道："你从一开始就知道我在骗你。"

一个人到底需要具备多么缜密的洞察力，才能在短短几秒里分辨出树种，判断出地理位置，又按兵不动？

"谢图南，"贺辰远道，"我还真是小看你了。"

"废话少说，发定位给我。"

"你报警了吗？"贺辰远忽然问。

"没有。"谢图南想都没想，答道。

这句话对他来说非常熟悉。二十年前的那场绑架，以歹徒知道他们报警了为起点，一切的血腥和噩梦都在那一刻开始。谢图南闭了闭眼，把脑海里闪回的画面压回最深处。

重新睁开眼后，他看到了四周连绵的山峰。他的女人在等他。他没有时间去消化自己的恐惧，他甚至不敢深想接下来的局面。

"是吗？"贺辰远似乎不太相信。

"你再拖延时间就不一定了。"谢图南冷冷地说道。

　　与此同时，一直借助这通电话，在一旁用技术手段定位的警察朝谢图南点了点头——找到位置了。

　　"哥！"贺婷喊道，"我求求你了，你快放了她吧，晚了就——"

　　谢图南及时捂住了她的嘴，把手机拿走了。

　　"晚了就什么？"贺辰远问道。

　　"如果晚了，我也不确定我会做出什么事。"谢图南拿出一根麻绳，象征性地将贺婷绑在副驾驶座上。

　　"说实话，我也不知道。"贺辰远说，"我来的时候就随便上了个山，毕竟，我不像谢大公子，对地理位置这么了解。不过，这儿的路修得挺好的，或许，你可以按照这个特点找找。"

　　谢图南朝着岔路口分开的警车打了个手势，道："这可是你的亲妹妹，你赌得起吗？"

　　贺辰远到现在还在敷衍，无非是在赌。或者说，刚才贺婷没说完的那半句话让他猜到了什么，只是他不敢确定。

　　"那你赌得起吗？"贺辰远反问。

　　谢图南把车开到了距离贺辰远最近的拐角处，只要再上一个弯道，就能看到他的车。警察和狙击手已经从旁边包抄上去。他们现在要做的，就是拖延时间。

　　"赌不起。"谢图南说。

　　狙击手已经到位，谢图南收到了信号，把车子往前开了一点儿。黑色轿车出现在视野里。

　　贺辰远从后视镜里发现了谢图南的车子，还有副驾驶座上被麻绳绑起来的贺婷。他突然暴躁起来，道："你把我妹妹放了，我又没绑你的女人！"

　　谢图南道："你放乔暮云过来，我就把贺婷放了。"

　　"你做梦。"贺辰远咬着牙道，"你先把婷婷放了，不然……"

　　"你敢动她一下试试。"谢图南一字一顿地说道。

　　"哥！"贺婷失控地喊道，她眼看着全副武装的特警带着枪去了旁边的小路。

　　"我哥会死吗？"贺婷颤抖着声音问谢图南。

　　"你报警了，是不是？"贺辰远几乎瞬间反应过来。他抬头看向四周，到处是茂密的树林，但直觉告诉他，有警察在。

　　贺婷再也忍不住了，道："哥，你快回头吧，你跟我回家，我们一起去国外好好生活！"

贺辰远却忽然笑起来，笑得眼泪都要出来。

"报警了？那很好啊！至少我妹妹是安全的。"他话锋一转，"谢图南，这都是你自找的，所以，再见。"贺辰远启动了车子，踩上油门的那一刹那，狙击镜反射出刺眼的光，一颗子弹从旁边的山林里破空而出。

乔暮云坐在驾驶位后面，只看到一抹鲜艳的红色液体飞溅出来。

紧接着，车门被人奋力拉开，谢图南焦急的声音传来："别看。"

再后来，乔暮云失去了意识。

醒来时，她躺在云顶公馆的主卧里，浅绯色的阳光透过落地窗照进来。

如果不是床头柜上的电子钟显示此时是下午五点，她会以为现在是一个阳光明媚的清晨。她的脑袋有点儿乱，拿起床头柜上的手机，便看到了许多消息。

张怀宴：谢图南到我这儿找过你。

张怀宴：怎么不接电话，出什么事了吗？回个消息。

乔暮云：没事，我在外面，手机没电了。

张怀宴：没事就好。爸醒了，医生说过几天就可以离开重症监护室了。

乔暮云反复看了几遍这条消息，颤抖着手回复：醒了就好。

房门被打开，谢图南端着水杯从外面进来，道："醒了，渴吗？"

乔暮云摇了摇头。谢图南坐到床沿，道："我带你去医院做过检查，医生说你没事，我猜你不喜欢病房，所以带你回来了。"

乔暮云混沌的记忆逐渐变得清晰：她被贺辰远带走，去了一座荒山……

谢图南帮她理了理头发，道："私人医生在外面等着，我让他进来？"

乔暮云努力地回想着，似乎有什么急需知道的事情。

谢图南正要起身，乔暮云抓住他的手臂，急忙问："你对贺婷做了什么？"

谢图南愣了一下，道："没有。"

"你不是绑了她吗？"乔暮云紧紧地抓着谢图南，唯恐他被警察抓走。

"真的没有。"看着她焦急的神色，谢图南安抚地摸了摸她的脸，重复了一遍，"贺婷只是在配合警察。"

是的，她乱了。当时，谢图南应该是报了警的。乔暮云慢慢冷静下来，试图理顺当时的情况。她的眼眶越来越酸，眼泪像断了线的珠子一样往下掉。

"暮云。"谢图南慌了，用指腹去帮她擦眼泪，却越擦越多，怎么都止不住。

"别哭。"谢图南把她揽到怀里说，"大夫说你的身体虚弱，不能哭了。"

他大概不知道，"别哭"是最催泪的两个字。

听着她的呜咽声，谢图南闭上眼，道："我求求你，不许哭了。"

乔暮云抓着他胸前的衣服，一边擦眼泪，一边放肆大哭，像是要把所有的情绪都发泄出来。谢图南只能拍着她的背，任由胸前的衣服被眼泪浸湿。

终于，哭声停了下来，只剩下断断续续的抽噎声。

"谢图南。"她的声音沙哑，"我想回家。"

"这里就是你家。"谢图南抽了张纸，擦去她额角的细汗。

"不是这儿。"乔暮云摇头道。

"那你想去哪儿？"谢图南看着她通红的眼角，喉结上下滚动。

"我想回青城。"乔暮云说。

大哭一场后，乔暮云的情绪平复了很多。她抱着膝盖，坐在床头。

谢图南把水杯递给她，道："喝点儿水，润润嗓子。"

乔暮云接过水杯，盯着水杯里自己的倒影，问："贺辰远死了吗？"

"嗯。"谢图南把她脸颊边的发丝拨开。

"贺婷呢？"乔暮云又问。

"还在医院。"谢图南不希望她惦记着这些，转了话题，"想什么时候出发？"

"今晚。"

"那我去订机票。"谢图南环着她，把被子往上提了提，"让医生进来看看，好不好？"他怕她被吓到，所以联系了心理医生。

"好。"乔暮云同意了。

谢图南出去叫了医生，又给助理打电话，道："去青城，今晚……那就七点半的飞机吧，等会儿来家里接我们。"

挂了电话，他回到房间，听着医生和乔暮云一问一答。

乔暮云坐在床头，语气轻软，乖得像一只酣睡刚醒的小猫。

什么时候，她才能把这里当成自己的家？

二十分钟后，医生道："谢先生，乔小姐没什么问题，就是有点儿受惊，休养两天就好了。"

谢图南道了谢，等医生出去后，他又坐回到床边，道："七点半的航班，等会儿吃点儿东西，我们再出发。"

乔暮云点点头。

"我让阿姨熬了粥，做了两个清淡的菜，你还有没有什么特别想吃的？"

"喝粥就好。"乔暮云说，"我去洗漱一下。"

青城的气温比北城低，晚上可能会很冷。乔暮云洗了澡，换了套厚点儿的衣服，又加了件外套。她没什么需要带的东西，便只拿个小包下楼。

到了楼下，她愣住了。

客厅被装饰得花里胡哨，到处是气球和玫瑰，还有一个大蛋糕。

"我本来想求婚。"谢图南牵住她的手往餐厅走，乔暮云却忍不住回头看了一眼客厅的场景。阿姨煮了粥，粥是用鸡汁和小火慢炖出来的，里面加了海参、虾仁、小白菜、胡萝卜，色香味俱全，但乔暮云的注意力不在这儿。

他说"本来准备求婚"，那戒指呢？现在不求了吗？乔暮云放下了勺子。

"怎么了？"谢图南问。

"我……"乔暮云犹豫两秒，最后说，"想吃蛋糕。"

"等会儿去买。"

"不是有现成的吗？"乔暮云往客厅看了一眼。

谢图南有点儿意外，道："那是冰激凌蛋糕，忘了冷冻，不能吃了。"

"多久了？"乔暮云戳着碗里的粥问。

"七八个小时了。"谢图南有点儿无奈，"口感不好了，想吃我们再买。"

"哦。"乔暮云有些失落。

七点半的航班，时间很紧。乔暮云那句"回家"是在情绪激动时下意识说出来的，其实，她现在没那么想走了。但人已经坐在了车上，她不好意思反悔。

乔暮云悄悄地打量了谢图南一眼，他似乎是累了，正闭着眼小憩。

看了几秒，乔暮云收回了视线。但没一会儿，她又忍不住看了一眼。

"我脸上有蛋糕？"谢图南忽然睁开眼，两人目光相撞。

他的话里有淡淡的揶揄，还有不易察觉的疲惫。离机场越来越近了，乔暮云问："你跟我一起回去吗？公司那边没关系？"

"不要紧，离了我也能转。"

"老师还在医院……"乔暮云试图从他的脸上看出一丝犹豫。

然而，谢图南想都没想，脱口而出："没关系，老爷子恢复得差不多了，看不见我还能少生几场气。"

乔暮云想不到其他借口了，总不能直接问"你还求不求婚"吧？

谢图南有点儿失落，靠近乔暮云，问："不希望我跟着？"

"我没说，你想跟就跟吧。"乔暮云转头看向窗外。

中途，车子在路边停了一会儿，小陈不知道从哪里冒出来，坐上副驾驶座后，将手里的袋子递给谢图南。乔暮云打开一看，居然是蛋糕，做得很精致，两种口味，巧克力慕斯和蓝莓乳酪。

"不能吃太多，小心胃不舒服。"谢图南叮嘱道。

乔暮云看着他，一时不知道该说什么。

"不喜欢这两个口味？"谢图南从她的表情判断道。

"挺喜欢的。"乔暮云有些郁闷。她用力挖了一勺巧克力味的蛋糕塞到嘴里，虽然觉得有些腻，但她还是吃了大半个。

车子一路平稳行驶，很快便到了机场。

开车的还是小李，一路上，他都没敢说话。

今天，他陪着老板去买戒指时就很好奇夫人该是什么样的人，能把这样的天之骄子收服。现在，看着他们的相处模式，小李想：果然，英雄难过美人关。

半小时后，车停在机场停车场，小陈问："老板，明天早上的会已经通知仇总主持了，您还有什么要吩咐的吗？"

谢图南指了指前面的驾驶座，道："明天带他去市场部实习。"

小陈有些意外，但还是点头答应："好的。"

"准备点儿东西送到老程那儿，让他不要有心理负担。"谢图南又交代了几件公司里的事，最后才说，"你们回去吧，如果有要紧的事，给我打电话就行。"

"那个司机，有什么特别的吗？"进了候机厅，乔暮云好奇地问。

"是一个挺上进的年轻人。"谢图南说。

"是吗？"乔暮云不记得谢图南是这种心血来潮的人，对于公司的管理，他从来不感情用事。不过，乔暮云对公司的事不感兴趣，只是随口一问。

晚上快十点，飞机落地了。两人都没带什么东西，打了辆车便到了乔暮云家。

安保系统已经装好了，大门处的锁变成了人脸识别款。乔暮云开了灯，发现家里被打扫得很干净。她有点儿饿，但冰箱里的很多东西应该都不能吃了。

乔暮云翻了翻，找出了几个番茄和鸡蛋，准备下一碗番茄鸡蛋盖浇面。

厨房已经有半个多月没有开过火了，乔暮云把砧板洗了洗，从橱柜里拿了件围裙穿上，但绳子有些不好系，她鼓捣了好半天也没有系上。

"我来吧。"谢图南接过绳子，没多久便打了个漂亮的蝴蝶结。

乔暮云摆好砧板，在刀架上挑挑拣拣，最后拿了把小的水果刀。

谢图南没有离开，他的手在乔暮云的腰侧环了一圈，用胸膛贴着她的背。

"小心切到手。"谢图南叮嘱道。

"你这样抱着我，我不是更容易切到手吗？"乔暮云在番茄上比画着。

谢图南却抱得更紧了些，道："我不想放手。"

从接到贺辰远电话的那一刻开始，他所有的神经都是紧绷着的。

他连害怕的时间都没有，所有的恐惧和愤怒都只能压在心底。

他不敢出错，不能出错，只能保持绝对的冷静。直到现在，在这个狭小的厨房，他把她抱在怀里，感受着她的体温，一切才好像又真实了起来。

"乔暮云。"谢图南将头埋在她的发间，"你知道我今天有多害怕吗？"

乔暮云把刀放到砧板上，脊背缓缓放松，眼眶酸得厉害。

谢图南让乔暮云转过身面对着他，而后不由分说地吻了上去。

乔暮云后背抵着工作台，有些难受，呼吸也不畅，只好抓着他胸前的衬衫。

随后，谢图南闭上眼，轻喘着气，道："乔暮云，我们结婚吧。"

乔暮云的眼泪终于落了下来。

"好。"她听见自己说。

已经进入了初秋，天有些凉。三天后，风和日丽，乔暮云忽然想钻研一下厨艺，便打发谢图南去书店买本菜谱。她对纸质的东西一向很有执念。

"真想学？"谢图南不太信。

"试试。"乔暮云窝在躺椅里懒懒地回。

积极性不该被打消。谢图南点头道："等回了北城，我帮你请个老师。"

"倒也没必要，我跟陈阿姨学学就行。"

谢图南笑了，道："那我得给陈阿姨涨点儿工资。"

也不知道谢图南去哪里买书，过了一小时还没回来，乔暮云都快睡着了。

而这时，谢图南正躺在文身师身前的椅子上。

他在隔壁街的一家书店里买了几本菜谱，回去的路上看到一家文身店，他驻足了一小会儿。

"先生，您要文身吗？"店里出来一个打扮干净的小伙子，问道。

谢图南打量着这家店，虽然店不大，但有营业执照，很干净，店内井井有条。

"可以自己设计图案吗？"

"可以的，只要您提供，我就能做出来。"

又等了一会儿，乔暮云彻底睡了过去。她是被手机铃声吵醒的，张怀宴打了电话过来。乔暮云接听后，对面传来的却是张显成的声音，听起来很虚弱。

"舅舅，"乔暮云迟疑着喊，"您转到普通病房了吗？"

"早上转的……"张显成顿了一下,继续说,"舅舅想见见你。"

"我回青城了。"

"回青城了啊。"张显成喃喃着重复了一遍,"以后还来吗?"

最后一句话,他问得小心翼翼。

乔暮云的心里很不是滋味,只道:"后天来。您好好养身体,别想太多。"

"暮云,"张怀宴打断了她,"你是一个人回的青城吗?"

"不是,"乔暮云抬起头,正好看见谢图南从院外进来。

他穿了件风衣,身后是漫天夕阳,看起来有些懒散。

"和谢图南。"乔暮云看着他,对电话里的人说。

张怀宴静了两秒,道:"决定了就好。"

谢图南把手里的袋子递给她,道:"看看,喜欢吗?"

"怎么买了这么多?"他买了五六本,她哪里看得完?她有些无奈地问,"谢图南,你的消费习惯能不能改改?"

谢图南坐到她旁边,顺着她的话反问道:"那你对我的称呼能不能改改?"

"你想怎么改?"乔暮云把问题抛给他。

谢图南思索着道:"对未婚夫的称呼,需要连名带姓吗?"

"你想听我叫你什么?"乔暮云想了想,"谢先生?"

"把姓去掉。"

"就不。"乔暮云得意地笑。

"吃过这个吗?"谢图南伸手指了书页上的某盘菜。

"没,"乔暮云突然抓住他的手腕,发现那里裹着一层保鲜膜,"这是什么?"

"文身。"谢图南把衣袖往上提了一点儿,大大方方地展示给乔暮云看。

乔暮云呆住了,道:"我让你去买本书,你去文了个身?"

"正好路过。"

"那家店正规吗?你还敢进去,万一感染了怎么办?"

谢图南将手腕伸到她面前,道:"先看看喜不喜欢。"

他的手腕上敷着药膏,还有些血迹。隔着保鲜膜,乔暮云看不太清,但她忽然想起来,道:"之前,这里是那道疤吗?文的什么?"

谢图南想去拆保鲜膜,却被乔暮云拦住了。她问:"人家说多久才能拆?"

"三小时后。"

在乔暮云的注视下,谢图南自觉地放下了手,道:"那再等等。"

三小时后，谢图南揭开了保鲜膜。乔暮云用温水和肥皂帮他冲洗掉了上面的药膏和血迹，他的皮肤泛着红，上面的图案显现了出来。似乎是一串字母，用的是斜体，笔锋连在一起，但乔暮云认清了——是"乔暮云"的拼音。

"喜欢吗？"谢图南从背后抱住她问。

"凑合吧。"

"只是凑合？"谢图南不太满意。

"还行。"

"乔暮云，"谢图南不打算放过她，"这里离脉搏很近。"

脉搏，就是生命所在。乔暮云的心跳漏了一拍，她抱住谢图南，用脑袋蹭了蹭他的胸膛，道："那你的这只手，以后不许戴手表了。"

"好。"

两人在青城又住了两晚，第三天吃过中饭，他们便回了北城。三点不到，两人下了飞机，老程在外面等着，几人径直去了医院。

病房里陪护的人只有大哥。

张显成知道她今天下午来，一直在等着。

"你们是一起来的？"张显成看到乔暮云和谢图南的手是牵着的。他不清楚他们的关系，不由得愕然。张怀宴弯下腰，低声说了句什么。

"这样啊。"张显成显然需要时间去消化，他似乎有些顾忌，"那——"

张怀宴注意到乔暮云手上的戒指，他道："应该不需要回避。"

"那你拿过来吧。"张显成说。

张怀宴点点头，从抽屉里取出一份文件交给乔暮云。

乔暮云顺着张怀宴的意思翻开，扉页上赫然写着一行大字：股权转让书。

"我不能要。"乔暮云将文件放到前面的茶几上。

"我这次在鬼门关走了一遭，医生说以后都不能再操劳了。正好，我前两年在南山买了宅子，可以去那儿养养身体，公司的事，我打算彻底放手了。"

"这些股份，你只管拿着，就当你爸爸当年入股公司了，我现在转给你。"张显成轻咳了两声，"快签字，舅舅该睡觉了，身体吃不消。"

看着乔暮云写下最后一笔，张显成露出了如释重负的神情。

"那我们先走了，明天再来看您。"

见乔暮云走到门口，张显成又喊住了她："以后结婚，你会请舅舅吧？"

"会的。"乔暮云认真地说，"您是长辈，我没有其他的亲人了。"

从病房出来后，乔暮云有些走神。她不太了解股份和分红，沿着走廊走了很长一段，她忽然抬头问谢图南："我现在是不是挺有钱的？"

"是。"电梯正好到了，谢图南拉着乔暮云走进去，道，"如果你和我结婚，会变得更有钱。"

电梯里很挤，周围的所有人都看了过来。乔暮云的脑海里有一阵短暂的空白，电梯停了一次，她才发现电梯在上行，连忙问："我们去哪儿？"

"见家长。"谢图南说，"我见过了你的家人，你也得见见我的。"

乔暮云总觉得自己的思维迟缓了不少，都忘了祝教授还没出院。

见到谢图南牵着乔暮云进病房，两位长辈双双噤了声。

祝夫人拉过乔暮云打量，道："回来了？吓到没？前几天，他到处找你，我还以为是他惹你生气了，骂了他一顿，没想到……"

"我没事的。"乔暮云说。

"没事就好。"祝夫人握着乔暮云的手，随即感觉到了什么，低头一看，发现她戴着戒指，"好，这样很好。"祝夫人激动地说。

"池老师……"乔暮云有些不好意思。

"是不是该换称呼了？"

"我……"乔暮云有点儿无措。

"逗你的，不着急。"祝夫人开起了玩笑，"等你祝老师的身体再恢复一些，我帮你们准备订婚仪式。"

"不用这么隆重。"乔暮云不是特别注重仪式的人。

"要的。"祝夫人笑着说，"别怕麻烦，虽然可能会累一点儿，但我们得告诉外面的那些人，谢家的儿子订婚了，还得让所有的亲戚朋友都认识你。"

乔暮云知道，要嫁给谢图南，这些就是其中浩大而必不可少的程序。

回到家已经是傍晚，客厅被人收拾过，彩带和气球都消失得无影无踪。

陈阿姨迎上来问："先生，吃过饭了吗？"

"没有。"

"那您想吃什么？我去做。"

谢图南将外套挂在门口，指了指乔暮云道："问太太。"

阿姨愣了一下，随即明白过来：这个家彻底有女主人了。

她转而看向乔暮云，问："太太，您想吃什么？"

乔暮云适应了一下这个称呼，道："您随便看着做就好。"

"那我先去切点儿水果。"陈阿姨往厨房走去。

乔暮云走到沙发边，刚想说话，谢图南忽然伸手把她拉到他的腿上坐下。

"主卧的床单，换个颜色好不好？"

"灰色不是挺好的？"乔暮云玩着他胸口的扣子，用指尖在上面写字。

谢图南抓住她的手指亲了亲，道："我记得你喜欢天青色。衬你。"

乔暮云没躲开，伸手环住他脖子，道："还没吃饭。"

"我知道。"谢图南说，"我不干什么。"

"我还有件事要问你。"

她忽然有些严肃，谢图南便停下了，道："你说。"

"你们家的订婚仪式是什么样的？"这个问题，乔暮云想了一路了。

"很热闹，会来很多人，"谢图南将她抱到怀里，说，"我都不一定认识。"

"这么多人……"乔暮云觉得有点儿头疼，"那结婚呢？"

"更多人。"谢图南亲了亲她的嘴角。

"我想在青城办一场小一点儿的婚礼。"

"好。"谢图南应得痛快，吻随之落了下去，"那我们先洗澡，行不行？"

"你先洗还是我先洗？"乔暮云问。

"一起洗。"

"你的文身还不能碰水，我们不适合一起洗澡。上面文的可是我的名字，毁了怎么办？你是不是一点儿都不在乎？"乔暮云撇过脸，似乎不高兴了。

谢图南知道她是装的，但他还是妥协道："先吃饭。"

乔暮云拿过抱枕捂在脸上，笑得弯起了腰。

半个月后，谢图南手腕上的文身慢慢地掉完了痂。那家小店的技术出奇地好，每一个字母都印得十分清晰。

乔暮云已经决定了重新读博。她每天都定时定点在书房看书，日子似乎终于安稳了下来。

集团的人发现老板最近的心情特别好。有一次，市场部有很重要的数据出了错，他竟然也只是笑了笑，然后让人重新做一份。

有人大着胆子问："老板，您这手腕上文的是什么？"

谢图南签完字，拧上笔盖，抬头说："我太太的名字。"

结婚的第二个年头，青城的老宅拆迁了，全市开始大范围建地铁。

谢图南那段时间很忙，乔暮云独自回去整理老宅的东西，走出车站，迎面而来的就是漫天的尘土。她拦了辆出租车，报了自家的地址。

司机师傅是个中年女性，四十岁出头，很温柔的面相。

路上有点儿堵，车子走走停停。乔暮云看着周围用不锈钢板围起来的道路，觉得十分陌生。想起远在北城的某人，她拿出了手机。

正打着字，她忽然觉得车辆一沉，接着便感受到一股很大的冲击力，她整个人都弹了起来，差一点儿就撞上了车顶。

司机似乎已经见怪不怪，笑道："自从我们这边开始建地铁，东边挖一块，西边挖一块的，都习惯了，我已经尽量减速了。"

"没事。"怪不得司机强调系好安全带，乔暮云心有余悸地摸了摸头顶。

"你是来旅游的吗？"

"不是，我是青城人，不过……有大半年没回来了。"说完，她恍惚了一下。原来已经这么久了，久到这个城市都在慢慢地变得陌生。

老宅的外墙已经用油漆涂上了红色的"拆"字，从巷口往里走的路上也变得十分安静。其实乔暮云没有多少要整理的东西，只是有很多旧物件，她舍不得扔。她将东西分类装箱，请人搬到了市中心住宅的车库里。

不过两三天的时间，老房子就只剩下一个空壳。

最后，乔暮云摸了摸院子里的老槐花树，关上院门时，正好接到谢图南的电话。隔着一千多公里的距离，他的声音遥遥地传来："顺利吗？"

"还好。"

"舍不得？"

"也还好。"

大概这才是她最困惑的地方。这个她出生和长大的地方即将被夷为平地，修建繁华的商业街，她却没有想象中那么不舍和难过。

也许是因为，在另一座遥远的城市，她已经有了一个安稳的小家。她习惯了那里干燥的气候，拥挤的人潮，熟悉的街道，还有可以彻夜谈心的好友……

"怎么不说话？"见电话那头很久没动静，谢图南问。

他的语速不快，咬字轻而缓，是酒后常常出现的感觉。

乔暮云的思绪被打断，随即皱眉问："你是不是喝酒了？"

这两年，谢图南总是胃疼，碰不了辛辣的东西。

"一点点。"他没赖账，想了想又说，"他们拉着我喝的。"

"别狡辩。"

他笑了一下，道："那你回来管管我，不然，你知道的，我哪有那么听话？"

乔暮云觉得头疼。不知道什么时候开始，他变得需要人来管了。

严格来说，谢图南不算是正宗的纨绔子弟，只是，他从小在贵族学校就读，有无数狐朋狗友，后来继承家业，生意做得风生水起，导致他有数不清的应酬。

婚后，关于应酬，谢图南能推就推，但生意场上难免身不由己。

乔暮云并不介意，也没有跟着他去参加酒局的兴趣，但谢图南怕她等他，每次都会在十点前回家。时间长了，谢图南渐渐发现，某人根本没有要等他的意思，更从不查岗。每次他回去的时候，她都在兴致勃勃地做着自己的事。

有次，他十一点多才回家，乔暮云已经呼呼大睡了。第二天早上，她竟然也没关心他是几点回家。

大概是男人的叛逆心不分年龄段。那晚，付华初安排了个局，谢图南故意在那儿待到了十二点。包间里凑了几桌狐朋狗友，周围笑骂声混成一片。谢图南臭着一张脸，面无表情地坐在沙发上品酒。

这位爷明显心情不好，没人敢去找不痛快，但并不妨碍大家在背后八卦。

"南哥今天怎么了？"

"不知道，吃饭的时候脸色就不好，我都不敢和他讲话。"

"要不，你去问问？"

"去你的，我又没活腻。付哥，你知道吗？"

听到这儿，付华初回头瞥了沙发的方向一眼，来了兴致。他起身晃悠到谢图南那儿后，拿起茶几上的酒杯闻了闻，道："别喝这么烈的酒，伤身。"

谢图南看了他一眼，懒得搭理他。

"心情不好？我猜猜啊……"付华初循循善诱地套话，"和老婆吵架了？"

"没有。"谢图南把酒杯抢回来，放到茶几上。

"那你这个点了还不回家？"

谢图南不说话了。他打开手机看了眼，没有消息，也没有电话。

"哪有夫妻不吵架的，小吵怡情……"付华初说到一半，电话响了，他看了一眼便挂断了，转而到微信发消息，摇头和谢图南解释，"新交的小女朋友，挺有趣的，就是太黏人。"

这话多少有些刺耳，谢图南重新拿起了酒杯。

"和我说说，你们怎么吵？哄女人这件事，我在行，我帮你出出主意。"付华初话音刚落，手机又响了，他犹豫了一下，还是接了起来，"喂，宝贝？"

对面传来一个年轻女孩的声音："你又去酒吧？你知道今天是什么日子吗？我等了你一晚上……我们分手吧！"

由于隔得近，谢图南听了个七七八八，他端着酒杯，耐心地等付华初放下手机，嘴角扬起一道弧度，扬了扬酒杯道："在行？"

付华初想骂人。

谢图南心情大好，拿了外套便走人。

回到家，乔暮云果然已经睡着了。房间里的空调温度低，她侧着身子，缩在被子里，似乎睡得不太安稳。谢图南迅速冲完澡，靠在床头盯着她看。

乔暮云像是察觉到了什么，含糊地发出一个音节，而后转过身，被子也滑了下去，胸前春光一览无余。谢图南喝了点儿酒，身体的本能占了上风。

"你回来了？"乔暮云迷迷糊糊地醒来，想拍开身上的手，却怎么也躲不掉。她的睡意随即消散了一些，"几点了？"

"一点多。"

"这么晚了，快睡觉吧。"乔暮云说完，卷起了被子。

"你也知道这么晚了？"居然连一条短信都没有，谢图南咬牙切齿，但发现某人毫无察觉，又去会了周公。

第二天醒来，乔暮云扒着被子问："你昨晚是不是说了什么？"

谢图南沉默了两秒，道："昨天，我回来得有点儿晚。"

乔暮云"哦"了一声，伸着懒腰坐了起来，大度地表示没关系。

谢图南忍了忍，又道："你要是不希望我回来得那么晚，可以打个电话。"

乔暮云不解地问："如果你可以不回来那么晚，为什么还需要我打电话？"

好像是这么个理。谢图南捏了捏眉骨，看着乔暮云，她穿着一件真丝材质的吊带睡衣，领口敞露，浑圆的轮廓格外惹眼。谢图南想都没想便伸手去拉她，她顺势倒在床上，谢图南已经翻身压了过去。

那之后，谢图南就不怎么纠结这种事了，反正，某人再把他忘了，他就从其他事情上找补回来。

直到某次饭局上，谢图南喝多了，直接进了医院。医生说他差点儿胃穿孔。

乔暮云赶到病房的时候，他脸色惨白，正打着点滴。她从来没见过这样的谢图南，他似乎永远都该是那副对任何事情都游刃有余的样子。乔暮云既生气又心疼，最后只是干巴巴地问："医生怎么说？"

"医生说没事。"谢图南想蒙混过关。

"你听他乱说。"付华初交完费回来，把检查单一股脑地塞到乔暮云手里，"医生说，他再不注意，胃就废了。以后严禁辛辣刺激，尤其少碰酒。"

"你怎么还在这儿？"谢图南看见他就头疼。

付华初差点儿跳起来，道："我不在，谁给你跑上跑下，检查交钱？"

谢图南掏出手机扔给他，道："自己转账。"

言外之意是转完账快点儿消失。

付华初还真就不走了。他兀自坐在乔暮云旁边："我说，你也管管他，他这人从小就不知道爱惜身体，打架的时候就他最不要命，没人赢得了他。"

乔暮云朝病床上瞥了一眼，道："我可管不了他。"

玩笑归玩笑，从那之后，乔暮云就像变了一个人。每当谢图南出去应酬时，她总是不断发短信和打电话，有时候甚至亲自跟着他去。谢图南每次都毫不避讳地在饭桌上接电话，从此，他"妻管严"的名声彻底在圈内传开。

其实，谢图南算是个克制的人，也擅长不动声色地拒绝别人，但在外应酬时，不太可能不喝酒。他也从不藏着掖着，大大方方地让乔暮云抓到。有时候过了头，乔暮云真的生气了，他还是乐此不疲地去哄她。

日子就这样平静地过着，而所谓的幸福感，大概就是每当夜幕降临时，谢图南站在办公室的落地窗前，或者在高架上开着车，看着万家灯火，总是牵挂着一个叫家的地方。